배평모 장편소설

지워진 벽화

창작과비평사

1994

차 례

1

텅 빈 지대

내가 처음 이 땅을 보고 느낀 것은 두려움이었다.

서울을 떠난 비행기가 홍콩과 방콕을 거쳐 인도의 마드라스에서 잠시 머물다가 여섯 시간 가까이 비행하여 이 땅에 다다른 것은 오전 다섯시 무렵이었다. 착륙하기 위해 고도를 낮추는 비행기의 창을 통해 들어온 풍경은 엷은 어둠과 함께 끝없이 펼쳐진 모래바다였다. 모래바다의 끝에서 엄청나게 큰 해가 솟아오르고 있을 뿐, 아침을 맞이할 어떤 움직임이나 변화도 없었다. 오직 무거운 정적만이 깔려 있었다.

나는 비록 비행기 안에서였지만 그 무거운 정적을 느낄 수 있었고 태양과 모래와 정적뿐인 이 땅에 대해 말할 수 없는 두려움을 느꼈다.

아라비아해 쪽에서 아라비아반도를 바라보면 반도의 오른쪽에, 바른편에 있는 나라라는 뜻으로 불리는 예멘이라는 나라가 있다. 반도의 중부 고원지대에는 네지드라고 부르는 지역이 있다. 높은 지대라는 뜻으로 해재즈에서 페르시아만 동쪽으로 길게 경사를 이루고 있는 거대한 비탈에 해당되는 지역이다. 반도의 남동부 페르시아만 서안의 아라비아해와 맞물려 있는 일대에는 오만이라는 작은 나라가 있다. 이 세 지역을 선으로 연결하면 거대한 삼각꼴이 된다. 이 삼각꼴에는 광활한 사막이 펼쳐져 있다.

한반도의 두 배가 넘는 이 광활한 사막을 예로부터 아라비아인들은 '텅 빈 지대'라는 뜻으로 '루브 앨 할리'라고 불렀다. 내가 이 나라에 도착해서 처음 본 땅이 바로 이 텅 빈 지대였다.

모든 생명의 존재를 거부한 채 죽음과 같은 정적만이 어둠처럼 깔려 있는 이 큰 사막은 기실 텅 빈 지대일 수밖에 없다. 지금까지 이 지구상에 몇군데밖에 남지 않은 오지로 꼽히는 이 사막은 오로지 모래와 열기와 정적이 시간이라는 깊이와 더불어 펼쳐져 있다. 그러나 하루에 한번, 이 광활한 텅 빈 지대의 심연에서 거대한 생명이 솟아오른다. 우주의 심장인 태양이 솟아오르는 것이다. 태양은 그 무엇과도 비교할 수 없는 너무도 엄청나고 불가사의한 존재이기에 텅 빈 지대의 절대자로 군림하는 것이다.

새벽은 갓난아기의 웃음처럼 소리없이 밝아왔다. 성숙한 여인의 나신처럼 풍만하면서도 완만한 곡선을 그리고 누워 있는 모래구릉들이 희미하게 윤곽을 드러내었다. 살갗에 닿는 새벽공기가 벌써 후텁지근했고 한낮의 잔혹한 햇살을 기다리는 모래구릉들은 태곳적부터 지녀온 침묵으로 일관하고 있었다. 사막의 먼 지평으로부터 밀물의 속도처럼 표나지 않게 아주 서서히, 그러나 완연하게 장미빛 붉음이 피어올랐다.

나는 잠시 후, 이 광막한 대사막의 심연으로부터 솟아오를 태양을 바라보기 위해 2번 몰드(mould : 거푸집)가 있는 쪽으로 천천히 걸어갔다. 큰 배의 갑판을 연상케 하는 5미터 남짓한 높이의 거대한 무쇠틀인 몰드 위로 올라서니 훌쩍하게 큰 키에 깡마른 몸집의 사나이가 등을 돌린 채 쇠난간을 짚고 서 있었다.

그는 내 발짝소리에 고개를 돌렸다. 사막에 깔려 있는 어둠보다 좀더 짙은 검은 피부의 인도인이었다. 처음 보는 얼굴이었다. 그가 입은 연청색 작업복이 기름때가 전혀 묻지 않은 새것인 것으로 보아 갓 도착한 신참노동자인 듯싶었다.

나는 그에게로 다가가며 "나마스데" 하고 인도인들이 때와 장소의 구별없이 쓰는 인사말을 건넸다. 그가 짙은 콧수염 밑으로 흰 이를 드러낸 채 소리없이 웃으며 얼굴 가득히 반가움을 드러내 보였다. 그러고는 다가서는 나에게 손을 내밀었다.

그의 손바닥이 보드라우면서도 서늘하고 눅눅하게 느껴졌다. 이질적인 피의 흐름 탓이리라.

내가 인도인에게 먼저 인사말을 건넨 것은 이곳에 온 지 넉달째로 접어든 지금까지 처음이었다. 내가 속해 있는 이곳 배터리몰드 작업장에는 삼십여 명이나 되는 인도인들이 있다. 그들은 그들 특유의 체취처럼 온몸에 배어 있는 빈곤의 때와 게을러 보이는 굼뜬 행동거지, 그리고 이데올로기의 대립만큼이나 날카로운 타종교에 대한 배타심을 거의 공통적으로 지니고 있었다. 인도의 국민 대다수가 말할 수 없이 가난하다는 것은 이곳에 오기 전부터 알고 있었지만 복잡한 종교에 얽힌 그들의 강한 배타심은 나로 하여금 그들을 경멸에 찬 시선으로 보게 하였다. 게다가 굼뜬 행동거지 속에 감추어진, 비열함마저 섞인 기회주의적인 행동 때문에 그들이 마치 사악한 인종일지도 모른다는 생각마저 들었다.

이러한 생각은 비단 나 혼자만이 갖고 있는 그들에 대한 편견이 아니었다. 그들을 대하는 한국인 모두가 거의 나와 같은 생각을 갖고 있었다. 게다가 나는 잡역부인 인도인들로 구성된 작업조를 통솔하는 조장이라는 알량한 직책에서 비롯된 하잘것없는 우월감마저도 은연중에 지니고 있었다. 그럼에도 불구하고 처음 대하는 이 인도인에게 먼저 인사말을 건넨 것은 그가 지닌 묘한 분위기 때문이었다. 그의 큰 두 눈은 깊고 그윽했으며 검은동자가 유난히도 커 보였다. 높고 반듯한 콧날이 길게 내리뻗은 아래로 짙은 콧수염이 덮고 있는 입술은 길게 보이는 그의 얼굴에서 알맞게 균형을 이루면서 이지적인 느낌을 주었다. 홀쭉하게 큰 키에 어깨가 좁아 보이는 그의 체구는 노동으로 단련된 몸이 아니라는 것을 느끼게 하였다. 그의 두 눈은 그윽한 깊이와 더불어 나를 끌어당기는 아지 못할 힘을 지니고 있었다. 그리고 처음 대하는, 인종이 다른 나에게 무슨 말인가를 끊임없이 하려는 것만 같았다. 무성한 콧수염으로 덮인 그의 입 언저리에 조용히 미소가 번졌다. 그의 미소는 마치 간디의 미소처럼 평화롭고 잔잔했다.

그는 인도의 오래된 문화의 체취처럼 무어라 설명하기 어려운 독특하면서도 묘한 분위기를 지니고 있었다.

그는 한동안 나를 조용히 바라보았다. 무슨 말인가를 하고 싶은데도 언어의 장벽 때문에 망설이는 것 같았다.

그가 조심스레 영어로 말했다.

"당신은 영어를 할 수 있습니까?"

"네, 조금."

그는 내 대답에 반가운 기색을 보이며 말했다.

"내 이름은 이샤드 쿠레시요. 어제 이곳에 도착했어요."

"나는 인지훈이오. 이곳에서 인도인들과 함께 일하는 유일한 한국인이죠."

나는 그가 앞으로 내 지시와 통제를 받게 될 것이라는 말은 하지 않았다. 잠시 후면 자연스레 알게 될 터이고 또한 그것이 별로 내세울 만한 것도 못 된다는 생각이 들었기 때문이었다.

그는 호의를 담은 눈길로 나를 바라보며 몇번 고개를 끄덕이다 사막으로 눈길을 돌리며 말했다.

"내 고향 라자스탄에도 타르라는 사막이 있어요. 그 사막은 온통 붉은 빛깔이어서 황량한 느낌을 주죠."

그는 말을 멈추고 텅 빈 지대를 바라보며 고향에 대한 기억과 함께 새로운 것을 느끼기라도 한 듯 먼 지평을 바라보았다.

사막의 먼 지평으로부터 선홍의 태양이 솟아오르기 시작했다. 태양은 가슴 가득히 형언키 어려운 충만감을 안겨주며 장엄하게 그 웅자를 드러내었다.

나와 인도인은 찬탄과 경이의 눈빛으로 솟아오르는 태양을 바라보았

다. 인간의 재능으로는 도저히 그 붉음을 재현해내지 못할 불가사의한
빛의 덩어리였다. 둥글고 큰 빛의 덩어리가 사막의 지평에서 솟아올라
완연하게 모습을 드러내자 인도인은 금방 탄성이라도 지를 듯한 표정을
지었다. 그는 광휘롭고 장엄한 태양을 바라보며 솟구쳐오르는 감동을 주
체하지 못한 듯 들뜬 목소리로 말했다.

"당신은 불사조 피닉스를 아십니까? 피닉스는 이 아라비아의 사막에
서 불을 먹고 산답니다. 그러다가 노쇠해지면 스스로를 불살라 재가 되
고 다시 그 재에서 젊게 태어난다고 하죠. 저 태양이야말로 피닉스가 환
생하는 모습 같군요."

나는 인도인들 모두가 이곳에 온 것을 크나큰 행운으로 여기고 있음을
알고 있다. 쿠레시 역시 이곳에 옴으로써 가난에서 벗어날 수 있다는 기
대에 부풀어 있는 것 같았다.

나는 이곳에 온 후 거의 매일이다시피 작업이 시작되기 전에 몰드에
올라와 사막의 먼 지평으로부터 솟아오르는 태양을 바라보곤 했다. 그것
은 가공할 열기로 체액을 말리려 드는 태양에 대한 도전이었으며, 이 도
전을 통하여 감히 상상조차 할 수 없는 악랄한 환경에서 하루를 버텨낼
투지를 끌어모으기 위해서였다. 맹렬한 투지로 나를 무장시키지 않고서
는 단 하루라도 배겨낼 수가 없었기 때문이었다. 나는 감상에 들떠 있는
듯한 이 인도인에게 이곳의 실상을 사실대로 알려주어야겠다고 생각했
다. 그것이 내가 이 인도인에게 베풀 수 있는 최초의 우정이라고 생각하
면서.

"쿠레시, 이곳은 결코 신화의 땅이 아닙니다. 이곳은 돈이 모든 걸 지
배하는 식민지이고 우리는 그 노예에 불과할 따름이오. 당신도 곧 알게
될 거요. 이곳이 얼마나 잔인하게 우리의 땀을 요구하는 곳인가를. 저
태양은 이제 곧 가공할 햇살의 채찍으로 우리의 등가죽을 내리칠 것이
오. 당신이나 나나 어차피 이곳에선 인간일 수가 없어요. 그저 일하는
도구에 불과할 따름이지."

그는 천천히 내게로 몸을 돌리며 짙은 콧수염 밑으로 흰 이를 드러내고 소리없이 웃었다.

그리고는 두 팔을 늘어뜨린 채 손바닥을 펴 보인 후 어깨를 으쓱 추스르고는 천천히 몰드를 내려갔다. 그의 체취처럼 이질적이면서도 아리송한 여운을 남겨둔 채.

내가 그의 뒤를 따라 몰드의 쇠계단을 밟고 내려와 땅에 발을 막 디디려는 순간이었다. 철근공 최일웅이 급히 철근장 쪽으로 뛰어가다 나와 시선이 마주치자 "어젯밤에 철근장에 놓아둔 덫에 여우가 잡혔대" 하고 소리쳤다. 몰드 근처에 있던 노동자들이 그 소리를 듣고는 모두 그를 따라 철근장 쪽으로 뛰어갔다.

여우, 생명을 지닌 짐승이 잡혔다는 것보다는 황막한 이 땅에서 목숨을 부지하고 살아 있다는 게 기적처럼 느껴졌다. 사방을 둘러보아도 막막한 모래뿐인 이런 사막에서 여우라는 짐승은 무얼 먹고 어떻게 살았을까?

나는 놀라움 뒤에 꼬리를 잇는 호기심에 이끌리어 동료들을 따라서 철근장 쪽으로 갔다.

다섯시가 채 안 되어서 새벽이나 다름없었지만 사막의 지평에서는 해가 서너 발이나 높이 솟아올랐다. 모래구릉들은 어둠의 베일을 서서히 벗으며 수줍게 살색을 드러내었다.

철근장에는 이미 시골 장터에서 신명난 약장수를 구경하는 무리들처럼 배터리몰드 작업장의 노동자들이 거의 다 모여서 둥그렇게 원을 이루었다. 발돋움을 하여 어깨너머로 바라보니 철사로 만든 올가미에 목이 걸린 작은 짐승이 바둥거리는 게 보였다.

"어? 이거 암컷이잖아. 저것 봐, ××가 통통하게 살이 붙었는데."

조금 전 여우가 잡혔다고 소리쳤던 철근공 최일웅이 대단한 발견이라도 한 듯 떠들었다. 그 말이 끝나기가 무섭게 전공 김광식이 성큼 가운데로 나서며 말했다.

"요년이 아무래도 다른 생각이 있어서 여길 찾아왔을걸. 발정은 나는데 수컷이 없으니 에라 모르겠다, 한국놈이든 인도놈이든 아무 놈이나 홀려서 몸이나 풀어보자구 말이야. 보라구, 수컷들이 좀 많아? 그것도 밤마다 여자 생각이 나서 껄떡거리는 수컷들이 말이야."

그의 치기어린 농지거리에 모두들 키득거리면서 밤새 뒤척이던 욕정이 되살아나는 것을 지그시 눌렀다.

그는 노동자들을 둘러보며 다시 너스레를 떨었다.

"자, 아라비아의 이 가련한 색시의 소원을 들어줄 너그럽고 용기있는 신사는 없을까요?"

그의 너스레에 아무도 반응을 나타내지 않자 그는 주머니에서 십 리얄(사우디아라비아의 화폐단위. 일 리얄은 약 이백원)짜리 지폐 석 장을 꺼내들고는 따로 무리지어 있는 인도인들을 바라보며 소리쳤다.

"인디안맨 지기지기(성교를 일컫는 인도말) 써티 리얄 오케?"

그는 여우와 교접을 하면 손에 든 십리얄짜리 지폐 석 장을 주겠다는 시늉을 해 보였다. 그 말에 한국인 노동자들은 실없는 기대와 음흉한 장난기를 섞어 히죽히죽 웃었다. 한국인 노동자들 중에서 누군가가 뛰어나와서 지폐를 흔들고 있는 김광식의 손에 십리얄짜리 지폐 두 장을 더 얹어주었다.

"원 타임 지기지기 휘브티 리얄 오케?"

김광식의 목소리는 사뭇 의기양양했고 인도인들을 바라보는 눈초리에는 외설스런 호기심이 가득 담겨 있었다.

인도인들의 시선은 그가 흔드는 지폐를 따라 빠르게 움직였다. 검은 피부의 인도인들 얼굴에서 유독 희게 보이는 눈의 흰창이 지폐를 따라 움직일 때마다 마치 빛을 발하기라도 하듯 번뜩였다.

잠시 침묵이 흐르면서 긴장감이 한국인들과 인도인들 모두에게 감돌았다. 장난삼아 시작한 일이 이렇듯 모두를 긴장시킬 줄은 몰랐다는 듯 김광식이 흔들던 지폐를 거두고 슬그머니 무리 속으로 들어가려고 할 때였다. 인도인들 틈에서 누군가가 김광식 앞으로 성큼 나섰다. 가벼운 긴장감이 감돌던 분위기가 더욱 무겁게 굳어졌다. 김광식의 얼굴도 굳어졌다.

나는 앞으로 나선 인도인의 얼굴을 한눈에 알아보았다. 펀잡 태생의 란드였다. 그는 서른일곱이라는 나이답지 않게 노인처럼 늙어 보였다. 작은 체구에 수염을 기른 그의 얼굴은 온통 주름살투성이였다. 그의 살갗은 언제나 마른 나무껍질처럼 거칠고 탄력이 없었다.

란드는 김광식에게 다가서며 쇳소리가 나는 목소리로 다짐하듯 말했다.

"원 타임 지기지기 휘브티 리알 마이 오케?"

표정이 굳어 있던 김광식은 지폐를 흔들어 보이며 "오케 오케" 하고 조금 들뜬 목소리로 대답했다. 무겁게 굳어 있던 분위기가 풀어지면서 새로운 호기심과 기대 때문에 다시 조금씩 들뜨기 시작했다.

나는 오십 리알이라는 돈이 인도인들에게 얼마나 큰 돈인지 알지는 못했지만 설사 그 돈이 좀처럼 손에 넣기 힘든 거금이라 할지라도 그 돈 때문에 앞으로 나서는 란드를 이해할 수 없었다.

덫에 걸린 여우는 작고 보잘것없었다. 서너 달 정도 자란 강아지만한 크기의 회갈색 몸뚱이에 비해 귀가 유난히 크고 꼬리가 길었다. 사람들한테 에워싸여 겁에 질린 작은 짐승은 갈색 눈에서 파란 안광을 내쏘았다.

란드가 여우의 주둥이를 가리키며 무어라고 소리쳤다.

그의 말뜻을 얼른 알아차린 김광식이 "누가 요놈의 주둥이를 좀 붙잡아줘요" 하고 주위를 둘러보며 말했다.

그 말이 떨어지자 용접공 김완규가 손목까지 덮이는, 용접용 가죽장갑을 끼고 앞으로 나왔다. 그리고는 바둥거리는 작은 짐승의 주둥이와 앞다리를 꽉 움켜잡았다. 작은 짐승은 더욱더 처절하게 사지를 바둥거리며 몸부림쳤다.

이어서 김광식이 두 손으로 각각 작은 짐승의 뒷다리를 잡아서 벌렸다.

작은 짐승을 내려다보고 있는 란드의 얼굴이 점점 굳어졌다. 수치심을 애써 지우기 위해 스스로를 모멸하고 있는 것 같았다.

나는 그러한 란드를 이해할 수는 없었지만 올가미에 걸려 바둥거리는 작은 짐승만큼이나 가엾다는 생각이 들었다.

란드는 작은 짐승의 암컷 가까이에서 무릎을 꿇고 바지춤을 끌어내렸다.

한국인 노동자들이 란드의 앞쪽으로 모여들며 웅성거렸다. 란드는 주위의 웅성거림에는 아랑곳하지 않은 채 바지를 무릎까지 끌어내렸다. 이윽고 바지만 한겹 입은 그의 하체에서 남근이 모습을 드러내었다. 그러자 한국인 노동자들이 웃음과 야유를 섞어 "우—"하고 소리를 질렀다. 불쌍하게도 란드의 남근은 다시는 그 위용을 자랑할 수 없으리만치 축 늘어져 있었다. 무성한 치모 속에 모습을 드러낸 란드의 남근은 고환 위에 얹힌 채 이방인들의 야유에 더욱 기가 죽는 것 같았다.

란드는 도저히 발기기능을 회복할 수 없을 것만 같은, 형편없이 무력한 남근을 손으로 세웠다. 그리고는 수치심을 이기지 못해 얼굴을 일그러뜨린 채 작은 짐승의 암컷에 다가갔다. 일그러진 란드의 얼굴에 섬뜩하리만치 차갑고도 날카로운 결단의 빛이 서렸다. 이제 란드에게는 짐승의 암컷 속으로 자신의 남근을 디밀어넣으려는 의지만이 있을 뿐이었다. 그러나 몇번인가 시도를 해보았지만 삽입은커녕 작은 짐승의 암컷에 그의 남근이 닿지도 못했다.

"치아라 치아. ×도 × 같지도 않은 것 같고 뭐하는 짓이고. "

배터리몰드 작업장에서 체구가 가장 큰 탈형공 김태환이 우람한 체구만큼이나 큰 목소리로 소리치며 란드에게로 다가섰다.

란드는 김태환의 말뜻을 알아듣지는 못했지만 그 위세에 흠칫 놀라서 바지춤을 끌어올렸다. 그리고는 김광식을 바라보았다. 란드의 눈빛에는

14

다섯 장의 지폐에 대한 미련이 간절하게 남아 있었다. 그러나 란드는 간절한 눈빛 이상의 다른 요구는 하지도 못한 채 어깨를 축 늘어뜨리고는 패잔병처럼 힘없이 그의 동료들 속으로 들어갔다.

"누가 덫을 놓았능기요?"

김태환은 주위를 돌아보며 덫의 임자를 찾았다.

"나가 놓았는디 뭣땀시 그러능가?"

배터리몰드 작업장에서 가장 나이가 많은 철근조립조의 조장인 강찬식씨가 그를 바라보며 되물었다.

"이거 나한테 안 팔라요? 삼십 리얄 줄게요."

김태환은 여전히 바둥거리는 작은 짐승을 발로 툭 차며 퉁명스럽게 말했다.

강찬식씨는 조금은 의아한 표정으로 김태환을 바라본 후 아무 말 없이 손을 내밀었다. 김태환은 강찬식씨의 손에 십리얄짜리 지폐 석 장을 건네주었다. 돈을 건네받은 강찬식씨는 인도인들 사이에 힘없이 서 있는 란드에게로 다가가 말없이 그의 주머니에 돈을 찔러넣어주었다.

"보소 김형, 아까맨치로 이놈 주둥이와 앞발을 좀 붙잡아주소."

김태환은 용접용 장갑을 벗고 있는 김완규에게 부탁을 하고는 쇠톱으로 만든, 날이 새파랗게 선 칼을 쥐고 소매를 걷어올렸다. 그의 오른팔뚝에는 화살이 박힌 하트 문신이 새겨져 있었다.

김태환의 행동이 궁금하다 못해 누군가가 "저걸 뭐하려고 저러지?" 하고 혼잣말처럼 중얼거렸다. 그러자 옆에 있던 노동자가 "여우 ×지를 지니고 있으면 기똥차게 재수가 좋대. 작년에 아씨르(예멘과의 국경에 있는 산악지대)에 있을 때 저것보다 조금 더 큰 것을 잡았는데 한 친구가 두말 않고 오십 리얄을 주고 사더라구. 그런데 그 친구가 얼마 후에 삼천 리얄이 넘는 판돈을 왕창 쓸어가더군. 그 친구 얘기인즉슨 노름판하고 계집 낚는 데는 한마디로 끝내준다는 거야" 하며 주위의 다른 사람들의 궁금증까지 풀어주었다.

김태환이 작은 짐승의 가느다란 뒷다리를 벌려서 두 발로 밟은 다음
날카로운 칼끝을 불쌍한 짐승의 암컷에 들이대었다. 주둥이가 김완규의
억센 손아귀에 틀어잡힌 작은 짐승은 울음을 토해내지도 못했다. 모두들
이 작은 짐승한테서 도려낼 행운을 가져다준다는 징표를 탐욕스런 시선
으로 바라보았다.

나는 작은 짐승의 암컷을 도려내려고 서슴없이 칼끝을 들이대는 김태
환의 손을 보는 순간, 오래전에 저 손을 본 기억이 되살아났다.

그때도 새벽이었다. 그때, 나필규 중사의 팔뚝에도 문신이 새겨져 있
었다. 나필규 중사가 손에 쥔, 날이 시퍼렇게 선 M16 소총 대검이 여명
속에서 살기처럼 차가운 빛을 발하였다.

여자의 오른쪽 뺨은 찢어진 살과 부서진 뼛조각이 회전톱에 잘린 것처
럼 너덜거리며 패어서 검붉은 피가 엉긴 채 고여 있었다. 한쪽만 남은,
채 감기어지지 않은 왼쪽 눈의 흰창이 칼날처럼 섬찟하게 느껴졌다.

총알은 정확히 여자의 뒤통수를 맞힌 것 같았다. 틀림없는 나필규 중
사의 솜씨인 듯싶었다. 나필규 중사의 사격술은 그 누구라도 혀를 내두
르지 않고는 못 배길 정도로 신기에 가까웠다.

아오자이 밑으로 받쳐입은 검은 무명천 바지가 벗겨진 여자의 하체는
골반이 불거져나올 만큼 볼품없이 깡말랐다. 듬성한 치모가 덮인 여자의
생식기는 아무런 욕정도 자극치 못하는 한낱 주검의 일부분일 따름이었
다.

"나중사, 그만둬. 그건 사람이야. 짐승이 아니라 사람이란 말이야. 베
트콩도 사람이잖아."

소대장 이문휘 중위가 내 등뒤에서 다가오며 소리쳤다.

천천히, 아주 천천히 고개를 드는 나필규 중사의 얼굴에는 당연한 일
을 제지당한 듯한 떨떠름한 불만과 함께 엷은 냉소가 서렸다. 그 냉소의
그늘 속에는 샌님 같은 중위 네깟 게 전쟁의 참맛을 알기나 하느냐는 투
의 경멸이 짙게 깔려 있었다.

"소대장님, 이 꽁까이가 살쾡이맨치로 혼바산 쪽으로 간다 아입니꺼. 서라 캐도 그냥 토끼이까네 선임하사님이 존 웨인맨치로 한방에 작살내 뿠심더."

기관총 사수인 한말균 병장이 소대장과 선임하사 사이에 파인 어색하고 무거운 분위기를 메울 양으로 나섰다.

"전과보고에 베트콩 ×지도 하나 노획했다고 넣으시죠."

끈끈한 눈빛으로 이문휘 중위를 바라보는 나필규 중사의 입술이 묘하게 씰룩였다.

나는 전쟁이라는 특수한 상황에서 행해지는 갖가지 잔혹한 행위들이 전과라는 이름으로 미화되는 것을 수없이 보아왔다. 그러나 이 경우를 결코 살인마저 정당화되는 전투행위로 볼 수는 없으리라. 나는 나필규 중사의 잔혹한 행위를 바라보는 어정쩡한 방관자로서의 나 자신에 대해 회의를 느끼다 못해 공범자일지도 모른다는 죄의식까지 느꼈다.

"This is crime(이건 범죄다)."

아까 몰드 위에서 만났던 인도인 쿠레시가 앞으로 나서며 낮으면서도 단호한 목소리로 말했다.

작은 짐승의 암컷을 도려내는 데 열중하던 김태환이 쿠레시를 흘깃 올려다보았다. 그러나 그는 쿠레시의 말을 이해하지 못하고 이내 하던 일에 다시 열중하였다. 대부분의 다른 한국인 노동자들도 쿠레시의 말을 알아듣지 못하고 무표정한 얼굴로 그를 바라보았다.

나와 시선이 마주친 쿠레시가 나에게 무슨 말인가를 다시 하려고 할 때 작업시작을 알리는 높고 날카로운 사이렌 소리가 길게 울리며 꼬리를 끌고 사막으로 퍼져갔다.

사우디아라비아 남동부의 페르시아만 연안에 있는 다란주의 신생도시 알코바의 외곽에는 갑자기 밀어닥친 온갖 문물의 찌꺼기가 성곽처럼 쌓여 있었다. 특히 사막과 접해 있는 북서부 쪽에는 자동차의 잔해가 거의

1킬로미터에 이르도록 어마어마하게 쌓여 있었다. 오아시스를 찾아 유목 생활을 하던 이 나라 사람들이 오일달러 덕분으로 낙타 대신 자동차를 애용하면서부터 생긴 새로운 문명의 퇴적물이었다. 그것들은 마치 산업 사회의 종말을 상징하는 전위미술품들처럼 괴기한 조형미를 드러내 보였다.

나는 넉 달 전 이곳에 오기 위해 자동차의 공동묘지 같은 그곳을 지나오면서 인간이 살고 있는 한계지역 밖으로 벗어나고 있다는 위기감을 막연히 느꼈다. 알코바 시가지에서 40킬로미터나 떨어진 사막에 자리잡고 있는 이곳에 도착한 후 지금까지도 그 위기감은 계속되었다. 지금 생각해보면 그때 느꼈던 위기감이야말로 인식과 지각의 저 밑바닥에 있는 동물적인 직감에서 비롯된 것이 아니었을까 싶은 생각이 든다.

이곳에서는 인간이 지닌 극대치의 인내와 노동력을 끊임없이 요구하였다.

PC 플랜트라고 불리는 이곳에서는 12층이나 되는 아파트를 기둥 하나 세우지 않고 벽과 천장을 따로따로 만들어서 조립하여 지을 수 있게끔 서른 종류가 넘는 패널(panel), 즉 콘크리트벽을 만들고 있다. 물론 모든 규격이 획일화된 아파트이긴 하지만 집을 대량으로 생산해내는 공장인 셈이다. 내가 속해 있는 배터리몰드 작업장은 다른 작업장에 비해 모든 것이 달랐다. 다른 작업장은 강철빔으로 골격을 세운 높고 큰 공장건물 안에 몰드가 하나씩 모두 수평으로 뉘어 있다. 그러나 이곳 배터리몰드 작업장은 무쇠라도 녹여버릴 듯한 불볕을 가려줄 아무런 시설이 없었다. 그냥 노지였다. 게다가 몰드는 전부 세로로 세워져 있었다. 세로로 세워 놓은 열두 개의 몰드는 하나의 거대한 틀을 이루었다. 몰드가 세워진 바닥에는 네 가닥의 레일이 깔려 있어서 몰드 밑에 달린 바퀴가 레일 위를 굴렀다. 몰드에 부착한 유압재크로 칸을 벌리거나 좁힐 때마다 이 레일을 타고 몰드가 움직였다.

몰드의 간격을 완전히 좁히면 폭이 각각 이십 센티미터밖에 안 되는 열두 칸의 좁은 공간이 형성되고, 반대로 따로따로 벌려놓으면 한쪽 면이 없는 넓고 얇은 큰 상자를 모로 세워놓은 모양이 되었다. 다른 작업장에서는 수평으로 뉘어놓은 몰드 위에 올라가서 청소를 하고 철근을 설치하고 전선이 들어갈 파이프 배관을 하고 그밖에 다른 부속품을 부착시키지만 이곳에서는 세로로 세워놓은 몰드 사이에 들어가서 그러한 일을 해야만 했다. 몰드 내부에는 파이프가 조밀하게 배관되어 있어서 120도의 스팀이 몰드를 뜨겁게 달구었다. 물이 질척한 콘크리트를 채우고 다섯 시간만 지나면 콘크리트가 단단하게 굳어진다. 마치 빵틀에서 빵을 구워내는 것과 다를 바가 없다. 5톤이 넘는 콘크리트벽을 크레인으로 들어올려도 파손은커녕 미세한 균열조차 생기지 않았다.

이로 미루어보아 몰드가 얼마나 뜨겁게 달구어지는가를 쉽게 짐작할 수 있으리라. 콘크리트벽, 즉 패널을 들어낸 몰드를 최대한으로 벌려보았자 각 칸마다 3미터 정도의 공간밖에 생기지 않았다. 때문에 달구어진 몰드의 양쪽 무쇠벽에서 내뿜는 열기는 그 공간 속에서 일을 해야 하는 노동자들의 생명을 위협하리만치 뜨거웠다. 게다가 섭씨 50도를 웃도는 한낮의 불볕까지 가세를 하면 땀은 물론 피까지 마를 지경이었다.

이곳 PC 플랜트의 모든 노동자들은 배터리몰드 작업장을 '아오지'라고 불렀다.

몰드를 해체하는 일을 하는 탈형공 강철규가 이곳에 도착하여 처음 일을 시작할 때였다. 그는 몰드 사이에 들어가 일을 하다 도저히 참을 수가 없었던지 금세 뛰쳐나왔다. 그리고는 손에 들고 있던 공구를 내팽개치며 "씨팔, 이따위 것은 알래스카나 시베리아쯤에나 갖다 놓고 시킬 일이지 허구한 날 불볕이 내리쬐는 사막 한복판에다 세워놓고 일을 시키니 사람 잡으려는 수작이잖아" 하고 절규에 가까운 불만을 털어놓은 적이 있었다.

정말 그랬다. 햇볕에 노출된 쇠붙이는 맨손으로 잡을 수도 없을 만치 뜨겁게 달구어졌다. 이러한 자연조건에서 가공할 열기를 내뿜는 몰드 사이에 들어가 일을 하도록 요구하는 것은 너무도 잔인한 처사였다. 생명이 없는 로봇이 아니고서는 엄두도 낼 수 없는 일을 우리는 하고 있었다.

나는 가끔 시베리아의 동토에 있다는 강제노동수용소를 생각해보았다. 이곳의 상황이 그곳과 다를 바가 없기 때문이다. 그러나 그곳의 사람들은 권력의 압제에 의해 강제로 노동을 해도 스스로 그들 자신을 일하는 도구로 비하시키지는 않았을 것이다. 오히려 그들은 물리적인 힘의 억압 아래서도 인간으로서의 존엄과 희망을 결코 포기하지 않았으리라.

하지만 이곳의 우리들은 비록 자의에 의해 오긴 했어도 권력의 압제보다 더욱 철저하게 옥죄어드는 금력에 의해 인간으로서의 우리들 자신을 포기하지 않으면 안되었다.

지난 넉 달 동안에 무려 여덟 명의 노동자가 이 악랄하고 야만적인 공간 속에서 쓰러졌다. 그리고 세 사람은 목숨까지 잃었다. 그러나 회사에서는 인도적인 배려는커녕 축전지의 기운이 떨어진 도구쯤으로 치부할 따름이었다.

이곳에 도착했을 때 우리 모두는 적어도 한번쯤은 어떤 선택의 기로에서 망설이지 않을 수 없었다. 돈을 포기하느냐 아니면 이 지옥 같은 공간을 택하느냐.

그러나 우리는 끝내 이 끔찍한 공간을 택하고 말았다. 아니, 택한 것이 아니라 그럴 수밖에 없도록 등을 떠밀린 것이다. 만약 용기를 내어서 발길을 돌렸을 때는 자비부담이라는 거액의 항공료를 물어야 했으니. 굴레처럼 씌워져 있는 가난은 우리들로 하여금 인간이기를 포기하도록 설득을 하였다. 이러한 우리들에게 있어 유일한 희망은 일년이라는 계약기간의 긴 시간의 터널을 버러지처럼 기어가는 것뿐이었다. 우리를 고사시키려는 인위적인 열기와 자연의 열기 때문에 몸 전체로 갈증을 느끼듯 채워지지 않는 금욕에 대한 허기를 끌어안은 채.

배터리몰드 작업장에는 다섯 그룹의 작업조가 편성되어 있다. 패널이 굳어지면 몰드를 해체한 다음 크레인을 유도하여 그것을 들어내는 비계 공으로 구성된 탈형조, 패널의 뼈대와 같은 철근을 설치하는 철근조립조, 전선이 들어갈 파이프와 전기부속품을 철근에 부착시키는 전공조, 콘크리트를 타설하는 콘크리트조, 패널을 들어낸 몰드에 붙어 있는 엷은 시멘트막을 청소하는 인도인들로 구성된 잡역부조.

나는 인도인들로 구성된 잡역부조에 속해 있으며 인도인들은 나를 폴맨(인부의 우두머리)이라고 불렀다. 나의 주된 임무는 인도인들의 작업을 독려하고 확인하는 것이었다.

패널을 들어낸 몰드는 스팀으로 달구어진 가공할 열기를 그대로 내뿜었다. 나는 매번 이 야만적이고 악랄한 공간 속으로 짐승을 몰아넣듯 인도인들을 다그쳐 몰아넣었다. 짐승을 몰듯 그들을 몰아넣는 나 역시 야만적이고 악랄한 인간이 될 수밖에 없었다.

나의 전임자는 이 위세등등한 직책을 물려주면서 "이치들은 마치 고무줄 같아서 조금만 느슨하게 대하면 도무지 일을 제대로 하질 않으니까 항상 팽팽하게 잡아당겨야만 할 거요" 하고 충고를 해주었다. 과연 인도인들에 대한 그의 충고는 정확했다.

나는 상상조차 할 수 없었던 이곳의 열악한 환경 때문에 당황했고 그리고 처음 대하는 이국인들에 대한 감상 때문에 그들을 느슨하게 대했다. 그 반응은 즉시 나타났다. 인도인들은 한없이 늘어지기 시작했다. 게으르고 굼뜬 그들의 행동은 뙤약볕에 녹는 엿가락처럼 마냥 흐느적거렸다. 며칠 지나는 동안 그들은 더욱 풀려서 마침내는 흐물흐물 녹아내렸다. 일이 늦어지자 다른 그룹에 속해 있는 한국인 노동자들은 그만큼 쉴 수 있는 시간이 길어지므로 속으로 쾌재를 불렀다. 그러나 나는 관리자들로부터 호된 질책을 당했다.

나는 울컥 화가 치밀었다. 패널생산의 감소에 대한 관리자들의 질책 때문만은 아니었다. 이질적인 체취를 풍기는 인도인들이 속으로 낄낄대며 나를 우롱하고 있는 것 같아서였다.

나는 전임자의 충고대로 고무줄을 잡아당기듯 그들을 팽팽하게 잡아당
겼다. 억양과 표정만으로도 충분히 감지할 수 있는 원색적인 욕설과 폭
력적인 거친 행동으로 그들을 거세게 몰아붙였다. 그리고 나의 지시에
따르지 않을 때는 사흘까지 작업정지 처분을 내릴 수 있는 권한까지도
휘둘러서 마침내 그들을 전임자처럼 팽팽히 잡아당겼다.

나는 이제 채찍을 무자비하게 휘두르는 노예감독처럼 인도인들 위에
당당히 군림했다. 그러나 처해진 상황에서 위치만 조금 다를 뿐 나 역시
일하는 도구임에는 변함이 없었다. 다만 쓰이는 용도만 조금 다를 뿐.

B몰드의 첫번째 칸이 서서히 벌어졌다. 엄청난 열기와 함께 비릿한
시멘트의 독성이 서린 수증기가 왈칵 밀려왔다. 머리 위에서 이글거리는
태양은 이내 그 수증기를 증발시켜버렸다.

넓은 한쪽 면이 드러난 거무칙칙한 암회색의 콘크리트 패널이 금세 물
기가 마르면서 엷은 회색으로 변해갔다.

높이가 5미터, 너비가 7미터나 되는 거대한 무쇠틀은 양쪽에 서 있는
인간들의 자존심을 무참히 짓밟으면서 당당하게 간격을 벌려나갔다. 몰
드의 첫번째 칸을 레일의 길이만큼 최대한으로 벌려놓고 나머지 칸들을
이삼십 센티미터 간격으로 벌려놓았다. 첫번째 칸의 패널을 들어낼 동안
나머지 칸의 열기를 조금이라도 식히기 위해서였다.

탈형조원들이 몰드의 양쪽에 서서 이제부터 치러야 할 격전에 대비해
서 어금니를 굳게 다물었다. 그래서인지 하나같이 모두 양쪽 볼에 각이
졌다.

나는 몰드에서 패널을 모두 들어내기까지는 삼십분 정도의 여유가 있
으리라 생각하고 인도인들이 모여 있는 철근조립장으로 갔다.

철근의 이음새를 용접해서 골격을 세우고 그 위에다 대추야자나무 가
지로 성기게 지붕을 얹은 철근조립장은 배터리몰드에서 유일하게 그늘이
있는 곳이다. 그래서 우리는 이곳을 오아시스라고 불렀다. 인도인들이
철근조립장 한귀퉁이를 차지하고 무리지어 앉아 있었다. 인도인들은 몰

드의 옆면에 10센티미터 간격으로 촘촘히 뚫린 틈새를 메울 스티로폴을 자르고 있었다. 루프라고 하는 반원 모양의 철근이 돌출될 수 있게 뚫린 틈새였다. 그러나 란드만이 무리에서 떠나 강찬식씨의 발 앞에 엎드려 있었다. 참으로 이상한 광경이었다.

란드는 강찬식씨 앞에 엎드려서 그의 투박한 안전화를 두 손으로 어루만졌다. 나머지 인도인들은 란드의 행동을 일부러 못 본 체하는지는 몰라도 아무도 아랑곳하지 않았다.

강찬식씨는 란드의 행동을 만류도 하지 않은 채 어리둥절한 표정으로 그를 바라보았다. 란드의 행동에는 분명 말로써 표현하는 것보다 더 간곡한 어떤 진심이 담겨 있었다. 나는 작업이 시작되기 전, 강찬식씨가 여우 판 돈을 란드에게 준 것을 떠올리며 혹시 그 일과 연관이 있으려니 하고 짐작을 해보았지만 그의 행동이 무슨 의미인지는 도저히 알 수가 없었다.

내가 가까이 다가가자 강찬식씨가 마침 잘 왔다는 표정을 지으며 "이 사람 말을 통역 좀 해주소. 귀가 있어도 말을 알아들을 수가 없응께 답답혀서 환장허겄소" 하며 옆에 앉기를 권했다. 내가 강찬식씨 옆에 앉자 란드는 머리 위에 두 손을 얹고는 존경의 시선으로 강찬식씨를 올려다본 후 손을 내리고 나를 바라보았다. 반가운 표정은 란드도 마찬가지였다. 자신의 마음을 말로 전할 수 없었던 안타까움 때문이리라.

"오, 폴맨. 나의 행동은 고마운 분에 대한 감사와 존경의 표시라고 부디 전해주시오. 오늘 아침 이분이 나에게 베풀어준 자선은 여섯이나 되는 나의 굶주린 가족이 한달 동안을 배불리 지낼 수 있는 신의 축복이나 다름없었다고 말이오."

나는 파렴치하면서도 가학적인 유희를 즐기려는 뭇 시선들 앞에서 수치를 무릅쓰고 굴욕적인 행동을 해야만 했던 그의 절박함을 조금은 이해할 수 있을 것 같았다.

란드는 계속해서 말했다.

"나는 이곳에 와서 일을 하는 대가로 삼천 루피를 썼어요. 나를 이 회사에 취업시켜준 우리나라 중개인에게 말이오. 이곳에 와서 받은 처음 두 달 동안의 급료는 몽땅 그에게 송금이 되었지요. 이달로 그와 약속한 것은 모두 청산이 됩니다. 그러나 굶주린 나의 가족은 또 한달을 기다려야 합니다. 당신들은 캘커타의 빈민가에 살고 있는 사람들의 고통을 도저히 상상조차 할 수 없을 것입니다."

말을 멈춘 란드는 주머니에서 나뭇잎을 말아서 얼기설기 실로 묶은 인도의 하층민들이 피우는 싸구려 담배를 꺼내서 불을 붙였다. 마른 나뭇잎이 타는 매캐하면서도 독한 연기를 깊숙이 들이마셨다가 내뿜으며 그는 말을 계속했다.

그의 고향은 캘커타에서 가까운 비하르 지방의 농촌이었다.

그가 일곱살이 되던 해였다. 단비를 내려줄 비구름을 보내달라고 노래와 함께 춤을 추면서 락쉬미 여신(힌두교의 여신)에게 기원하는 어른들을 그는 마냥 즐겁게 바라보았다. 머잖아 락쉬미 여신의 손짓에 따라 단비를 머금은 비구름이 몰려와서 들판을 풍요롭게 적셔줄 것이었다.

며칠 후, 검은 비구름이 잔뜩 몰려왔다. 그리고 비가 내렸다. 비는 다음날도 계속 내렸다. 그리고 다음날도, 아버지가 걱정스런 낯빛으로 하늘을 바라보며 "락쉬미 여신이 비를 내리게 해놓고는 깜박 잊고 카트리 남신을 만나러 갔나보군" 하고 탄식하듯 말했다.

비는 꼬박 엿새 동안을 쉬지 않고 내렸다. 풍요를 기대했던 비옥한 들판이 모두 물에 잠기고 말았다. 들판뿐만이 아니었다. 사람이 사는 집도 가축우리도 모두 물에 잠겼다. 락쉬미 여신의 축복이 아니라 무서운 재난이었다.

비가 그치고 물이 빠지는 데도 꼬박 사흘이나 걸렸다. 벼의 싹이 파릇파릇 돋아나던 논을 비롯해서 모든 경작지가 시뻘건 토사에 묻히고 말았다. 열두 식구의 보금자리였던, 밀짚과 흙을 이겨서 두껍게 벽을 발라 지은 집도, 종자를 저장해두었던 창고인 오두막도, 잉어들이 자라고 있던 연못도, 그리고 아침마다 신선한 우유를 제공해주던 암소와 세 마리의 염소도 모두 거센 탁류에 휩쓸려가버렸다. 그 대신 가슴께까지 차오르는 시뻘건 토사의 늪이 펼쳐졌다.

란드의 가족은 수많은 이재민의 대열에 섞여 캘커타로 흘러들어갔다. 이재민의 대열은 대지를 휩쓸고 흘러가던 탁류와도 같았다. 물이 대지를 뒤덮었음에도 불구하고 인간들은 갈증으로 허덕였고 굶주림으로 쓰러졌고 전염병으로 죽어갔다. 그러면서도 탁류와 같은 이재민의 대열은 거대한 도시 캘커타로 모여들었다.

란드의 집은 2헥타르의 토지를 소유하고 있었다. 그러나 란드의 아버지는 두 딸을 출가시키기 위해 3년 전과 2년 전에 천 루피씩을 고리대금업자로부터 빌려썼다. 그런데다 작년에는 심한 한발마저 들어서 또 오백 루피를 빌려야만 했다. 때문에 고리대금업자가 소송을 걸지 않아도 그 땅을 포기해야 할 지경에 이르고 말았다. 이제 토사가 뒤덮인 땅에 대한 미련은 탁류와 함께 휩쓸려가버린 것이다. 들판에 자라고 있던 벼포기들이 모두 쓸려가버렸어도 높은 이자는 계절풍이 불어올 무렵의 잡초처럼 쑥쑥 자라고 있었다.

캘커타는 탁류처럼 흘러들어온 수많은 이재민들을 받아들였다. 캘커타에는 이미 오래전부터 이재민들을 비롯한 빈민들이 흘러들어와서 도시 곳곳에 고여 있었다. 란드의 가족은 그들 속으로 자연스럽게 흡수되었다. 그러나 캘커타는 란드의 가족처럼 고향을 떠나온 이재민과 빈민들에게 적당한 일거리를 제공해주지 못했다. 도시는 포화상태를 넘어선 지가 이미 오래였기 때문이었다.

란드의 아버지는 일거리를 구하다 못해서 바르바자르 시장에 나가서 짐을 잔뜩 실은 손수레 뒤를 따라다녔다. 손수레를 끄는 사람이 쓰러지면 대신 끌어주고 몇페사라도 벌 수 있지 않을까 해서였다. 캘커타의 빈민들은 극도의 영양실조와 질병 때문에 언제 쓰러질지 모를 허약한 몸으로 과중한 노동을 하고 있었다.

한번은 쓰러진 손수레꾼을 대신해서 손수레를 끌어주고 기적처럼 1루피 20페사를 받은 적이 있었다.

란드의 아버지는 시장 주변뿐만 아니라 기차 부속품을 만드는 공장 주변을 배회하기도 했다. 불의의 사고를 당한 사람을 대신해서 일자리를 얻을 수 있는 요행이 생기지나 않을까 해서였다. 그렇다고 이 선량한 농부는 한번도 그 누가 불의의 사고를 당하거나 쓰러지게 해달라고 빌어본 적은 없었다.

란드의 아버지뿐만 아니라 다른 수많은 빈민들 역시 짐을 실은 수레의 뒤를 따라다니거나 공장 주변을 배회하였다. 란드의 아버지 또한 자연스럽게 그들 속에 섞이게 된 것뿐이었다. 그것은 생존을 위한 정직한 행동이었으며 나름대로 최선의 방법이었다.

란드는 위의 두 형과 함께 바르바자르 시장바닥을 하루도 거르지 않고 뒤지고 다녔다. 시장에는 벵골 지방의 곡식과 설탕, 비하르 지방의 채소, 캐시미르 지방의 과일, 방글라데시 지방의 닭과 달걀, 오리사 지방의 생선, 순다르반스 지방의 갑각류와 꿀 등 여러 지방의 산물이 끊임없이 몰려들어왔다. 란드의 형제들은 진종일 시장바닥을 헤매면서 그것들의 부스러기를 주웠다. 때로는 주인이 한눈을 파는 사이 물건을 슬쩍 훔치기도 했다.

란드의 가족은 멀건 죽이 아니면 삶아서 햇볕에 말린, 돌가루처럼 단단한 쌀을 조금씩 나누어서 씹는 것으로 대부분의 끼니를 때웠다. 그것을 입안에 넣고 씹으면 먹고 있다는 그 자체 때문에 허기를 잠시나마 잊을 수가 있었다.

그것마저도 없으면 입안이 온통 불이 붙는 듯한 매운 고추를 씹어야만 했다. 불처럼 매운 고추맛 또한 허기를 잠시나마 잊게 해주기 때문이었다.

란드는 굶주림 자체를 씹어서 허기를 잊듯 돌가루처럼 단단한 쌀이나 불처럼 매운 고추를 씹을 때마다 고향 생각을 했다. 지평선 쪽으로 해가

기울면서 번지는 아름다운 노을과 연초록색 카펫을 깔아놓은 것 같은 논들, 경작지 끝으로 펼쳐져 있는 밝은 녹색의 파파이아나무숲, 그리고 좀더 짙은 녹색의 망고나무숲, 둥지를 찾아가는 텃새들, 연못의 수면 위로 주둥이를 내밀고 뻐끔뻐끔 입을 벌리는 살찐 잉어들, 고삐를 잡아당겨도 좀체로 잘 따르지 않는 고집 센 염소, 외양간의 구수한 쇠똥 냄새, 논둑에 피어 있는 풀꽃의 향기, 저녁밥을 지을 때 쓰는 마른 쇠똥이 타는 냄새와 연기, 그 모든 것들이 어린 란드의 기억 속에서 선명하게 살아났다.

란드의 가족이 캘커타에 온 지 석 달 만에 기적처럼 아버지가 일자리를 얻었다. 어머니의 말에 의하면 코끼리 머리를 한 행운의 여신 가네쉬 신의 도우심 때문이었다.

전재산이던 십루피짜리 지폐 다섯 장과 오루피짜리 동전 한닢이 겨우 5페사밖에 남지 않았을 때였다. 인구가 천만명이 훨씬 넘는 대도시 캘커타에서 란드의 가족보다 4년 앞서 고향을 떠나온 찬드라라는 고향사람을 만난 것이다. 그것은 확실히 기적 같은 일이었다. 그 사람은 십만명이 넘는 캘커타의 인력거꾼 중의 하나였다.

란드의 아버지는 그 사람의 소개로 인력거꾼이 될 수 있었다. 물론 인력거를 끌다가 심한 각혈을 해서 쓰러진 사람을 대신해서였다. 그 자리를 얻기 위해서 란드의 어머니가 결혼 때 지참금조로 가지고 왔던 패물 중에서 마지막으로 남은 순금 코걸이를 팔아서 30루피를 뇌물로 지배인에게 바쳤다.

어머니의 마지막 자존심의 상징으로 남아 있던 순금 코걸이 대신 구리 코걸이로 그 자리를 메웠지만 그래도 어머니는 기뻐했다.

란드의 아버지가 일자리를 얻은 지 두 달이 채 못 되어서 두 형이 죽었다.

쓰레기장에서 쓸 만한 것을 줍다가 쓰레기차가 와서 6톤이 넘는 쓰레기를 쏟는 바람에 쓰레기더미에 묻히고 말았다. 운전수가 작은 아이들이 쓰레기더미를 파헤치고 들어간 것을 보지 못했던 것이다.

형들의 주검은 사흘이 지난 후에야 역시 쓰레기를 헤집던 다른 아이들에 의해서 발견되었다.

아버지는 하나밖에 남지 않은 아들 란드에게 온 정성을 쏟았다. 캘커타에서 조금이라도 나은 일자리를 얻기 위해서는 힌두어나 우르두어, 심지어는 고향인 비하르 말보다는 영어를 잘해야 한다는 것을 알고는 영어를 배우게 해주었다. 빈민가의 모퉁이에 있는, 영국인과의 혼혈인이 운영하는 조그만 잡화점에서 일을 할 수 있도록 주선해준 것이었다. 2년 동안 무보수로 일을 해주는 대신 란드에게 영어를 가르쳐달라는 조건으로. 그러나 란드는 2년이 다 되어도 별로 영어를 배울 수가 없었다. 주인은 영어를 가르치는 것보다는 일을 시키는 데 더 열중했기 때문이었다. 란드는 꼬박 4년 동안을 그 잡화점에서 일을 했다. 영어를 쓸 줄은 몰라도 어느정도 말할 수는 있게 되었다. 그러나 아버지의 기대처럼 좋은 일자리를 얻을 수는 없었다.

란드는 그후, 일년여 동안을 형들이 죽은 쓰레기장에서 다시 고철 따위를 캐다가 팔았다. 그러나 그 일은 고작해야 한달에 10루피의 벌이도 되지 못했다. 열세살이 되던 해 운좋게도 트럭 부속품을 만드는 공장에 취직을 했다. 하루에 1루피 50페사를 받았다. 그러나 매일같이 꼬박 열두 시간 동안 일을 했고, 잦은 정전 때문에 한달에 일주일 이상은 밤을 새워야만 했다.

란드가 그 공장에서 일한 지 2년째가 되던 해 연년생인 열네살짜리 누이동생을 서둘러 시집보냈다. 어머니가 앓고 있는 결핵이 점점 심해졌기 때문이었다.

아버지는 누이동생의 결혼비용과 지참금을 위해 7백 루피나 저축을 해두고 있었다. 누이동생이 시집간 지 석 달 만에 어머니가 죽었다. 장례 비용으로 3백 루피가 들었다. 이번에도 아버지는 기적처럼 그 돈을 마련해서 지니고 있었다. 고작해야 하루에 십 루피가 조금 넘는 수입으로 그

러한 목돈을 마련하기까지는 싸구려 밀주인 방글라 한잔, 디비담배 한개
비도 안 피우고 결사적으로 저축을 해야만 했을 것이다.

딸을 출가시키고 아내마저 잃은 란드의 아버지는 날로 쇠약해졌다. 그
러나 계절풍이 불어서 홍수가 지거나 무더위에 아스팔트가 녹아서 찐득
거려도 하루도 거르지 않고 맨발로 인력거를 끌었다.

란드는 열일곱살이 되자 같은 비하르 지방 출신인 인력거꾼의 딸과 혼
인을 하였다. 그리고 아버지로부터 인력거채를 물려받았다. 아버지 역시
오래전부터 심하게 각혈을 하고 있어서 더이상 인력거를 끌 수가 없었
다.

란드의 아버지는 손자의 첫번째 생일이 지나자 손목에 가느다란 은팔
찌 하나만을 차고서 힌두교도의 성지인 베나레스로 떠났다. 그것은 영원
한 순례의 길이었다. 다음 생에서는 좀더 나은 계급으로 부유한 가문에
서 태어나길 기원하면서 베나레스로 가는 기차표만을 달랑 쥐고서 이승
에서의 마지막 작별을 하고 떠난 것이다. 그곳에서 수많은 순례자들의
자비심에 의지하여 목숨이 붙어 있는 날까지 살다가 죽으면 팔에 끼고
있는 은팔찌가 육신을 태워줄 장작값으로 쓰여질 것이다. 그리하여 그토
록 고달팠던 육신은 한줌의 재가 되어 성스러운 어머니의 강 갠지스에
뿌려져 이 세상에서의 모든 것을 마감하게 될 것이다.

란드 역시 아버지가 그랬던 것처럼 캘커타의 기층을 이루고 있는 전형
적인 빈민인 인력거꾼으로서 십년을 하루같이 거리 곳곳을 누비고 다녔
다.

다섯째 아이가 태어나서 한달이 조금 지난 어느날이었다. 란드는 도저
히 믿어지지 않는 말을 듣고는 며칠 동안 잠을 이룰 수가 없었다.

코후링가의 모퉁이에서 같은 인력거꾼인 벵골 출신의 무하마드라는 회
교도로부터 그 말을 들었다. 사우디아라비아에 진출해 있는 한국 건설회
사에 취업을 하면 한달에 천오백 루피를 벌 수 있다는 것이었다. 정말로
그 말은 믿을 수 없는 꿈같은 얘기였다. 힌두의 모든 신들이 축복을 해

주어도 한달에 사백 루피 이상은 도저히 벌 수가 없었으니 말이다.

란드는 인력거채를 잡은 후 십년 동안 저축해두었던 천칠백 루피를 온 갖 비용으로 쓰고 그리고 두 달치 급료를 중개인에게 지불키로 하고 드 디어 그 꿈같은 말을 현실로 받아들여 이곳에 온 것이었다.

2

박제된 인간들

날카로운 사이렌 소리가 긴 여운을 끌고 사막의 모래구릉 너머로 퍼져
갔다.

오후 1시 40분, 작업시간 20분 전이다.

나는 그 날카로운 사이렌 소리에 전율하며 억지로 눈을 떴다. 바싹 말
라서 굳어버린 육신을 일으키는 데는 내 의지를 초월한 결단이 필요했
다. 그것은 차라리 고통이었다. 점심을 먹고 난 후, 한 시간 반 정도의
낮잠은 폭염 아래 시달린 내 육신을 더욱더 탈진케 할 뿐 아무런 휴식도
되지 않았다. 천근처럼 느껴지는 육신을 한가닥 실낱 같은 의지로 일으
키기 위해서는 혼신의 힘을 쏟아야만 했다. 내 얼굴은 극에 달한 고통을
이겨내기 위해 일그러지다 못해 굳어졌다. 가까스로 자리에서 상체를 일
으켜세운 다음 정신을 차리는 데만도 2, 3분이 족히 걸렸다. 속을 파낸
박처럼 머리가 텅 비어 있는 것 같았다. 과중한 노동과 태양에서 내리쬐
는 폭염과 무쇠몰드에서 내뿜는 열기는 뇌수마저 말려버린 듯, 머릿속이
모래가 섞인 것처럼 서걱거렸다.

탈진한 육신을 끌고 숙소를 벗어나자 연청색 작업복을 입은 노동자들
이 꾸역꾸역 밀려나왔다. 직사광선으로부터 피부를 보호하기 위해 흰 보
자기로 눈만 남겨두고 얼굴을 싸맨 모습들이 흡사 도둑의 무리처럼 기괴

하게 보였다. 더욱이 짙은 색깔의 선글라스로 눈까지 가렸음에야.

낮잠에서 고통스럽게 깨어난 노동자들은 모두 다 누적된 피로를 한짐씩 짊어지고 있었다. 모두가 짊어지고 있는 피로 위에 그만한 무게의 침묵까지 얹혀져 있었다.

작업장과 숙소를 구획짓는 B 샤워장을 지나서 배터리몰드 작업장과 연결된 도로로 밀려나와 느릿느릿 걸음을 떼어놓는 노동자들의 행렬은 거대한 연체동물의 움직임처럼 힘이 없었다. 의지가 고갈해버린, 아니, 의지를 거세당한, 완벽하게 자의가 배제된 행렬이었다. 잔혹한 햇살과 혹심한 노동은 육체의 진액뿐만 아니라 정신의 진액까지도 고갈시켰다. 매일같이 열다섯 시간 이상 강행하는 노동은 이미 그들의 의지의 한계를 넘어섰다. 그저 1년이라는 긴 시간의 터널을 연체동물의 움직임처럼 그렇게 느릿느릿 기어가고 있을 따름이었다.

사막은 무색투명한 화염의 파도가 일렁이는 바다와도 같았다. 끊임없는 파장으로 이어지며 밀려오는 열파는 모든 물체의 윤곽을 흐물흐물 녹였다. 긴 행렬을 이루어 걸어가고 있는 인간들마저도 그 열파에 녹아내렸다.

B 샤워장과 배터리몰드 작업장 사이에는 1공장과 2공장이 자리잡고 있었고 그 중간에 콘크리트를 배합하는 배차플랜트가 우뚝 서 있었다.

연체동물의 움직임 같은 행렬에 섞여 1공장을 막 지날 무렵이었다. 나와는 대여섯 사람 정도 앞서 걸어가던 누군가가 열파에 녹아 무너져내리듯 힘없이 쓰러졌다. 쓰러진 그의 곁에서 걸어가던 몇몇 노동자들이 주춤하며 잠시 가벼운 동요를 일으켰을 뿐 그대로 지나쳤다. 그리고 나머지 노동자들도 모두 무엇에 끌려가듯 쓰러져 있는 사람에게 관심조차 두지 않은 채 그냥 지나쳐갔다.

나도 이 침묵의 행렬에 섞여 지나쳤다.

'이래서는 안되는데' 하고 지나쳐가는 나를 꾸짖는 소리가 마음 한구석에서 가늘게 들려왔지만 몸이 말을 듣지 않았다. 그랬다. 기계적으로 발걸음을 옮기는 것말고는 그 무슨 행동도 하고 싶지가 않았다. 50도가 넘는 불볕이 그대로 살가죽과 뼈까지 뚫고 들어와 뇌수를 바싹 말려버리고 있는 것 같았다. 아무 생각도 어떤 행동도 하고 싶지가 않았다. 쓰러진 동료를 일으켜서 어떤 조치를 해야 하는 것이 아주 당연하고 다급한 일임을 알면서도 나의 정신과 육체는 그것을 거부하였다.

오로지 비정한 생존의 본능만이 정신과 육체의 바닥에 깔려 있었다. 그리고 얼굴과 눈까지 가린 이 침묵의 행렬이 지닌 익명성은 쓰러진 동료를 외면하는 비정함을 편하게 덮어주었다.

쓰러진 사람을 지나쳐 몇발짝 걸음을 옮겼을 때부터 무서운 생각이 들기 시작했다. 흰 보자기로 얼굴을 싸매고 짙은 색의 선글라스로 눈까지 가린 이 침묵의 무리 모두가 지구에 살고 있는 인간들이 아닐지도 모른다는 생각이 들었다. 발걸음을 되돌리고 싶었다. 아니, 이 무리에서 어느 쪽으로든 벗어나고 싶었다. 몽유병자들의 무리 같은 이 기괴한 침묵의 행렬에서 어서 벗어나고 싶었다.

"야, 이 씨벌놈들아, 느그가 사람새끼여 뭐여? 사람이 죽어가는디 그냥 지나쳐가. 에라이, 짐승만도 못헌 것들아."

무거운 침묵을 깨는 노기띤 목소리가 등뒤에서 들려왔다. 철근조립조의 조장인 강찬식씨의 목소리였다.

나는 흠칫 놀라 걸음을 멈추려다 말고 그냥 계속해서 걸어갔다. 조금 전까지만 해도 이 침묵의 행렬에서 벗어나고 싶었지만 이제는 이 행렬의 익명성 속으로 깊이 숨어버리고 싶었다. 이 행렬의 모두는 그 익명성 속에서 조금이라도 자신을 편하게 감추고 싶었을 것이다. 어쩌면 가없이 혹독한 환경에 적응하려는 나약한 인간들의 본능이었을지도 모른다. 또 아니면 이 회사가 만들어놓은 야만적인 환경이 인간의 고귀한 품성을 파괴시켜버렸기 때문인지도 모른다. 우리 모두는 하루에 열다섯 시간이 넘는 노동을 강행하고 있다. 개개인의 체력에 따라 피로도의 차이가 있다손 치더라도 어느정도의 기간이 지나면 모두에겐 철저한 체념밖에는 남

는 게 없었다. 체념의 대가로 얻는 것은 수치가 늘어난 급료이다. 회사
는 이 급료의 수치로 우리를 꼼짝 못하게 옭아매었다. 잔업을 하지 않고
기본작업만 해서는 정말 형편없는 벌이였다. 기본작업시간의 배에 가깝
도록 일을 해야만 겨우 40만원이 넘었다. 만약 잔업을 포기할 경우는 동
료들로부터 따돌림보다 더한 비난을 받아야만 했다. 그룹별로 작업량이
할당되어 있어서 한 사람이라도 결원이 생기면 그만큼 작업량의 부담이
늘어나기 때문이었다. 회사는 이러한 보이지 않는 장치까지도 주도면밀
하게 해놓고서 노동자들을 오로지 일에만 붙들어두었다. 자연 우리들의
정신은 피폐해지고 육체는 개인의 의사와는 무관하게 도구화되어갔다.

그 분노에 찬 질타의 목소리는 나 자신에 대해 심한 모멸감을 느끼게
했다. 적어도 이 집단 속에서 충실한 도구로 안주하고 싶었던 나의 내부
에서 처음으로 고개를 치켜든 또다른 나의 모습이었다. 나는 도망치듯
서둘러 작업장으로 갔다.

작업장에 도착한 배터리몰드의 노동자들은 작업시작까지 3분 가량 남
은 여유를 누리기 위해 철근조립장의 유일한 그늘 밑으로 모여들었다.
담배를 피우려고 얼굴을 싸맨 흰 보자기를 끄르는 것을 보며 나는 이곳
에 오기 전까지의 그 침묵의 무리를 떠올렸다. 모두들 다른 길로 오기나
한 것처럼 아무 일도 없었다는 표정으로 담배를 피워물고 농담을 했다.
그들의 표정은 지극히 정상적이었다. 비록 먹고 자고 일만 하는 극히 단
조로운 일상이지만 그 속에서 정상적인 사고를 하며 또 그 나름대로의
가치를 지니고 사는 사람들 같았다.

"또 한바탕 불어제끼겠군."

탈형공 강철규가 사막 가운데를 가리키며 모두 들으라는 듯이 말했다.

사막에는 이미 음험한 기운이 번졌고 그 기운은 빠르게 확산되어 우리
들 주변에까지 순식간에 번져왔다. 작업장의 동쪽, 가까이에 있는 구릉
의 모래들이 벌써 비상을 서둘렀다. 한낮의 태양이 이글거리며 염열로
일렁이던 대기에는 음산한 어둠이 번지기 시작했다. 이따금씩 불어닥치

는 열풍의 전조였다.

노동자들은 피우던 담배를 버리고 자연의 변화에 대응하기 위해 서둘러 흰 보자기로 다시 얼굴을 단단히 싸맸다.

12월에서 1월 사이의 짧은 기간에 기적처럼 내리는 몇차례의 비를 제외하고는 일년 내내 한방울도 내리지 않는 이 무미건조한 사막에서 유일한 변화가 있다면 바로 이 열풍이었다. 한차례 열풍이 휘몰아치고 나면 지금까지 있었던 모래구릉들이 없어지고 새로운 모래구릉들이 생기곤 했다.

이제 사막은 마치 먹구름이 뒤덮이고 사나운 풍랑이 이는 바다와도 같았다. 자욱한 모래와 용광로에서 갓 빠져나온 듯한 열기를 동반한 바람은 태양마저 가리고 황금빛의 평화로운 모래구릉들을 마구 할퀴어 뜯으며 어지러이 난무하였다. 땅 위의 모래들이 모두 살아서 하늘로 비상을 서둘렀고 맹위를 떨치던 태양은 그 모래입자들에 가려 구름 속의 달처럼 빛을 잃었다. 낮도 밤도 아닌 제3의 날이 시작되었다.

나는 상체를 잔뜩 오므리고 팔꿉을 겨드랑이에 바싹 붙인 채 상의의 깃을 세워 두 손으로 깃을 잡고 의지할 물체를 찾아서 뛰어갔다.

땅속 저 깊은 곳에서부터 울려오는 듯한 음산한 울림과 막강한 힘을 지닌 바람소리가 보자기로 겹겹이 싸맨 귓속을 울렸다. 앞다투어 비상하여 난무하는 모래입자들은 2,3미터 앞에 있는 물체조차 식별할 수 없을 정도로 시야를 가렸다. 허공에 떠 있는 모래입자들은 날카로운 침을 지닌 미세한 벌레들처럼 옷깃을 잡고 있는 손등을 공격했다. 손등에 무수한 바늘이 찔러대는 것 같은 통증이 일었다.

나는 열풍의 중심권에 들어 있음을 실감하며 콘크리트 패널이 세워져 있는 곳까지 갔다. 세워져 있는 패널과 패널 사이는 겨우 한 사람이 들어갈 수 있을 정도로 틈새가 벌어져 있었다. 이미 그곳에는 두 무릎 사이로 얼굴을 박고 양팔로 목덜미를 감싸고 있는 노동자들이 거의 칸칸이 차지하고 있었다. 나 역시 먼저 와 있는 사람들처럼 머리를 양무릎 사이에 쑤셔박고 몸을 최대한으로 웅크리고 앉았다.

열풍의 기세는 점점 더 격렬해졌다. 깊은 울림을 담고 윙윙거리던 바람은 울부짖는 사나운 태풍처럼 지상에 돌출된 물체들을 무자비하게 공격하였다. 일정한 방향이 없이 휘몰아치는 기류를 따라 모래들이 패널 사이의 좁은 공간까지 집요하면서도 잔인하게 공격해왔다. 망막에 달라붙은 모래입자 때문에 눈동자는 쓰리고 아팠으며 보자기로 얼굴을 가린 입안에도 모래가 서걱거렸다. 옷깃 사이는 물론 단추를 채운 상의의 앞섶 사이로 침투해온 모래는 땀과 엉겨서 살갖을 아프게 갉아대었다. 이것들보다 더욱 고통스러운 것은 질식할 것만 같은 호흡장애였다. 대기 속에서 산소가 갑자기 증발해버리기라도 한 것처럼 열기와 모래입자만이 호흡기 속으로 밀려들어왔다. 참을 수 없을 정도로 숨이 가빴다. 얼굴을 싸맨 보자기를 끌러버렸다. 눈, 코, 입 어디 할 것 없이 모래입자들이 때를 만난 듯이 공격해들어왔다. 땀구멍 속까지도 기승을 부리며 파고들어오는 것 같았다. 입안은 메마르다 못해 굴뚝 속 같았다. 혀에서 분비되던 침마저도 고갈되어 마침내는 혀까지도 나뭇조각처럼 굳어져갔다.

나는 이 끔찍한 상황에서 내 몸을 보호할 아무런 방법이 없다는 것을 자각하며 체념의 상태로 웅크리고 앉아 있을 수밖에 없었다.

나는 가능한 한 많은 생각을 하기로 했다. 되도록이면 안락하고 풍요로웠던 때를 생각하며 그 속에 머물고 싶었다. 그러나 의도와는 반대로 살벌하고 끔찍한 기억들만이 생각의 표면으로 떠올랐다.

죽음——살육의 무대였던 베트남의 정글, 살육의 주인공이었던 나, 아수라장과도 같았던 야간전투, 하반신이 잘려나간 베트콩의 시체, 생식기가 도려내어진 여자베트콩의 주검, 뇌수가 부풀어 괴어오른 촌가의 남자시체, 허공을 움켜쥐고 쓰러지던 나필규 중사, 나도 모르게 양무릎 사이에 쑤셔박고 있던 머리를 치켜들고 고개를 세차게 흔들었다. 나를 전율케 하는 죽음으로 이어진 기억들을 떨쳐버리고 싶었다. 내 기억은 온통 죽음처럼 검고 칙칙한 색깔로 채색되어 있다. 영롱했던 유년의 기억도, 가슴 설레었던 사춘기의 기억도, 푸르고 싱싱해야 할 청년기의 기억 까지도 모두 그 검고 칙칙한 죽음의 빛깔에 가려져 있다. 내 의식 속에 는 언제나 고통과 함께 죽음이 검은 그림자를 드리우고 있다. 때로는 죽음이 나를 유혹하기도 했다. 죽음이야말로 고통으로부터 벗어날 수 있는 가장 확실한 돌파구이자 안식처라고 하면서.

나는 십년 만에 두번째로 남의 나라에 왔다. 첫번째는 군인으로 베트남에 갔었고 두번째인 지금은 노동자로서 이곳 사우디아라비아에 온 것이다. 정글과 사막, 군인과 노동자, 이 두 단어들은 서로 상반된 이질적인 개념을 지닌 것처럼 생각되기 쉽다. 그러나 인간의 발걸음을 거부하는 오지라는 것과 극기와 투쟁을 요구한다는 점에서 본질적인 동질성이 있다.

십년 전, 내가 베트남전쟁에 지원을 한 것은 극도의 폭력행위가 영웅적으로 묘사되는 전투를 통해서 내 존재를 확인해보고픈 소영웅주의 심리가 다분히 작용을 했었다. 스물셋의 젊음은 무용담의 주인공으로서의 전사가 되고 싶었고 아울러 스물세 해 동안 한번도 여유를 누려보지 못했던 가난에서도 벗어나고 싶었다. 한달에 70불 남짓 된다는 전투수당이 탐나는 거금으로 여겨졌기 때문이었다.

베트남전쟁은 내가 원했던 두 가지를 다 갖게 해주었다. 사병의 신분으로 두 번씩이나 받은 무공훈장과 더불어 전투수당도 12개월 동안 꼬박꼬박 받았다. 나의 무용담은 두 번씩이나 전우신문에 대문짝만하게 소개가 되었다. 뿐만 아니라 여러 일간지에서조차도 기사로 다룰 정도였다. 그러나 베트남에서 돌아와 곧 제대를 한 나는 영웅도 아니었고 매달 받은 전투수당은 나를 가난으로부터 벗어나게 해주지도 못했다. 오히려 밤마다 끔찍한 악몽에 시달리는 고통을 겪어야 했으며 살인을 했다는 무서운 죄의식은 언제나 내 의식을 포박하였다. 나는 베트남에서 적이 아닌 아군, 그것도 상관을 조준사격해서 살해했던 것이다.

내가 첫번째 무공훈장을 받은 것은 베트남에 파병된 지 여섯 달이 조금 지난 때였다. 정글에서의 전투는 몬순이 시작된 날씨만큼이나 지루하게 전개되었다. 적은 어디에 있는지 좀체로 모습을 드러내지 않은 채 정글 곳곳에 숨어 있었다. 넓은 관목잎 뒤에, 혹은 처녀림의 풀이끼 속에, 아니면 탁한 물웅덩이 속에, 심지어는 여인의 아오자이 속에까지도 적들은 숨어 있는 것 같았다. 그러나 적은 어디에도 없었다. 어느 곳에서도 없는 듯한 적에 대한 두려움이 몬순과 함께 밀려오는 습기처럼 칙칙하게 감겨왔다.

그날 밤, 청음초를 나가 매복을 하고 있던 나는 깜박 조는 사이에 악몽을 꾸었다. 도약을 하기 위해 웅크린 고양이처럼 몸을 잔뜩 오므린 채 상체를 앞으로 숙인 사내가 쥐고 있는 칼끝이 나의 심장을 겨누고 있었다. 어둠을 등에 진 채 나를 쏘아보는 눈빛이 나의 심장을 겨누고 있는 칼끝보다 더욱 섬찟하였다. 사내의 온몸은 어둠 그 자체 같았고 나의 심장을 겨누고 있는 칼끝과 나를 쏘아보고 있는 눈빛만이 빛을 발하였다. 나는 극도의 공포 때문에 온몸이 졸아들다 못해 피까지 얼어붙어서 마침내는 고양이 앞의 쥐처럼 꼼짝도 할 수가 없었다. 사내가 칼끝을 앞세우고 도약하는 고양이처럼 몸을 솟구쳤다. 정체를 알 수 없는 사내의 얼굴이 나를 삼켜버리기라도 할 것처럼 엄청난 크기로 확대되어 나를 덮쳐왔다. 나는 공포에 짓눌려 온몸이 빳빳하게 굳어진 채 비명을 질렀으나 도무지 소리가 입 밖으로 나오지 않았다. 극히 짧은 시간이긴 하지만 가위눌린 채 허우적대다 눈을 떠보니 함께 청음초를 서고 있는 분대장 정준기 하사의 투박한 손이 나의 입을 막고 있었다. 야간위장을 하느라고 검은 칠을 한 그의 얼굴에서 눈만 괴이할 정도로 크게 보였다.

정하사가 내 귀에다 입을 대고는 "베트콩들이 나타났어. 조용히 해" 하고 속삭였다.

나는 매복호 벽에 등을 기댄 채 쪼그리고 앉아서 깜빡 졸았고 그 사이에 꿈을 꾼 것이었다.

나는 민첩하게 상체를 세우고는 매복호 밖으로 머리를 내미는 정준기

하사를 바라보며 엉겁결에 총을 찾았으나 손에 잡히지 않았다. 흉몽에서 완전히 깨어나지 못한 채 총을 찾으려고 매복호 바닥을 더듬거리고 있는 내 허벅지를 정하사가 툭툭 찼다. 나는 그제서야 매복호 밖에 총을 둔 것을 생각해내고는 매복호 벽에 앞가슴을 밀착시키며 상체를 세웠다. 얼른 총목을 움켜쥐며 방아쇠에 둘째손가락을 걸고는 어둠속을 노려보았다.

"두시 방향 고무나무숲에서 나오고 있어. 벌써 열두 놈째야."

정하사가 개머리판에 오른뺨을 붙인 채 소총에 부착되어 있는 적외선 조준경을 통해 어둠을 꿰뚫어보며 낮게 속삭였다.

나는 눈의 초점을 모으고 50미터 정도의 폭으로 펼쳐진 개활지의 끝에 있는 고무나무숲을 바라보았지만 움직이는 물체를 볼 수가 없었다. 깎아놓은 손톱처럼 날카롭고 가는 초승달은 어둠속의 물체를 식별하는 데 별로 도움을 주지 못했다. 온몸의 신경을 눈으로 모으고 고무나무숲과 개활지를 바라보았다. 어둠이 조금씩 희석되기 시작했다. 고무나무숲에서 야행성 동물처럼 민첩하게 빠져나와 개활지에 엎드리는 검은 물체가 보였다. 순간, 다리에서 힘이 빠졌다. 매복호 벽에 상체를 기대고 있지 않았다면 그대로 주저앉고 말았을 것이다. 중대 전술기지에서 2킬로미터 가량 떨어진 지금의 위치가 까마득히 멀게 느껴졌다. 마치 나 혼자만이 이 이국의 정글 가운데 내버려졌다는 느낌마저 들었다. 어서 빨리 총을 쏘고 싶었다. 수류탄도 있는 대로 모조리 까서 던지고 싶었다. 그 격렬한 음향과 폭발의 섬광과 가공할 파괴력으로 모든 것을 물리치고 싶었다. 그런데 정작 퇴치하고 싶은 것은 내 마음속에 가득 찬 두려움이었다. 죽음——전사, 하얀 유골상자, 검은 리본, 잘라둔 머리카락과 손톱, 국립묘지의 비석 등이 차례로 떠올랐고, 그것들은 나를 더욱더 두려움 속으로 끌어당겼다. 평소 생각조차 하기 싫었던 그러한 것들이 내게 훨씬 가까이 다가왔음을 느꼈다. 더불어서 좀은 어설프다는 생각마저 들었던 이 전쟁의 실체 속에 갇혀 있다는 것을 비로소 실감했다.

총열덮개에 올려놓은 정하사의 왼쪽 손목에서 빛나고 있는 야광시계의 침과 숫자를 흘깃 바라보았다. 1시 15분을 막 지나고 있었다. 총목을 잡고 있는 오른손바닥에서 피처럼 뜨겁고 끈끈한 땀이 배어나왔다.

적은 자꾸만 불어났다. 2시 방향의 고무나무숲에서뿐만 아니라 10시 방향의 대나무숲에서도 적은 계속 모습을 드러냈다. 자꾸만 숫자가 불어나는 적을 총을 쏘아 맞힌다 해도 그 순간 아메바처럼 여러 개로 분열하여 기하급수적으로 늘어날 것만 같았다.

적의 움직임은 점점 대담해졌다. 일정한 거리를 유지한 채 개활지에 엎드려 산개하고 있는 적은 우리가 매복하고 있다는 것을 이미 알고 있는 것 같았다.

적의 움직임은 은폐를 하기 위해서라기보다는 일제히 공격을 할 대형을 갖추고 있음이 분명했다.

내 가슴의 동계가 큰 소리를 내며 쿵쿵 뛰었다. 적에게까지 그 소리가 들릴 것 같았다. "심상찮아. 이건 분명 콩들의 대공세 같아" 하고 정하사가 철모의 턱끈을 바짝 죄며 중얼거렸다.

정하사의 말이 채 끝나기도 전에 왼편에 있는 2분대 쪽 전방에서 클레이모어의 폭발음과 섬광이 어둠속에 고조된 긴장과 정적을 갈가리 찢어버렸다. 이어 막힌 봇물이 터지듯 총구들이 불을 토하기 시작했다.

나는 베트콩들의 모습을 뚜렷이 볼 수는 없었지만 개활지 곳곳에서 불을 토하는 총구들을 보며 적의 공세가 얼마나 치열할 것인가를 짐작할 수 있었다.

최초의 조명탄이 날아와 우리와 적의 머리 위에 휘황한 빛을 발하며 흐물흐물 낙하하기 시작했다. 땅바닥에 배를 깔고 있는 베트콩들의 모습이 똑똑히 보였다.

까만 옷에 대나무껍질로 만든 작은 삿갓 같은 모자가 게딱지처럼 등에 붙어 있는가 하면 상의를 입지 않아 번들거리는 맨살의 등이 보이기도 했다.

　나는 그때까지도 한발의 총알도 쏘지 않은 채 막이 오른 살육의 대제전을 관람객처럼 바라보고 있었다.

　최초의 조명탄이 거의 다 타들어갈 무렵 대여섯 명의 적들이 벌떡 일어나 묵직한 AK 자동소총을 허리높이로 겨누고 돌진해왔다. 그 순간, 나는 정신없이 총을 갈겨댔다. 조명탄이 꺼지기 직전에 두세 명의 적들이 꼬꾸라지는 것을 보며 새로운 탄창을 갈아끼울 때까지 계속 방아쇠를 당겼다. 가열되는 총구처럼 나의 몸속에 잠자고 있던 악마의 피가 서서히 뜨거워지면서 차츰 공포를 몰아내었다. 여기저기서 조명지뢰가 터지고 잇따라 조명탄이 날아왔다. 황홀할 정도로 휘황한 불빛은 적과 아군할 것 없이 살기에 들떠 미친 듯이 총질을 해대는 살육의 현장을 생생히 비추었다.

　나는 시야가 갑자기 밝아졌다가 천지창조 이전의 혼돈과 어둠으로 변하고 다시 눈부시게 밝아지는 지극히 비논리적인 상황에서 광기에 사로잡혀 총질을 했다.

　선명한 분홍빛 탄도를 그으며 무수히 나는 예광탄의 황홀한 꼬리, 어둠을 박차지르며 터지는 수류탄의 섬광과 폭발음과 통쾌한 살상력, 경련을 일으키듯 멈추지 않고 쏘아대는 경기관총의 금속성 음향, 느린 속도로 날아가 엄청난 파괴력으로 터지는 M79 유탄의 둔중한 폭발음, 중대에서 우리들의 머리 위로 쏘아대는 박격포탄의 낮게 깔리는 파열음, 구덩이를 파내는 막강한 파괴력과 고막이 터질 듯한 105밀리 포탄의 굉음, 각종 개인화기들이 악다구니질을 하듯 발악적으로 갈겨대는 처절한 절규와 같은 연속음.

　총알은 인간의 몸통을 꿰뚫고, 클레이모어가 인간의 사지를 찢어발기고, 수류탄이 인간의 동체를 분해시키고, 박격포탄이 인간을 송두리째 박살내고, 105밀리 포탄이 더욱 완벽하게 인간의 형체를 마멸시켜버린다. 몸통이 구멍나고, 손과 발이 잘려나가고, 팔과 다리가 제멋대로 해체되고, 심장은 몸 밖으로 피를 펌프질해대고, 너절하게 비어져나온 대

장은 꾸물럭꾸물럭 음식의 영양을 빨아들이고, 저녁에 먹은 음식을 소화
시키려고 고립된 위장은 필사적으로 활동을 하고, 아직 파열되지 않은
두개골 속의 뇌는 무슨 생각을 하고 있을까? 박격포탄이 날아와 파열되
지 않은 두개골 속의 상념을 날려버린다. 갈가리 찢어진 살점과 뼛조각
과 흩어지는 뇌수, 생명의 존재들이 철저히 마멸되어 쇳조각과 흙더미에
뒤섞여 사라져버린다.

남자의 상징인 힘의 과시와 도전과 투쟁에서 비롯되는 함성과 투혼과
무용이 없는 싸움, 오직 처참한 살육만 있을 뿐이다. 일찍이 조물주가
이런 처참 가열한 상황을 상상이라도 했을까?

나의 온몸은 벌겋게 달아올라 어둠속에서 둔감한 빛을 발하고 있는 경
기관총의 총열처럼 뜨거웠다. 나는 반복된 훈련에 의해 몸에 밴 동작으
로 광란의 밤을 향해 총을 쏘아대었다. 탄창을 갈아끼우고 노리쇠를 후
퇴시켜 약실에 총알을 장전하고 방아쇠를 당기고 가끔 수류탄의 안전핀
을 뽑아서 던지고, 이 모든 행동은 집단화된 의지와 오직 살아야 한다는
본능에 의해서 계속될 따름이었다.

나는 옆에 있는 정하사를 흘깃 바라보았다. 극한 상황에 대처하는 인
간의 모습이 얼마나 다를 수 있는가를 비록 잠깐이긴 하지만 그를 통해
서 실감할 수 있었다. 그는 극히 절제된 행동으로 목표를 설정했을 때만
서너 발씩 총을 쏘았다. 그의 총구는 시계에서 최대한 이동을 했다. 마
치 그가 쏘는 총알에 맞아 쓰러지는 적의 숫자까지도 계산하고 있는 것
처럼 침착했다.

나는 미친 듯이 쏘아대던 총질을 멈춘 채 묘한 안도감을 느끼며 그를
바라보았다. 그는 탄창을 갈아끼우기 위해 탄띠에서 탄창을 뽑다 말고
멍청히 있는 나를 발견하고는 "뭣하고 있어. 어서 쏴"하고 고함을 질렀
다. 그것은 포효였고 질타였다. 그 속에는 팽배한 투지가 있었고 팔팔한
생명의 힘이 있었으며 남자의 아름다움이 있었다.

나는 다시 총목을 움켜쥐고 방아쇠를 당겼다. 실탄이 총구를 벗어날

때마다 어깨에 밀착된 개머리판에서 전달되어오는 연속적인 반동을 새롭게 느끼며 계속 방아쇠를 당겼다. 지금까지처럼 아무런 명제도 없이 훈련에 의해 몸에 밴 동작이 아니었다. 적을 죽여야 한다는 명확한 목적이 내 사고를 뚜렷이 지배하고 있었다. 그 바탕에는 격렬한 증오가 가열된 총구처럼 뜨겁게 끓어올랐다.

나는 정하사의 질타로 인해 새롭게 투지만만한 전사가 되었다. 객관화된 의지에서 벗어나 주관화된 의지를 가지고 내 생명을 지키기 위해 맹렬한 증오심으로 재무장하여 적의 생명을 파괴했다. 맹렬한 증오, 그것은 맹목의 증오였다. 그렇지만 그 증오야말로 내 생명을 지키기 위해 행하는 모든 살상행위를 뒷받침해주는 힘의 원천이었다. 오로지 내가 살아야 한다는 단순논리와 함께 내 마음속 아지 못할 곳에서부터 끓어오르는 증오로 무장되어 있을 뿐이었다. 나는 무수히 살인을 저질렀다.

인간들은 방대한 역사의 기록을 통해서 되풀이되어왔던 전쟁들을 알고 있다. 그리고 전쟁의 무익함과 잔인함, 그 지울 수 없는 비극까지도. 그럼에도 불구하고 또 이렇게 되풀이하고 있는 것이다. 국가와 국가 사이의 상충된 이해와 목적 때문이라 치더라도 전쟁을 되풀이하는 것은 분출을 열망하는 증오가 모든 인간의 본성 속에 내재한 때문인지도 모른다.

적의 공세는 끊임없이 밀려오는 파도와도 같았다. 시시각각으로 적은 우리가 이를 악물고 버티고 있는 진지 가까이로 육박해왔다. 해안으로 밀려오는 파도처럼.

후방에서 우리를 지원하고 있는 포탄의 탄착점 또한 점점 우리들 가까이로 다가왔다. 아마도 소대장이 어려운 결단을 내려 탄착점을 적이 접근해오는 우리들 가까이로 유도를 하였는지, 아니면 본대에서 우리가 더 이상 적의 공세 앞에서 버텨낼 수 없다는 판단 아래 우리를 포기해버렸는지도 모른다. 포탄의 파편들이 우리들 머리 위로 날고 커다란 바가지로 끼얹는 물처럼 흙무더기가 매복호 속으로 쏟아졌다. 금방이라도 적이 해일처럼 밀려와서 우리가 버티고 있는 매복호를 덮쳐버릴 것 같았다.

나는 새 탄창을 끼우려다 말고 옆이 허전함을 느꼈다. 그토록 침착하게 적을 향해 총을 쏘던 정준기 하사가 없었다. 순간적으로 온몸에 찬물을 끼얹듯이 엄습하는 공포에 사로잡혀 주위를 살폈다.

정준기 하사는 호의 뒷벽에 상체를 기댄 자세로 턱을 앞가슴에 박은 채 두 팔을 늘어뜨리고 있었다. 단단히 조여맨 턱끈 때문에 철모는 앞으로 푹 꺾인 그의 머리에 그대로 씌워져 있었다.

정준기 하사는 죽어 있었다. 맹목의 증오에 사로잡혀 총질을 해대던 나는 새롭게 엄습해오는 죽음의 공포에 직면했다.

나를 질타하던 정하사의 죽음은 나를 형편없이 나약한 본래의 모습으로 되돌아가게 했다. 나는 급히 교통호의 좌우에 있던 한치수 병장과 정규호 상병, 그리고 조준열 상병과 김문일 병장의 존재를 확인해보았다. 그들의 모습도 보이지 않았다. 나는 갑자기 다리에서 힘이 빠져나가며 그대로 주저앉고 싶었다. 그리고 엉엉 울고 싶기도 하고 바락바락 악을 쓰고 싶기도 했다. 파도처럼 밀려오는 적은 오로지 나만을 향해서 다가오고 있는 것만 같았다. 적을 향해 총질을 한다는 것은 밀려오는 파도에 돌팔매질을 해대는 것과 다를 바가 없다는 생각마저 들었다.

나는 어떤 모습으로 죽게 되는 걸까? 갑자기 이 의문은 극한의 상황에서 가장 현실적인 문제로 떠오르며 죽음이 아주 가까이 있음을 실감케 했다. "콩들에게 절대로 생포되지 마라. 콩들에게 잡히면 몸뚱이 마디마디가 잘리고 껍데기까지 벗겨진다. 차라리 죽는 편이 훨씬 낫다." 베트남에 도착해서 처음으로 작전을 나갈 때 소대장이 힘주어 하던 말이 생각났다. 나는 어금니를 앙다물고 새 탄창을 손바닥으로 힘껏 쳐올려서 끼운 다음 호 밖으로 머리를 내밀었다. 이제 얼마 남지 않은 내 생명을 활활 태워버리고 싶었다. 죽더라도 적에게 사로잡히지는 말아야지 하는 생각과 함께 극도의 공포에 사로잡혀 광기와 같은 발악으로 버티고 서서 미친 듯이 총질을 했다. 새로 끼운 탄창의 실탄이 바닥이 나서 공이가 빈 약실을 때리는 것을 느낌과 거의 동시에 서너 명의 적이 시야를 가로막으며 나에게로 덮쳐왔다. 나도 몸을 굽히며 본능적으로 대검을 뽑았다. 그때 엄청난 굉음과 함께 쏟아지는 흙무더기에 섞여 묵직한 물체가 나를 덮쳤다. 내가 있는 호 바로 곁에 포탄이 떨어지며 나를 덮치려던 베트콩들의 육체를 갈가리 찢어버렸다. 포탄의 굵은 파편에 허리 부분이 절단된 베트콩의 동체가 쏟아져나온 내장과 함께 폭풍에 밀려 나의 머리 위로 덮쳐온 것이었다.

피비린내와 함께 뜨겁고 끈끈한 액체가 철모에서부터 흘러내려 상체를 적셨다. 철모의 좁은 챙 앞으로 역겨운 피비린내와 함께 미끄러져내리는 물체를 조명탄의 불빛 때문에 똑똑히 볼 수 있었다. 아직도 꾸물럭꾸물럭 활동을 하고 있는 듯한 창자였다. 앞가슴께로 왈칵 쏟아져내린 그것의 뭉클한 피비린내와 뜨겁고 미끄러운 감촉 때문에 죽음의 공포보다 더한 전율을 느끼며 나의 온몸이 빳빳하게 굳어졌다. 곧이어 나는 왝왝거리며 구토를 했다. 매복을 나오기 전에 마신 커피와 위액이 어우러진 쓰디쓴 액체가 입안에 고였다.

나는 머리 위에서 나를 누르고 있는 베트콩의 시체에서 쏟아져내린 내장을 떨쳐버리려고 안간힘을 쓰다 무지막지하게 뇌수를 뒤흔드는 굉음과 진동 때문에 정신을 잃고 말았다. 내가 엉거주춤하게 기대고 서 있는 호 바로 곁에 또다시 떨어진 포탄 때문에 죽음의 공포와 역겨운 구토에서 벗어나 평온과 휴식 속으로 빠져들었다.

모기의 앵앵거림 같은 가느다란 소리를 들은 것은 동이 터오는 새벽처럼 내 의식이 조금씩 깨어나기 시작할 무렵이었다. 밤의 깊은 어둠을 뚫고 솟아오르는 태양이 대지의 잠을 깨우듯 삶과 죽음 사이의 깊은 심연 속에 빠져 있던 나의 의식이 깨어나면서 육신의 모든 기관이 서서히 기능을 발휘하기 시작했다. 귓전에 들리는 소리를 점점 크게 의식하면서 눈을 떴다. 아무것도 볼 수가 없었다. 빛의 흔적과 칙칙한 죽음의 냄새만 느껴질 따름이었다. 아직도 미명처럼 희미하기만 한 의식 때문에 내가 지금 어떤 상태에 있는가를 알 수가 없었다. 그러나 나의 온몸이 묵직한 중량감으로 짓누르는 물체에 깔려 있다는 것만은 알 수가 있었다.
빛의 흔적을 좇아 눈의 초점을 모으고 내가 처해 있는 상황을 살펴보려
했지만 아무것도 보이지 않았다. 칙칙한 죽음의 냄새만이 들이마시는 호
흡과 함께 물씬 흡입되었다. 역한 피비린내였다. 그 냄새는 나를 짓누르
고 있는 물체보다 더 무겁고 두렵게 나를 짓눌렀다. 숨이 막힐 지경이었
다. 마치 끈끈한 점액질의 액체 속에 갇혀 있는 것만 같았다. 역겨움에
뒤이어 두려움이 왈칵 엄습해왔다. 허우적거리듯 두 손을 움직여보았다.
그러나 이내 두 손이 자유롭지 못하다는 것을 알 수 있었다. 두 손뿐만
아니라 몸 전체가 자유롭지 못하다는 것도.

나는 두려움에 사로잡힌 채 신중하게 두 주먹을 쥐어보았다. 손아귀
가득히 퍼석거리는 물체가 쥐어졌다. 이번엔 손목을 구부렸다 펴보았다.
별 무리없이 관절이 움직여졌다. 손아귀에 쥐어진 물체가 흙이라는 것과
지금 내가 있는 곳이 교통호 속이라는 것을 어렴풋이 깨달았다.

모기의 앵앵거림 같은 소리가 이제는 확실치는 않지만 웅얼거리는 소
리로 들렸다. 지체의 움직임을 중단한 채 온몸의 신경을 귀로 집중시켰
다. 그러나 소리는 간헐적인 웅얼거림으로 들려올 뿐이었다. 포기하지
않고 계속해서 귀를 기울였다. "생존자가 없나본데" 하는 말소리가 분명
히 들렸다. 나는 순간 벌떡 일어나고 싶었다. 그러나 몸이 뜻대로 움직
여주지 않았다. 철모를 쓴 머리 위에서 흙이 아닌 다른 물체가 나를 누
르고 있다는 것을 알았다. 그리고 명치쯤에서 머리까지가 흙속에 묻히지
않은 채, 머리 위를 누르고 있는 물체 사이의 공간에 있다는 것도 알게
되었다.

나는 머리 위를 누르고 있는 물체를 끌어내리기 위해 두 팔을 움직였
다. 두 팔은 완전히 자유롭지는 않았지만 그런대로 나의 의지에 따라 움
직여주었다. 물론 눅눅하면서도 서걱거리는 흙의 저항을 조금 받기는 하
였지만.

나는 아직도 전장의 한복판에 남아 있다는 사실을 상기하면서 조심스

레 머리 위의 물체로 두 손을 가져갔다. 손바닥에 감지되는 촉감만으로
도 진저리를 치지 않을 수가 없었다. 물컹하면서도 미끄덩거리는 물체를
잡는 순간 뱀을 잡은 것만큼이나 끔찍하고 무서웠다. 황급히 떨쳐버리듯
이 그것을 잡아당겼다. 매우 기분 나쁜 속도로 그것이 스르르 미끄러져
내렸다. 자세히 볼 수는 없었지만 그것이 볼을 타고 흘러내릴 때의 점액
질의 미끈거림과 물컹한 감촉은 바로 전율 그 자체였다. 나는 소스라치
며 오므리고 있던 두 다리에 나도 모르게 힘을 주고 일어섰다. 머리 위
의 물체가 옆으로 미끄러지며 나의 상체가 대지 위로 죽순처럼 솟아올랐
다. 비로소 질식할 것만 같았던 피비린내로부터 해방되었다. 대기는 새
벽의 신선함과 생기로 가득 차 있었다.

"저기 생존자가 있어" 하고 고함을 지르며 낯익은 전투복을 입은 사람
이 5,6미터 앞에서 달려왔다. 그 순간, 나는 저승에서 다시 환생이라도
한 기분이었다.

그를 향해 마주 달려가려고 했지만 발이 마음대로 움직여주지 않았다.
나를 짓누르고 있었던 물체를 바라보았다. 상체만 남은 베트콩의 시체였
다. 한쪽 팔이 팔꿉과 어깨 사이의 중간에서 잘려나간 동체에서 쏟아져
나온 내장의 일부분이 흙에 묻혀 있었다. 맹수한테라도 물어뜯긴 듯 너
덜너덜해진 살점과 끝이 잘려나간 채 드러난 늑골, 검은 보랏빛깔의 죽
음의 색으로 채색된 허파, 물컹한 질량감을 느끼게 하는 창자. 아, 그것
은 지금까지 보아온 주검 중에서 가장 처참한 죽음이었다.

베트콩은 바로 곁에서 떨어진 포탄 때문에 하체가 갈가리 찢겨 형체도
남지 않았지만 머리만은 그런대로 온전한 모습을 지니고 있었다. 대부분
의 베트남인이 그렇듯이 광대뼈가 불거지고 턱이 뾰족한 이 베트콩은 이
제 갓 스물을 넘겼음직한 젊은이였다. 복부의 살이 너덜너덜 해지고 쏟
아져나온 장기들이 흙과 범벅이 되어 묻혀 있는 반동강이 주검에서 얼굴
만은 끔찍한 동체와는 사뭇 대조적이었다. 경직된 이데올로기의 흔적도,
적의도, 증오도 남아 있지 않았다. 도저히 상상조차 할 수 없는 잔혹의

극치인 처참한 동체만 아니라면 은밀하면서도 종교적인 개념을 느끼게
하는 주검이었다.

흙속에 하체가 묻힌 채 망연히 서 있는 나의 몰골은 장기를 쏟아내고
죽어 있는 베트콩의 주검만큼이나 처참했다. 철모의 위장포는 물론 상의
역시 피로 물들어 있었다. 피가 말라서 검붉은 색으로 번들거리는 얼굴
과 목과 손등은 마치 청동처럼 싸늘하고 견고한 금속성으로 빛났다.

나는 천천히 주변을 살펴보았다. 주위의 지면은 사납게 파헤쳐졌고 팔
다리가 없는 베트콩의 시체들이 수도 없이 널려 있었다. 둔중한 모습으
로 판초에 싸인 물체들이 군데군데 가지런히 놓여 있었는데 나는 그것이
전우들의 주검이라는 것을 알았다. 나는 살육의 몸부림으로 날뛰던 지난
밤의 광란을 생각하고는 치를 떨며 눈을 감았다.

두 명의 병사가 나의 양쪽 겨드랑이에 어깨를 디밀고는 양팔을 잡아당
겨 하체가 흙속에 묻혀 있는 나를 무를 뽑듯 뽑아내었다. 푸석푸석한 지
면에 두 발을 딛고 서자 양쪽에서 나를 부축해주던 두 병사가 얼른 내게
서 떨어졌다. 그중의 하나인 김영일 병장이 나중에 내게 들려준 말에 의
하면 내 몰골이 꼭 저승사자 같아서 가까이 있기가 섬찟할 정도였다고
했다. 살갗을 감싼 전투복은 물론 노출된 피부까지 모두 피에 절어 마치
피웅덩이 속에서 나온 것 같았노라고 했다. 그때까지도 나의 온몸에서는
피비린내가 물씬 풍겼고 두 눈에서는 죽음에 직면한 동물의 섬뜩한 안광
처럼 싸늘하면서도 소름끼치는 빛을 뿜었다고 했다. 그랬다. 나는 지난
밤까지만 해도 소중하고 고결한 생명을 지니고 있었던 인간들의 잔해가
널브러져 있는, 혹성의 표면과 같은 황량한 벌판에 악마와 같은 모습으
로 서 있었다.

나는 서른여덟 명의 소대원 중에서 유일한 생존자였다. 나는 단지 생
존자라는 그 사실 하나만으로 무공이 엄청나게 확대 포장되어 혁혁한 전
공을 세운 영웅으로 대접받았다. 죽은 서른일곱 명의 전우들이 세운 전
공의 몫을 고스란히 나 혼자 차지하고 말았던 것이다.

나는 열흘 후에 다른 부대로 전출을 갔다. 그리고 그 부대에서 나필규 중사를 만났다. 우리의 만남은 서로에게 불행이었다. 나필규 중사는 나의 조준사격에 의해 죽었고 나는 그를 죽였다는 죄의식에서 헤어나지 못하고 있었기 때문이다.

야간작업을 나오자마자 A몰드에 콘크리트를 채워넣느라고 한바탕 격전을 치르고 난 콘크리트공과 탈형공들이 탈진한 상태로 쉬고 있었다. 모두들 물속에서 금방 나온 것처럼 온몸이 젖었다.

며칠 전부터 A몰드의 유압재크의 성능이 안 좋아서 몰드의 틈새가 완전히 조여지지 않았다. 그 때문에 몰드의 아래위로 체인블록을 여섯 대나 걸고서 줄다리기를 하듯 굵은 쇠사슬을 당겨서 몰드를 조이고 난 탈형공들은 한결같이 웃옷을 벗고 있었다. 물 흐르듯이 흐르는 땀 때문에 불빛에 드러난 알몸들이 번들거렸다. 노동으로 다져진 그들의 알몸은 근육질의 완강함이 역력히 드러났다. 그중에서도 김태환의 우람한 상체는 수사자의 갈기털처럼 남자의 위용을 당당히 드러내었다.

김태환의 목에는 이상한 목걸이가 걸려 있었다. 은빛 쇠줄에 매달린 그것은 백원짜리 동전만한 크기의 구리로 된 고리였다. 자세히 보면 가는 구리철사로 무엇인가를 꼼꼼하게 감아서 동그랗게 고리를 만든 것이었다.

김태환의 곁에 있는 강철규가 그것을 자신의 코끝에 대고 냄새를 맡으며 과장된 표정으로 얼굴을 찡그린 채 말했다.

"아이쿠, 땀에 절어서 썩었다, 썩었어."

김태환은 그의 말을 확인이라도 하려는 듯 고리를 자신의 코끝에 갖다 대고 냄새를 맡은 후 퉁명스런 경상도 사투리로 응수했다.

"씰데없는 소리, 썩기는 와 썩어. 땀에 소금기가 얼마나 많은데. 탐이 나모 솔직히 탐이 난다 캐라."

"우리 몸에서 흐르는 게 땀인 줄 알아? 순전히 맹물이라고. 하도 물

을 마셔대니까 물이 그대로 몸 밖으로 배어나오는 거라구. 자, 맛을 좀
봐. 이게 땀인지 물인지."

강철규는 자신의 가슴팍으로 흘러내리는, 정말 땀인지 물인지 분간키
어려운 것을 검지손가락으로 찍어서 김태환의 입 가까이 가져갔다. 김태
환은 역겹다는 듯 상을 찡그리며 강철규의 손을 밀어내고는 "니가 아무
리 그캐도 니끼 안 될끼니까네 군침 삼키지 마라. 이기 이리봬도 내한테
행운을 가져다줄 마스코트잉기라" 하며 그것을 입에다 대고 보라는 듯이
"쪽" 소리가 나도록 입맞춤을 했다.

"한창 웃기는군. 여우×지가 웃겠다. 아예 ×대가리에다 끼구 다니지
그래?"

강철규의 입심은 누그러들 기색이 아니었다.

"한번 하고 싶나? 한번 시키주까? 니한테 많이 받겠나. 이십 리얄만
도고. 지기지기 한번 시키주께."

"옘병, 여우×지 하나 갖구 이젠 포주노릇을 하려 드네. 아예 그 길로
나서라, 나서."

"여우×지에 구멍동서 많이 생기겠네. 가만있자, 인디아 그 친구가 큰
동서가 되겠군 그래. 이제부턴 란드라는 인디아맨에게 형님이라 부르지
그래."

탈형조의 조장인 표준태가 둘 사이에 끼여들어 여우가 잡히던 날 새벽
을 상기시키며 한마디 거들었다. 그 말에 주위에 있던 노동자들이 키득
키득 웃기 시작했다.

"김형, 그 아까운 것을 목에다 걸고만 있음 뭘 해요, 써먹어야지. 우
리 한판 합시다."

모두의 웃음의 여운이 채 끝나기도 전에 패널의 위와 옆에 페인트로
모델번호를 쓰는 일을 하는 길관수가 김태환에게 다가서며 말했다. 김태
환은 길관수의 "한판 합시다"라는 말이 무엇을 하자는 뜻인지를 몰라서
어리둥절한 표정을 지었다. 의아하기는 주위의 다른 노동자들도 마찬가

지였다.

"별것 아니오. 사다리타기나 한판 하자는 거지. 한판에 십 리얄도 좋고 백 리얄도 좋으니 액수는 김형 마음대로 정하시오."

야간작업을 나와서 쉬는 참에 콜라내기 따위의 사다리타기를 가끔씩 했었다. 사람 수대로 세로선을 긋고는 그 세로선 사이에 어긋나게 가로선을 촘촘히 그은 다음 각자가 정한 세로선에서 최초로 시작되는 가로선을 계속 따라가서 그 끝에 매겨져 있는 등수로 결과를 가름하는 놀이였다. 과연 어떤 등수에 다다를까 하는 기대를 가지고 복잡한 가로선을 따라 이리저리 꺾이는 과정이 요행을 바라는 사행심을 충분히 자극하는 재미가 있었다.

주위의 모든 노동자들은 길관수보다는 김태환에게 시선을 모았다. 김태환을 바라보는 눈빛 속에는 "네 목에 건 그 행운의 마스코트라는 것을 이 기회에 한번 써먹어보지 않을래" 하는 기대와 주문이 담겨 있었다. 김태환은 자신을 바라보는 모두의 눈빛을 충분히 읽었을 것이다. 그리고 어쩌면 그 자신 역시 누구보다도 그러한 요구를 더 강렬하게 하고 있을지도 모른다.

"이거 괜히 내가 호랑이 앞에서 옷 벗고 인상쓰는 거 아닌지 모르겠네. 여우×지만 가지고 있으면 이따위쯤은 해장거리도 안될 텐데. 가만있자, 호랑이밥이 얼마나 있나?"

길관수는 웃옷 주머니에서 땀에 젖은 지폐를 꺼냈다. 그는 반으로 접힌 채 물기를 머금어 서로 착 달라붙어 있는 십리얄짜리 푸른색 지폐와 붉은색 오리얄짜리 지폐를 한장 한장 펴기 시작했다. 어림잡아서 2백 리얄 가까이 됨직한 액수였다. 능을 치며 돈까지 꺼내서 세는 길관수의 행동에는 분명 어떤 저의가 있는 듯했다. 작은 짐승의 암컷을 잔인하게 도려내어서 행운을 약속하는 징표라고 지니고 다니는 그 야만성과 부도덕한 허상을 무너뜨려 웃음거리로 만들겠다는 의도가 다분했다.

돈까지 꺼내서 세어보는 여유를 가진 길관수에 비해 김태환의 표정은 조금씩 굳어졌다.

두 사람의 그런 속마음은 알 바 없다는 듯 강철규가 전기부속품을 담는 상자를 뜯어서 널찍하게 펴놓으며 큰 소리로 너스레를 떨었다.

"자, 삼십리얄짜리 여우×지가 삼백리얄짜리가 될지 아니면 거저 줘도 던져버릴 무용지물이 될지 이제 곧 판가름이 나겠습니다요. 이 흥미진진한 구경거리를 놓치면 앞으로 남은 사우디 생활이 고달플 겁니다."

그의 너스레를 듣고는 끼리끼리 모여 있던 배터리몰드의 노동자들이 모여들었다. 모여든 노동자들이 둥그렇게 원을 그리며 에워싸자 강철규가 두 사람을 보며 말했다.

"그럼 내가 진행위원장 겸 심판위원장을 맡아서 하지. 대신 누가 이기든 판돈의 이십 프로를 콜라값으로 떼겠어. 줄은 석 줄을 긋되 둘에게 해당이 되지 않는 줄이 일등이 되었을 때는 무효야. 액수는 둘이서 정하라구. 그동안 사다리를 그려올 테니까."

그는 펼쳐놓았던 상자조각을 들고는 무리를 벗어났다.

길관수가 먼저 제의를 했다.

"우선 첫판에 오십 리얄을 걸면 어떻겠소?"

"꼴리는 대로 해라."

김태환의 말에는 시퍼런 날이 서 있었다. 승패는 반반이겠지만 만약 그가 졌을 때는 돈은 고사하고 자랑삼아 목에 걸고 있는 행운의 마스코트가 강철규의 말마따나 무용지물이 되는 것은 물론 그 자신마저도 웃음거리가 될 게 뻔하기 때문이었다.

무리 가운데로 되돌아온 강철규는 석 줄의 세로선이 아래쪽 끝만 보이도록 상자의 한쪽을 잘라서 가린 채 바닥에 펴놓고 말했다.

"가위바위보를 해서 이긴 쪽이 세 개의 선 중에서 하나를 먼저 짚으라구. 동그라미 표시가 있는 선에 가면 이기는 거야. 판돈은 얼마야? 정했으면 이리 줘."

길관수가 물기를 머금어 축 늘어진 십리얄짜리 지폐 다섯 장을 먼저 건네줬다. 김태환에게서 돈을 건네받은 강철규는 꼼꼼하게 액수를 확인하고는 두 사람에게 순서를 정하라고 했다.

길관수가 보를 내어 바위를 낸 김태환을 이기자 싱긋 웃으며 사다리판을 잠시 들여다본 후 가운데를 짚었다. 강철규가 그 선 밑에다 '길'자를 썼다.

이번엔 김태환이 나머지 선 중에서 오른쪽 선을 짚자 '김'자를 썼다.

사다리판을 에워싼 노동자들의 표정은 흥미롭다 못해 긴장감마저 감돌았다. 단순히 오십 리얄이 걸린 내기가 아니란 것을 충분히 알고 있었으니까.

"자, 그럼 지금부터 과연 누가 오늘의 승자가 될지 판가름을 해보겠습니다."

강철규는 두 사람과는 무관한, 왼쪽 선에다 볼펜을 대고는 사다리판을 덮고 있는 상자조각을 밀어올리면서 좌우로 이동을 하면서 그어 올라가기 시작했다. 그 선은 두 사람의 승패와는 전혀 관계가 없었으므로 그다지 팽팽한 긴장감은 없었다. 볼펜의 끝은 동그라미가 그려져 있는 가운데 선을 비켜서 오른쪽 선의 끝에 다다랐다.

강철규가 다시 너스레를 떨었다.

"무명씨 탈락. 이번에야말로 진짜 승자를 가려내겠습니다. 이번엔 거꾸로 승리선에서부터 출발!"

강철규의 볼펜 끝은 동그라미 표시가 되어 있는 가운데 선에서부터 아래로 내려왔다. 세로선에서 처음 만나는 가로선을 따라 좌우로 이동하는 볼펜 끝으로 시선들이 모아졌다. 숨이 컥컥 막히는 더위도 잊은 채 사다리판을 내려다보는 노동자들의 얼굴이 흘러내리는 땀 때문에 촉광 높은 수은등 불빛을 받아 번들거렸다.

강철규는 몇칸 남지 않은 지점에서 볼펜의 움직임을 멈추고 상자조각으로 사다리판을 덮은 채 말했다.

"자, 여기서 담배나 한대 피우면서 잠시 긴장을 품시다."

강철규는 긴장한 모두들의 심리를 자극하여 더욱 궁금하게 하는데 뛰어난 수단을 발휘했다.

"아무래도 이기는 쪽은 김형일 테니 너무 신경쓰지 마소. 자, 담배나 한대 피우면서 즐기쇼."

길관수가 김태환에게 담배를 권했다. 김태환은 싸늘한 눈빛으로 길관수를 홀깃 쳐다본 후 앞으로 내민 담뱃갑에서 담배를 뽑아 물었다. 길관수가 불을 붙여주자 끝이 3, 4밀리는 족히 타들어갈 만치 깊숙이 빨아들였다.

"자, 이제 곧 승자가 결정되겠습니다."

강철규가 반쯤 피운 담배를 던지며 말했다. 몇칸 남지 않은 가로선을 따라 좌우로 이동을 하던 볼펜이 가운데 세로선 끝에서 머물렀다. 그 끝에는 '길'자가 씌어 있었다.

김태환의 안색이 변했다. 이마에 돋은 힘줄이 굵게 부풀어오르고 귀밑턱 부분이 뚜렷하게 각이 졌다. 어금니를 세게 앙다물고 있는 것 같았다.

"초장 끗발 파장 맷감이라는데 이건 시작에 불과할 뿐이오. 자, 이번엔 백 리얄을 걸겠소."

길관수는 십리얄짜리 지폐 두 장을 더 꺼내서 강철규에게 주었다. 판돈의 이십 프로를 공제하겠다는 것을 인정해준 것이다.

김태환은 주머니에서 돈을 꺼내 세어보고는 옆에 있는 표준태에게 "삼십 리얄만 빌려도고" 하고 말했다. 그 목소리는 힘겹게 들렸다. 표준태가 삼십 리얄을 건네주자 김태환은 그 돈을 받아서 강철규에게 건네주었다. 그의 입술이 굳게 다물어졌다.

이번에는 처음과는 반대로 김태환이 먼저 선을 짚었다.

"자, 이번엔 처음부터 승자를 가름합시다."

강철규는 위쪽 동그라미 표시가 되어 있는 선에서부터 출발을 했다. 김태환의 표정이 워낙 굳어 있어 강철규는 너스레도 떨지 않고 끝까지 미로 같은 가로선과 세로선을 따라서 볼펜을 그어나갔다.

결과는 두 사람과는 상관이 없는 나머지 한 선에 가서 머물고 말았다.

"텄으니 오십 리얄을 더 겁시다."

이번에도 길관수가 먼저 제의를 했다. 김태환은 아무런 대꾸도 없이 다시 표준태에게 오십 리얄을 빌려서 강철규에게 건네줬다.

강철규가 사다리판을 다시 그려오는 시간이 꽤 길게 느껴졌다. 빙 둘러서 있는 노동자들은 모두 입을 다물고 있었다. 지금 하고 있는 내기가 어느 쪽이 이기든 모두들로서는 사실 그리 염두에 둘 일이 아니었다. 김태환이 목에 걸고 있는 작은 짐승의 살점에 불과한 것이 행운을 가져다주는 징표로서 입증이 된다 해도 그 나름대로 이 삭막한 생활에서 조금은 흥미로운 일일 것이다. 또한 길관수가 그것이 사실과는 거리가 먼, 전혀 황당한 것임을 입증해준다 해도 약간 고소할 정도의 일일 뿐이다. 그런데도 모두가 입을 다물고 답답하리만치 무거운 침묵에 눌려 있는 것은 김태환의 표정이 굳어지다 못해 살벌하기까지 한 때문이었다. 만약 누구라도 포화된 그의 감정을 조금이라도 자극하면 금세 무섭게 폭발해버릴 것 같았다.

강철규가 새로 그려온 사다리판을 두 사람 앞에 놓으며 말했다.

"이번엔 트는 게 없도록 선을 두 개만 그렸어."

강철규의 말이 끝나자 길관수가 "김형이 먼저 고르쇼" 하고 김태환에게 우선권을 양보했다.

사다리판은 세로선의 아래 끝부분만 보이도록 여전히 상자조각으로 가려져 있었다. 위에 있는 좌측 세로선에 동그라미 표시가 되어 있었다.

김태환이 아래쪽에 있는 왼쪽 세로선을 짚었다.

"김형이 짚은 세로선을 따라가면 결과가 나오겠군. 그냥 시작하죠."

길관수가 자신은 선을 짚을 필요도 없다는 것을 알려주며 어서 시작하라는 투로 말했다.

"어떻게 할까? 먼저 시작할까?"

강철규가 김태환을 바라보며 묻자 "꼴리는 대로 퍼뜩 해라" 하고 대답

2. 박제된 인간들 55

하는 김태환의 말투에는 빳빳한 철사 같은 심지가 들어 있었다.

강철규는 불쾌한 표정으로 김태환을 잠시 바라본 후 사다리판을 덮었던 상자조각을 신경질적으로 획 집어던져버렸다. 그리고는 빠르게 김태환이 짚은 선에서부터 볼펜을 그어나가기 시작했다.

볼펜은 두 개의 세로선에서 동그라미 표시가 없는 오른쪽 세로선 끝에서 머물렀다.

"승률은 반반씩이었는데……"

길관수는 강철규로부터 돈을 건네받으며 혼잣말처럼 중얼거렸다.

모여 있던 노동자들이 흩어졌다. 그리고 그들의 마음속에서 부서져버린 허상의 조각들을 미련없이 버리고 갔다.

3

절망의 벽

인도인들이 사다리 위에 서서 거대한 무쇠벽과 같은 몰드면을 끝부분이 수평으로 넓게 퍼진 부채 모양의 쇠칼로 긁고 있었다.

팔을 움직일 때마다 회백색 시멘트먼지가 눈보라처럼 자욱하게 쏟아져 내렸다. 수직의 몰드면과 거의 밀착되다시피 하여 사다리를 밟고 서 있는 인도인들은 별로 서두르는 기색도 없었다. 거의 같은 속도로 자동차의 와이퍼처럼 팔을 움직였다. 120도나 되는 고열의 스팀으로 뜨겁게 달구어졌던 몰드에서는 무서운 열기를 내뿜었다. 하늘에서는 섭씨 50도가 넘는 폭염이 내리쬐었다. 그런데도 인도인들은 벽에 붙은 먼지를 털기라도 하듯 여유가 있어 보였다.

높이가 5미터, 폭이 7미터나 되는 무쇠벽과 무쇠벽 사이의 공간은 인간의 가치가 형편없이 무시되어버리는 야만의 공간이었다. 그러나 살인적인 열기와 시멘트의 독성이 서린 자욱한 먼지 속에서도 인도인들은 상식으로는 도저히 이해할 수 없는 여유를 지니고 있었다. 그것은 체념과는 분명히 달랐다. 만약 나를 비롯한 한국인 노동자들이었다면 이 지긋지긋한 공간으로부터 어서 빨리 벗어나기 위해서라도 급하게 서둘렀을 것이다. 나는 란드로부터 인도에서의 그의 생활에 관한 얘기를 듣고 난 후, 닷새째가 되는 지금까지 그들을 별로 다그치지 않았다. 이곳에 온 인도인들 대부분이 그와 별로 다를 바 없는 끔찍한 굶주림과 질병의 고통을 겪었으리라는 생각이 들어서 그들에 대한 혹독하고 비정한 질타를 슬그머니 늦추었다. 연민이라는 보편적인 감정이 은연중에 내 의식의 표면을 감싸고 있었다. 하지만 그보다도 더 중요한 것은 내 의식의 깊은 곳으로부터 행동의 변화를 요구하는 소리가 조용히 들려오고 있었기 때문이었다.

내가 이곳 중동행을 결심한 것은 베트남에서 겪었던 그 끔찍했던 전투의 기억과 나필규 중사를 살해한 죄의식을 떨쳐버리고 싶어서였다. 이곳에 와서 나는 넉 달 동안 아무런 갈등 없이 이곳 현실에 순응해왔다.

베트남의 정글에서는 어느 순간에 생명을 잃을지도 모른다는 위기감이 늘 지배하였지만 생존의 본능에서 솟구쳐오르는 힘이 언제나 나를 지탱해주었다. 살아야 한다는 절대명제에 직면했을 때의 광기와 같은 힘은 아니더라도 무의식적이면서 지속적으로 나를 지탱해주는 힘이 있었다.

그러나 이곳에서는 정신과 육체를 오로지 마모시키기만 할 뿐이었다. 계급과 명령에 의해서 지탱되는 군대라는 조직보다도 이곳은 더 철저하고 치밀하게 모든 것이 짜여져 있었다. 모든 게 군대보다 더 획일적이며 반복되는 단순함 속에는 개인의 뜻대로 행동할 수 없는 통제의 울이 겹겹이 쳐져 있다. 생명을 지탱하기 위한 최소한의 시간에 불과한 4시간 정도의 수면시간 이외에는 오로지 일에만 매달려야 했다. 그것은 노동자들이 자의적으로 선택한 것 같지만 실상은 그렇지가 않았다.

회사는 노동자들의 가난을 교묘히 악용해서 노동자들 스스로 동료들을 회사의 의도대로 따라오도록 서로 감시하고 독려케 했다.

모든 생명을 배태하는 정글에 비해 생명을 거부하는 사막이라는 자연환경 또한 나를 형편없이 무력하게 만들었다.

하지만 나는 이곳의 악랄한 환경 속에 주저없이 정신과 육체를 맡겼다. 비록 내 정신과 육체가 마모되어가더라도 전쟁의 끔찍한 기억들과 죄의식을 떨쳐버릴 수만 있다면 차라리 다행이라고 생각했다.

나는 이곳에 온 후, 나 자신을 도구에 불과할 뿐이라고 생각했다. 그리고 도구로서 충실하려고 노력했다. 그러고 나니 마음이 편했다. 그래서인지 이곳에 와서 넉 달 동안 별다른 갈등을 겪지 않고 지냈다. 사실 혹사당한 육체 때문에 다른 그 무엇을 생각할 여력조차 없었다.

그러나 요사이 며칠 동안 나는 이곳에 온 후 처음으로 나 자신과 다른 모두에 대해서 여러가지 생각을 하게 되었다. 쿠레시라는 인도인과 여우가 잡혔을 때의 일, 란드의 과거와 현재를 통해서 짐작되는 인도인들의 비참한 생활, 쓰러진 동료를 외면하고 지나쳤을 때 느껴야만 했던 두려움과 자책, 이러한 일들이 내 주변을 새로운 시선으로 바라보게 하고 또 나 자신을 되돌아보게 했다.

닷새 동안이나 인도인들의 작업을 다그치지 않자 그들의 행동은 점점 느슨해졌다. 내가 갓 도착해서 그들 눈에 신참내기로 비쳐졌을 때처럼.

그러나 나는 그때와는 사뭇 다른 시선으로 그들을 바라보았다. 체내의 수분을 모조리 말려서 고사시켜버릴 것만 같은 무쇠벽 사이에서 보여주는 저 여유로움은 도대체 어디서 비롯된 것일까 하는 의문과 더불어 그들이 반드시 게으르기 때문만은 아니라는 생각까지도 하게 되었다. 인도인들에겐 참으로 이해하기 어려운 부드러움이 있었다. 흐느적거리는 전염성의 그 부드러움은, 죽음마저도 대수롭지 않게 여기며 출생이란 필연적인 것이지만 다시 태어나는 것을 모면할 수만 있다면 그러기를 바라는 내세관에서 비롯된 것일까?

땀에 젖었던 작업복이 하얗게 소금버캐가 피면서 마르기 시작했다. 빳빳해진 작업복의 주름 사이로 회백색의 시멘트먼지가 마치 눈처럼 쌓였다.

몸은 살갗으로 내보낼 수분이 모두 고갈되어버렸는지 마른 나무둥치처럼 메말랐다. 그런데도 인도인들의 몸놀림은 여전히 흐느적거렸다.

"인지훈씨, 지금 춤들을 추고 있는 거요, 일을 하고 있는 거요? 이래 가지곤 안되겠는데……"

배터리몰드의 책임자인 정일만 대리가 몰드 위에 서서 가시 돋친 목소리로 말했다.

그러나 인도인들은 정일만 대리의 말을 아랑곳하지 않은 채 손놀림의 속도에 변함이 없었다. 물론 정일만 대리의 말뜻을 알아들을 수도 없었을 테지만 그들로서는 소위 '폴맨'이라고 부르는 나 이외의 그 누구에게도 신경을 쓰지 않겠다는 의도가 분명했다. 나는 정일만 대리를 보기가 민망했다. 나는 넉 달 동안이나 잘 길들여진 일하는 도구로서의 위치로 어느새 돌아가 있었다.

"얄라 얄라. 잘디 잘디."

나는 아랍어와 힌두어로 '빨리 빨리'라는 말을 반복해서 소리치며 시멘트먼지가 자욱한 몰드 사이로 뛰어들어가 허둥지둥 인도인들을 다그쳤다. 닷새 동안이나 느슨하게 늦추었던 고삐를 갑자기 바짝 죄어당기자 처음엔 잠시 의아한 듯했으나 이내 정일만 대리를 의식하고는 이전의 자세로 돌아가 손놀림이 빨라지기 시작했다.

나는 정일만 대리에게 최선을 다하는 내 모습을 보여주기 위해 계속해서 인도인들을 다그쳤다. 감히 정대리를 올려다보지도 못한 채.

사다리 위에 있던 인도인들이 사다리에서 내려와 몰드의 아랫부분까지 거의 청소가 끝나갈 무렵이었다.

꼴사납게 설쳐대는 나를 청소를 끝낸 쿠레시가 몰드 가장자리에서 조용히 바라보고 있었다. 그의 콧수염과 눈썹, 그리고 긴 속눈썹에까지 시멘트먼지가 하얗게 성에처럼 앉아 있었다. 작업복과 살갗은 기름때와 소금버캐로 얼룩져서 몰골이 비참할 정도였지만 눈빛만은 형형하게 살아 있었다.

나는 그가 여우의 생식기를 도려내는 행위를 서슴없이 범죄라고 단정지어 말하던 것을 떠올리며 그의 시선을 피했다. 비록 말로 표현은 안했지만 그의 눈빛 속에는 돌변한 내 행동에 대해 비난은 아닐지라도 적어도 의문을 품고 있음은 분명했기 때문이다.

"하는 꼬락서니가 꼭 충직한 개 같군."

분명히 나를 겨냥해서 비아냥거리는 소리가 등뒤에서 들렸다.

나는 차마 뒤를 돌아다볼 수가 없었다. 흡사 앞뒤에서 협공을 당하고 있는 기분이었다. 앞에 서 있는 쿠레시의 시선을 어물쩍 피하려다 말고 뒷덜미를 잡힌 꼴이 되고 말았다. 충직한 개, 그렇다, 나는 분명 충직한 개처럼 행동했다.

그러나 한편으로는 이 말이 지닌 모욕적인 의미가 내 감정을 아프게 할퀴었다. 상처받은 내 감정은 성난 수탉의 목덜미털처럼 이내 부풀어올랐다. 나는 거칠게 몸을 돌렸다.

글씨를 쓰는 붓이 담긴 페인트통을 오른손에 들고 왼손으로 몰드의 측면에 돌출되어 있는 개폐용 손잡이를 짚고 선 길관수가 나를 바라보고 있었다. 짙은 녹색 선글라스를 낀 그는 조소에 가까운 웃음을 희미하게 짓고 있었다.

"방금 누구에게 한 소리요?"

그에게로 다가서며 묻는 내 목소리가 비굴하게 여겨졌다.

"개한테 한 소리지 누구한테 했겠소."

서슴없이 내뱉는 그의 말은 센 주먹으로 명치를 내지르는 것만큼이나 나를 비틀거리게 했다. 금방이라도 폭발해버릴 것만 같은 감정을 가까스로 가누면서 "도대체 누가 개라는 거요?" 하고 묻는 내 목소리가 스스로도 참담하게 들렸다.

"당신말고 개가 또 있다고 생각하쇼?"

그의 혀끝은 날카로웠다.

끓어오르던 내 감정은 끝내 폭발하고 말았다. 3미터 가량 떨어져 있는 그를 향해 안전헬멧을 벗어서 힘껏 던졌다.

내 손에서 벗어난 헬멧은 그의 왼쪽 가슴에 맞고 땅에 떨어졌다. 하지만 이것은 내 울화의 폭발을 알리는 서곡에 불과할 따름이었다. 이미 자제력을 잃어버린 나는 얼마든지 난폭하면서도 성난 독사처럼 표독스런 행동을 할 수 있을 터였다.

나는 베트남의 정글에서 많은 적을 죽인 경험이 있다. 두 번이나 죽음 직전에서 살아남은 나는 치고받는 정도의 싸움쯤은 결코 두려워하지 않았다.

다음 단계의 폭력을 휘두르기 위해 다가서는 나를 그는 조금도 동요하지 않고 태연하게 서서 바라보았다. 안전헬멧을 던졌을 때도 그는 피하려는 몸짓은커녕 오히려 맞아주려고 작정이라도 한 것처럼 꼼짝도 하지 않았다.

나의 주먹이 그의 얼굴을 충분히 때릴 수 있는 거리만큼 가까이 다가서도 그는 여전히 태연한 표정을 지은 채 천천히 선글라스를 벗었다. 짙은 녹색 유리로 가려졌던 그의 눈엔 혀와는 달리 아무런 악의나 경멸도 담겨 있지 않았다. 오히려 부드럽고 따뜻한 눈길이었다.

나는 조금 당황했다. 그가 웃으며 말했다.

"그토록 화를 내는 걸 보니 개는 아닌가보군요."

그가 심한 감정의 기복을 수습치 못하고 어정쩡하게 서 있는 내게 담배를 권했다. 내가 잠시 머뭇거리다 담배를 받아 물자 그는 불을 붙여주며 말했다.

"개는 주인이 때리면 때릴수록 무조건 움츠러든다고 합니다. 우리가 개가 될 수는 없잖아요. 왜 우리가 개처럼 복종만 해야 됩니까? 더구나 인도인들은 우리의 삼분의 일밖에 안 되는 임금을 받고 있잖아요. 그런데도 사람으로서 할 수 없는 일을 그들에게 시키고 있어요. 인도인들을 짐승 부리듯 하는 것은 죄악이나 다름없어요."

그의 말은 부드러웠지만 그가 한 말의 내용은 가시가 돋쳐 있던 혀보다 더 나를 아프게 찔렀다. 그가 죄악이라고 단정한, 인도인들을 무자비하게 부려먹는 범위를 나에게 국한시켜 한 말인지, 아니면 회사를 겨냥해서 한 것인지는 알 수 없으나 아무튼 나는 그 말이 지니고 있는 진실 앞에서 아무 말도 할 수가 없었다.

길관수가 이곳에 온 지는 석 달 가량 되었다.

나는 그와 별로 가깝게 지내지 않았다. 그는 다른 사람들과도 별로 가깝게 지내는 것 같지 않았다. 그는 직종이 탈형공으로 탈형조에 있다가 한달 전쯤 패널야적장으로 전출을 갔었다.

정확히 말하자면 쫓겨간 것이다. 같은 동료들인 탈형조의 탈형공들 말에 의하면 그는 탈형공으로서의 기능이 전혀 없는 소위 '나이롱'이라고 했다. 이곳은 다른 작업장에서 골칫거리 노동자들을 징벌의 목적으로 전출시키는 유배지나 다름없었다. 그가 이곳에서마저 쫓겨난 것은 기능이 전혀 없는 무자격자라는 판정 때문만은 아닌 것 같았다.

그는 기본작업시간 이외의 작업을 한사코 거부했다. 그러니 자연 그의 동료들한테서 원성을 샀다. 그가 빠짐으로써 한조를 이루고 있는 그의 동료들의 작업량이 그만큼 늘어나기 때문이었다. 게다가 노동자로서는 어딘지 어울리지 않는 세련된 교양미와 지적인 분위기도 은연중에 그를 고깝게 여기는 한 요인으로 작용했을지도 모른다.

탈형조의 조장인 표준태가 그가 쫓겨가기 며칠 전 "도대체 당신은 사우디에 돈벌러 온 거요 놀러 온 거요?"하고 잔뜩 비꼬며 묻자 그는 서슴없이 돈벌러 왔노라고 대답했다. "그런데 왜 오버타임을 안하는 거요? 기본급만 받아서는 몇푼이나 된다고"하고 재차 묻자 "물론 내가 빠지면 다른 사람들이 내가 해야 할 몫만큼 고생을 한다는 것을 알고는 있소. 그 점에 대해서는 늘 미안하단 생각을 하고 있소. 그러나 중요한 것은 내가 손해를 보기 때문이오"라고 아리송한 대답을 했다.

곁에 있던 탈형공들을 비롯한 다른 노동자들까지도 모두 어리둥절할 수밖에 없었다. 그는 주위를 둘러보며 말을 계속했다.

"우린 매일같이 새벽 네시에 일어나서 다섯시부터 일을 시작합니다. 점심을 먹고 한 시간 남짓 낮잠을 자고 오후 일곱시까지 주간작업을 합니다. 그리고 한 시간 안에 저녁을 먹고는 또다시 자정까지 아니면 그 이상까지도 죽어라고 일을 합니다. 고작해야 네 시간 남짓 잠을 자고 짐

승처럼 일을 하고 있습니다. 이렇게 죽어라고 일을 했을 때 과연 이득을
보는 쪽이 어느 쪽이라고 생각합니까? 회사가 아무 득도 없는데 우리들
을 생각해서 오버타임을 시키고 있다고 생각합니까?"

"치우소, 치아. 누구는 어데 하고 싶어서 하나. 오버타임 안하모 돈이
안되니께 하능기제."

김태환이 그의 말을 가로막으며 퉁명스럽게 말했다.

김태환의 말은 그 누구도 이의를 달 수 없는 명쾌한 결론이었다. 기본
작업시간만으로는 고작해야 한달에 이십만원이 조금 넘는 벌이밖에 되지
않았으니까.

며칠 후, 길관수는 패널야적장으로 쫓겨갔다. 그곳은 PC 플랜트를 통
틀어서 가장 조건이 나쁜 곳이었다. 각 작업장에서 생산해낸 패널을 외
곽의 너른 터에다 모델별로 분류를 해서 세워놓았다가 트레일러에 실어
서 아파트를 짓고 있는 현장으로 보내는 일을 하는 곳이었다.

패널을 생산해내는 작업장 곁에는 레일을 따라 이동하는 타워크레인
이 있었다. 타워크레인은 수평으로 길게 뻗은 빔에 부착된 호이스트가
필요한 거리만큼 움직여서 수직의 상태에서 패널을 들어서 옮겼다. 게다
가 타워의 조종실에 있는 크레인의 조종사가 지상의 상황을 한눈에 내려
다보고 있기 때문에 그런대로 안전하게 일을 할 수가 있었다. 그러나 패
널야적장에는 두 대의 '게다크레인'이라고 부르는 크레인이 전차바퀴 같
은 쇠바퀴로 이동을 하며 빔을 대각선으로 세워서 패널을 옮겼다. 패널
을 들어올리는 순간 좌우로 심하게 흔들리거나 빠른 속도로 회전을 하는
탓에 대단히 위험했다. 내가 알기로도 이미 그곳에서 요동치는 패널의
모서리에 치여 두 명이나 목숨을 잃었고 중상을 입은 사람도 여섯 명이
나 되었다.

다행히 그곳은 길관수의 바람대로 오버타임이 없었다. 조명시설이 되
어 있지 않았기 때문에 야간작업은 불가능한 곳이었다. 몸으로 때워서
시간을 따먹는다는, 기본작업시간의 배 이상을 해야만 40만원이 조금 넘

게 버는 다른 곳의 노동자들에 비해서 수입만으로 보아도 그야말로 치명적인 곳이었다. 게다가 위험부담마저 높기 때문에 차라리 불화로 속 같은 배터리몰드가 훨씬 나은 편이었다.

길관수는 그곳으로 쫓겨간 지 한달이 조금 못 되어서 다시 배터리몰드로 왔다. 그것도 패널의 상단부와 측면에 페인트로 모델번호를 쓰기만 하면 되는 일을 하기 위해서. 아마 그 일은 노동자로서는 PC 플랜트 전체를 통틀어서 가장 편한 일일 것이다. 다른 작업장에는 한 사람이 전담해서 하지 않고 반장이나 조장이 했다.

그가 이렇듯 편한 일을 맡아 다시 배터리몰드로 오게 된 까닭을 본인 자신도 정확히 모르고 있는 것 같았다. 다만 여러 사람들의 추측을 종합해보면 순전히 그의 테니스 실력 때문이라는 것으로 결론이 내려졌다. 그의 테니스 실력은 뛰어나서 관리직원들마저도 그의 상대가 안되었다. 낮에는 불볕 때문에 어림도 없지만 밤이면 불을 환히 밝혀놓은 시멘트코트 위에서 그가 유연한 동작으로 테니스를 치는 것을 보기 위해 일부러 노동자들이 테니스장 주변에까지 와서 구경을 하기도 했다. 많은 관리직원들 중에서 그를 능가할 실력의 소유자가 없다는 것은 은연중에 모든 노동자들을 후련하게 해주었다. 신분이 확연하게 구분된 집단에서 하층계급인 노동자가 지배계급으로 행세하는 관리직원들을, 그것도 지배계급의 전유물처럼 여겨지는 운동으로 그들을 제압한다는 것은 다른 노동자들에게 대리만족을 시켜주었다.

그는 PC 플랜트의 우두머리인 공장장을 주로 상대했다. 그가 배터리몰드의 패널에 번호를 적는 일을 맡게 된 것은 틀림없이 공장장의 배려일 것이라고 했다. 그러나 그것은 추측에 불과할 뿐이었다.

그가 배터리몰드로 돌아오자 탈형공들을 제외한 모두가 반가워했다. 하지만 그것도 잠시였다. 차츰 시간이 경과하자 배터리몰드의 노동자들 대부분이 그를 곱지 않은 눈길로 바라보았다. 이번엔 그가 오버타임을 하든 안하든 다른 사람들과 아무 상관도 없었지만 그의 일이 너무도 편했기 때문에 시샘을 한 것이다. 조그만 페인트통과 붓 한 자루만 들고서 완성된 패널에 번호만 적으면 되니 힘들 게 하나도 없었다. 그를 부러움과 비아냥거림이 섞인 말로 '유학생'이라고 부를 정도였다.

나는 담배를 거의 다 피울 때까지 아무 말도 하지 않았다. 인도인들이 조금 거리를 두고 나와 길관수를 바라보고 있었다. 내가 길관수에게 헬멧을 던진 것 때문에 잔뜩 긴장했던 인도인들은 말없이 담배만 피우고 있자 사뭇 궁금한 표정들을 짓고 있었다. 말이 없기는 그들도 마찬가지였다. 란드가 침묵을 헤치고 길관수와 나에게 다가왔다.

"폴맨, 미스터 길, 바운아차."

그는 두 손의 엄지손가락을 세우며 그의 나라 말로 둘 다 최고라는 투로 말했다. 수염으로 뒤덮인 메마르고 주름진 그의 얼굴에 웃음이 번졌다. 그의 웃음은 아첨이 섞인 웃음이 아니었다. 선량하면서도 꾸밈없는 웃음이었다.

그는 철근토막을 주워서 길관수와 내가 서 있는 위치에서 조금 떨어진 땅바닥에다 금을 그었다. 그리고는 길관수와 나를 바라보며 진지한 낯빛으로 말했다.

"두 사람 사이에 무슨 오해가 생겼나본데 둘이서 손을 잡고 이 선을 세 번만 반복해서 뛰어넘으면 풀리게 될 거요. 오해란 순전히 악마가 심술을 부려서 생기는 것이니까."

나는 주술이나 다름없는 방법으로 길관수와 나를 화해시키려는 그의 제의를 선뜻 받아들이지 못하고 가볍게 쓴웃음을 지었다.

"인형, 란드의 말대로 합시다. 악마의 농간으로 우리 사이에 오해가 있었을지도 모를 일이니까."

길관수는 페인트통을 내려놓고 내 손을 잡으며 부드럽게 말했다.

나는 란드의 진지한 표정과 길관수의 주저없는 행동에 끌려 길관수에게 손을 잡힌 채 어색하게 세 번 반복해서 금을 뛰어넘었다. 지켜보고 있던 란드가 다시 두 손의 엄지를 세우며 "바운아차" 하고 환한 표정으로 말했다. 우리를 지켜보고 있던 인도인들의 표정 역시 밝아졌다.

"인형, 이것으로 우리 사이의 오해는 말끔히 씻어졌으니 마음을 터놓고 지냅시다."

길관수가 어린아이들의 유희와도 같은 이 주술의 효력을 정말로 믿기라도 하는 것처럼 내 손을 힘주어 잡으며 말했다. 나 역시 그러고 나니 서먹했던 감정이 어느정도 씻기는 것 같았다. 그러나 어색한 것은 마찬가지였다. 노예감독으로 인도인들 위에 군림하고 있는 한은 변함이 없으리라는 생각이 들었다.

간식을 실은 픽업이 자욱하게 모래먼지를 일으키며 철근조립장에 도착했다. 휴식시간이 되었음을 알고는 노동자들이 일손을 놓고 그곳으로 다가갔다. 무리지어 있던 인도인들도 발걸음을 옮겼다.

오전과 오후에 한차례씩 갖는 20분의 휴식은 이 야만적인 작업환경에서 우리들이 얼마만큼이나 혹사당하고 있는가를 스스로 자각하는 시간이었다. 우리들의 체력이나 의욕을 재충전하는 것이 아니라 형편없이 무력해진 남루한 육체를 확인하는 시간에 불과했다.

간식으로 나온 빵과 종이곽에 든 오렌지주스를 받아들자마자 파리떼가 새까맣게 달라붙기 시작했다. 파리떼를 쫓기 위해 팔을 휘저어보았지만 소용이 없었다. 파리들은 휘젓는 손에 쥐고 있는 빵을 집요하게 따라다녔다. 매번 휴식 때마다 겪는 파리떼의 공격은 가히 위협적이었다.

나는 먹이를 향해 결사적으로 달려드는 파리떼를 보며 생존을 위한 치열한 투쟁을 새롭게 느꼈다. 열풍이 한차례 휘몰아치고 나면 한동안은 파리들이 모습을 드러내지 않았다. 그러나 얼마 안 되어서 곧 왕성한 생명력을 앞세우고 나타나는 파리들은 사막의 불가사의와 경이를 동시에 느끼게 했다. 끈질긴 생명의 회생력은 이토록 가혹한 환경을 극복하고 다시 소생하여 먹이를 향해 악착스럽게 달려드는 것이다. 생명을 위협하다 못해 거부하는 사막의 환경을 생각한다면 파리가 사막에 존재하고 있다는 것 자체가 기적이나 다름없었다. 그 점에 대해서는 악랄한 공간 속에서 투쟁을 하고 있는 우리들도 마찬가지일 테지만.

나는 빵을 쥐고 있지 않은 오른손으로 빵을 따라다니는 파리들을 후려쳤다. 손바닥에 여러 마리의 파리들이 부딪치는 감촉이 느껴지며 그 숫자만큼이나 파리들이 땅바닥에 후두둑 떨어졌다. 그래도 끈질긴 파리떼의 공격은 계속되었다. 나도 지지 않고 파리들을 후려쳐 떨어뜨린 다음 모래를 끼얹어 덮어버렸다.

신경질적으로 파리를 쫓고 있는 나와는 달리 옆에 있는 란드는 빵을 쥐고 있는 손등에까지 새까맣게 달라붙는 파리떼를 아랑곳하지 않고 태연히 빵을 베어먹고 있었다. 입안으로 들어간 부분을 제외한 나머지 부분의 빵에는 시루떡의 팥고물처럼 빈틈없이 파리들이 달라붙어 있었다. 빵을 베어먹는 그의 모습을 얼핏 보면 빵과 파리떼를 한꺼번에 베어먹고 있는 것처럼 보였다. 대부분의 인도인들 역시 란드와 다름없이 파리들이 새까맣게 달라붙어 있는 빵을 태연히 베어먹고 있었다.

나는 매번 그랬던 것처럼 악착스럽게 달려드는 파리떼를 쫓기 위해 몇 번인가 팔을 휘젓다 아예 포기하고 말았다. 팔을 휘젓느라고 힘을 소모하느니 차라리 빵을 포기하는 편이 나을 것 같아서였다. 파리떼에 굴복한 나는 왜 인도인들이 파리떼와 사이좋게 빵을 나누어먹고 있는지를 이해할 수 있을 것 같았다. 그들은 파리떼를 쫓아버릴 여력마저 쇠진해버린 지가 오래였을 것이기 때문이다. 그들은 오로지 한조각의 빵이라도 어서 빨리 삼켜서 이 혹독한 상황에서 생명을 유지할 수 있는 열량을 확보해야만 했을 것이다. 그들은 처해 있는 환경에 철저하게 순응했다. 생태계에 적응하는 동물들처럼.

"저치들은 지네들이 싸갈긴 똥 위에 앉아 있다가 날아온 파리들이라서 더럽지도 않은 모양이지?"

인도인들과는 서너 발짝 떨어진 곳에 앉아 있는 전공들 중에서 최철준이 모멸적인 어조로 빵을 베어먹고 있는 인도인들을 가리키며 말했다.

인도인들은 예외없이 작업장 서쪽 모래구릉 편에 가서 용변을 본 후

캔에 담아 간 물로 휴지 대신 뒤처리를 했다. 그곳에는 인도인들이 배설한 변이 햇볕에 말라 해변의 자갈처럼 깔려 있었다. 그 지역을 한국인들은 마치 지뢰지대이기라도 한 듯 접근을 꺼렸다.

한국인들은 이토록 극성스럽게 달라붙는 파리들이 인도인들이 배설해놓은 똥무더기 위에 앉아 있다 온 것으로 단정하고 파리떼를 쫓으려고 기를 썼다.

파리들은 내가 팔을 휘젓는 것을 포기하자 빵과 손등을 삽시간에 덮어버렸다. 나는 손등과 팔목까지 살갗에 탐욕스럽게 흡반을 밀착시키는 기분 나쁜 스멀거림을 도저히 참을 수가 없어서 빵을 던지며 발작적으로 팔을 휘둘렀다.

이러한 나를 싱긋이 웃으며 바라보던 란드가 턱짓으로 전공들이 앉아 있는 곳을 가리켰다.

조금 전에 인도인들을 향해서 모멸적인 말을 했던 최철준이 기발한 방법으로 파리사냥을 하고 있었다. 오렌지주스곽을 포장했던 커다란 비닐봉지 속에다 빵조각과 오렌지주스를 부어넣은 다음 한쪽을 벌려놓자 파리들이 앞다투어 날아들어갔다. 가히 경쟁적이었다. 삽시간에 삼십 센티미터 남짓한 비닐봉지의 절반 가량이 파리들로 채워졌다. 파리들이 눈치를 챘음인지 아니면 먹이인 빵조각이 보이지 않아서인지는 몰라도 더이상 들어가지 않자 그는 만족한 듯 미소를 지으며 비닐봉지의 끝을 비틀어서 봉쇄해버렸다. 그리고는 포획한 파리들을 학살할 궁리를 하는 듯 잠시 골똘한 표정을 지었다. 그의 곁에 앉아 있던 동료 중의 하나가 그의 어깨를 툭 치며 "잠시 기다려" 하고는 자리에서 일어나 몰드 쪽으로 갔다.

되돌아온 그의 손에는 기름을 담은 콜라캔이 들려 있었다. 몰드 청소를 끝낸 다음 시멘트가 붙지 않게 하려고 몰드면에 뿌리는 기름이었다.

그는 콜라캔을 비닐봉지 안에다 디밀고는 검고 끈끈한 액체를 쏟아부었다. 최철준은 여전히 엷은 웃음을 머금은 채 비닐봉지를 흔들어서 파리와 기름이 범벅이 되게 했다. 그리고는 라이터를 켜서 불을 붙였다. 비닐봉지가 오그라들며 속에 든 기름에 불이 당겨지자 검은 연기가 피어 올랐다. 기름냄새와 파리가 타는 노린내 비슷한 역겨운 냄새가 한데 엉겨 물씬 풍겨왔다.

이때, 돌연 쿠레시가 일어서서 그곳으로 성큼 다가가서는 모래를 끼얹어 덮어버렸다. 무미건조하게 되풀이되는 일상에서 기계처럼 혹사당하고 있는 모두들은 지긋지긋하게 달라붙는 파리들을 포획하여 학살하는 것에 일종의 쾌감을 느끼고 있었는지도 모른다. 쿠레시의 돌연한 행동은 한국 인들의 급한 성미를 자극하고도 남았다.

쿠레시를 바라보는 전공들의 눈빛에 폭력을 예감케 하는 공격의 전조 가 드러나기 시작했다.

파리떼를 섬멸하는 주도적인 역할을 한 최철준은 금방이라도 한대 올려붙일 듯한 기세로 소리쳤다.

"이새끼가 간이 배 밖으로 튀어나왔나."

쿠레시는 물론 그 말의 뜻을 알아들을 수는 없었을 테지만 그가 어떤 감정상태로 말하고 있는지를 짐작했을 것이다. 내 곁에 앉아 있는 인도 인들이 나를 홀깃홀깃 바라보았다. 내가 적절한 중재를 해주었으면 하는 눈빛들이었다. 이미 그들도 적의에 찬 한국인들의 눈빛과 쿠레시에게 으르렁거리는 최철준의 감정을 충분히 읽었기 때문이리라.

나는 파리떼를 죽이려고 비닐봉지 속에다 기름을 붓고 불을 붙이는 것을 보면서 칙칙하고 무거운 죽음의 냄새에 진저리쳤다. 그 행위와 냄새가 싫었다. 제지할 수만 있다면 제지하고 싶었다. 병균 따위나 옮기는 백해무익한 해충인 파리들을 죽이는 것이 비인도적인 행동으로 여겨져서가 아니었다. 다만 그 죽임의 상황이 내 깊은 기억 속의 일들을 파리가 흡반으로 살갗을 빨아대는 감촉처럼 자극하고 있었기 때문이다. 베트콩의 반토막 주검 밑에서 깨어나며 맡았던 그 칙칙한 죽음의 냄새와 시체들이 즐비하게 널브러져 있던 잔혹한 그 아침의 기억들이 되살아나고 있었다.

쿠레시는 내 끔찍한 기억들 위에 모래를 끼얹어 덮어주었다. 그러나 나는 그를 위해 중재를 하거나 한국인들의 적의를 달래고 싶지는 않았다. 오히려 쿠레시의 행동이 짜증스러웠다.

나는 이곳에서의 생활을 애당초 생각했던 것처럼 하루하루를 조용히 보내고 싶었다. 설사 정의와 불의가 극명한 명암으로 대비되어 선택을 요구한다 해도 나는 고둥껍데기 속의 게처럼 정체라는 껍질 속에서 결코 나를 드러내고 싶지 않았다.

"사막은 신성한 땅이오. 누구도 이 땅에 살고 있는 생명을 파괴할 권리는 없소."

최철준도, 그밖의 대부분의 한국인들도, 몇명을 제외한 인도인들도 쿠레시의 말을 알아듣지 못했다. 나는 혹시 쿠레시의 행동이 어떤 종교적인 이유 때문이 아닐까 하고 막연한 생각을 했다.

그러나 지금 쿠레시가 한 말은 종교적인 이유와는 무관한 그의 정신의 일면을 보여주는 듯했다. 그러나 도대체 그의 말이 매일처럼 강도 높은 노동을 되풀이하고 있는 모두들에게 어떻게 이해될 수 있단 말인가. 오직 그가 모래를 끼얹은 행동만이 두드러지게 드러날 뿐이었다.

나는 쿠레시가 영어로 한 말을 알아듣지 못한 최철준이 어리둥절해 있는 틈을 비집고 들어서며 "이치가 종교적인 이유 때문에 그러는 것이니 별로 불쾌하게 생각지 마시오. 별다른 뜻은 없소" 하고 거짓말로 얼버무리며 변명을 했다.

다행히 내 말이 끝나자 작업시작을 알리는 사이렌이 울렸다. 그 소리는 적의의 시선을 보내던 전공들도, 우려의 시선으로 바라보던 인도인들도, 최철준도 쿠레시도 나도 일하는 도구로서 제각기의 위치로 돌아가게 했다.

나는 쿠레시가 자신과는 무관한 일에 나서서 예기치 않은 말이나 행동을 하는 게 몹시 거슬렸다. 그의 말이나 행동은 이상하게도 고둥껍데기 속의 게처럼 웅크리고 있는 나를 자극했다. 나는 쿠레시가 싫지는 않았다. 그러나 그로 인해 자극을 받는 것은 부담스럽다 못해 짜증스럽기까지 했다.

나는 일을 시작하기 위해 B몰드 쪽으로 걸어가며 쿠레시에게 말했다. "당신은 그까짓 파리들 때문에 왜 다른 사람의 감정을 자극하나? 그게 휴머니즘이라고 생각하나?"

나의 말은 비꼬여져서 배배 틀렸다.

"당신네 나라 사람들은 너무 과격해. 왜 사소한 일을 가지고도 늘 공격적인지 모르겠어."

"그야 당신이 그의 감정을 자극했으니 당연하지 않은가?"

"그가 한 행동은 다른 사람의 감정을 자극했다고 생각하지 않나?"

"그의 행동은 그가 책임져야 할 문제야. 그리고 그 누구의 감정도 자극하지 않았어. 그는 그냥 귀찮은 파리들을 처치하려 했을 뿐이야."

"한마리 파리가 지닌 생명의 본질을 생각해보게. 도대체 인간이 지닌 생명의 본질과 다를 바가 무엇인가? 파리는 우리들 생명을 직접적으로 위협하거나 파괴하지 않았어. 다만 공존하려 했을 뿐이야. 그의 행위는 생명의 본질 자체를 파괴하려는 것이었어. 히틀러가 수백만의 유태인을 학살한 것과 그의 행위의 본질은 다를 바가 없지 않은가."

"결국 휴머니즘 때문이었군."

"행동에 대해 개념의 빛깔로 채색하지 말게. 그냥 행동의 본질 그 자체를 바라보게."

쿠레시는 이 말을 끝으로 얼굴을 천으로 감싸며 그가 일을 해야 할 몰드 사이로 들어가버렸다. 나는 멍하게 서서 그의 뒷모습을 바라보았다.

"저리 비켜, 씨팔놈아."

시멘트먼지와 열기가 가득한 몰드 사이에서 욕지거리가 불거져나왔다. 사다리에서 내려오는 철근공 윤정우가 몸으로 밀치는 바람에 인도인 하리람이 비척거리며 비켜섰다.

오늘까지 사흘 동안 한국인과 인도인이 한데 섞여 청소를 하고 있는
몰드 사이에서는 번번이 이러한 욕설이 튀어나왔다.

나흘 전, 인도인 한 명이 죽었다. 카심이라고 하는 펀잡 출신의 회교
도였다. 한 시간 남짓 후면 오후작업이 끝날 무렵이었다. 나는 저녁식사
를 하러 가기 전에 B몰드 청소를 끝낼 심산으로 인도인들을 사정없이
다그쳤다.

사고가 난 곳은 B몰드의 열한번째 칸에서였다. 카심은 사다리 위에
서서 몰드의 제일 윗부분에 있는 시멘트막을 긁고 있었다. 나는 그의 곁
에서 일을 하는 남부 고아 지방 출신의 기독교도인 팔와르가 못마땅해서
눈살을 잔뜩 찌푸리고 노려보고 있었다. 팔와르의 손놀림은 마지못해서
하는 그런 식의 손놀림이었다.

내가 참다 못해서 고함을 막 지르려고 할 때였다. 카심이 사다리 위에
서 주걱 같은 쇠칼을 힘없이 떨어뜨리고는 한 손으로 이마를 짚음과 거
의 동시에 몸의 중심이 뒤로 꺾였다. 나는 그의 상체가 완전히 뒤로 꺾
이는 순간 그의 머리에서 안전헬멧이 벗겨지는 것을 보며 '저것이 벗겨
지면 안되는데' 하고 속으로 부르짖었다. 바닥으로 곤두박질한 그는 하
필이면 몰드를 움직이기 위해 깔아둔 레일에 뒷머리를 찧고 말았다. 그
는 시멘트먼지와 기름과 물기가 범벅이 된 검고 칙칙한 바닥에 사지를
벌린 채 누워 꼼짝도 하지 않았다.

나는 움푹 파인 두 눈의 까만 동공이 위로 치켜올라간 채 입을 반쯤
벌리고 있는 그의 모습을 본 순간 이미 생명의 박동이 정지되었음을 직
감했다. 검고 칙칙한 바닥으로 그의 뒷머리에서 흘러내리는 붉은 피가
번져나갔다.

며칠 동안 나의 머릿속에서 카심의 죽은 모습이 지워지지 않았다. 그
의 피부처럼 검고 칙칙한 바닥으로 번져 흐르던 피 때문인지도 모른다.
그의 뒷머리에서 흘러나온 피는 밝고 따뜻하였으며 갓 피어난 장미꽃잎
처럼 순결했다. 힘겹기만 했을 그의 육신은 이 척박한 땅에다 꽃을 피워

내듯 마지막으로 꽃잎처럼 붉은 피를 흘리며 삶을 마감한 것이다.

카심의 죽음으로 인해서 인도인들에게 한가지 변화가 생겼다. 한사코 사다리 위에 올라서서 작업을 하지 않겠다는 것이었다. 카심이 사다리 위에서 떨어진 것은 너무도 열악한 작업환경도 문제이긴 하지만 일사병이나 심한 탈수현상으로 인한 현기증 때문이라는 게 대체로 지배적인 생각이었다. 그러나 인도인들은 사다리가 마치 악마의 주술에라도 걸린, 가까이해서는 안될 부정하고 무서운 물건인 양 손도 대지 않으려 했다.

카심이 죽은 후, 나는 마음 깊은 곳으로부터 인도인들을 가혹하게 다그친 것에 대해 아픈 가책을 느꼈다. 그렇지만 결코 그것을 밖으로 드러내지는 않았다.

오히려 더더욱 그들을 다그치다 못해서 위협까지 하면서 회유를 했다. 그러나 그들은 여전했다. 그들의 행동에 어떤 집단화된 의지 같은 것은 없었다. 다만 모든 것을 체념해버린 듯한 절망에서 비롯된 무기력으로 일관하고 있을 뿐이었다. 차라리 집단화된 의지라도 있었으면 회유나 타협의 실마리를 쉽게 찾을 수도 있었을 것이다. 모든 걸 체념해버린 듯한 상태에서는 대화의 실마리조차 잡을 수가 없었다.

배터리몰드의 책임자인 정일만 대리는 우선 한국인들에게 인도인들이 해오던 몰드 윗부분의 청소를 맡아서 하게 했다. 각조별로 돌아가면서 청소를 지원하고 있는 한국인들은 덤으로 하는 일이라는 생각 때문에 불만이 가득했다. 회사 쪽의 지시라서 어쩔 수 없이 불만을 누른 채 하고는 있지만 걸핏하면 인도인들에게 화풀이를 해댔다. 인도인들의 몸에서 풍기는 이질적인 체취를 맡으며 독한 시멘트먼지를 뒤집어쓴 채 그들이 해야 할 일을 대신하고 있으니 울화가 치밀 만도 했다.

한국인들은 좁은 공간 속에서 인도인들과 함께 일을 하면서 조금만 몸이 닿거나 비위에 거슬리면 거침없이 원색적인 욕설을 내뱉었다.

"씨팔놈 남바텐, 알라 유 할라스."

자신에게 욕을 하는 윤정우에게 하리람이 그가 신봉하고 있는 회교의 신인 알라의 저주가 있으리라는 뜻으로 손으로 목을 자르는 시늉을 해 보이며 혀끝을 입천장에 밀착시켜 날카로운 소리를 내었다. 인도인들 중 에서 고참인 하리람은 한국말을 조금은 알아듣는 편이었다. 특히 욕설은 대부분의 인도인들이 거의 모두 알아들었다.

윤정우 역시 하리람의 말과 행동이 무엇을 뜻하는지를 알았다.

"개수작 떨지 말어, 새꺄."

윤정우는 욕설을 내뱉으며 하리람의 엉치를 걷어찼다. 발가락을 감싼 부분에 철판을 넣은, 군화와 같은 안전화에 엉치뼈가 챈 하리람은 비명 을 지르며 그 자리에 주저앉았다.

이 광경을 본 인도인들이 일손을 멈추고 모두 윤정우를 바라보았다. 그들은 한결같이 입을 다물고 있었지만 눈빛에는 분노가 서려 있었다. 인도인들이 쓰러져 있는 하리람과 윤정우를 에워싸고 차츰 간격을 좁혀 들었다. 나는 인도인들의 분노에 찬 모습을 처음 보았다. 윤정우가 조금 은 겁먹은 낯빛으로 좁혀드는 인도인들을 바라보았다. 인도인들이 윤정 우와 하리람을 완전히 에워싸자 란드가 하리람을 부축해서 일으키며 알 아들을 수 없는 인도말로 소리쳤다. 선량한 인력거꾼이었던 란드의 얼굴 이 분노로 굳어져 있었다.

나는 내심 인도인들의 집단적인 분노를 관망하며 즐기고 싶었다. 사실 한국인들이 걸핏하면 인도인들에게 내뱉는 욕설을 들을 때마다 내가 욕 을 먹는 기분이었다. 비록 인도인들을 모질게 다그치긴 하였지만 넉 달 이 넘게 얼굴을 맞대고 지내오는 동안 그들이 지닌 천진할 정도의 순박 함이 은연중에 거리감을 없애주었다.

윤정우가 잔뜩 움츠러들긴 했어도 오기만은 살아서 소리를 질렀다.

"저리들 비키지 못해!"

그 소리에 사다리 위에 있던 그의 동료들이 모두 내려와 인도인들을 비집고 윤정우에게 다가왔다. 그제서야 안도를 한 그는 동료들에게 "이 치들이 지금 나를 집단폭행하려고 그래" 하고 거짓말을 했다. 그의 말을 들은 한국인들의 표정이 단박에 험악해졌다. 자칫하면 걷잡을 수 없는 상태로 일이 확대될 조짐마저 보였다. 윤정우의 비열함이 가증스러웠다. 인도인들은 그들이 느끼고 있는 분노를 침묵으로 드러내 보이고 있을 따름이었다. 나는 더이상 보고만 있을 수가 없었다.

"윤형이 잘못했잖소. 그리고 인도인들이 언제 윤형을 집단폭행하려고 했소?"

나는 란드에게 부축된 채 한쪽 다리로 몸의 중심을 잡고 서 있는 하리람의 엉치를 만져보았다. 얇은 작업복 안으로 만져지는 그의 엉치 부분은 뼈가 불거져나올 정도로 깡말랐다.

하리람은 내 손이 윤정우에게 차인 부위에 닿자 고통으로 얼굴을 찡그리며 비명을 질렀다. 나는 따뜻한 연민의 눈으로 그를 바라보며 부어오른 부위를 가볍게 누른 채 천천히 문질렀다.

하리람은 매일같이 험악한 낯빛으로 악다구니질을 하던 내가 뜻밖에도 따뜻한 눈길과 손길로 관심을 보이자 어리둥절하면서도 고맙다는 표정으로 "오케 오케" 하며 란드의 부축을 떨치고 걸음을 내디뎠다. 윤정우에게 차인 쪽의 발을 내디딘 순간 몸의 중심을 잃을 정도로 비틀거렸다. 그래도 그는 얼굴을 찡그린 채 몇걸음 더 옮기고 나서 중심을 잡고는 나를 보며 "폴맨, 감사합니다" 하고 또렷한 한국말로 웃으며 말했다.

나는 그의 말을 듣는 순간, 마음의 속살이 예리한 꼬챙이에 찔리는 것 같은 아픔을 느꼈다.

저녁식사 후 인도인들은 모두 야간작업에 나오지 않았다. 아마도 오후에 있었던, 윤정우가 하리람을 폭행한 것에 대한 항의의 표시인 듯싶었다.

마지막 열두번째 몰드의 청소를 한국인 노동자들이 모두 달라붙어서 해야만 했다. 청소가 막 끝났을 때 탈형조의 조장인 표준태가 내게 다가와서 "인형, 얘기 좀 합시다" 하고 말하며 앞장서서 패널이 세워진 뒤쪽으로 갔다.

"곧 능률급제 작업이 시작될 텐테, 어떻게 생각해요?"

표준태가 패널이 세워져 있는 뒤쪽에 도착하자마자 내게 물었다.

나는 그 일에 관해서는 벌써 소문을 들어서 알고 있었다. 지금의 A 몰드와 B 몰드 옆으로 새로 설치하고 있는 똑같은 크기의 몰드가 거의 완성단계에 이르고 있었다. 약 한달 전부터 새로운 몰드를 설치하기 위해 정지작업을 하고 자재들을 갖다 놓기 시작했다. 그 무렵부터 능률급제 작업이 실시될 것이라는 말은 무성히 나돌았다.

소문은 상당히 현실적인 근거가 있었다. 아파트 건축 기간을 단축시키기 위해서는 현재의 패널 생산량으로는 턱없이 모자란다는 것이다. 때문에 다량의 패널을 생산할 수 있는 배터리몰드의 시설을 배로 늘려서 작업방법을 일당제에서 도급제로 바꾼다는 것이다. 패널 생산단가를 정해 놓고 월 총생산량의 금액을 각자가 받고 있는 시급(時給) 비율로 분배를 하는 이른바 능률급제 작업으로.

능률급제 소문이 나돌자 배터리몰드의 노동자들은 반기는 쪽과 반대하는 쪽으로 패가 갈려서 입씨름을 벌였다. 반기는 쪽은 탈형공들과 콘크리트공들이었다.

반기는 쪽은 목돈을 벌 수 있는 좋은 기회라는 것이고 반대하는 쪽은 그래봐야 몸만 더 고달프지 별 소득이 없으리라는 것이었다. 앞장서서 가장 반대를 하는 사람은 철근조립조의 조장인 강찬식씨였다. 세번째나 이곳에 나온 강찬식씨의 말에는 탈형공들과 콘크리트공들 중에서도 더러는 공감을 하고 있는 것 같았다.

"능률급제 작업을 혀봐야 봉사 길 갈쳐주는 꼴밖에 안될 것이구먼. 이 회사 책상머리에 앉아 있는 사람들이 우리들보다 머리가 좋았으면 좋았제 나쁘진 않을 거여. 대학공분 팬시리 했는 줄 아는감. 머리 굴려서 월급 받어묵는 사람들이여. 모르겄소, 한두 달은 돈벌이를 시켜줄랑가. 그러다가 느그덜 시방은 요로코롬 일을 헐 수 있는디 그 전까지는 순전히 농뗑이부린 것 아녀, 인자부터 능률급제는 그만헐팅께 알아서들 혀, 해뿐지면 어떡힐팅가? 우리는 코 뚫린 소나 다름없는 신세들이여. 워디가서 하소연헐 디도 읎서. 우리 겉은 노가다가 이 현장 맘에 안 든다고 다른 현장 찾아갈 수도 읎는 처지 아닌게벼. 그라고 설사 처음 약조헌대로 돈을 준다 혀도 시방보다 워떠코롬 더 일을 헌단 말인가? 몸뚱이가 밑천인 우리가 여그서 번 것으로 평생 묵고 살지는 못헐 것 아닌게벼. 괜스레 몸 베리고 나문 낭중에 돈으로도 몬 고치는 벱이여. 옛말에 게으른 놈이 짐 많이 진다고 혔어. 적게 묵고 가는 똥 싸다가 몸 성히 가는 것이 상책이여."

나는 표준태가 모두들 이미 알고 있는 일을 이런 후미진 곳에까지 데리고 와서 새삼스레 내 의사를 묻는 저의가 궁금했다. 아무 말도 없이 그의 얼굴만 물끄러미 쳐다보자 그는 "새로 설치하는 몰드가 완성되면 바로 능률급제 작업이 시작될 거요. 인도인들이 고분고분 따라주느냐가 문제라서 인형한테 묻는 거요" 하고 좀은 심각한 투로 말했다.

나는 그제서야 그가 나를 조용히 불러낸 까닭을 알았다. 그리고 능률급제 작업에 대해서 회사측과도 상당히 긴밀한 접촉을 하고 있다는 것까지도.

표준태는 무어라 선뜻 대답을 하지 않고 있는 나를 탐색의 눈초리로 보다 못해 다시 입을 떼었다.

"인형도 사우디에 분명히 돈벌러 왔잖소. 능률급제로 하면 귀국할 때쯤 목돈을 쥘 수 있을 거요."

은근한 회유조의 말을 하고 있는, 환한 수은등 불빛 아래 보이는 네모진 그의 얼굴이 강인한 의지를 지니고 있음을 느끼게 했다. 비록 키는 작지만 떡벌어진 어깨와 단단하게 뭉친 팔의 근육은 그가 오랜 세월 강도 높은 노동을 해왔다는 것을 말해주고 있었다.

나는 그가 한 회유조의 말을 그리 고깝게는 생각지 않았다. 어떻게 해서든 목돈을 마련하고픈 바람에서 비롯되었으리라는 생각이 들어서였다.

그렇지만 내가 아무리 자타가 인정하는 악랄한 노예감독이라 할지라도 딱부러지게 자신있는 대답을 할 수는 없었다. 그렇잖아도 카심이 죽은 후 사다리를 만지려고조차 하지 않는 인도인들이 하리람의 일 때문에 야간작업까지 나오지 않았음에야. 그리고 설사 인도인들을 설득할 수 있다 하더라도 내 개인적으로는 능률급제를 내심 반대하는 편이었다.

나는 대답 대신 표준태에게 되물었다.

"도대체 능률급제 작업을 한다 해도 밤 열두시까지 꼬박 해야 하루에 두 번밖에 패널을 생산해낼 수가 없는데 더이상 어떻게 한단 말이오?"

나는 능률급제를 하리라는 소문이 나돌 때부터 이것이 제일 궁금했다. 처음부터 끝까지 인력에만 의존해서 하는 일이라면 몰라도 어느 과정을 지나면 몰드에 의존할 수밖에 없는데 더이상 어떻게 생산량을 늘리려는 것인지 아무리 생각해봐도 대책이 없었다.

"하루에 삼회전을 돌리는 거요."

표준태는 나의 질문에 명쾌하게 답변을 해주었다.

"어떻게 무슨 방법으로 삼회전을 돌린단 말이오?"

나의 되물음 역시 그의 대답만큼이나 명료했다.

"잠깐 앉아봐요. 내가 설명을 해줄 테니."

그는 가는 철사토막을 주워서 땅바닥에다 몰드의 구조를 그리면서 설명을 시작했다.

"지금까지 몰드 속에 있는 콘크리트가 양생이 다 되면 스팀을 잠그고는 첫번째 몰드를 최대한으로 벌려놓고 일을 시작했잖아요. 두번째 몰드 역시 최대한으로 벌려서 첫번째 몰드에다 바싹 붙여놓고 패널을 들어낸단 말이오. 그런 식으로 모든 패널을 들어내잖아요. 몰드 청소 역시 패널을 들어내는 것과 반대 순서이긴 하지만 몰드가 최대한으로 벌려진 채 안쪽에서부터 한칸씩 차례로 해나가지요. 철근 설치나 전기부속품 부착 역시 마찬가지지요. 쉽게 말해서 지금까지의 작업은 한 조가 완전히 일을 끝낸 다음에야 다음 차례의 조가 들어가서 일을 했단 말이오. 그런데 능률급제 작업을 하게 되면 모든 일을 거의 동시에 하는 거요. 그리고 패널 양생 시간을 두 시간 정도 줄이는 거요. 여섯 시간에서 네 시간 정도로 말이오. 실험실에서 실험을 끝냈는데 스팀의 온도를 20도 이상 높이면 가능하다는 결론이 나왔소. 그리고 스팀을 잠그고 나서 첫번째 칸만 최대한 벌려서 패널을 들어내고는 곧바로 청소를 하는 거요. 우리가 두번째 칸의 패널을 들어내고 있는 동안 첫번째 칸 청소를 한다 이거요. 청소가 끝난 칸은 뒤따라 곧바로 철근을 설치하고, 두번째 칸은 첫번째 칸과 일 미터 정도 사이를 두고 벌려서 패널을 들어내고 바로 또 청소를 하고. 이런 식으로 하면 몰드와 몰드 사이의 공간이 평균적으로 일 미터 정도 여유가 생기는데 그 정도면 충분히 일을 할 수가 있소. 물론 그 뜨거운 데 들어가서 일을 하려면 좆뺑이칠 수밖에 없겠지요. 하지만 어차피 뜨거운 데서 일을 하고 있는 판에 화끈하게 해서 목돈을 쥐는 게 낫지 않겠소? 인형이 인디아놈들만 잘 구슬리면 충분히 가능한 일이오. 그치들도 돈벌이가 더 될 테니까 잘 설득하면 순순히 따라줄 거요. 여기서 그치들이 버는 게 지들 나라 대학교수보다 세 배 가량 된다잖아요. 능률급제 작업을 시작해서 지금보다 더 벌게 되면 그치들한테는 대단한 액수일 거요."

나는 표준태의 말을 듣고 있는 동안 오싹한 전율을 느꼈다. 무서운 일이었다. 아무리 돈에 대한 집착이 강하기로서니 이토록 무서운 일을 획책하고 있다니.

표준태의 말대로 하면 그 공간은 그야말로 살인적인 공간이 될 수밖에 없었다. 스팀을 잠그고 몰드를 칸칸이 벌려서 30분 가량 식힌 후에도 그 무쇠벽에서 내뿜는 열기는 육체를 메마르게 하다 못해 바스러지게 하지 않는가. 거기다 스팀의 온도를 20도나 더 높여서 밸브를 잠그자마자 그 속에 들어가서 일을 하라고? 그것도 일 미터 남짓한 공간 속에서? 아, 생각만 해도 호흡기가 타버리고 세포가 모두 죽어버릴 것 같았다.

"표형, 아무리 돈도 좋지만 어떻게 그 일을 해낸단 말이오. 반대하는 사람이 많은 것 같던데 굳이 표형이 앞장서서 서두를 건 없잖소."

나는 애써 감정을 누르며 차분하게 말했다.

"씨팔, 반대하는 놈들은 집구석에 금송아지라도 키우고 있는 모양이지. 다른 놈들이 반대하는 것은 그렇다 치고, 인형 생각은 어떻소?"

촉광 높은 수은등 불빛을 받고 있는 표준태의 얼굴이 납으로 주조해낸 것마냥 싸늘하게 굳어졌다.

"물론 나도 반대하는 편이오. 그 일은 피와 살을 지닌 인간으로서 도저히 할 수 있는 일이 못 되기 때문이오."

"당신 참 웃기는 사람이군. 다른 사람은 모두 반대를 해도 당신만은 쌍수를 들고 환영할 줄 알았는데…… 당신은 그 잘난 혓바닥만 놀리면 그만이지만 나처럼 혀가 못난 놈은 몸뚱이가 죽어라고 고생을 해야 할 판이니까."

비비 꼬아서 하는 표준태의 말에는 가시가 돋쳤고 입가에는 싸늘한 비웃음이 스쳤다. 그는 분명 나를 경멸하고 있었다. 인도인들의 고통을 딛고 서서 하루하루를 편히 보내고 있는 나를.

나는 애써 누르고 있던 감정을 터뜨리고 말았다.

"당신은 이렇게 말하고 싶을 테지. 몰드를 벌리자마자 제일 먼저 들어가서 일을 해야 하는 사람들은 탈형을 하는 바로 당신들이라고. 그렇지만 당신들은 고작해야 인도인들에 비해 삼분의 일도 안 되는 시간만 후닥닥 해치우고 나면 그만이지만 그들은 무쇠벽에 얼굴을 맞대고 일을 해야 한단 말이오. 도대체 사람의 머리로 어떻게 그런 끔찍한 생각을 할 수가 있소. 그네들도 우리와 똑같은 몸을 지닌 사람들이오. 당신들은 겨우 사흘 동안 그네들이 하는 일을 하면서도 잡아먹을 듯이 으르렁거렸잖소."

나의 말이 끝나기가 무섭게 그는 금방이라도 나를 후려칠 듯한 기세로 말했다.

"언제부터 그치들을 그렇게 끔찍하게 생각했지? 잘난 혓바닥 하나로 그치들을 부려먹고 있는 주제에. 당신이 아무리 고상한 척 지껄여봐야 결국은 내가 말한 대로 될 수밖에 없을 거야. 그렇게 되어도 어차피 그 잘난 혓바닥만 놀리면 그만일 테고 불쌍한 인디아놈들만 좆빼이치겠지. 폴맨인 당신이야 한량하게 돈만 챙기면 될 테고."

그는 말을 마치고 나서 나를 잠시 노려본 후 등을 돌리고 가버렸다.

그의 뒷모습을 바라보고 있는 내 마음속에는 기름찌꺼기 같은 것이 지글지글 타고 있었다.

4

함 성

사막의 밤은 신비롭고 아름다웠다.

모래구릉들은 잠이 든 여인의 자태처럼 완만하고 부드러운 곡선을 드리우고 있었으며 구릉의 모래는 관능이 살아 숨쉬는 여인의 살결처럼 따뜻했다. 정염에 불타오르던 여인처럼 한낮의 열기에 뜨겁게 달아올랐던 사막은 조용히 잠이 들었고 하늘에서는 별들이 금방이라도 쏟아져내릴 듯이 가까이서 빛났다. 별들은 저마다 아름다운 소리로 노래를 불렀다. 빛나는 별들은 제각기 다른 빛을 발하였고 그것은 곧 음색이 다른 소리가 되어 장엄한 화음을 이루었다.

멀리 사막의 유전지대에서는 천연가스를 태우는 화광이 붉게 타오르고 있었다.

"사우디 생활 말년에 피보게 생겼습니다."

귀국을 두 달 남짓 앞둔 전기조의 조장인 임준수가 피우던 담배를 엄지와 중지 사이에 끼워 퉁기면서 한탄조로 말했다.

"무슨 방법이 없겠습니까?"

내 옆에 앉은 길관수가 철근조의 조장인 강찬식씨를 향해 고개를 돌리며 물었다.

"못허겄다고 뻗대어도 모를 틴디 한쪽에서는 능률급제 작업을 못혀서 안달이 나서 설쳐쌌게 인자 물건너간 일이여."

　휴일인 오늘, 아침밥도 거른 채 점심때까지 내처 자고 나서 밀린 빨래 뭉치를 들고 샤워장으로 가려고 막 숙소문을 나서려던 참이었다. 때마침 문을 열고 들어서려던 길관수가 나를 보자 반색을 하며 "인형 방이 여긴 줄 모르고 한참 찾아헤맸네" 하고 말했다. 그는 이어 안고 있는 빨래뭉치를 보고는 "잘됐어요. 나도 빨래를 해야 되니 샤워장에서 봅시다" 하고는 선걸음에 되돌아갔다.

　기름때가 전데다 하얗게 소금간이 피어서 얼룩이 진 뻣뻣한 작업복을 문지르고 있을 때 빨래뭉치를 들고 길관수가 왔다. 그는 내 곁에 와서는 주위를 조심스레 살펴서 가까이에 아무도 없는 것을 확인하고는 나직이 말했다.

　"인형, 저녁식사 후에 철골제작장 뒤에서 만납시다. 강영감하고 전공조장 임준수가 함께 만나기로 했어요."

　강영감은 나이가 많은 강찬식씨를 일컫는 말이었다. 나는 그 말을 듣는 순간 필시 능률급제 작업에 관한 일 때문이라는 것을 직감으로 느꼈다.

　저녁을 먹고 철골제작장 뒤로 모인 우리들은 음모자들처럼 은밀하게 사막으로 걸어나왔다.

　"방법이 전혀 없는 것은 아니잖아요. 인도인들이 아직도 사다리 위에서 일하는 것을 거부하고 있는데 능률급제 작업을 순순히 하겠어요? 인형 생각으론 인도인들이 어떡할 것 같아요?"

　길관수가 나에게로 고개를 돌리며 물었다. 나는 무어라고 선뜻 대답을 할 수가 없었다.

　"며칠 전 표준태가 내게 인도인들을 설득하라고 하더군요. 그래서 나는 능률급제를 반대한다고 했더니 소용없는 일이라고 하더군요. 그의 말대로라면 회사의 방침이 이미 굳어 있는 것 아녜요? 작업방법까지도 구체적으로 계획을 세워놓았던데요."

"어떻게요?"

임준수의 물음에 표준태에게서 들은 내용을 그대로 들려주었다. 말을 듣고 난 임준수는 온몸을 부르르 떨며 격렬한 어조로 말했다.

"개새끼, 어차피 지들은 잠시 동안만 후닥닥 해치우고 나면 그만일 테고 콘크리트공들이야 스팀을 천도까지 올려도 아무 상관이 없으니 개수작들을 하고 있을 테지."

콘크리트공들은 스팀을 아무리 높여봐야 조여놓은 몰드 밖에서 콘크리트를 채워넣으면 그만이고 탈형공들 역시 몰드 사이에서 하는 일이 간단했다. 몰드를 해체해서 패널을 들어내는 것과 마지막 몰드를 조립하는 시간까지 합쳐봐야 철근조와 전기조와 인도인들의 작업시간에 비해 삼분의 일도 안 되었다.

"아무리 그래도 인도인들이 끝까지 거부를 한다면 얘기가 다르죠. 외국인이기 때문에 우리처럼 마음대로 다룰 수는 없을 걸요. 아마 인도인들도 그 일이 피를 말리는 일이라는 걸 알면 쉽사리 하려고 덤비진 않을 거예요. 인도인들은 지금의 벌이만으로도 만족해하니까요."

말을 하면서도 길관수의 시선은 여전히 내게 머물러 있었다. 그의 눈빛은 내게 인도인들이 어떻게 행동할 것인가를 끈질기게 묻고 있었다. 그도 아니면 인도인들을 설득해서 능률급제 작업을 거부하도록 하게 하던지.

나 역시 인도인들이 어떻게 나올 것인가에 대해 궁금한 것은 마찬가지였다.

그들은 참으로 이해하기 어려운 면들을 지니고 있었다. 어린아이처럼 천진할 정도의 순박함과 교활한 늙은이와 같은 노회함을 아울러 지닌 것 같았다. 굶주린 짐승처럼 금전에 대해 맹목적인 욕구로 가득 차 있으면서도 또 한편으로는 그것을 이미 초월한 것 같기도 했다. 언어의 단일성도, 종교의 단일성도, 종족의 단일성도 없는 그들이지만 모두가 공통적으로 지니고 있는 것은 부드러움이었다. 그 부드러움은 습기가 모든 것을 눅눅하게 만드는 것 같은 이상한 힘을 지니고 있었다. 그들은 자신을 좀체로 드러내지 않았다. 그저 존재 그 자체로 존재하는 데 만족하고 있는 것 같았다. 비참한 생활에 익숙하게 길들어 있으면서도 때로는 세속의 모든 것을 초월해버린 듯한 일면을 보여주는 그들을 나는 도무지 이해할 수가 없었다. 나는 시간이 지날수록 비록 그들이 인도의 많은 빈민들의 기층을 이루고 있는 노동자들이기는 해도 이처럼 복합적인 양면성을 지니고 있다는 게 신비스럽게 여겨졌다.

"열길 물속은 알아도 한치 사람 속은 모른다고 허더니만, 표준태 그 사람을 그렇게 보지는 안혔는디, 알 수 읎는 게 사람 맴이여. 그 사람이 회사 편에 붙어부렸응께 능률급제 작업을 혀도 그냥 허지는 않을 것이오. 반대를 혔던 사람들 중에서 한두 사람은 본보기로 칠 텐디, 암만 생각을 혀봐도 나가 성허지 못헐 것 같소. 사람들을 선동혀서 능률급제 작업을 반대혔다고 강제귀국을 시키든지 그도 아님 여그서 아주 다른 현장으로 전출을 보내든지 헐 것이구먼."

강찬식씨는 화광이 붉게 타오르고 있는 사막의 지평을 바라보며 침울한 표정으로 말을 했다. 예수가 제자들에게 앞으로 닥칠 수난을 예고하듯이.

"나가 세 사람을 조용히 보잔 것은 혹시라도 젊은 혈기를 앞세워서 일을 벌이지 말라고 당부를 허고 싶어서 보잔 것일세. 만약에 여그서 거 뭣이냐, 스트라이큰가 하는 것을 혔다가는 쥐도 새도 모르게 겁나는 곳으로 끌려가뿐지고 말어. 남산에 있는 정보부 말여. 죄읎는 사람도 일단 거그 끌려갔다 허믄 성해서 돌아오지는 못헌다고 허잖이어. 시방 알코바에 와 있는 근로감독관이라는 사람들이 바로 거그서 온 사람들이시. 나가 3년 전에 쥬베일에 있을 때 여럿 끌려가는 것을 보았제. 소리 소문도 읎이 끌고 가곤 혔어. 그때 끌려가서 고생을 헌 사람들 덕분에 시방은 많이 좋아진 것이여."

유성 하나가 밝고 긴 빛의 꼬리를 끌고 페르시아만 쪽으로 사라졌다.

강찬식씨는 나이 많은 족장이 부족이 걸어온 길을 젊은이들에게 들려주듯이 몇년 전, 쥬베일 산업항 공사장에서 있었던 일을 들려주었다.

쥬베일은 이곳에서 2백 킬로미터 가량 떨어진 유전지대의 항구였다. 쥬베일 산업항 공사는 단군 이래 제일 큰 역사로 불릴 만큼 공사금액이나 규모에서 유례가 없는 대규모 공사였다.

그날, 강찬식씨는 몹시도 우울했다. 아니 우울했다기보다는 가슴속에서 치솟아오르는 뜨거운 덩어리를 삭이기 위해 안간힘을 써야만 했다. 부두의 안벽을 만들기 위해 세로로 촘촘히 세워진 팔뚝만한 굵기의 철근에 매달려서 가로로 철근을 엮고 있는 강찬식씨의 가슴속에서 그놈의 뜨거운 덩어리가 금세 터져나올 것만 같았다.

휴일이었던 어제 쥬베일 시내에 외출을 나갔을 때였다. 뜻밖에도 국내 현장에서 함께 일을 했던 주민호라는 사람을 만났다. 그는 강찬식씨보다는 열몇살이 아래였다.

강찬식씨가 일년 동안 용돈을 아껴 모아둔 돈으로 카세트를 하나 사려고 전자제품 상점으로 막 들어가려고 할 때였다.

주민호가 어디서 보았는지 "강씨 아저씨 아니세요?" 하고 반갑게 다가와 손을 잡았다. 3년 전, 안동댐 현장에서 석 달 가량 함께 일했던 그를 쉽게 알아볼 수 있었던 것은 그가 워낙 붙임성있게 잘 따랐었기 때문이었다.

"아니, 자네가 웬일이여?"

"아저씬 웬일이세요?"

두 사람은 서로 멋쩍게 웃고 말았다. 이곳에 온 목적이 서로 뻔했기 때문이다.

"아저씨, 어느 회사로 오셨어요?"

"대현건설이여."

"대현건설요…… 줄을 잘못 서셨네요."

"그게 무신 말이여?"

"오신 지 얼마나 되세요?"

"낼모레믄 일년이 다 되제."

"그럼 귀국은 언제 하세요?"

"그야 앞으로 일년을 더 있어야 허제."

"물론 연장근무는 아닐 테죠?"

"미쳤당가, 연장근무를 허게. 하루가 일년 같어서 환장허겄는디."

"거보세요. 줄을 잘못 서셨다니까요."

"그라믄 자네 시방 귀국쇼핑을 나왔다 이 말이여?"

"네, 내일부턴 작업장에 나가지 않아요."

그 말을 들은 강찬식씨는 다리에서 맥이 풀렸다. 며칠 후면 귀국을 한다니, 정말 꿈같은 얘기였다. 남은 1년이란 세월을 생각하니 끝을 알 수 없는 굴속에 갇힌 것 같은 절망을 느껴야만 했다.

강찬식씨는 그로부터 많은 얘기를 들었다. 그의 얘기는 강찬식씨를 참담하게 하다 못해 울분을 느끼게 하기에 충분했다. D건설회사로 나온 그는 우선 시급부터가 달랐다. 강찬식씨가 그에 비해 경력이 많은데다 기술도 훨씬 나은 편인데도 시간당 1달러가 채 안 되는데 그는 1달러 15센트나 되었다. 거기다 기본작업시간마저도 열 시간인 데 비해 그 회사는 여덟 시간이었다. 그뿐인가, 계약기간 또한 2년인 데 반해 그 회사는 1년이었다. 만약 1년이 되어서 연장근무를 하게 되면 백만원이 넘는 왕복항공료를 연장근무수당으로 현지에서 지불해준다는 것이다. 그의 말에 의하면 강찬식씨가 속해 있는 대현건설을 제외한 다른 회사가 모두 조건이 비슷했다.

주민호가 말한 "줄을 잘못 서셨네요"라는 말이 바로 그런 뜻이었다. 강찬식씨는 그간 유독 대현건설만이 여러가지 조건이 나쁘다는 말을 소문으로 듣긴 했었다. 그러나 막상 이렇게 눈으로 보고 귀로 듣고 나니 그의 말마따나 줄을 잘못 서도 한참 잘못 선 것 같았다.

"아저씨 댁에 보내실 것이 있으면 제가 전해드릴게요."

강찬식씨는 며칠 후면 귀국을 하게 될 그의 얼굴을 보며 기쁘다는 것이 과연 저런 모습이구나 하고 실감을 했다.

강찬식씨는 생각을 해보니 일년 전 근로계약인가 뭔가를 할 때부터 잘못된 것 같았다. 김포공항 대합실 한구석에 앉혀놓고 근로계약서라는 종이를 내주며 이름을 쓰고 도장을 찍으라고 했다. 계약서에 씌어진 글은 알기 쉬운 한글은 겨우 토씨뿐이고 죄다 한자가 아니면 영어투성이였다.

강찬식씨는 내용도 모르고 도장을 찍었다. 강찬식씨뿐만 아니라 다른 노동자들 역시 그 내용을 알았다 한들 도리없이 도장을 찍을 수밖에 없었을 것이다. 수속을 한답시고 일손을 놓고 왔다갔다하면서 적잖은 돈을 쓴데다 이제 곧 비행기를 타야 할 판인데 누군들 감히 못 찍겠소 하고 돌아설 수는 없었으리라.

강찬식씨는 지옥 같은 이곳에서 일년을 더 견뎌야 한다는 게 억울하다 못해 울화가 치밀었다. 같은 한국 건설업체에서도 유독 이 회사만 야비한 수단으로 노동자들의 피와 땀을 착취하다니.

강찬식씨는 점심시간이 되어 식당으로 가면서도 줄곧 그 뜨거운 덩어리를 가슴속에 안고 있었다. 2천여 명이 한꺼번에 식사를 할 수 있는 큰 식당에 모인 노동자들 표정이 그날따라 훨씬 침울해 보였다. 모두들 자신처럼 그 뜨거운 덩어리를 가슴에 품고 있는 것 같았다.

강찬식씨가 점심으로 나온 비빔밥을 화풀이하듯 힘주어서 거칠게 비비고 있을 때였다. 식당 입구 쪽이 웅성거리자 밥을 먹고 있던 노동자들이 일어서서 입구를 바라보았다. 식당 입구에서 한 노동자가 피를 흘리며 식당 가운데로 들어왔다. 오른쪽 이마에서 흘러내리는 피가 얼굴을 적시고 작업복 상의까지 붉게 물든 처참한 모습이었다.

그는 식기가 놓여진 식탁으로 성큼 올라섰다. 그리고는 분을 삭이지 못해 목멘 소리로 울부짖듯 말을 했다.

"여러분, 우리가 짐승처럼 이렇게 당하고만 있어야 합니까. 다 같은 한국사람들인데도 어째서 다른 회사 사람들은 1년 계약기간에 기본 여덟 시간 작업을 하는데 우리만 2년 계약기간에다 두 시간이나 더 많은 열 시간씩 일을 해야 합니까? 그것도 모자라서 마치 우리를 종놈 부리듯 부려먹고 있지 않습니까. 새파랗게 젊은 놈들이 직원이랍시고 형님이나 삼촌뻘 되는 사람한테도 함부로 반말지거리를 해대다 못해 이렇게 몽둥 이질까지 하고 있습니다. 여러분, 이래도 우리는 당하고만 있어야 되겠습니까?"

강찬식씨는 그의 말을 듣고 있는 동안 온몸에서 피가 뜨겁게 끓어오르는 것을 느꼈다. 그리고 자신의 이마에서도 피가 철철 흘러내리는 것 같았다. 자신도 모르게 두 주먹이 불끈 쥐어지고 어금니가 앙다물어졌다. 가슴속에 뭉쳐 있는 뜨거운 덩어리가 거대한 활화산이 되어 엄청난 힘으로 폭발하고 말 것 같았다.

"여러분, 더이상 당하고 있을 수만은 없습니다. 내가 찾아야 할 것은 찾고 받아야 할 것은 받아야 합니다. 그러기 위해서는 싸워야 합니다. 나는 마지막 한방울의 피가 남을 때까지 싸울 것입니다. 여러분, 도와주 십시오. 함께 싸웁시다."

그의 말이 채 끝나기도 전에 곁에 있던 누군가가 불끈 쥔 주먹을 뻗으며 "싸웁시다—"하고 소리쳤다. 그러자 일제히 약속이라도 한 듯 "싸우자—"하는 고함소리가 이천 명의 입에서 동시에 터져나왔다.

강찬식씨는 자신의 입에서 "싸우자"하는 소리가 터져나오는 순간, 화산이 폭발하고 있는 것을 보았다. 곳곳에서 식탁이 엎어지면서 분노한 노동자들이 해일처럼 출구로 밀려나갔다. 식당 밖에서 차례를 기다리던 노동자들도 가세를 하여 그 힘은 더욱 거세어졌다.

수천명의 노동자들이 함성을 지르며 직원숙소 쪽으로 몰려갔다. 노동자들의 숙소와 직원들 숙소는 2백여 미터 정도 떨어져 있었다.

직원숙소 바로 옆에 있는 식당에서 점심을 먹던 직원들이 노동자들이 함성을 지르며 몰려오자 모두 밖으로 나와서 의아한 표정으로 바라보았다.

강찬식씨는 회색빛 근무복을 입은 직원들을 본 순간 더욱 격렬한 적개심이 솟구쳤다. 평소 노동자들의 자존심을 예사로 짓밟는 직원들의 말투와 행동거지가 떠올랐기 때문이었다.

함성을 지르며 몰려가던 노동자들 중에서 누군가가 "죽여라" 하고 소리를 질렀다. 그 소리는 기름에 불을 지른 것마냥 순식간에 퍼져서 수천명의 입에서 "죽여라" 하는 함성이 터져나왔다.

강찬식씨도 "죽여라" 하고 목청껏 소리를 질렀다. 그것은 강찬식씨의 가슴속에 뭉쳐 있던 뜨거운 덩어리에서 터져나온 소리였다.

수천명의 노동자들이 "죽여라" 하는 함성을 지르며 노도처럼 밀려오는 것을 본 직원들이 슬슬 뒷걸음을 치다 이내 몸을 돌려 줄행랑을 쳤다.

노동자들은 직원식당으로 몰려갔다.

강찬식씨는 직원들이 점심을 먹다 만 식탁을 보자 더욱더 격한 적개심이 끓어올랐다. 접시마다 싱싱한 야채와 손바닥보다 더 널찍한 쇠고기가 먹다 만 채로 있었고 포도, 오렌지, 사과 등 과일이 가득 담긴 바구니들이 식탁 중간중간에 놓여 있었다.

강찬식씨는 식탁을 뒤집어엎으며 속으로 뇌까렸다.

'씨벌놈들, 음식 끝에 비위 상헌다고, 우리들 피땀을 빨아서 느그덜만 요로코롬 잘 처묵어서 배때지가 땃땃혔을 테지.'

직원식당은 순식간에 아수라장이 되어 집기란 집기는 모두 산산조각이 나고 먹다 만 과일과 고깃덩어리들이 마구 짓밟혔다.

직원들은 캠프를 벗어나 멀찌감치서 성난 노동자들을 지켜보았다.

노동자들은 삽시간에 직원식당을 박살내서 짓밟고는 숙소를 덮치기 시작했다. 숙소 앞에 있는 미끈한 뷰익 승용차를 십여 명의 노동자들이 합세해서 뒤집어엎고는 불을 질렀다. 뒤따라 다른 노동자들도 여남은 대의 승용차들을 뒤엎어서 불을 지르기 시작했다. 뷰익, 폰티악, 토요타 등 고급 승용차들이 차례로 불길에 휩싸였다.

강찬식씨는 삐까번쩍한 고급 자동차들이 불길에 휩싸인 것을 보며 가

슴속에 뭉쳐 있던 그 뜨거운 덩어리도 함께 타오르고 있음을 느꼈다. 가
슴속에서 타오르기 시작한 불길은 강찬식씨의 모든 것을 다 태워버릴 것
만 같았다. 쉰이 넘게 살아오는 동안 한번도 느껴보지 못했던 통렬한 쾌
감을 느끼게 하는 불길이었다. 그 불길은 맹렬한 적개심이었다.

노동자들의 오른쪽 무리에서 "와" 하는 함성이 터졌다. 이어 "잘한다"
"계속 밀어붙여" 하는 소리가 들렸다.

커다란 덤프트럭이 후진을 해서 시멘트블록으로 지은 제일 앞동의 직
원숙소 가운데를 들이받아서 부숴버렸다. 오십여 미터 남짓, 한일자로
지은 건물의 허리 부분이 무너지면서 지붕이 내려앉았다. 잇따라 네댓
대의 덤프트럭이 계속해서 들이받자 앞동의 숙소는 완전히 파괴되었다.
나머지 숙소를 파괴하는 데도 그다지 시간이 오래 걸리지 않았다. 어느
새 불도저와 포크레인까지 합세를 했다. 한동의 건물이 파괴될 때마다
노동자들은 열광적으로 함성을 질렀다.

중장비까지 동원한 이들 파괴자들은 깨어진 시멘트블록과 함께 나뒹구
는 직원들의 물건들을 깡그리 깔아뭉갰다. 소형 냉장고, 에어컨디셔너,
고급 오디오시스템, 텔레비전, 비디오세트, 카세트, 카메라, 책 등 그밖
의 잡다한 일상용품들을 철저히 파괴했다.

직원숙소가 완전히 파괴된 것을 지켜본 노동자들이 다음 행동의 목표
를 정하지 못해서 잠시 머뭇거릴 때였다. 숙소를 파괴하는 데 가담했던
한대의 덤프트럭이 노동자들이 있는 곳으로 다가왔다. 물살이 갈라지듯
노동자들이 물러서면서 길을 터주자 트럭은 노동자들 가운데로 들어와서
멈추었다. 트럭을 운전하는 사람은 피투성이가 되어 식당으로 뛰어들어
왔던 바로 그 사람이었다. 그는 여전히 피투성이 얼굴을 한 채 트럭의
적재함 위로 올라갔다.

노동자들의 시선은 모두 그에게 집중이 되었다. 붉은 피가 말라서 얼
굴에 엉겨붙은 그는 사선을 뚫고 넘어온 용사와도 같았다. 그는 어느새
자연스레 수천의 노동자들을 이끌 지도자가 되었다. 그를 바라보는 노동

자들의 눈빛은 모두 주저없이 그를 지도자로 추대했다. 강찬식씨의 눈에
도 그는 용맹무쌍한 투사로서 지도자가 되기에 손색이 없어 보였다. 강
찬식씨의 가슴에는 아직도 불길이 타오르고 있는 것 같았다. 그 불길은
무엇이든지 더 태워야만 진정이 될 것 같았다. 노동자들이 모두 입을 다
물고 적재함 위에 서 있는 그를 바라보았다. 강찬식씨는 폭풍 전야와 같
은 정적이 감도는 침묵 속에 서서 팽팽한 긴장감을 느끼며 트럭 위의 사
람을 바라보았다.

피가 말라서 엉겨 있는 그의 얼굴은 햇살이 반사되어 금속성 빛을 발
하였다. 그의 그러한 모습이 노동자들의 적개심을 새롭게 북돋아주었다.

"여러분, 싸움은 이제 시작되었습니다. 이 싸움은 절대로 물러설 수
도, 물러서서도 안될 싸움입니다. 우리의 요구를 관철시켜 승리할 때까
지 절대로 물러서지 맙시다."

강찬식씨는 주먹을 불끈 쥔 오른팔을 뻗으며 "싸우자" 하고 소리를 질
렀다. 옆사람들도 자신처럼 팔을 뻗으며 소리를 지르고 있었지만 아무
소리도 들리지 않았다. 오직 강찬식씨 자신이 지른 소리가 지금 천지를
진동시키고 있는 것 같았다.

노동자들은 트럭 위에 선 지도자의 지시에 따라 운동장으로 이동을 했
다. 3천 명이 넘는 노동자들이 질서없이 우왕좌왕하고 있을 때 핸드마이
크를 손에 든 사람이 교단 같은 단 위로 올라갔다.

그는 군에서 부대를 지휘해본 경험이 있는 사람인 성싶었다.

오른쪽에서부터 1동, 2동 하는 식으로 순서를 정해주고는 가운데에 기
준을 잡은 뒤 군대를 지휘하듯 절도있는 구령을 붙여서 지휘를 했다. 대
부분 군복무 경험이 있는 노동자들은 그의 구령에 따라 일사불란하게 움
직였다. 실타래처럼 얽혀서 갈피를 못 잡던 노동자들은 자기가 속해 있
는 동을 찾아서 정연하게 열을 지어 섰다.

스무 명씩 기거를 하는 방 다섯 개를 한 동으로 묶는데 그 각 동을 대
표하는 동장들이 대책회의를 하기 위해 따로 모였다.

그 사이 지휘를 하던 사람은 군에서나 예비군훈련시 가장 많이 부르는
'진짜 사나이'의 가사를 바꾸어서 가르쳐주었다.

　　사나이로 태어나서 할 일도 많다만
　　너와 나 처자 위해서 고생길 나섰다
　　노동과 노동으로 다져진 동지여
　　사막 끝에서 해뜨고 해가 질 때에
　　부모형제 우릴 위해 기도를 올린다

이 노래를 반복해서 부르고 있을 때 정문 쪽에서 헤드라이트를 켠 덤
프트럭이 노동자들을 빽빽이 태우고 모래먼지를 일으키면서 들어왔다.
차에 탄 노동자들은 마치 전투에 나가는 병사들처럼 안전헬멧의 턱끈을
바싹 조여맨 채 팔을 휘두르며 군가를 불렀다.
"낙동강아 잘있거라, 우리는 전진한다. 원한이 피에 사무친 적군을 무
찌르고서, 꽃잎처럼……"
트럭이 정차하자 운동장에 집결한 노동자들이 함성을 지르며 그들을
환영했다.
트럭을 타고 온 노동자들은 캠프에서 제일 가까이에 있는 40Km 석산
에서 온 노동자들이었다. 이 공사에는 3킬로미터에 이르는 방파제를 비
롯해서 부두의 안벽 축조 때문에 돌이 무진장 필요했다. 그 때문에 곳곳
에 석산을 개발해서 돌을 실어날랐다. 석산의 거리에 따라 40Km 석산,
60Km 석산 등으로 거리를 석산을 구별하는 명칭으로 불렀다.
강찬식씨는 나중에 들어서 알게 되었지만 피를 흘리며 식당에 들어온
사람은 석산에서 돌을 운반하는 중기부 소속의 덤프트럭 운전수였다. 중
기부에 속해 있는 운전수들 역시 이 회사가 다른 회사에 비해 모든 조건
이 나쁘다는 것을 알고 있었다. 하긴 이곳에 있는 대현건설 노동자들뿐
만 아니라 쥬베일 지역에 있는 다른 회사 노동자들까지도 그 사실을 알

고 있는 터였다.

석산에서 돌을 운반하는 운전수들은 은연중에 서로 묵계를 하고 가능한 한 저속으로 다녔다. 그것은 조직적인 연계에 의한 태업이 아니었다. 이심전심으로 자연스럽게 파급이 되었던 것이다. 날이 갈수록 돌 운반량이 자꾸만 줄어들었다.

중기부에서는 각 석산의 거리와 차량 대수, 그리고 속도를 비교해서 계산을 해보고는 무엇인가 심상찮다는 결론을 얻었다. 정상적인 속도로 운행을 했을 때의 운반량의 절반도 안 되었기 때문이었다.

성질이 급한 중기공장장이 승용차를 타고 쥬베일 시가지를 벗어나서 80Km 석산에서 오는 길목으로 나갔다. 사막을 가로질러 직선으로 뻗은 도로에서 오는 트럭을 보고는 그의 운전수에게 차를 세우라고 했다. 동부지역 최대의 유전지대인 이 지역 사막의 모래는 기름이 지표면에까지 배어나온 탓인지 모두 탁한 흑갈색이었다. 흑갈색 모래가 펼쳐진 사막에서 오는 트럭은 대기의 열파 때문에 흐물흐물 녹아내리는 것처럼 보였다. 오고 있는 트럭은 흑갈색 모래와 대비되어 선명하게 보이는 노란색 차체로 보아 대현건설 소속의 최신형 30톤 벤츠트럭이 분명했다. 그러나 트럭은 세계에서도 첫손 꼽히는 뛰어난 성능마저 녹아버린 듯 엉금엉금 기어왔다. 시속 100Km 이상을 달려도 제지받을 게 없는 사막의 직선도로에서 시속 50Km도 안 되는 속도로 오는 트럭은 기어온다고밖에는 달리 생각할 수가 없었으리라.

중기공장장의 속이 부글부글 끓기 시작했다. 이 회사의 창업주인 회장과 함께 소규모 정비공장 시절부터 일을 해온 중기공장장은 '기름밥 곤조통'으로 알려진 사람이었다.

트럭이 도착했을 때 공장장의 속은 끓다 못해서 넘치고 있었다.

공장장은 트럭을 세우고 운전수를 불러내렸다. 운전수가 내려오자마자 댓바람에 귀쌈부터 올려붙였다.

"왜 때리는 거요?" 하고 얼얼해진 귀쌈을 어루만지며 운전수가 볼멘

소리로 묻자 "이새끼가 몰라서 물어?" 하고 이번에는 조인트를 깠다. '조인트를 깐다', 그것은 마주서 있는 하급자의 정강이뼈를 군화 끝으로 차는 가장 쉬우면서도 악랄한 폭행수단을 일컫는, 군대에서 파생된 용어이다. 일단 차였다 하면 정강이를 두 손으로 감싸안고 외발로 깡충깡충 뛰지 않고는 못 배길 정도로 고통이 심했다.

졸지에 따귀를 얻어맞고 조인트까지 차이고 난 트럭 운전수는 분을 이기지 못해서 머리끝이 부르르 떨렸다. 그러나 상대가 누구인가. 회장과 동고동락을 함께 해온 이 회사의 창업동기이자 막강한 중역이 아닌가.

트럭 운전수는 가까스로 분을 삭이며 "정말 왜 때리는 거요?" 하고 다시 물을 수밖에 없었다.

"쌍노무새끼, 정 몰라서 물어!"

이번에는 주먹이 면상으로 날아왔다. 잔뜩 몸을 사리고 있던 트럭 운전수는 잽싸게 몸을 피하며 공장장의 손목을 잡고는 "말로 합시다" 하고 거친 목소리로 말했다.

그러자 곁에 있던 승용차 운전수가 다가서며 "그 손 놓지 못해!" 하고 위협조로 말했다. 같은 운전수인 주제에 상전 편을 드는 꼬락서니에 속이 뒤집힌 트럭 운전수는 "당신은 참견 말어!" 하고 으르렁거리듯 응수했다. "이새끼가 말귀를 못 알아들어" 하는 소리와 함께 승용차 운전수의 주먹이 턱에 직격탄처럼 날아왔다. 말리는 시누이가 아니라 숫제 한술 더 뜨는 승용차 운전수의 주먹에 턱까지 얻어맞은 그는 악이 받칠 대로 받쳤다. 성난 멧돼지처럼 승용차 운전수에게 달려들어 치고받았다. 서로 치고 때리며 엉켜서 싸우던 트럭 운전수는 묵직한 폭탄이 머리 위로 떨어져서 폭발하는 것 같은 굉음을 들었다. 앞이 캄캄해지면서 세상이 모두 끝난 것 같기도 했다. 정신을 차리지 못해서 이마를 감싸고 있는 트럭 운전수의 손가락 사이로 붉은 피가 흘러내렸다.

공장장이 마침 승용차 옆 땅바닥에 뒹굴고 있는 각목을 집어들고는 트럭 운전수의 이마를 사정없이 내려치고 만 것이다. '기름밥 곤조통'을 유감없이 발휘한 셈이었다.

가까스로 정신을 차린 트럭 운전수는 뜨겁고 끈끈한 것이 흘러내리고 있는 이마가 불에 덴 것처럼 뜨거웠다. 이마를 감싸고 있던 손을 펴본 순간 눈앞이 온통 붉은 핏빛으로 보이는 것 같았다.

피를 본 그는 으드득 소리가 나도록 어금니를 앙다물었다. 피는 오히려 그의 분노를 얼어붙게 했다. 트럭에 오른 그는 시동을 걸며 속으로 부르짖었다. 반드시 피의 대가를 치르게 해주리라고.

트럭 운전수가 차에 오르는 것을 본 공장장은 얼른 승용차를 타고 직접 운전대를 잡았다. 그리고 빠르게 그 자리를 벗어났다. 조금이라도 더 머뭇거렸더라면 탱크와 같은 덤프트럭에 승용차째 깔려버렸을지도 몰랐다.

트럭 운전수는 피와 눈물을 함께 흘리면서 차를 몰고 식당으로 온 것이다. 그리고 자신의 억울함을 회사의 부당한 대우를 앞세워 동료들에게 호소했다.

차에서 내린 노동자들의 말에 의하면 지금 각 석산으로 연락을 해서 노동자들이 속속 몰려온다고 했다. 그 말은 노동자들의 입에서 입으로 전달이 되어 순식간에 퍼져나갔다. 직원숙소를 파괴하고 나서 그 격렬한 충동을 미처 다 풀지 못한 미진함이 남아 있던 노동자들은 응원군이 속속 몰려온다는 말을 듣고는 새롭게 전의를 가다듬었다.

과연 오래지 않아서 노동자들을 실은 트럭들이 잇따라 도착했다. 새로운 노동자들이 도착할 때마다 함성과 박수로 열렬히 그들을 맞이했다. 그리고 그때마다 새로운 투지의 불을 지피었다.

강찬식씨는 거대한 힘의 덩어리 속에 있는 것 같았다. 강찬식씨의 온몸에서도 힘이 솟구쳐올랐다. 어떠한 벽이나 장애라도 부수고 넘을 수 있을 것 같았다. 지금껏 참아왔던 굴종의 굴레에서 벗어나기 위해 몸과 마음이 용솟음쳐오르기라도 하려는 것 같았다.

노동자들을 실은 트럭이 다 도착하자 대책위원회가 결성되고 '우리의 요구'가 채택되었다.

1. 계약기간을 1년으로 하여 소급해서 적용할 것.
2. 기본작업시간을 8시간으로 하여 소급해서 적용할 것.
3. 오버타임 수당을 다른 회사 수준인 150프로로 하여 소급해서 적용
  할 것.
4. 시급을 다른 회사 수준으로 조정해줄 것.
5. 관리직 사원들의 비인간적인 태도를 고쳐줄 것(반말, 욕지거리, 기
  타 거친 행동).
6. 구타를 한 중기공장장과 운전수를 처벌하고 공식사과를 할 것.
7. 오늘의 일은 불문에 부치고 일체의 보복행위를 하지 않을 것.

 모든 노동자들은 회장과 직접 대화를 통해서 일곱 개 항의 요구사항
에 대해 문서로 확답을 받을 때까지 작업을 중단하고 농성을 계속한
다.

 노동자들은 투쟁목표가 확실하게 정해지자 사기백배하여 일곱 개 항의
요구사항을 목이 터져라고 구호로 외쳐대었다.
 대책위원회에서는 정문을 비롯해서 캠프로 들어오는 다섯 군데의 길목
에 인원을 배치하여 대책위원회의 승인이 없이는 출입을 못하게 했다.
 폭발하듯 순식간에 들고일어난 노동자들의 분기탱천한 기세에 놀라 캠
프 밖으로 도망을 쳤던 임원과 직원들이 타협을 시도해왔다. 알코바에서
급하게 연락을 받고 달려온 소장은 한사코 캠프 안으로 들어와서 대표들
과 협상을 하겠다고 우겼다. 노동자들은 회장과의 담판을 고집하며 그들
을 완강히 막았다. 그 때문에 소장을 수행한 직원들과 정문에 배치된 노
동자들 사이에 몸싸움이 일어났다.
 이 소식을 들은 노동자들은 누가 먼저랄 것도 없이 돌멩이와 몽둥이를
손에 잡히는 대로 들고 함성을 지르며 정문으로 벌떼처럼 몰려갔다. 노

란 안전헬멧을 쓰고 푸른 작업복에다 군화와 같은 안전화를 신은 노동자들은 칼이나 총 따위의 무기만 없었을 뿐이지 적진을 향해 진격하는 대군이었다. 3천 명이 넘는 성난 노동자들의 기세는 미증유의 폭력을 예감케 하기에 충분했다. 소장을 비롯한 직원들이 다시 줄행랑을 치고 말았다.

그들이 물러가자 대책위원회에서는 '우리의 요구'를 써서 다른 회사의 현장으로 피신해 있는 소장에게 전달했다.

오후 4시, 강찬식씨가 속해 있는 6동과 7동 노동자들이 캠프 주위를 지키고 있던 노동자들과 교대를 했다. 강찬식씨는 정문에 배치되었다. 다른 곳도 마찬가지였지만 정문에 배치된 스무 명의 노동자들은 각목과 쇠파이프로 무장을 하고는 지급받은 흰보자기로 모두 얼굴을 가렸다. 그리고 작업복 웃옷 왼쪽 가슴에 달았던 직번과 이름이 적힌 명찰을 떼어버렸다. 먼 곳에서 살피고 있는 직원들에게 신분을 노출시키지 않기 위해서였다.

강찬식씨가 교대를 하고 나서 30분 가량 되었을 때였다.

쥬베일 시가지 쪽에서 지프차를 선두로 군인들을 가득 실은 여러 대의 트럭이 질주해왔다. 캠프 정문에서 50여 미터 정도 떨어진 곳에 지프차가 멎자 뒤따라온 트럭들도 멎었다.

지프차에서 내린 지휘관이 무어라고 소리를 지르자 트럭에 타고 있던 군인들이 민첩하게 차에서 내려 정렬을 했다. 군인들은 모두 자동소총으로 무장을 했다. 군인들을 실은 트럭은 계속해서 도착했다. 정문 쪽만이 아니었다. 캠프에서 쥬베일 시내로 통하는 길목마다 군인들을 실은 트럭이 도착했다. 마침내 군인들은 총을 겨눈 채 캠프를 완전히 포위해버렸다.

군인들은 모두 검은 베레모를 쓴 특수부대원 차림이었다. 쥬베일 시가지에서 은행을 비롯한 공공건물을 지키는, 선 채로 졸거나 예배시간에 엉덩이를 치켜들고 메카를 향해 이마를 조아리던 그런 군인들이 아니었다.

지휘관이 자동소총을 사격자세로 겨눈 대여섯 명의 병사들의 호위를 받으며 정문으로 걸어왔다.

강찬식씨는 총을 겨누고 다가오는 외국군인들을 보자 머리끝이 쭈뼛거렸다. 그러나 이내 자기들한테 해코지를 한 것도 아닌데 설마 무슨 탈이야 있으랴 하고 마음을 다잡아먹었다. 다가온 지휘관이 영어로 말을 했지만 알아들을 수가 없었다. 정문에 배치된 스무 명의 노동자 중에는 영어를 제대로 할 줄 아는 사람이 없었다. 대책위원회에 연락을 하자 미군 부대에서 근무를 한 경력이 있는 대책위원이 달려왔다.

대책위원과 지휘관이 나눈 대화의 내용은 이런 것이었다.

지휘관 즉시 농성을 풀고 해산하라.

대책위원 이것은 우리와 회사와의 문제다. 우리는 회사를 상대로 농성을 하고 있는 것이니 당신네들과는 무관하다.

지휘관 그렇지만 당신들은 이미 폭력적인 행동으로 자동차를 불태우고 건물을 파괴했다. 그것이 비록 당신네 회사와의 일이라 할지라도 용납할 수 없는 일이다. 그 행위는 분명히 우리 국법을 어긴 것이다. 왜냐하면 이곳은 바로 우리 영토이기 때문이다.

대책위원 그러나 지금은 평화적으로 일을 해결하려고 한다. 회사의 최고경영자가 도착하면 대화로써 문제를 해결하고 원래대로 작업을 계속할 것이다.

지휘관 좋다. 그러나 지금부터 어떠한 폭력행위도 용납치 않겠다. 만약 이것을 어겼을 때는 즉각 발포하겠다. 그리고 캠프 밖으로 단 한명이라도 나오는 것을 금한다. 이를 어겼을 때도 발포하겠다. 다시 한번 경고한다. 내가 말한 사항을 어겼을 때는 즉각 발포하겠다. 가능한 한 빨리 해산하라.

대책위원 우리도 가능한 한 빨리 해산하고 싶다. 그러나 이 회사의 최고경영자가 와서 문제를 해결해줄 때까지는 해산을 할 수가 없다. 이 점에 대해서 양해해주기 바란다.

절대왕정을 펴면서 모든 국민을 코란으로 다스리는 이 나라에서 민중의 시위는 꿈도 꿀 수 없는 일이었다. 오일달러 덕분에 서구문물과 함께 밀려오는 진보된 사상을 회교율법으로 방파제를 쌓아서 완강히 막고 있는 터였다. 노동자들을 가득 싣고 비상등을 켠 채 쥬베일 시가지를 질주해온 수십 대의 트럭, 자동차를 불태우고 숙소를 파괴한 것, 수천명의 노동자들이 집결해서 구호를 외치면서 벌이고 있는 농성, 이 나라의 체제에서는 도저히 그냥 지나칠 수 없는 일임이 분명했다.

날이 어둑어둑해진 저녁나절에 뜻밖에도 리야드에서 우리나라 대사가 캠프에 왔다. 대책위원회에서는 회장과의 면담을 고집하며 대사가 캠프로 들어오는 것을 완강히 막았다.

대사의 낯빛은 심각하다 못해 거의 사색이 되었다. 대사는 대책위원들에게 침통하게 말했다.

"당신들이 지금 하고 있는 행동이 어떤 영향을 주고 있는지 알고 있기나 합니까? 지금 이 나라 정부 고위층에서는 우리나라의 모든 건설업체를 추방하는 것까지 검토를 하고 있단 말입니다. 당신들은 지금 이 회사 회장과의 면담을 요구하고 있지만 한국에 있는 회장이 당장 달려올 수 있겠습니까? 사우디 정부에서는 오늘중으로 당신들이 농성을 풀고 작업을 재개하지 않으면 중대한 결정을 내릴 수밖에 없다고 했습니다. 그것은 경고가 아니라 통첩이었습니다."

"그렇지만 대사님께서 우리들의 문제를 해결해주실 수 없잖습니까?"

대책위원장이 물러서지 않고 뻗대자 대사는 불을 토할 듯한 시선으로 그를 보며 단호하게 말했다.

"나는 우리나라 정부를 대표해서 이 나라에 와 있는 대사입니다. 당신들의 요구가 정당하다면 정부에서 해결해줄 수 있습니다. 당신들은 이 회사의 회장을 믿겠습니까? 아니면 우리 정부를 믿겠습니까? 우리 정부를 못 믿겠다면 이 회사 회장 역시 믿어봐야 헛일입니다. 지금 당신들이 벌이고 있는 일을 단순하게 생각했다가는 엄청난 불행을 겪게 될 것입니다. 당신들뿐만 아니라 우리나라에까지도 말입니다. 지금 우리나라 경제가 여러분들에 의해 지탱되고 있다는 사실을 명심하십시오. 지금 이곳에 와 있는 군대가 무슨 군대인지 알기나 하고 나를 막고 있습니까? 왕실 직속의 친위부대란 말입니다. 이 일이 오늘중으로 수습이 되지 않아서 우리 업체들이 모두 추방당한다면 그 책임을 당신이 지겠습니까?"

대사의 말에 위원장을 비롯해서 대책위원들의 낯빛이 달라졌다. 설마 이렇게까지 일이 확대되리라고는 전혀 상상조차 못했던 것이다.

"당신들이 요구하는 것이 어떤 것인지 구체적으로 말해보시오."

대책위원장은 오늘 있었던 구타사건과 이 회사 노동자들이 다른 회사에 비해 얼마나 착취를 당하고 있는지를 자세히 설명했다. 물론 근로계약서를 작성할 당시의 분위기와 서명을 할 수밖에 없었던 입장까지도.

묵묵히 듣고 있던 대사는 일곱 개 항의 '우리의 요구'를 읽어보고는 명쾌하게 말했다.

"좋습니다. 정부를 대표하는 대사로서 책임을 지고 해결하겠습니다. 대신 당신들은 농성을 푸는 데 전적으로 협조를 해줘야겠습니다."

말을 마친 대사는 굳은 표정으로 노동자들이 집결해 있는 운동장으로 걸어갔다.

대사가 걸어오는 것을 본 노동자들이 일제히 야유의 함성을 질렀다. 착취를 당해온 자신들을 방관만 해온 정부에 대한 원망과 항의의 표시였다. 몇몇 과격한 노동자들이 일어서서 팔을 휘두르며 "대사는 물러가라" 하고 고함을 질렀다. 뒤따라 다른 노동자들도 팔을 휘두르며 함께 외치기 시작했다. 그 외침은 점점 확산되어 다시 어떠한 사태가 발발할지 예측할 수 없을 정도로 험악해졌다.

그러나 대사는 조금도 주저함없이 침착하게 단 위로 올라갔다.

대사가 단 위에 서자 노동자들은 금세 폭발이라도 할 것처럼 들고일어
나서 야유와 욕설이 뒤섞인 고함을 질러댔다.

침착하던 대사의 자세가 허물어질 것만 같았다. 거센 폭풍우가 휘몰아
치는 바다에 떠 있는 작은 배처럼 위태롭게 보였다. 그러나 대사는 꼿꼿
하게 서 있었다. 소요가 가라앉기 전에는 절대로 단 위에서 내려가지 않
겠다는 결의가 온몸에 배어 있었다.

그때, 캠프 외곽에서 총성이 울렸다. 일제사격을 하듯 잇따라 총소리
가 요란하게 울렸다.

총소리에 노동자들의 고함소리가 일시에 멎었다. 무겁고 긴장된 침묵
이 어둠처럼 깔렸다.

캠프를 포위한 군인들이 노동자들이 다시 심상치 않은 사태를 일으킬
조짐을 보이자 일제히 공포를 쏘아댄 것이다.

총소리가 멎자 불안해진 노동자들의 시선이 모두 대사에게로 모아졌
다. 노동자들은 무거운 침묵 속에서 모두 긴장하고 있었다.

대사가 천천히 무릎을 꿇고 노동자들을 향하여 큰절을 했다.

총소리에 잔뜩 긴장해 있는 노동자들에게 보여준 대사의 뜻밖의 행동
은 신선한 충격이었다.

숙연해진 노동자들은 절을 하고 있는 대사에게서 시선을 떼지 못했다.
대사의 행동에는 진실만이 보여줄 수 있는 아름다움과 감동이 있었다.

대사가 절을 끝내고 천천히 일어섰다.

　　　동―해―물―과― 백―두―산―이……

대사의 입에서 애국가가 불려지자 3천이 넘는 노동자들은 숨소리마저
멈춘 듯했다. 대사의 목소리는 장중한 산울림처럼 모든 노동자들의 마음
속으로 울려퍼졌다.

노동자들도 함께 따라부르기 시작했다.

강찬식씨는 일찍이 이처럼 완전한 일체감을 맛보지 못했다. 그리고 진실이 이처럼 깊은 감동과 큰 힘을 발휘하는 것을 보지 못했다.

강찬식씨는 자신도 모르게 뜨거운 눈물을 흘렸다. 처음으로 조국을, 조국이 어떤 존재인가를 인식했다. 조국은 우러러뵈는 애국자의 말 속에만 있는 것이 아니라는 것을. 그랬다. 조국은 노동자인 자신의 마음속에도 있었다. 여섯 시간의 시차와 아득한 거리 저편에 있는 것이 아니라 조국은 분명 자신의 마음속에 자리잡고 있었다.

"나는 시방도 그 대사님을 생각허믄 콧등이 찡혀. 그 양반이 헌 행동은 백마디 천마디 말보다 더 우리를 감동시켰제. 그때, 우리들이 요구헌 것이 모두 해결된 것은 아니지만 계약기간이 일년으로 줄어들고 기본작업시간도 여덟 시간으로 조정이 되았어. 그것만 혀도 대단헌 성과였제. 헌디 문제는 그 다음에 생긴 것이여. 일을 마치고 돌아오믄 옆자리가 하나둘 비기 시작혔어. 대책위원들은 말할 것도 읎구 주동자로 찍힌 제법 많은 사람들이 온다간다 말 한마디 없이 사라져부렀어. 귀국을 혀서 그 중의 한 사람을 만났는디 그때 모두 정보부로 끌려갔단 것이여. 모진 고생들을 혔다드만. 심지어는 빨갱이로꺼정 몰아붙이는 통에 죽덜 못혀서 살았다드만."

강찬식씨는 긴 얘기를 끝내고는 담배에 불을 붙였다. 담배를 깊이 몇 모금 피우고는 다시 무겁게 입을 열었다.

"나가 뭐땀시 이 야글 허는고 허니 시방은 그때허고 사정이 다르다는 것이여. 그때 일 땀시 우리나라 정부가 된통 곤욕을 치렀다는 것이여. 사우디 정부에서 우리나라 건설업체를 모다 추방시키려고꺼정 혔다드만. 그후부터는 쪼끔치라도 이상헌 기미가 보이면 회사보담도 정보부에서 먼저 나선다 이 말이여. 무신 말인지 알아듣겄능가? 긍께 행여라도 일을 벌일 생각들일랑 허들 말고 몸조심들 허시게. 내 말을 꼭 명심허소."

5

사람과 사람

　문명은 때로 인간들에게 반문명적이기를 강요했다. 그리고 문명의 이기라는 것이 인간을 반문명적인 야만의 환경으로 몰아넣어 인간의 땀을 착취했다. 이곳이 바로 그러했다.

　능률급제 작업은 이제 소문으로만 나도는 게 아니라 기정사실처럼 되어버렸다. 다만 그 시기가 언제냐 하는 것만 남아 있을 뿐이었다.

　A몰드와 B몰드 옆으로 나란히 세우고 있는 두 대의 몰드가 거의 제 모양새를 갖추어가고 있었다. 몰드는 인간을 반문명적인 상태로 몰아넣는 문명의 이기임이 분명했다. 나는 몰드가 완성되어가는 것을 지켜보는 것이 점점 두려웠다. 인간이 지닌 체력과 인내의 극대치가 어느정도인가를 시험할 기구로 보였기 때문이다.

　시월 들어 두번째 휴일이 지났다. 혹서기를 지나긴 했지만 불볕은 여전히 기세를 누그러뜨리지 않았다.

　하루를 쉬고 난 노동자들의 겉모습은 조금이나마 생기를 되찾은 것 같았다. 일주일 동안 면도를 하지 않아서 텁수룩했던 턱언저리가 깨끗해졌고 기름과 땀과 소금버캐가 끼었던 작업복이 본래 색깔인 연한 청색을 되찾았다.

　이곳에서 토요일은 한 주가 끝나는 날이 아니다. 한 주가 새롭게 시작

되는 날이다. 회교도의 안식일인 금요일이 이곳 노동자들에게도 휴일로
적용되기 때문이었다.

이곳에서는 요일에 대해 별로 관심을 두지 않았다. 오직 날짜에 대한
생각만이 모든 노동자들의 의식 속에 자리잡고 있을 뿐이다. 하루가 가
고 일주일이 가고 한달이 가고 그래서 일년에서 남은 날이 얼마다 하는
산술을 매일처럼 되풀이하고 있을 뿐이다. 유형지의 죄수가 석방날짜를
꼽는 것처럼.

배터리몰드 노동자들 사이에는 기대와 희망과 분노와 적개심이라는 상
반된 기류가 선명한 대조를 이루며 흘렀다. 새로 설치하는 몰드가 이번
주 안에 시험가동을 할 것이라는 철골제작반장의 말은 그것을 더욱 확연
하게 구분시켜주었다.

강찬식씨는 쥬베일 사건을 들려준 후 일주일 동안 거의 입을 다물고
있었다. 그러나 그가 침묵할수록 철근공들의 분노는 날로 거세어져 거의
노골적으로 드러났다. 전공들 역시 마찬가지였다.

휴식시간이 되어 철근조립장의 그늘에 모여앉자 완전히 패가 나뉘어서
분위기가 험악해졌다.

"돈독이 오른 놈들은 좋겠네. 돈맛을 실컷 보게 돼서."

철근공 김형태가 탈형공들과 콘크리트공들을 흘금흘금 보며 비아냥거
렸다.

"씨팔, 돈독이 오르긴 누가 올랐단 말이고. 그카는 니는 사우디에 돈
벌라고 안 오고 좆빨라고 왔드나?"

성질이 급한 김태환이 거칠게 소리를 지르며 일어섰다.

"씨팔 좆팔 하지 마. 돈독이 안 올랐음 좆빨라고 능률급제 작업을 못
해서 안달을 하고 지랄들이냐?"

김형태가 만만찮은 기세로 응수를 하자 김태환이 자르듯이 말했다.

"하기 싫으모 보따리 싸갖고 가모 될 거 아이가."

"씨팔, 듣자듣자하니 못하는 소리가 없네. 니가 뭔데 가라 마라 떠들

고 지랄이냐?"

전공 중에서 조완주가 벌떡 일어나 김태환을 향해 삿대질을 하며 말했다.

김태환은 갑자기 튀어나온 조완주 때문에 잠시 당황한 듯했으나 이내 완력을 앞세워 밀어붙이듯이 말했다.

"개씹에 보리알 끼이듯이 니가 와 나서서 개소리고? 콱 쳐발라뿔라."

"똥힘 좀 있다고 똥폼깨나 잡는데, 너한테 맞을 놈이 어딨냐?"

"이 씨팔놈이 정말 뒈지고 싶어서 환장했나."

김태환이 조완주에게 성큼 다가서며 멱살을 틀어잡았다.

이때, 지금까지 지켜보고 있던 전공들이 모두 일어나자 뒤따라 철근공들도 일어섰다. 그러자 뒤질세라 탈형공들과 콘크리트공들도 모두 일어섰다.

두 사람을 사이에 둔 채 40여 명의 건장한 사내들이 두 패로 나뉘어서 팽팽한 적대감으로 대치했다. 그러나 강찬식씨와 표준태 두 사람은 붙박이처럼 앉아서 꼼짝도 하지 않았다.

"이거 놓지 못해. 정말 피를 보고 싶냐?"

조완주의 낮으면서도 싸늘한 목소리는 공격 직전의 상태에서 맹수가 낮게 으르렁거리는 소리 같았다. 그의 말은 두 패로 갈라서서 서로 대치하고 있는 다른 노동자들의 적대감까지도 북돋았다.

나는 인도인들과 함께 앉아서 금방이라도 폭발할 것 같은 살벌한 긴장감 속에 버티고 있는 사람들을 바라보았다. 얼마 전까지만 해도 격의없이 가깝게 지내던 사람들이 선을 긋듯 패가 나뉘어 적의를 드러내는 모습에서 동물적인 본능을 보는 것 같았다.

"이거 왜들 이래요? 싸워서 해결될 문제가 아니잖아요."

인도인들과 섞여서 란드에게 인도 담배를 얻어피우던 길관수가 두 사람을 갈라놓았다. 그러자 앉아 있던 인도인들이 모두 손뼉을 치며 외쳤다.

"바운아차(최고다)."

팽팽히 대치하고 있던 김태환과 조완주를 비롯한 모두가 인도인들이 보여준 뜻밖의 반응 때문인지 적대감을 조금은 누그러뜨렸다. 나는 그것이 어쩌면 민족적인 자존심 때문인지도 모른다고 생각했다. 단순노동을 하는 인도인들을 은연중에 무시하던 터에 지금 그들 앞에서 치부를 드러내 보이고 있다는 생각을 누구나 했었을 테니까.

"자, 다들 앉읍시다. 여태껏 함께 고생을 해온 처지에 무슨 원수가 졌다고들 이럽니까."

대치하고 있던 사람들이 길관수의 제지와 인도인들의 시선을 의식하고는 하나둘 자리에 주저앉기 시작했다. 그러나 조완주와 김태환은 여전히 서로를 노려보고 서 있었다.

"두 사람 다 아직 안 풀렸어요? 인도식으로 화해하는 방법을 가르쳐 줄게요."

길관수는 두 사람 사이에 금을 긋고는 "자, 둘이서 손을 잡고 이 금을 세 번만 반복해서 뛰어넘으면 금방 마음이 풀릴 거요. 얼마 전에 인지훈 씨하고 나하고 해봤더니 정말로 효험이 있던데요" 하며 두 사람의 손을 쥐어주려 하자 조완주가 멋쩍게 웃으며 손을 뺐다. 그리고는 그의 동료들 곁으로 가서 앉았다. 김태환 역시 혼자 버티고 서 있기가 멋쩍었음인지 조완주를 한번 노려보고는 탈형공들이 앉아 있는 곳으로 갔다.

길관수가 주위를 한번 둘러본 후 입을 열었다.

"사실 능률급제 작업을 해서 돈을 더 번다는 것은 좋은 일입니다. 그렇지만 결과만 생각하고 과정을 쉽게 생각할 수만은 없습니다. 내가 알기로는 A몰드하고 B몰드는 이태리에서 제작해서 이태리 기술자들이 와서 설치를 하고 간 것으로 압니다. 아까 철골제작반장 얘기를 들으니 저것을 본떠서 만드는 것은 문제가 아니라고 하더군요. 다만 문제는 백도 이상씩 스팀을 넣었다 뺐다 했을 때 철판의 강도가 문제라는 거죠. 이태리 몰드는 철판 두께가 2센티인데 지금 만드는 것은 1.5센티밖에 안된다는 겁니다. 철판이 처음 상태대로 있질 않고 휘어지면 아무리 유압재크로 조여도 틈이 생겨서 콘크리트물이 새어나오게 될 거라는 겁니다. 만약 우리가 능률급제 작업을 했을 때 실제로 그런 결과가 생긴다면 우리가 아무리 능률을 올리려고 해도 마음대로 되질 않을 겁니다. 쇳덩이더러 능률을 올려달라고 할 수는 없잖습니까. 회사로서야 손해볼 게 하나도 없는 거죠. 몰드에 문제가 생기면 무엇 때문인지 체크를 해서 기술을 축적할 테고 우리들을 전보다 더욱 일을 많이 시킬 수가 있을 테니 이래도 좋고 저래도 좋을 테죠. 그래서 내 생각으론 회사에서 능률급제 작업을 하자 하면 적어도 한달 정도는 새로 만든 몰드를 가동시켜보고 하자이겁니다. 솔직히 말해서 내 개인적으로는 능률급제 작업을 반대합니다. 반대하는 이유는 회사와 단 한 사람에게만 득이 될 뿐 모두에게는 소문만큼 돈벌이가 되지 않을 것이기 때문입니다."

나는 길관수를 바라보는 표준태의 눈에서 불꽃이 이는 것을 보았다. 그러나 그는 곧 아무렇지도 않은 듯 담배를 꺼내물고 길관수를 외면했다. 그는 모두들 일어서서 대치하고 있을 때와 마찬가지로 길관수의 말에 전혀 관심이 없다는 듯 만전을 피웠다.

나는 지난번 표준태가 패널 뒤에서 능률급제 작업에 관한 얘기를 했던 것을 떠올렸다. 나는 그가 지금도 여전히 능률급제 작업에 집착하고 있으리라 생각했다.

길관수가 지금 무슨 근거를 가지고 하는 말인지는 몰라도 내가 듣기에 그는 분명 표준태를 겨냥하고 있었다. 어쩌면 그것을 표준태 자신이 더 잘 알고 있을지도 모른다. 그런데도 표준태는 담배를 피우면서 곁에 있는 동료와 무슨 말인가를 주고받고 있었다. 정말로 아무렇지도 않은 듯이.

"회사는 그렇다 치고, 득을 본다는 그 한 사람이 도대체 누구요?"

조금 전 김태환과 한판 붙을 뻔했던 조완주가 불쑥 물었다.

"뻔한데 그걸 정말 몰라서 물어요?"

길관수가 유들거리면서 되물었다. 조완주는 길관수의 유들거림이 답답하다는 듯 좀은 짜증섞인 목소리로 다시 물었다.

"알고 있는 사람이야 뻔한지 몰라도 모르는 사람은 답답할 것 아뇨. 도대체 누구요?"

"정말 꼭 알고 싶소?"

나는 되묻는 길관수가 막다른 골목에까지 다다랐다는 생각이 들었다. 그의 입에서 표준태의 이름이 들먹여졌을 때 일어날 또 한바탕의 소동을 생각하니 그가 너무 경솔하게 행동하는 것 같았다.

지금 조완주가 정말 몰라서 묻는 것이 아니라는 것쯤은 나도 알 수 있었다. 전공들이나 철근공들 입에서 능률급제 작업과 관련해서 표준태가 수도 없이 오르내렸으니까. 그러나 그것은 어디까지나 추측일 뿐이었다.

모든 시선이 길관수에게 집중되었고 표정들이 굳어졌다.

나는 조마조마하다 못해 길관수에게 실망을 느꼈다. 그의 경솔한 행동이 예기치 못할 폭력사태까지도 일으킬지 모른다는 우려 때문이었다.

표준태의 눈에 다시 불꽃이 일었다. 반쯤 피운 담배를 이빨로 물고 있는 그의 양쪽 볼이 뚜렷하게 각이 졌다. 비록 작은 키지만 온몸이 단단한 근육으로 뭉쳐진 그는 오히려 김태환보다 더 강인하게 느껴졌다. 그가 길관수의 경솔한 말을 꼬투리삼아 공격을 한다면 그의 완력에 길관수가 묵사발이 될 게 뻔했다.

나는 강찬식씨에게로 시선을 돌렸다. 강찬식씨 역시 불안한 표정이었다. 나는 강찬식씨가 적당한 말로 길관수의 입을 막아주었으면 하고 바랐다. 그러나 강찬식씨는 입을 굳게 다문 채 길관수의 얼굴을 주시하고 있었다.

길관수가 뜸을 들이던 입을 열었다.

"그게 누군가 하면 바로 나요, 나. 나는 붓대가리만 조금 더 빨리 놀리면 그만이니까요. 능률급제 작업을 했을 때 나만큼 덕을 볼 사람은 아무도 없을 거요."

잔뜩 긴장했던 모두들은 길관수의 말에 실없는 웃음을 지었다. 길관수의 말이 모두의 기대와는 너무도 빗나갔지만 곰곰 생각해보면 틀린 말은 아니었기 때문이었다.

"죽 쒀서 개 좋은 일 시킨다고, 여러분들 피땀 흘려서 한놈 좋은 일 시키지 말고 능률급제 작업일랑 아예 생각도 안하는 게 몸 편하고 속 편할 겁니다."

그는 말을 마치고는 물통이 있는 곳으로 걸어갔다.

나는 그의 말에 안도를 하면서도 그가 마지막 한 말은 결코 자신을 지칭한 것이 아니라고 확신했다.

길관수의 뒷모습을 쏘아보는 표준태의 눈에서는 불꽃이 일다 못해 살기마저 서렸다.

"저 친구 뭘 하다 왔지? 아무래도 노가닷밥 먹은 것 같진 않은데."

"글쎄, 알 수 없는 친구야."

"뭐하기는, 사기나 치다가 도망쳐왔겠지."

김태환이 전공들이 주고받는 얘기를 듣고는 돌팔매질을 하듯 한마디 툭 내뱉고 지나갔다.

전공들이 곱지 않은 눈길로 김태환의 뒤통수를 쏘아보았다.

김태환은 길관수에게 사다리타기를 해서 돈을 잃은 데 대한 감정의 응어리가 아직도 그대로 남아 있는 것 같았다. 하긴 돈만 잃은 것이 아니라 여우의 살점을 도려서 지니고 있던 그의 모든 것이 웃음거리가 되고 말았으니 쉽게 풀리지는 않을 것이다. 그날 이후, 그의 목에 자랑스럽게 걸려 있던 행운의 마스코트는 자취를 감추고 말았다.

그날 오후, 길관수는 무모하리만치 섣부른 행동으로 탈형공들을 자극했다. 아니, 그것은 매우 정의롭고 용감한 행동이었으며 낭낭한 도전이었다. 다만 정의를 외면하는 타성에 젖은 나에게는 그의 행동이 무모하고 섣부른 행동으로 보였을 뿐이다. 아무튼 그는, 자신을 눈엣가시처럼 여기는 탈형공들에게 더없이 좋은 빌미를 제공해준 셈이었다. 혹독한 열풍 속에서도 흔들림이 없는 그의 차가운 이성과 투명한 정의는 아무런 상관이 없는 나에게도 부담스럽다 못해 곤혹스럽기까지 했으니까.

열풍이 불기 시작한 지 두 시간 가까이나 되었는데도 기세는 여전했다. 갈증은 내 육신을 무섭게 태웠다. 침샘마저 말라버린 혀는 딱딱하게 굳어졌고 창자 속까지 메말라서 모래가 서걱거리는 것 같았다. 갈증으로 타는 내 몸은 점점 오므라들어서 마침내는 뼈와 가죽만 남은 미라가 되어버릴 것만 같았다.

광란하는 모래입자들은 패널 사이로 휘몰아쳐들어와 발목까지 쌓였다. 머잖아 웅크리고 있는 내 몸뚱어리 전체를 묻어버릴 것만 같았다.

의식이 가물거렸다. 죽음의 그림자가 다가와 내 의식과 바싹 마른 초라한 육신을 덮칠 것만 같았다. 두려움이 가물거리는 의식을 잡아당겼다.

이어 온몸의 세포들이 물을 달라고 아우성을 쳐댔다. 베트남의 정글에서도 갈증의 고통으로 시달렸던 때가 수없이 많았다. 그러나 그때는 온몸의 세포들까지 이렇게 아우성을 치진 않았다.

나는 웅크리고 있던 패널 사이를 빠져나와 물통이 있는 곳을 향해 비척비척 걸어갔다. 광란하는 모래들이 금방 나를 에워쌌다. 날카로운 침을 지닌 작은 벌레들처럼 모래입자들이 나를 공격했다. 나는 모래의 공격을 받으며 더듬더듬 A몰드가 있는 쪽을 향해 걸어갔다. 몰드의 바깥쪽에 선반처럼 층이 진 곳에 물통이 있는 것을 생각하면서. 시야가 온통 난무하는 모래입자들로 가려져서 두 손을 휘저어 모래를 헤치듯이 하며 걸어가야만 했다.

레미콘트럭이 주차하는 공터로 접어들었다. 몰드에 채우고 난 콘크리트를 아무렇게나 쏟아붓고는 대충 고른 공터바닥은 굴곡이 심하고 거칠었다. 공터의 중간쯤에 도달했을 때였다. 통나무처럼 굵고 긴 쇠붙이에 발목이 걸려 콘크리트바닥에 두 손을 짚으며 넘어지고 말았다. 몰드에 콘크리트를 채우는 데 사용하던 커다란 쇠버켓의 채에 발목이 걸린 것이다. 거친 콘크리트바닥을 두 손으로 짚음과 동시에 체중이 앞으로 쏠리며 밀려나갔다. 불을 짚기라도 한 것마냥 두 손바닥에서 뜨거운 통증을 느꼈다. 손바닥의 표피가 찢어져서 벗겨진 모양이었다. 모래들이 피에 굶주리기라도 한 것처럼 두 손바닥의 상처를 공격하여 달라붙기 시작했다.

두 팔을 늘어뜨린 채 비틀거리며 가까스로 물통이 있는 곳에 다다르니 나처럼 갈증을 견디지 못한 몇명의 노동자가 먼저 와 있었다. 내가 물통 곁으로 다가가자 그중의 하나가 말했다. "마피(없다)." 그는 인도인이었다. 그의 목소리에는 갈증 때문에 심한 균열과 모래의 서걱거림이 담겨 있었다. 그 인도인은 체념으로 무너져내리듯 털썩 땅바닥에 주저앉았다. 나도 그를 따라 주저앉았다. 육신을 태우는 갈증과 살갗이 찢겨진 이중의 고통을 끌어안고 웅크리고 있을 수밖에 없었다. 수분이 말라버린 내 육신에서 신경조직만이 예민하게 살아 있는 것 같았다.

쓰리고 화끈거리는 상처의 고통과 갈증 때문에 육신이 마르다 못해 바스러져서 마침내는 가루가 되어 광란하는 모래들처럼 허공으로 날려가버리고 말 것 같았다.

언젠가 인도인 란드로부터 들었던 얘기가 생각났다. 허기를 견디다 못하면 고추 중에서도 가장 매운 고추를 골라서 씹었다고 했다. 고추를 씹으면 입안으로 불길이 번지는 것처럼 매워서 고추를 씹는 동안은 허기를 잊을 수가 있었노라고 했다.

나는 두 손바닥을 세차게 마주쳤다. 온몸의 신경세포가 불에 덴 듯 웅크리고 있던 몸뚱어리가 솟구쳐오르는 것 같았다. 그것은 야릇한 쾌감이었다. 나는 계속해서 빠르게 살갗이 찢긴 손바닥을 마주쳤다. 나는 아지 못할 가학의 광기 속으로 빠져들어갔다. 온몸의 세포들이 거세게 분노하며 아우성을 쳐댔다. 그럴수록 더욱 빠르고 세차게 손뼉을 쳤다. 격렬한 불길이 내 육신을 태웠다. 불길은 보다 큰 고통이었으며 나는 짧은 시간에 그 고통의 깊이 속으로 빠져들어갔다. 오히려 고통스럽지가 않았다.

고통으로부터 멀어지기 위해 안간힘을 쓰고 있었을 때가 더욱 고통스러
웠을지도 모른다.

얼마나 지났는지 모른다. 나는 탈진한 채 축 늘어졌다. 두 손바닥은
끈적이는 피로 범벅이 되었고 마른 나무껍질처럼 메마른 살갗으로 끈끈
한 땀이 배어나왔다. 그것은 내 몸의 진액인지도 모른다.

사막은 다시 평온해졌다. 자연의 광기라고밖에 달리 표현할 수 없는
열풍은 그 엄청난 에너지를 거두고는 감쪽같이 종적을 감추었다. 도대체
황금색의 모래구릉들이 평화롭게 누워 있는 이 땅 어디에서 그 엄청난
광란의 에너지가 분출되고 또 그것은 어디로 종적을 감추어버렸단 말인
가. 사막은 신과 악마가 제휴하여 만든 땅인지도 모른다. 사막에 드물게
있는 오아시스가 신의 배려라면 광란의 열풍은 악마의 심술이었다. 또한
사막은 고요한 평화 속에서도 언제나 생명의 존재를 거부하고 있지 않은
가.

열풍이 휩쓸고 지나간 작업장은 한마디로 폐허였다. 거대한 무쇠몰드
의 구석구석 어디에고 모래가 쌓여 있지 않은 곳이 없었다. 바람막이가
됨직한 물체에 의지해서 웅크리고 있던 노동자들의 몸에도 모래는 쌓여
있었다. 세워놓은 패널과 패널 사이에, 혹은 몰드에 의지해서 웅크리고
있는 노동자들의 모습은 생명을 지닌 인간의 모습이 아니었다. 웅크리고
있는 노동자들의 머리와 어깨, 작업복의 미세한 주름에까지도 모래는 쌓
여 있었고 발목 역시 모두 모래에 묻혀 있었다. 그러한 모습들은 생명이
없는 물체나 다름없어 보였다.

재난과도 같았던 열풍 속에서 생존해 있음을 스스로 확인하려는 듯 화
석처럼 굳어 있던 노동자들이 하나둘 살아서 움직이기 시작했다. 태양은
다시 이글거렸고 염열로 가득 찬 대기는 모든 물체를 녹이기 시작했다.

노동자들은 갈증으로 타는 육신을 축이기 위해 물통으로 모여들었다.
그러나 물통은 이미 그들의 육신처럼 메말라 있었다.

물통으로 모여든 노동자들은 물이 없다는 것을 알자 새로운 위기를 맞

기라도 한 것처럼 전전긍긍하며 웅성거렸다. "씨팔, 인디아새끼들이 다 마셔버렸구나"하고 누군가 서걱거리는 목소리로 뇌까렸다. 그 말에 웅성거림은 삽시간에 적의로 변해서 차갑고 날카로운 눈빛으로 물통 근처에 있는 대여섯 명의 인도인들을 노려보았다. 타는 목마름에 시달리고 있는 노동자들에게는 동물적인 본능과 적의만 남아 있는 듯했다.

나는 탈진한 채 몰드의 외벽에 등을 기대고 앉아 있었다. 하지만 이성을 상실한 무리의 집단화된 적의를 충분히 느낄 수 있었다. 그리고 그 집단화된 적의로 인해서 벌어질 어떤 불행한 사태까지도 예견되었다.

나는 한국인 노동자들이 얼마나 어리석은 적의를 드러내고 있는지를 알면서도 그냥 방관의 상태로 앉아 있었다.

"야 임마, 물통 얄라 얄라."

표준태가 물통 곁에 서 있는 아하마드와 아지즈에게 정수장을 가리키며 빨리 가서 물을 담아오라는 투로 말했다. 모두가 송곳니를 날카롭게 드러낸 야수들처럼 으르렁거리는 데 비해 그의 제안은 보다 이성적이었다.

"인도인들은 물을 한방울도 마시지 않았소. 목마른 놈이 샘을 판다고 정 못 참겠으면 당신들이 떠오슈."

길관수였다. 그는 내가 물을 마시러 왔을 때 이미 와 있었던 모양이었다.

"씨팔, 누가 너보고 떠오랬어? 왜 곁가마가 끓고 지랄이야."

표준태의 입에서 거침없이 욕설이 쏟아져나왔다.

"너 같은 개주둥이가 마실 물을 인도인들이 왜 떠오냐? 만만한 게 홍어좆이냐?"

길관수 역시 거침이 없었다.

길관수를 쏘아보는 탈형공들의 눈빛이 달라졌다. 길관수의 말은 그들 모두에 대한 모욕이자 도전이었다. 나는 조금 전부터 내게 머물러 있는 시선을 의식하며 그쪽을 향해 고개를 돌렸다. 쿠레시였다. 얼굴을 감쌌던 천을 끌러서 늘어뜨린 채 나를 바라보고 있었다. 그는 그저 조용히 나를 응시할 뿐이었다. 재난을 겪고 난 육신이 혹심한 목마름으로 타고 있음에도 그의 눈빛은 맑고 그윽했다. 그의 눈빛 속에 담긴 어떤 아지 못할 힘이 몹시도 거북스러웠다.

나는 그의 시선으로부터 벗어나고 싶었다. 더불어 진실이라는 것이 매우 짐스럽고 거북했다. 지금 이 순간, 길관수의 편에 서서 결연하게 진실을 말할 수 있는 용기가 없음은 물론이거니와 나의 마음 한구석에도 아무나 물어뜯고픈 야수가 고개를 치켜들고 있었기 때문이었다.

표준태가 길관수의 멱살을 움켜쥐자 기다렸다는 듯 탈형공들이 우르르 달려들어 주먹질과 발길질을 해댔다. 마치 굶주린 승냥이떼가 먹이를 공격하는 것 같았다. 분명 그들은 이성적인 행동의 지표를 상실한 집단이었다. 거의 동물적인, 동물적인 본능만 지닌, 그래서 그 본능에 의해 움직이고 있을 뿐이었다.

그때, 식수차가 몰드 옆의 공터에 도착했다. 누군가가 "물차가 왔다" 하고 소리치자 모두들 그곳으로 몰려갔다. 탈형공들도 마찬가지였다.

나는 쿠레시가 쓰러져 있는 길관수에게 다가가는 것을 보며 도망치듯 식수차 쪽으로 갔다.

식수차 주위는 물을 먼저 먹기 위해 팔을 뻗치며 아우성을 치는 노동자들이 난장판을 이루었다. 피가 말라 엉겨붙은 두 팔을 늘어뜨린 채 아우성치는 군상을 망연히 바라보던 나는 그 군상들 너머로 보이는 작은 모래구릉 위에 시선이 멈추었다.

한 인도인이 구릉 위에서 메카를 향해 예배를 드리고 있었다. 회교도들이 하루에 다섯 차례씩 행하는 예배 중에서 오전과 오후 휴식시간에 하는 것을 늘 보아왔기 때문에 그가 지금 무엇을 하고 있는지를 첫눈에 알 수 있었다. 무릎을 꿇고 상체를 빳빳이 세운 채 두 손을 포개어 배꼽 부분에 대고 있는 그 회교도는 분명 코란의 구절을 외고 있을 것이다.

조금이라도 먼저 물을 먹기 위해 아우성치는 군상들 너머로 보이는 그 인도인의 육체는 염열에 녹아서 흐늘거렸다. 그러나 그의 신앙심만은 어떠한 화염 속에서라도 끄떡없이 견뎌낼 수 있을 만큼 강인해 보였다. 절대자를 예배하는 엄숙한 아름다움이 쇠잔한 그의 육신을 감싸고 있었다.

그가 끓어앉은 자세에서 일어섰다. 지표면에서 발산하는 열기와 대기 속에서 일렁이는 염열의 파도가 그를 더욱더 흐물흐물 녹였다.

나는 그를 향해 예배라도 드리고 있는 것처럼 꼼짝 않고 그를 바라보았다. 인간의 의지로 할 수 있는 한계 이상의 것을 그 인도인을 통해서 볼 수 있었기 때문이었다. 그 무엇으로도 변질될 수 없는 절대의 순수를 보고 있는 것 같았다.

"폴맨."

인도인이 바로 곁에서 부르는 소리에 그 회교도로부터 시선을 거두었다. 란드가 물이 담긴 콜라캔을 내밀었다. 그는 상처입은 내 양손을 바라보며 얼굴을 찡그렸다. 자신이 아프기라도 한 것처럼. 그리고는 예배를 드리고 있는 회교도를 한번 쳐다보고는 "쌀라 굳, 무슬림 노 굳"하고 말했다. 예배의식은 좋지만 회교도는 싫다는 말이었다.

나는 그에게서 물을 받아 굴뚝 속 같은 목을 축이며 이 가혹한 환경 속에서도 각기 다른 생각을 하는 인간은 참으로 복잡한 동물이라는 생각이 들었다.

"역시 폴맨이라 다르시군. 가만히 서 있어도 물을 가져다 바치는 걸 보니 꼭 족장 같은데요."

그냥 농담으로 하는 말인지 비아냥거리는 말인지를 분간키 어려웠다. 나는 굳이 얼굴을 보지 않고도 그 말을 한 사람이 길관수라는 것을 알 수 있었다.

나는 가능한 한 그를 보고 싶지 않았다. 탈형공들에게 몰매를 맞은 그의 얼굴이나 몸에 나 있는 상처를 본다는 것이 두려웠다. 그리고 그의 곁에 있을 쿠레시의 얼굴을 대하기도 역시 두려웠다. 진실을 외면했다는 자책감 때문이었다. 나는 두 사람으로부터 멀어지고 싶었다. 두 사람의 시야에서 내 모습이 보이지 않는 곳으로 벗어나고 싶었다.

두 사람의 시선이 나의 등뒤에서 햇살처럼 쏟아지고 있음을 느끼며 비겁이라는 너울을 쓰고 발걸음을 옮겼다.

걸음을 옮기는 내 머릿속에 한 여자의 얼굴이 떠올랐다. 얼굴생김이 정확히 기억되는 것이 아니라 그냥 한 존재로 떠오르는 얼굴이었다. 헤어진 지가 십년 가까이나 되는 지금에 와서 그 여자의 얼굴이 떠오르는 것은 그 여자가 내게 한 말 때문이었다.

"당신은 세상에 있으나마나한 사람 같아. 도대체 무엇 때문에 사는지 모르겠어."

그 여자는 청량리에서 몸을 파는 창녀였다.

제대를 한 지 1년이 채 못 되어서 내가 처음 들어간 직장은 재벌그룹 계열 제과회사의 영업소였다. 소장과 경리여직원까지 합쳐봐야 여덟 명밖에 안 되었다. 내가 들어간 영업소는 종로구 담당이었다. 나는 운전기사와 한조가 되어 커다란 상자 같은 적재함에 온갖 종류의 과자를 잔뜩 실은 2.5톤 트럭을 타고 구멍가게에서부터 슈퍼마켓까지 백여 군데를 매일처럼 돌았다. 다른 조도 사정은 비슷했다.

판매망을 넓히기 위한 영업경쟁은 치열하다 못해 살벌하기까지 했다. 하루에도 몇번씩 다른 회사의 영업직원과 거래처에서 맞닥뜨리며 자사제품을 많이 넣기 위해 온갖 방법을 다 동원해야만 했다. 터무니없는 거짓말과 비방과 음해를 하다 못해 때로는 욕설과 함께 주먹다짐까지 하는 경우도 있었다.

나는 그 생활에 회의를 느끼다 못해 때로는 그만두어버릴까 하는 생각을 수없이 했다. 그때마다 '월남에서도 죽지 않고 살아왔는데 이 정도를 견디지 못해' 하며 나 자신을 타이르곤 했다.

신정 연휴가 끝나고 첫 출근을 하던 날이었다. 전날 저녁에 폭설이 내려 서울 시내의 교통이 거의 마비되어버렸다. 그 바람에 영업용차를 운행할 수가 없어서 영업직원 모두가 사무실 난로 앞에 앉아서 잡담을 하며 시간을 보냈다.

마침 소장이 본사에 다녀오마며 사무실을 비우자 조충규라는 2조의 운전수가 장기인 음담을 늘어놓기 시작했다.

"매달 만나는 어떤 부부모임이 있었는데 말야, 한번은 희한한 내기를 했대. 남편들 물건에다 냄비를 하나씩 걸어놓고 누가 오래 버티나 하는 거였어. 이기는 사람에게 그달치 회비를 몽땅 주기로 했대. 시합이 시작되었는데 그중 하나의 물건이 점점 처지더라는 거야. 보다 못한 그 친구의 마누라가 아랫도리를 홀랑 벗고는 여보, 이거 보고 힘내요 했더니, 웬걸, 그 여자의 남편 물건은 더 처져버리고 반대로 다른 사람들 물건이 더 빳빳해지더래."

그의 말이 끝나자 모두들 낄낄거리며 박혜경이라는 경리직원을 흘깃흘깃 바라보았다. 그녀는 책상에 앉아서 신문을 뚫어져라 쳐다보고 있었다.

"미스 박, 무슨 말인지 모르겠어?"

나와 같은 조 운전수인 신준후가 애써 무관심해 있는 그녀에게 물었다.

나는 더이상 그 자리에 있기가 민망해서 밖으로 나갔다. 아침나절에 그쳤던 눈이 다시 펑펑 쏟아지고 있었다. 고개를 들고 눈이 내리는 허공을 올려다보았다. 눈송이가 모두 나를 향해 쏟아지는 것 같았다.

"뭘 보고 계세요?"

미스 박이 내게 다가오며 말했다. 그녀의 얼굴은 무안을 당한 것처럼 붉게 물들어 있었다. 아마도 신준후가 조금 전보다 더 노골적인 말로 그녀를 희롱한 모양이었다.

"그냥 눈오는 걸 보고 있어요."

"인지훈씬 왜 끝까지 계시잖고 밖으로 나오셨어요?"

그녀의 눈썹 위로 눈송이가 사뿟 내려앉았다. 그녀의 맑은 눈망울이 빤히 나를 쳐다보았다.

나는 순간 조금 당혹스러웠다.

"그냥 눈오는 걸 보려고요."

그 말을 하고는 사무실로 되돌아가려는 내 등뒤에서 "퇴근 후에 커피 한잔 사주실래요?" 하고 그녀가 말했다.

"그러죠 뭐."

대답을 하며 고개를 돌린 순간 나를 바라보는 그녀의 시선에 눈이 부셨다.

계속해서 쏟아지는 눈 때문에 일찍 퇴근을 하려는 참에 소장이 "오늘 신년 첫 출근인데 술이나 한잔 하자구" 하며 모두를 붙들었다.

"저어, 저는 약속이 있어서……"

"안돼, 오늘은 신년 단합대회야."

소장은 나를 흘깃 바라보며 난처한 표정으로 말하는 미스 박의 말꼬리를 잘라버렸다.

영업소 근처에 있는 단골식당으로 가서 술잔이 몇순배 돌고 나자 소장은 훈시조로 말문을 열었다.

"당신들은 군대로 치면 소총소대의 분대원들이야. 소총수들의 임무가 뭐야? 고지를 점령하는 거잖아. 그래, 적의 고지를 점령하는 거지. 그러기 위해선 적을 죽여야 해. 적을 죽이지 않음 내가 죽어. 영업도 마찬가지야. 다른 회사의 거래선을 빼앗아야 해. 사는 건 말야, 전쟁이라구 전쟁. 특히 영업은 더 그래. 적을 죽이지 않음 내가 죽어."

소장이 말을 하는 동안 철판 위에서 지글거리는 고기를 바라보는 내 머릿속에 동체가 잘려서 내장이 쏟아져나온 베트콩의 시신이 뚜렷이 떠올랐다. 첫잔을 비우고 집어먹은 고깃조각이 울컥 치밀어올라왔다. 급히 일어서서 밖으로 나갔다. 밖으로 나서자마자 선 채로 토악질을 했다. 고깃조각과 함께 술이 토해졌다.

나는 문득 전에도 이와 비슷한 일이 서너 차례 있었던 것을 떠올리며 자리로 돌아왔다.

자리에 앉는 나를 바라보는 소장의 눈길에 힘이 들어가 있었다. 내가 자리를 비운 동안 나에 대해 무슨 말이 오갔는지 미스 박이 염려스런 눈길을 내게 보냈다.

"이봐 인군, 자넨 월남까지 갔다 왔다면서 왜 그래? 입사한 지 석 달이 되었으면 돌아가는 걸 알 만도 하잖아. 왜 그리 소극적이냔 말이야. 월남에서 베트콩하고 싸울 때도 그랬나? 영업은 전쟁이라는 거 몰라?"

소장의 말투에는 분명 힐난조의 가시가 돋쳐 있었다. 그러나 소장의 말이 귀에 들어오지 않았다. 토악질을 하기 전에 떠오르던 그 끔찍한 기억이 계속해서 떠오르고 있었기 때문이었다. 그 기억을 지워버리려고 술잔을 계속해서 비웠다.

"이봐, 소장님이 말씀하시는 중인데 태도가 그게 뭐야. 술에 걸신들렸어?"

아침나절에 음담을 늘어놓던 조충규가 매우 못마땅한 얼굴로 말했다.

마지못해 고개를 들고 소장을 바라보는 순간, 온몸의 피가 얼어붙는 것 같았다. 나필규 중사가 나를 바라보고 있는 것이다. 틀림없는 나필규 중사였다. 심장이 싸늘하게 굳어지고 숨이 컥 막히며 머릿속이 쩍 갈라지는 것 같았다.

그 다음에 내가 무슨 행동을 했는지는 모른다. 다만 누군가의 주먹에 몇차례 얼굴을 얻어맞고 밖으로 쫓겨난 것밖에는.

술집에 올 무렵에 그쳤던 눈이 다시 내렸다. 얼굴에 달라붙는 차가운 눈발 때문인지 술기운이 가시며 정신이 조금 드는 것 같았다.

지난밤부터 쌓인 눈 위에 새로 켜를 이룬 눈을 밟으며 천천히 걸어갔다. 조금 걷다가 걸음을 멈추고 서서 눈이 쏟아지는 허공을 바라보았다. 눈발이 모두 지상에서 하늘로 올라가며 내 몸뚱이를 끊임없이 끌어당기는 것 같았다. 한참을 나를 끌고 올라가는 눈보라에 몸을 맡기고 서 있었다.

몸을 움츠리고 지나가는 사람들이 별 미친놈 다 보겠다는 듯 흘금흘금 나를 바라보았다.

"인지훈씨, 왜 이러고 계세요?"

미스 박이 내 팔을 잡고 흔들지 않았다면 나는 언제까지라도 그렇게 서 있었을 것이다. 내 몸이 허공으로 비상하고 있는 중이었으니까.

"어머, 입술이 터졌잖아요?"

미스 박이 나를 끌고 근처의 다방으로 들어가서 자리에 앉자마자 놀란 듯이 말했다. 미스 박은 손수건을 꺼내서 입가에 흐르는 피를 닦아주었다.

"아까 낮에 커피 사주시기로 한 거 기억나세요?"

나는 희미하게 웃으며 고개를 끄떡였다.

"그런데 아깐 왜 그랬어요?"

그 말에 나는 무어라 대답을 할 수가 없었다. 내가 무슨 행동을 했는지 알 수가 없었으니까. 그저 멀거니 그녀를 바라볼 수밖에 없었다.

"전혀 생각이 안 나세요?"

나는 어린아이처럼 고개를 끄떡였다.

"이상하네요. 별로 술에 취하신 것 같지 않던데…… 소장님한테 술잔을 집어던지고 술병까지 던지려고 해서 조충규씨가 옆에서 손목을 잡고 술병을 빼앗았어요. 그리고 몇차례 인지훈씨를 때렸어요. 혹시 소장님한테 무슨 감정이 있으세요?"

나는 고개를 가로저으며 미스 박을 찬찬히 바라보았다. 동그스름한 얼굴에 한쪽 눈만 쌍꺼풀진 그녀의 얼굴이 무척 편안하게 느껴졌다.

"오늘밤 나하고 함께 있지 않을래요?"

나는 거의 무의식적으로 그 말을 불쑥 내뱉었다. 어떤 다른 의도가 있어서 그 말을 한 것은 결코 아니었다. 그녀가 내게 보여준 친절과 관심, 그리고 편안하게 느껴지는 그녀의 모습 때문에 나도 모르게 그 말을 한 것이다.

그녀는 별로 동요의 빛을 드러내지 않은 채 말없이 나를 빤히 바라보다 "왜 그런 말씀을 하세요?" 하고 조금은 도발적인 어조로 물었다.

"그냥요."

아마 그 말을 하는 내 표정은 백치에 가까웠는지도 모른다. 미스 박은 내 표정을 잠시 보다 말고 어이가 없다는 듯 피식 웃으며 "나가요. 술을 먹고 싶어요" 하고는 먼저 자리에서 일어섰다.

술집에서 나왔을 때는 눈이 그쳤다. 그러나 사람이나 차량의 움직임에는 현실감이 없었다. 술기운과 초저녁에 있었던 일 때문에 정신이 몹시 흔들려 있었던 탓도 있지만 사람이나 차의 속도감이 없어서 그런지도 몰랐다.

"어머, 벌써 열두시 십오분 전이네. 차가 완전히 끊겼을 텐데 어쩌지."

미스 박이 자연스레 내 팔짱을 끼고 몇걸음 걷다 시계를 보며 혼잣말로 중얼거렸다.

우리가 근처에 있는 여관을 찾아들어가자 중년여인이 "눈 덕분에 오늘도 일찍 잠 좀 자게 생겼네" 하며 출입문을 잠갔다.

막상 방으로 들어서자 왠지 몸이 뻣뻣해지면서 그녀의 얼굴을 마주볼 수 없을 정도로 어색했다. 엉거주춤하게 서 있는 내게 그녀가 외투를 벗으며 "먼저 씻으세요" 하고 아무렇지도 않게 말했다.

나는 어색함에서 벗어나기라도 하려는 듯 서둘러 욕실로 들어가 양치질을 하며 거울 속의 내 모습을 바라보았다. 오른쪽 눈두덩이 퍼렇게 멍들었고 피멍이 든 아랫입술이 부어올라 입이 비뚤어졌다. 내가 아닌 낯선 타인의 모습 같았다.

자리에 누워서 그녀가 욕실에서 씻는 물소리를 들으며 오늘 하루가 이상하게 돌아가고 있다는 생각이 들었다. 이런 곳에까지 그녀와 함께 오리라고는 전혀 생각해본 적이 없었으니까.

그녀가 욕실에서 나오는 기척에 얼른 눈을 감았다.

"벌써 주무세요?"

그녀가 이불 속으로 들어오며 말했다. 나는 눈을 감은 채 고개를 가로 저었다.

"아까 길에서 왜 하늘을 쳐다보고 있었어요?"

그녀가 내 런닝셔츠 속으로 손을 집어넣어 가슴을 쓰다듬으며 물었다.

"하늘로 올라가고 있었어요."

그녀가 "어머, 그럼 내가 승천을 방해했네" 하고 쿡쿡 웃으며 나를 와락 껴안았다. 물기가 있는 그녀의 따뜻하고 부드러운 몸이 내게 밀착되며 뜨거운 열기가 왈칵 밀려왔다. 내 몸속에서 피어오르던 불씨가 기름을 부은 듯이 걷잡을 수 없는 불길이 되어 타올랐다.

그녀가 허리께에서부터 런닝셔츠를 걷어올리자 나는 허리를 들어서 두 손을 교차시켜 런닝을 훌렁 벗었다. 팬티까지도. 그리고는 몸을 돌려 그녀를 껴안았다. 내 입술이 그녀의 입술에 다가가자 가느다란 신음을 토하며 능동적으로 내 입술을 받아들였다. 오랜 입맞춤을 하며 그녀의 몸을 골고루 어루만졌다. 알맞은 크기로 융기된 탄력있는 젖가슴과 유두를 만지던 손이 미끄러져내려가 배꼽 근처를 배회하다 다시 그 아래로.

그녀 역시 내 온몸을 어루만졌다. 그녀의 손이 옆구리의 어느 부분에 닿자 한동안 그것을 쓰다듬다 "왜 이래요?" 하고 물었다.

총알이 스치고 지나간 자국이었다. 5센티 가량 살가죽을 찢고 지나간 자리는 살가죽이 제법 두껍게 돌기를 이루었다.

"총알이 스친 자국이오."

나는 무심히 대답했다.

"참, 월남에 다녀오셨다고 했죠. 사람도 죽였겠네요. 베트콩 말예요."

아, 그 말을 듣는 순간 내 몸속에서 타오르던 불길이 일시에 꺼지고 한껏 부풀었던 세포들이 오므라들며 경직되었다. 머릿속에서는 나필규 중사를 비롯해서 갖가지 생각들이 되살아나며 뒤엉키기 시작했다.

갑자기 굳어버린 내 몸이 이상한 듯 "왜 그러세요?" 하고 그녀가 물었지만 무어라 대답할 수가 없었다.

나는 그날 밤 그녀의 보챔에 못이겨 몇번인가 안간힘을 다해 시도를 해보았지만 매번 생식기가 도려진 여자베트콩이 남자로서의 내 힘을 빼앗아가버렸다.

나는 다음날부터 직장을 그만두었다. 베트남에서의 끔찍한 기억들을 끌어안은 채 한달 가까이를 방안에서 지냈다. 처음으로 내 정신과 몸이 망가져 있다는 것을 어렴풋이 자각하면서.

그러던 어느날, 문득 나필규 중사의 묘를 찾아가보고 싶다는 생각이 들었다.

국립묘지의 민원안내실에 계급과 이름, 그리고 전사 일자와 장소를 대니 마치 아파트의 동과 호수를 알려주듯 나필규 중사의 묘가 있는 위치를 가르쳐주었다. 똑같은 규격의 묘비와 판석이 사열을 받기 위해 도열해 있는 군인들처럼 서 있는 14번 묘역의 두번째줄 오른쪽 가장자리에 나필규 중사의 묘가 있었다.

앞면에 '육군중사 나필규의 묘'라고 새겨져 있고 뒷면에 '1968년 6월 24일 월남에서 전사'라고 새겨져 있는 묘비를 바라보며 나는 나필규 중사의 죽음을 확인했다. 다리가 후들후들 떨려서 도저히 서 있을 수가 없었다. 무너지듯 무릎을 꿇으며 두 손으로 묘비를 끌어안았다. 나필규 중사가 주먹으로 내 가슴을 치고 있기라도 하듯 가슴의 동계가 둔탁하면서도 빠르게 뛰었다. 묘역에 잠들어 있는 용사들이 모두 일어서서 눈을 부릅뜨고 비겁한 살인자라고 외치며 나를 에워싸고 있는 것만 같았다.

나는 도망을 치기라도 하려는 듯 벌떡 일어섰다.

팔팔한 젊음들이 대오가 정연한 정물로 남아 있는 묘역에는 적막이 감돌고 있을 뿐이었다. 나필규 중사도 마찬가지였다. 그는 분명히 죽었고 이제는 묘비에 새겨진 이름으로만 존재할 뿐이었다.

나는 천천히 국립묘지를 걸어나오면서 이제는 나필규 중사를 잊어버리자고 몇번이나 다짐을 했다.

나는 그날, 국립묘지에서 나오던 길로 종로 1가에서 내려 술집으로 들어갔다. 몇잔째 술을 마시던 내 시선이 술집 벽에 붙은 비키니수영복 차림의 여자가 술을 선전하는 커다란 사진에 머물렀다. 선정적인 자태로 요염하게 웃고 있는 여자의 시선이 나를 보고 있었다.

문득 미스 박 생각이 났다. 몇번인가 망설이다 그녀에게 전화를 했다. 전화를 받은 그녀의 목소리는 냉담했다.

"무슨 일로 전화를 했어요?"

"그냥 생각이 나서요."

내 목소리는 어눌하고 힘이 없었다.

"전 볼일이 없으니 전화 끊겠어요."

"딸각" 하고 수화기를 내려놓는 소리가 그녀의 목소리보다 더 매몰차게 들렸다.

나는 심하게 모욕을 당한 기분이었다. 그날 밤 사내구실을 제대로 못한 열패감에 빠져 있던 나는 그녀의 냉담함 때문에 더욱더 참담해졌다.

술을 두어 잔 마시던 나는, 내가 정말 사내구실을 제대로 못하는 인간이 아닐까 하는 의문이 생겼다. 몇잔째 술을 더 마시다 말고 자리에서 벌떡 일어났다. 그 길로 청량리로 갔다.

청량리 588번지. 정확하게 말하면 전농동 588번지였다.

이제 겨우 어둠이 깔리기 시작한 이른 시각인데도 노출된 옷차림에 요란하게 화장을 한 여자들이 골목을 들어서는 나에게 손짓을 하거나 아예 팔을 붙잡고 늘어지기까지 했다. 팔을 붙잡는 대여섯 명의 여자를 뿌리치고 걸어갔다. 마치 여자가 필요해서 온 것이 아니라는 듯이.

골목을 깊숙이 들어가서 왼쪽으로 막 꺾어들어가려는데 "누굴 찾아요?" 하는 쉰 목소리가 등뒤에서 들렸다. 탁하고 건조한 그 목소리가 무엇 때문인지 편안하게 들렸다.

나는 몸을 돌리며 "당신을 찾아왔어요" 하고 말했다. 여자가 피식 웃었다. 목소리만큼이나 건조한 웃음이었다. 화장을 하지 않은 여자는 나이가 꽤 들어 보였다. 서른살 가까이나 되었을까? 윤기가 없는 피부는 이 골목의 상징적인 느낌처럼 어둡고 칙칙했다.

"고맙네요."

여자가 다가와 팔짱을 끼며 말했다. 목소리는 균열이 일 정도로 여전히 건조했다.

"긴밤이에요?"

한쪽 구석에 이부자리가 개켜져 있는 작은 방으로 들어서며 여자가 물었다. 내가 그게 무슨 말이냐는 표정으로 바라보자 여자가 말했다.

"자고 갈 거냐고요."

내가 고개를 끄떡이며 "술부터 한잔 합시다" 하자 "소주? 맥주?" 하며 여자가 내 얼굴을 빤히 바라보았다.

"아무거나 좋을 대로."

나는 불쑥 내뱉듯이 말하고는 개켜져 있는 이불 위에 털썩 주저앉았다.

조금 후에 여자가 맥주 세 병과 구운 오징어를 한마리 들고 방으로 들어왔다.

"초저녁부터 여길 온 걸 보니 꽤 밝히나봐."

맥주를 잔에 따르고는 둥글게 오므라든 오징어를 손바닥에 탁탁 두드리며 여자가 말했다.

나는 아무 말 않고 오징어 몸통을 찢고 있는 여자에게 빈 잔을 내밀었다.

"초저녁부터 긴밤 손님을 받았으니 좀 마셔도 되겠지."

여자가 중얼거리며 잔을 받았다.

"술 이거면 되겠어요?"

여자가 단숨에 잔을 비우고 내밀며 말했다.

"더 갖고 오시지."

새로 가지고 온 다섯 병 중에서 세 병을 비웠을 때였다.

"아까 했던 말은 농담이고, 여기 처음 온 거야?"

여자가 조금은 진지한 표정을 지으며 물었다. 나는 말없이 고개를 끄떡였다.

"송송하고 싶어서 온 게 아닌 것 같아. 얼굴에 그렇게 씌어 있거든."

여자가 확인이라도 하려는 듯 내 얼굴에 시선을 고정시킨 채 말했다.

"송송이 뭔데요?"

여자가 피식 웃으며 인지와 중지 사이로 엄지손가락을 디밀어 보이며 "이거 말야" 하고 말했다.

"사실은……"

나는 말을 하려다 말고 담배를 물었다.

"어렵게 생각하지 말고 말해. 우린 곧 송송을 할 사이잖아."

여자가 내 담배에 불을 붙여주고는 얼른 자기도 담배를 물고 불을 붙인 다음 연기를 내뿜으며 말했다.

"그래요, 말할게요. 사실은 그게 서질 않아서요."

나는 고백이라도 하듯 어렵게 말을 꺼냈다.

"걱정하지 마. 그거라면 자신있어. 이 바닥 생활 십년에 배운 기술은 그거 하나뿐이니까. 이거 마시고 소주 두 병만 더 마셔."

마지막으로 가져온 소주까지 다 비우고 나자 제법 취기가 올랐다. 여자는 술병을 한쪽으로 치우고 자리를 펴고는 옷을 벗으려는 내 허리를 껴안으며 속삭였다.

"가만있어, 내가 벗겨줄게."

여자는 한 손으로 내 아랫도리를 쓰다듬으며 다른 손으로는 셔츠의 단추를 익숙하게 끌렀다. 그리고는 벨트를 풀고 지퍼를 내리자 바지가 주르르 미끄러져내렸다. 팬티까지 끌어내린 여자는 내 성기를 교묘한 손놀림으로 자극했다.

나는 여자에 의해 발가벗겨진 채 자리에 누웠다. 어느새 여자도 알몸이 되었다. 여자의 몸은 얼굴과는 달리 풍만하면서도 탄력이 있었다.

"그냥 내가 하는 대로 가만있어."

여자가 내 귓속으로 뜨거운 김을 불어넣으며 속삭였다. 여자의 혀가 귓속으로 들어와 귀안을 돌려가며 훑은 다음 귓밥을 잘근잘근 깨물었다. 여전히 한 손은 내 성기를 쥔 채 손톱을 세워서 귀두 부분을 꼬집듯 자극하다 가볍게 움켜쥐고 천천히 움직였다. 귓불을 자극하던 여자의 혀가 목덜미로 흘러내려와 뜨겁게 간질였다. 내가 턱을 치켜들자 각이 진 턱까지 숨가쁘게 거슬러 올라오던 여자의 혀가 다시 미끄러져내려서 가슴으로 옮겨갔다.

부드러운 혀의 감촉과 열기와 교묘한 손놀림에 의해 내 몸의 모든 세포가 부풀어오르며 뜨겁게 달아올랐다. 여자는 내 몸의 성감대를 정확히 알고 있었고 또 곳곳을 혀와 손과 입김으로 능란하게 자극했다. 내 상체를 골고루 순례하던 여자의 혀가 마침내 성기에 도달했다.

여자는 혀로 성기의 끝부분을 정성들여 핥더니 어느 순간 왈칵 입속으로 빨아들였다. 나는 단말마의 비명처럼 "헉" 하고 짧으면서도 뜨거운 비명을 토했다. 여자의 입이 내 성기를 빨아들일 때마다 내 몸이 송두리째 여자의 입속으로 빨려들어가버리는 것 같았다.

여자의 입놀림에 따라 파도처럼 넘실거리던 내 몸 위로 여자가 걸터앉으며 내 성기를 몸속으로 깊숙이 삽입시켰다. 서서히 아래위로 몸을 움직이던 여자의 동작이 빨라지면서 상체가 점점 뒤로 처졌다. 여자의 입에서 가쁜 숨결이 토해지며 내 두 발목을 손으로 짚고는 안간힘을 쓰기 시작했다.

어느 순간 여자의 입에서 절규와 같은 비명이 터지며 벌떡 일으켜세운 상체가 내 몸 위로 무너져내렸다. 여자의 몸에서도 내 몸에서도 끈끈한 땀이 배어나왔다. 한동안 꼼짝 않고 있던 여자가 "자긴 정말 센 남자야" 하며 내 뺨을 꼬집었다. 사실 그때까지도 사정을 하지 않은 상태였다. 그러나 분명 남자로서의 힘은 꺾이지 않았다.

여자에게 몸을 맡기고 있는 동안, 생식기가 도려진 여자베트콩이 뇌리에 떠올랐었다. 그러나 여자의 능란한 애무가 그것을 지워주었다.

"솔직히 말해서 이런 송송은 몇년 만에 처음이야. 우린 그저 기계적으로 몸을 맡길 뿐이거든. 자기가 한물간 나를 찍었을 때 고마웠어. 자기가 그런 말을 하지 않았더라도 오늘밤은 기계가 아닌 여자가 되어 송송을 해보고 싶었어. 이런 데 올 곳은 못 되지만 생각이 나면 언제든지 찾아와."

나는 그후로 자주 그 여자를 찾아갔다. 골목 가득히 비릿한 정액냄새가 배어 있는 그곳이 왠지 편했다. 그곳의 사람들은 가장 적나라하게 자기 모습을 드러내고 있었다. 욕구를 배설하기 위해 여자를 사러 오는 사내들, 먹고 살기 위해서 몸을 파는 여자들 모두에게는 치부가 없었다. 그곳을 찾아오는 사람들은 지식, 교양, 명예 따위의 옷을 벗어두고 본능이라는 알몸뚱이로 왔다. 그곳 사람들 역시 그것만을 원했다. 인간을 가늠하는 어떤 기준도 규칙도 통하지 않는, 오직 원시의 맹목성만이 존재했다.

나는 적어도 그곳에서만은 모든 걸 잊을 수가 있었다. 사회적인 통념이나 도덕의 울에서 벗어난 그곳의 단순성 때문이었다. 그러나 그곳을 찾는 횟수가 늘어남에 따라 내 정신 속에 드리워진 그림자의 음영은 점점 짙어졌다.

그곳을 드나든 지 두 달이 지난 어느날이었다. 추적추적 내리는 4월의 봄비를 맞으며 오후 3시가 조금 지난 대낮에 그 여자를 찾아갔다.

방으로 들어서니 서너 개의 빈 소주병이 방바닥에 뒹굴었고 여자의 앞에 있는 병에는 술이 반쯤 남아 있었다.

방안에 들어서는 나를 그 여자는 눈을 희게 치뜨고 보며 쏘듯이 말했다.

"병신, 뭣하러 왔어?"

나는 대꾸도 없이 그 여자 앞에 털썩 주저앉아서 빈 잔에 술을 부어서 마셨다.

"당신 이젠 다시 오지 마."

처음과는 달리 여자의 목소리가 촉촉이 물기라도 머금은 듯 차분했다.

내가 두번째 잔을 막 비우려 할 때 오십대로 보이는 여자가 방문을 거칠게 열어서 얼굴을 디밀고는 나를 향해 퍼붓듯이 말했다.

"이봐, 저년을 먹여살릴 거야? 맨날 꿰차고 있음 저년은 뭘로 먹구 살어. 몸뚱이가 밑천인데, 서방노릇을 하려면 제대로 하라구. 방세가 벌써 두 달이나 밀렸어."

나는 그 말을 듣는 순간 얼굴이 화끈 달아올랐다. 사실 그동안 여자가 내게서 돈을 받지 않은 날이 꽤 있었다. 어떤 때는 아침에 나갈 때 해장이나 하라면서 내가 준 돈을 고스란히 쥐어준 적도 있었다.

"당신은 세상에 있으나마나한 사람 같아. 도대체 뭣 때문에 사는지 모르겠어. 남들이 창녀라고 손가락질하는 나 같은 년도 당신 같은 사람에겐 필요하잖아. 당신도 이젠 누구에게라도 필요한 사람이 되라구. 어서 돌아가. 다시는 오지 마."

여자의 눈에서 눈물이 흘렀다. 나는 더이상 있을 수가 없었다. 골목을 걸어나오는 내 귓가에 "방세가 벌써 두 달이나 밀렸어" 하는 말이 따갑게 들려왔다.

6

증　발

　강찬식씨가 온다간다 말 한마디 없이 사라졌다.

　어제 오전 휴식시간이 되기 직전이었다. 노무과 직원을 따라서 작업장을 떠난 것이 강찬식씨의 마지막 모습이었다. 한방을 쓰는 철근공 배정환의 말에 의하면 점심시간에 숙소에 들어갔을 때, 이미 강찬식씨의 자리가 비어 있더라는 것이다.

　강찬식씨는 도대체 어디로 갔을까?

　이 의문은 평소 강찬식씨를 마음으로 따르던 사람들을 궁금케 하다 못해 어떤 두려움마저 느끼게 했다. 그렇다. 때로는 모른다는 것이 두려움일 수도 있다. 능률급제 때문에 패가 갈려서 대립을 하던 터에 그것을 반대하는 사람들에게는 강찬식씨의 증발이 충분히 암시적인 위협으로 받아들여질 수밖에 없었다. 언젠가는 강찬식씨처럼 한마디 작별인사도 못한 채 어디론가 끌려가게 될지도 모른다는 것은 분명 두려움이었다.

　나는 몇주 전, 사막에서 강찬식씨가 자신에게 닥칠 일을 예견했던 것을 생각했다. 이제 그것이 사실로 드러난 이상 능률급제 작업이 곧 시작되리라는 것이 입증된 셈이다. 어떤 압제의 손길이 뻗치고 있다는 불안을 떨쳐버릴 수가 없었다.

　지난주에 시험가동을 하리라던 새 몰드가 무엇 때문인지 닷새 가량이

나 지연되었다. 그러나 몰드를 설치하는 시기와 비슷하게 시작한 새 배차플랜트는 오늘 시험가동을 끝냈다.

배터리몰드 작업장의 서쪽에 사막과 접해 있는 지역을 불도저로 밀어서 터를 고르고 그것을 세운 것이다. 1공장과 2공장 사이에 있는 것보다 규모가 작지만 배터리몰드 전용으로 세워졌다. 원형의 탑처럼 우뚝 솟은 꼭대기에서 땅으로 길게 비스듬히 내리뻗은 컨베이어벨트가 쉴 새 없이 모래와 자갈을 운반해 올렸다. 배차플랜트의 주위에는 덤프트럭이 꼬리를 물고 자갈과 모래를 실어다 부었다. 며칠 사이에 왕의 무덤만큼이나 큰 골재더미가 여남은 개나 생겼다.

그뿐만이 아니었다. 열여섯 명의 한국인 노동자와 다섯 명의 인도인 노동자가 배터리몰드에 새로 충원이 되었다. 한국인이나 인도인 모두가 이제 갓 도착한 신참내기들이었다. 한국인들은 네 명씩 각조에 배속되었다.

이러한 변화들은 능률급제 작업을 명백히 뒷받침해주었다. 전공들과 철근공들은 이러한 변화를 바라보며 이를 갈며 분개했다. 그러나 회사에서는 아직도 능률급제 작업에 관해서는 한마디도 내비치지 않았다.

강찬식씨가 어디론가 사라지고 나서 이틀 후에 전공조장 임준수가 또다시 사라졌다. 그 역시 어디로 갔는지 아는 사람은 아무도 없었다. 그리고 이틀 후에 전공 두 명과 철근공 세 명이 한꺼번에 사라졌다. 물론 그들에 대해서도 아는 사람은 아무도 없었다. 강찬식씨를 비롯해서 증발하다시피 사라져버린 일곱 명이 한결같이 능률급제 작업을 강도높게 반대했던 것이 공통점이라면 공통점이었다. 그리고 그들이 어디로 갔는지를 모른다는 것 역시 공통점이었다.

그들을 데리고 간 노무과 직원들은 언제나 비밀경찰처럼 은밀하게 작업장에 나타났다. 그리고 주위의 시선을 끌지 않고 접근해서 끌고 가버리곤 했다. 요란하게 문을 두드리거나 혹은 거친 말투와 행동으로 주위의 시선을 끄는 그런 체포가 아니었다. 잘 훈련된 비밀경찰처럼 조용하면서도 신속하게 임무를 수행하곤 했다. 그리고 항상 다른 얼굴들이 왔다.

하루에 다섯 명이나 사라지던 날도 마찬가지였다. 전공 김영규는 물통 앞에서 물을 먹다 끌려갔고 철근공 유창석은 소변을 보다 끌려갔다. 나머지 세 사람도 그와 비슷했다. 동료들과 떨어져서 혼자 있을 때 끌려간 것이다. 그렇다고 목격자가 전혀 없었던 것은 아니었다. 한두 사람이 보긴 했어도 언제나 뒷모습만을 보았을 뿐이다.

그 비밀경찰들은 대상자의 얼굴을 정확히 알고 있었다. 신상명세카드에 붙어 있는 사진을 통해서 얼굴을 익혔을 테고 작업복의 왼쪽 가슴에 달린 죄수번호와 같은 직종번호를 통해서 다시 확인을 했을 것이다.

강찬식씨의 후임으로는 2공장에 있던 주경석이란 사람이 왔다. 들리는 말로는 그는 표준태와 잘 아는 사이라고 했다. 임준수 대신으로 전공조장으로는 아파트를 짓고 있는 현장에서 강정기라는 사람이 왔다. 그리고 두 명의 전공과 세 명의 철근공은 갓 도착한 신참내기들로 보충이 되었다.

이러한 일련의 조처들은 잘 짜여진 각본에 의해 이루어지고 있음이 분명했다. 그리고 능률급제 작업을 반대하고 싶으면 얼마든지 해보라는 무언의 협박이기도 했다.

사라져버린 사람들의 자리를 새로운 얼굴로 메우고 나자 이번엔 무서운 소문이 나돌기 시작했다. 갑자기 사라져버린 사람들은 모두 강제귀국을 당해서 남산의 지하실로 끌려갔다는 것이다. 남산의 지하실은 물론 중앙정보부를 의미했다.

소문이란 원래 누구의 입을 통해서 최초로 옮겨졌는지를 모르듯이 이 소문 역시 진원지가 밝혀지지 않은 채 전염성이 강한 괴질처럼 삽시간에 퍼졌다.

철근공들과 전공들은 그들의 조장과 동료들이 갑자기 사라져버리고 낯선 사람들이 그 자리를 대신하는 것을 보며 기가 한풀 꺾였다. 그런데다 이번엔 그들이 모두 서슬퍼런 정보부로 끌려갔다는 소문이 무성하게 나돌자 그만 기가 완전히 꺾이고 말았다. 남산의 지하실로 불리는 정보부가 어떤 곳인지 모두가 잘 알고 있었기 때문이다.

B 몰드 청소를 끝내고 물을 먹고 있을 때 길관수가 내게 다가오며 말했다.

"스딸린의 숙청과 똑같은 수법이오."

나는 지난번 열풍이 불고 난 이후로 가능하면 그와 마주치지 않으려고 노력했다. 입술이 터지고 오른쪽 눈두덩이 멍들어 부어 있는 그의 모습을 보는 것은 괴로운 일이었다. 그를 때린 사람들과 한패였다면 차라리 나을 것 같았다.

나는 물을 먹으면서 벗었던 선글라스를 얼른 끼었다. 선글라스를 끼고 나니 한결 편했다. 그 일이 있은 후 나는 거의 선글라스를 벗지 않고 지냈다. 짙은 색의 유리는 그의 시선으로부터 나를 보호해주기 때문이었다. 하긴 그 역시 선글라스를 벗지 않고 지냈다. 멍이 든 그의 눈두덩을 감춘 채 유리 속으로 자신을 때린 자들을 노려보고 있었는지도 모른다. 진실로부터 비겁하게 도망을 친 나까지도.

나는 그 앞에서 죄인이기라도 한 듯 머뭇거리기만 할 뿐 무어라 대꾸를 할 수가 없었다.

길관수는 내가 서둘러 선글라스를 끼는 의도를 꿰뚫어보기라도 한 듯 선글라스를 벗고는 유리 속의 내 눈에 시선을 못박으며 천천히 말했다.

"이제 마지막 남은 숙청 대상자는 아마 나와 인형일 거요. 그러나 어쩌면 인형은 숙청의 대상에서 제외될지도 모르겠소. 인형만큼 영어를 잘하는 사람은 없을 테니까. 거기다 노예감독으로서도 인정을 받고 있으니까."

노예감독, 그렇다, 그 말은 틀림이 없었다.

나는 그의 말을 속으로 수긍하면서도 가슴 밑바닥에서 뻗쳐오르는 불쾌한 기운에 밀려 입을 열었다.

"길형이 숙청되지 않는다면 그것은 무엇 때문이라고 생각하오?"

"그야 나라는 놈은 있으나마나하니까 구태여 그럴 필요가 없기 때문일 거요."

"공장장의 배려 때문이라고는 말하고 싶지 않은가보군?"

불쾌한 기운은 나의 말투를 비비 꼬이게 했다.

"남들이 그렇게 말하고 있으니까 그럴지도 모르죠. 하지만 나는 이곳에 다시 온 후론 테니스를 치러 가지 않았소. 그런 수군거림이 듣기 싫었기 때문이오. 내가 이번 숙청에서 제외된 것은 언젠가 나를 마지막 카드로 써먹기 위해 남겨두었을 거요."

나는 그의 말을 들으면서 과연 내가 숙청대상이 될 수 있을까 하고 생각해보았다. 전혀 그럴 것 같지 않았다. 나는 여태껏 일하는 도구로서 충실했을 뿐만 아니라 언제나 고둥껍데기 속의 게처럼 웅크리고 있었기 때문이었다. 사실 능률급제 작업을 반대하는 것도 다른 동료들과의 연대감에서 비롯된 것이 아니라 순전히 내 개인적인 생각에 불과했다.

"우리가 숙청대상에 올랐다거나 내가 뛰어난 노예감독이라거나 당신이 저들이 써먹을 마지막 카드라는 것이 내게는 조금도 중요하지 않소. 나는 오로지 지금에 만족하고 있고 앞으로도 그렇게 되길 바랄 뿐이오. 설사 능률급제 작업이 시작된다 해도 나는 불평하지 않을 것이오. 그러니 더이상 내게 신경쓰지 마시오."

"30년대 후반과 40년대 중반에 스딸린은 수백만의 인민들을 수용소군도로 보냈소. 물론 가족들이나 친지들은 그들이 어디로 갔는지를 전혀 알 수가 없었소. 스딸린이 노렸던 것은 공포였소. 공포는 모두를 무력하게 만들기 때문이오. 지금 이 회사가 노리는 것 역시 마찬가지요. 공포로 우리 모두를 무기력하게 만들어서 노예로 삼으려는 것이오. 회사에서 왜 비싼 시급을 받는 한국인들을 투입해서 몰드 청소를 삼주째 계속하고 있는가를 생각해보았소? 인도인들의 환심을 사기 위해서요. 그들에게 홍당무를 꺼내서 회유를 한 다음 종전보다 더 악랄하게 부려먹을 거요.

물론 당신은 채찍을 쉴 새 없이 휘둘러야 될 테고."

"당신은 인간일지 몰라도 나는 도구요. 도구로서 그렇게 해야만 된다면 서슴없이 그렇게 할 거요."

"나는 지금까지 인형을 상당한 관심을 가지고 지켜보았소. 인형은 언제나 무리에서 벗어나 혼자이기를 고집하였소. 인도인들이 이방인이라는 사실이 혼자이기를 원하는 당신에게 더없이 좋은 환경이 되었던 것 같소. 당신은 혹시 모듬살이의 질서를 두려워하고 있는 게 아니오?"

"천만에. 나는 누구 못지않게 이곳 생활에 잘 적응하고 있소. 나는 한번도 규칙을 어겨본 적도 없고 당신처럼 소속된 집단에서 이탈해서 다른 사람들에게 부담을 주지도 않았소."

"사람은 누구나 양심에 따라 행동할 의무와 권리가 있소. 나는 내 양심에 따라 행동했을 뿐이오. 내가 말한 모듬살이의 질서란 이 회사가 철조망처럼 쳐놓은 규칙을 말하는 게 아니오. 권력을 쥔 자가 통제와 착취를 위해서 정해놓은 정의롭지 못한 규칙을 깨뜨리는 것이 진정한 모듬살이의 질서요. 동물들은 영역을 침범당했을 때 격렬한 투쟁을 벌이오. 바로 그것이 자연의 질서요. 우리는 많은 것을 빼앗겨왔소. 그것도 모자라서 이제 우리의 마지막 것까지 뺏으려 하고 있소. 권력을 쥔 자들의 탐욕, 바로 그것이 그들의 속성이오. 나는 이 회사와 맺은 계약을 한번도 어겨본 적이 없소. 회사의 편의와 이익을 위해 과중한 노동을 요구하는 것에 응하지 않았을 뿐이오. 우리의 정치현실은 국민의 빈곤을 해결한다는 미명 아래 초법적으로 희생을 강요했소. 마찬가지로 기업들 또한 그것을 노동자들에게 강요하고 있소. 기본작업시간 외의 노동을 노동자와 회사 모두를 위한 자본의 재투자라고 명분을 내세우지만 엄밀히 말해서 노동자의 가난을 악용하고 있을 뿐이오. 우리는 일방적으로 빼앗기고만 있단 말이오. 이래도 인형은 모범적인 노동자라고 자부할 수 있겠소? 그리고 회사가 쥐어준 채찍을 일말의 가책도 없이 휘두를 수가 있단 말이오?"

"아까도 말했지만 나는 도구요. 당신은 인간으로서 말하고 있지만 나는 도구일 뿐이란 말이오. 내게서 어떤 대답을 듣고 싶다는 거요? 더이상 내게 어리석은 질문은 하지 마시오."

나는 바람이 일 정도로 그에게서 세차게 등을 돌렸다.

"인지훈씨, 왜 내가 당신에게 관심을 갖고 있는지 아시오? 당신을 알고 있기 때문이오. 그것도 아주 오래전에."

나는 몇발짝 걸음을 떼다 말고 그의 말에 흠칫하며 발을 멈추었다. 그리고 망설였다. 그의 얼굴을 다시 대한다는 것이 두려웠다. 비록 잠시이긴 하지만 아무리 기억을 더듬어보아도 그의 얼굴이 떠오르지 않았다.

멈추었던 걸음을 다시 떼어놓았다. 나를 오래전부터 알고 있었다는 길관수의 말이 돌덩이처럼 내 마음을 눌렀다. 그 말은 충격이 되어 목엣가시처럼 걸렸다. 체한 음식처럼 가슴을 답답하게 짓눌러왔다. 떳떳치 못한 나의 과거와 진실로부터 또다시 도망치고 있다는 자괴가 나를 칭칭 동여매었다.

나는 길관수가 싫었다. 그의 생각이나 행동이 싫다기보다는 그의 존재 자체가 싫었다. 지난번에 그와 강찬식씨와 임준수와 함께 밤에 사막에 나갔던 일마저도 후회스러웠다. 그날 밤, 강찬식씨에게서 쥬베일 사건에 관한 얘기를 함께 들었다는 사실만으로 비밀결사의 동지라도 되었단 말인가.

나는 고둥껍데기 속의 게처럼 웅크리고 있는 것이 편했다. 정의와 불의, 선과 악, 이런 것을 구분하여 어느 한편에 서서 그에 따라 행동하는 것이 내게는 아무런 의미가 없었다. 그저 지금 내가 있는 그대로 있고 싶을 뿐이었다. 이곳의 환경이 비록 육체적으로 고통스럽긴 했지만 마음은 편했다. 한낱 일하는 도구라고 생각하니 도덕적 의무나 일상의 가치, 그리고 그밖의 것들로부터 멀어질 수가 있었다. 생각마저 말려버리는 불볕을 내리쬐는 태양과 한무리의 이방인들과 야만적인 무쇠틀이 내겐 오히려 다행이었다. 이곳은 내게 더없이 좋은 도피처이자 안식처였다. 서

울에서의 나는 어디에도 웅크리고 들어가 숨을 데가 없었다. 수배를 당하고 있는 것처럼 언제나 불안하고 초조했다. 그랬다. 나는 항상 쫓기고 있었다. 법률의 경직성과 비정함보다 더 무서운, 내 영혼을 송두리째 포박하려는 어떤 존재에 쫓기고 있었다. 그 존재란 내가 죽인 나필규 중사일 수도, 그 전쟁에서 죽어간 무수한 사람들일 수도, 아니면 전쟁 그 자체였을지도 모른다.

나는 쫓기면서 오히려 전쟁에 대한 향수를 느꼈다. 자동소총의 연속적인 발사음과 신체에 전달되는 반동의 충격, 인간의 사지와 어둠까지도 갈가리 찢어버리는 클레이모어의 전율과 환희, 손바닥 안에 알맞은 크기와 무게로 쥐어지는 수류탄의 그 가공할 팽창력과 살상력, 삶과 죽음, 그 두려움의 단계를 넘어서면 온몸의 세포가 모두 부풀어 일어나고 몸속의 액체가 펄펄 끓어넘쳐서 마침내 악마가 되었을 때의 광기, 그 모든 것이 그리웠다. 그리고 자동소총, 클레이모어 혹은 수류탄, 그런 것에 의해서 내 육신이 벌집처럼 뚫리거나 넝마처럼 찢겨지거나 유리잔처럼 박살이 나버렸으면 싶었다. 살아 있다는 것은 차라리 형벌이었다. 기억하고 있다는 것은 견디기 어려운 고문이었다.

나는 지금 이곳에서 살아 있는 인간, 기억하고 있는 인간이 아닌, 그저 일하는 도구가 되어 있었기 때문에 차라리 편안해질 수가 있는 것이다.

나는 바깥세계가 두려웠다. 이 단단한 보호막, 일하는 도구일 뿐이라는 생각 밖으로 한발짝이라도 나서는 게 두려웠다.

나는 길관수에게서 나필규 중사를 보는 것만 같았다.

나필규 중사는 나를 끊임없이 자극하여 앞세우려 했었다. 정글의 음습한 누기와 그늘 속에서 입을 벌리고 있는 죽음의 구렁텅이로. 전쟁과 죽음, 그것은 몬순기의 공기 속에 배어 있는 습기처럼 언제나 함께 있었다. 그러나 병사들은 죽음으로부터 스스로를 떨치기 위해 몸부림을 쳤다. 국가관, 명예, 긍지, 그런 것들보다 훨씬 우선하는 생존의 본능이었다.

나필규 중사와 죽음 사이의 피할 수 없는 위치에서 얼마나 전율하며 증오해야만 했던가. 또 그것은 얼마나 큰 고통의 무게로 내 영혼을 짓눌렀던가.

소대원이 모두 전사한 야간전투에서 혼자 살아남은 나는 수색중대로 전출이 되었다. 그곳에서 나필규 중사와의 운명적인 만남이 이루어졌다.

나필규 중사는 내가 새로 배속된 소대의 선임하사관이었다. 나를 처음 대하자마자 이미 나에 대해서 알고 있었던지 "자식, 되게 명줄이 긴 놈이군. 임마, 넌 절대로 죽지 않을 거야. 내가 보장하지"하며 내 어깨를 툭 쳤다. 나필규 중사의 말대로 나는 죽지 않았다.

수색중대에 전입된 후, 아니 소대원 모두가 전사를 한 그날 밤 이후부터 나는 줄곧 악몽에 시달렸다. 밤이 오는 게 미칠 것처럼 괴롭고 두려웠다. 죽음에의 공포가 감시자처럼 언제나 나를 따라다녔다. 그러나 나를 바라보는 주위의 시선은 달랐다. 그 끔찍했던 날 밤의 전투에서 유일하게 살아남았다는 것만으로 죽음의 공포쯤은 초월해버린 용사로 보았다. 그리고 용사로서의 명예에 걸맞게 행동하기를 바랐다. 나의 일거수 일투족은 항상 관심의 대상이 되었다. 그중에서도 나필규 중사의 나에 대한 관심은 집요하다 못해 노골적이기까지 했다.

우리에게 부여된 임무는 수색과 정찰이었는데 항상 나를 전방척후병으로 내세웠다. 내가 받은 무공훈장 앞에서는 죽음도 비켜갈 것이라며 나를 앞세웠고 소대장 역시 그 말을 수긍이라도 하듯 명령을 내리곤 했다. 나는 그때마다 오줌을 지릴 정도로 두려움에 사로잡힌 채 명령에 따라야만 했다. 적이 교묘하게 설치해놓은 부비트랩에 걸려 꼭 죽을 것만 같았다. 정글의 곳곳에는 베트콩들이 설치해놓은 부비트랩이 무수히 있었다. 프랑스의 외인부대와 싸울 때부터 축적한 기술과 경험으로 교묘히 설치해놓은 부비트랩은 정글 속에서 가장 무서운 적이었다. 쇠똥을 발라놓은 죽창에 복부가 찔려 죽거나 보이지 않는 인계철선을 건드려 터지는 수류탄에 몸뚱어리가 박살이 나버릴 것만 같았다.

나는 항상 죽음을 향해 한걸음 한걸음 나아갔고 햇살마저 비치지 않는 정글은 언제나 죽음을 준비한 채 나를 기다리고 있었다. 나필규 중사는 나를 앞세우고는 한걸음 물러서서, 죽음이라는 엄청난 적 앞에서 전율의 싸늘한 땀을 흘리며 두려움에 떠는 나를 재미있게 지켜보았다.

나와 함께 전방척후조로 나갔던 한권일 상병이 죽던 날이었다. 나와는 불과 대여섯 걸음 정도밖에 떨어져 있지 않았던 한권일 상병이 부식토와 넓은 관목잎으로 위장해놓은 함정에 빠졌다. 위를 향해 세워져 있는 여남은 개의 예리한 죽창 중의 하나에 하필이면 대꼬챙이에 꽂힌 둥글고 긴 어묵처럼 항문에서부터 복부 깊숙이 수직으로 찔리고 말았다.

한권일 상병은 눈을 하얗게 뜬 채 입을 벌리고 죽어갔다. 나는 차마 더이상 그 참혹한 모습을 볼 수가 없어서 털썩 주저앉고 말았다.

나필규 중사가 위생병과 함께 몇명의 대원을 거느리고 왔을 때도 나는 그대로 주저앉아 있었다.

"베트콩의 시체 밑에서 살아남은 영웅이 죽음을 두려워하다니, 너무 뜻밖인데……"

전우가 죽어가고 있다는 충격과 그 죽음이 곧 내게 닥칠지도 모른다는 두려움 때문에 떨고 있는 나를 나필규 중사는 재미있다는 듯이 바라보며 조롱하였다.

"명줄이 쇠심줄처럼 질기니 절대로 죽진 않겠지."

나필규 중사는 등을 돌려 지나가는 말처럼 내뱉었다. 그 말 속에는 마치 내가 죽기를 바라는 듯한 저의가 담겨 있는 것 같았다. 순간, 나도 모르게 총목을 힘껏 움켜잡았다. 그때 나는 분명 살의를 품었다. 언제부턴가 나는 나필규 중사에 대해 지글지글 타는 기름덩어리와 같은 증오를 품고 있었다.

내가 나필규 중사에 대해서 증오심을 품게 된 보다 근본적인 까닭은 그가 두려울 정도로 철저한 싸움꾼이라는 것 때문인지도 모른다. 그는 잔인한 야수성과 섬뜩한 비정함을 지닌데다 전쟁이라는 비정상적인 상황 속에 묻혀지는 가학행위를 취미처럼 즐겼다.

내가 수색중대에 배속되어 두 주일쯤 되었을 무렵, 그의 손이 사살당한 여자베트콩의 생식기를 전리품처럼 도려내는 것을 보았을 때부터 내 마음속에 증오의 불씨가 타올랐다. 남의 나라에 와서 남의 싸움판에 끼여든 우리로서는 적당히 싸우다 무사히 귀국을 하는 게 모두의 바람이었을 것이다. "좆통수는 불어도 세월은 간다"라는 말로 괴롭고 답답한 군 생활을 자위했던 것처럼 그렇게 적당히 세월을 보내고 싶었다. 세상에 태어나서부터 줄곧 세뇌가 되도록 받은 반공교육 때문에 공산주의 이데올로기로 무장한 베트콩에 대해 막연한 적개심을 지니고 있긴 했지만.

나필규 중사는 직업군인이었다. 그렇지만 군인으로서의 명예심과 사명감은 별로 지니고 있지 않은 것 같았다. 장교처럼 빛나는 별을 바라보는 원대한 포부도, 사병들처럼 제대만 하면 새로운 생활을 할 수 있다는 부푼 기대도 없는 하사관이라는 계급은 자기혐오에서 비롯되는 짜증과 갈등을 느끼기가 십상이었을 것이다. 나이가 어린 위관급 장교를 깍듯이 모셔야 하고 사병들로부터는 사회에 발붙일 곳이 없어서 말뚝을 박았으리라는 경멸까지도 은연중에 당하고 있었으니 말이다.

그는 소대장 이문휘 중위를 입으로만 직속상관 대접을 했다.

이문휘 중위는 육군사관학교에서 배운 원칙만을 고집하는 풋내나는 소위시절도 이미 지난, 장교로서의 권위와 무게가 알맞게 틀이 잡힌 초급 장교였다. 군인으로서의 명예를 소중히 생각하면서도 부하들의 안전을 염려하는, 소대라는 최소단위 부대의 지휘관으로 별 흠잡을 데가 없었다. 공명심에 사로잡혀 욕심을 부리거나, 오로지 명령에 의해 명령으로 부하들을 지휘하는 군복으로 박제된 군인이 아니었다. 따뜻한 가슴과 냉철한 이성과 과감한 용기를 지닌 장교였다.

소대원들은 그의 따뜻한 가슴의 체온을 느끼며 그를 신뢰했다. 그러나 나필규 중사는 이문휘 중위에 대해 열등감과 불만을 항상 지니고 있는 것 같았다. 여자베트콩의 생식기를 도려내다 이중위에게 제지를 당했을 때 "베트콩 ×지도 하나 노획했다고 전과보고에 넣으시죠" 하던 말 속에는 계급의 차이에서 느끼는 열등감에서 비롯된 불만이 진득하게 배어 있었다.

나는 나필규 중사가 여자의 생식기를 지니고 있으면 전쟁에서 죽지 않는다는 밑도 끝도 없이 떠도는 풍설을 믿고 그런 엽기적인 행위를 저질렀다고는 생각하지 않았다. 그는 언제나 자신을 과시하려고 애썼다. 소총 대검의 날을 항상 면도날처럼 날카롭게 세우기도 하고 뛰어난 사격솜씨를 틈만 나면 자랑하기도 했다. 사실 그의 총솜씨는 신기에 가까울 정도로 뛰어났다. 오십 미터 거리에서 흔드는 맥주캔을 명중시킬 정도였으니.

여자베트콩의 생식기를 도려내는 행위도 어쩌면 자신을 과시하기 위해서였는지도 모른다. 노골적인 야만성과 잔인성을 드러내 보임으로써 두드러진 자신의 존재를 확인할 수 있었을 것이다.

나는 비록 적의 죽음이라 할지라도 죽음 그 자체를 아무렇지도 않게 여기는 그의 행위에 대해 두려움과 함께 끈끈한 증오를 품게 되었다. 그의 행위는 죽음을 즐기는 유희처럼 보였고 그와 함께 있는 한 언제나 죽음도 함께 있을 것만 같았다.

나는 가능한 한 나필규 중사로부터 멀어지려고 애썼다.

그는 죽음만큼이나 두려운 존재였다. 나는 거의 입을 닫고 지냈다. 동료대원들과 농담은커녕 묻는 말에 대꾸조차 잘 안했다. 나를 드러내기가 싫어서였다. 그러면서도 언제나 끝모를 두려움에서 헤어나지 못했다. 정글 어디에선가 쏘아대는 총소리만 들어도 가슴이 철렁 내려앉으며 누군가가 또 죽는구나 하는 생각 때문에 진저리를 치곤 했다.

나는 폐쇄의 빗장을 굳게 걸고 그 누구에게도 그것을 열어주지 않았다. 동료대원들이 가끔씩 접근을 해와도 송곳니를 드러내고 으르렁거리는 짐승처럼 완강히 거부했다. 그러나 나필규 중사에게만은 그럴 수가 없었다. 그는 웅크리고 있는 나를 호기심과 재미를 곁들인 시선으로 바라보며 집적거렸다.

"야, 인병장, 넌 귀국만 했다 하면 영웅이 되는 거야. 근데 왜 늘 두더지처럼 숨으려고만 그래, 임마. 다른 놈들이 뭐라는 줄 알어? 너보고 맛이 갔대. 네가 살아남은 그 전투 때문에 어떻게 된 거 아니냐구 말야."

나는 나필규 중사의 말을 들으며 정말로 내가 정상이 아닐지도 모른다는 생각을 했다. 그날 밤의 전투가 있기 전까지만 해도 쾌활하다는 소리를 들을 정도로 동료들과 농담을 주고받으며 잘 어울렸기 때문이었다.

나필규 중사는 불쑥불쑥 내 존재를 여러 사람들 앞에 끌어내었다. 그럴수록 나는 기를 쓰고 더욱 웅크러들며 의식의 빗장을 잠그기에 급급했다.

나필규 중사는 작전이 없는 날이면 찌푸린 날씨처럼 기분이 침울했다. 그리고 걸핏하면 소대원들에게 짜증을 부렸다.

"야, 씨팔놈들아. 니 새끼들은 제대만 하면 그만이지만 난 모든 것이 국방부 거란 말이다. 늬들은 좆퉁수는 불어도 세월은 간다 하고 속으로 좆나발을 불고 있을 테지만 난 아니란 말이다. 내 몸뚱이의 오장육부는 물론이고 내 대가리 속에 있는 것까지도 몽땅 국방부 재산이란 말이다."

그는 직업군인으로서의 자신을 후회하다 못해 혐오하고 있었다. 그러나 작전이 시작되면 그의 기분은 완전히 달라졌다. 그의 눈빛과 행동은 사냥감을 향해 다가가는 육식동물처럼 확고한 의지와 자신감으로 넘쳤다. 그는 실로 뛰어난 싸움꾼이었다.

호지명 루트를 통해서 출몰하는 적의 근거지와 은닉해둔 무기나 보급품을 찾아내라는 작전명령에 따라 작전을 수행하던 중 투이닌이라는 작은 부락을 수색하게 되었다. 부락을 향해 가는 대원들의 눈에는 생기가 돌았다. 그림자조차 보이지 않는 적을 찾아 정글을 헤매던 대원들은 꼬리퀴퀴한 넉맘 냄새가 싫긴 해도 사람의 체취를 맡을 수 있다는 사실이 좋았을 것이다.

"이 부락의 어느 구석엔가 몇놈이 숨어 있을 것 같군."

20호쯤 되는 부락의 입구로 들어서며 나필규 중사가 중얼거렸다. 그의 눈은 대원들의 눈빛과는 또다른 빛을 발하고 있었다.

월남어를 제법 능숙하게 구사하는 1분대장 박일만 하사가 부락민들을 마을 입구의 공터로 모이게 했다. 까무잡잡하면서도 노리끼한 얼굴에 호의도 적의도 아닌 그저 무표정한 얼굴을 한 부락민들이 공터로 모여들었다. 오십여 명의 주민들 중에서 노인과 부녀자와 어린애들을 한쪽으로 따로 세우고 나니 사내들이 여남은 명 가량 되었다. 사내들의 나이가 적게는 서른 안팎에서 많게는 사오십쯤 되었을까. 그러나 외양으로 보아서 나이를 짐작하기란 그들에게서 인민해방전선을 지지하느냐 아니면 쿠엔 카오 키 군사정부를 지지하느냐를 알아내는 것만큼이나 어려웠다.

"분명 몇놈 있을 것 같군."

마을 앞논에서 일하다 제일 나중에야 공터에 도착한 두 명의 사내를 쏘아보며 나필규 중사가 확신에 찬 어조로 낮게 말했다. 물소 등에다 쟁기를 채우고 논갈이를 하다 방금 논에서 나온 그 두 사람은 여느 부락민들과 다를 바가 없었다. 호치민도 쿠엔 카오 키도 관심 밖의 인물들일 따름이며 태어난 땅에서 농사를 지으면서 조상을 섬기며 살아가는, 동네 밖의 일에는 관심조차 없어 뵈는 그저 평범한 농부들일 따름이었다.

"저놈들 눈깔을 보세요. 뭔가 다르지 않습니까?"

나필규 중사가 자신감으로 번뜩이는 눈을 빛내며 이문휘 중위에게 말했다.

나는 나필규 중사의 말이 그냥 예사롭게 하는 말이 아닐 것이라고 생각했다. 과연 그들의 눈빛이 달라 보였다. 애써 적의를 감추고 있었지만 분명 햇살을 퉁겨내는 얼음처럼 차갑고 날카로운 기운이 서려 있는 것 같았다.

나필규 중사가 그 두 사람 앞으로 다가갔다. 둘 중에서 키가 큰 사내

의 오른손을 낚아채듯이 덥석 움켜잡았다. 그리고는 손가락을 쭉 펴게
한 다음 손등의 엄지손가락과 집게손가락 사이 홈에다 시선을 고정시키
며 말했다.

"역시 틀림없군."

그 사내의 오른손 엄지손가락 둘째마디에는 콩알보다 조금 더 큰 굳은
살이 박혀 있었다. 농기구를 다루어서는 결코 생겨나지 않을, 상당 기간
총목을 잡고 군사훈련을 치르는 과정에서나 생길 수 있는 굳은살이었다.
옆에 있는 사내의 오른손 역시 마찬가지였다.

"이치들 월맹에서 직접 넘어온 놈들인지도 모르겠는데요. 이치들을 쥐
어짜면 뭔가 틀림없이 나올 것 같은데요."

소대장 이중위 곁으로 다가서며 말하는 나필규 중사의 땀이 번들거리
는 각이 진 옆얼굴에 단호하면서도 섬뜩한 자신감이 번졌다.

나는 나필규 중사의 그 섬뜩한 자신감이 지니고 있는 의미를 짐작할
수 있었다. 역사가 시작된 이래로 강자의 편의와 이익을 위해서 자행되
어온 방법, 진실에서 벗어난 엄청난 괴리감과 그것이 지니고 있는 잔인
성을.

소대장 이문휘 중위는 천천히 고개를 가로저었다. 나필규 중사의 시선
이 땀처럼 끈끈하게 고개를 가로젓고 있는 이문휘 중위의 얼굴에 머물렀
다.

"수상한 혐의가 있으면 월남군 방첩대로 넘겨."

이중위의 말은 조용하면서도 단호했다. 민간인들을 함부로 대해서 생
겨날 말썽의 소지를 염두에 둔 때문만은 아닌 듯싶었다.

나필규 중사의 얼굴이 굳어졌다. 계급의 차이에서 비롯되는 아니꼬움
과 자신의 의도가 묵살당한 데서 생기는 모욕감이 뒤엉킨 분노가 그의
얼굴에 서려 있었다.

"박하사, 이 두 사람을 브이씨 용의자로 체포해. 수색이 끝난 다음 심
문을 한다."

끈끈하게 감겨오는 나필규 중사의 시선으로부터 멀어지고 싶었던지 이중위는 던지듯이 말을 내뱉고는 그 자리를 떠났다.

"야, 박하사, 그놈들을 칙사처럼 잘 모셔라."

등을 돌리고 걸어가는 이중위를 향해 빈정거림이 담긴 목소리로 나필규 중사가 말했다.

나는 이 부락에서 제발 아무 일도 일어나지 말았으면 하고 속으로 빌었다. 이문휘 중위의 뒷모습을 쏘아보는 나필규 중사가 꼭 무슨 일을 저지르고 말 것만 같았기 때문이었다. 그러면서도 한편으로는 나필규 중사의 직감에 의한 판단이 옳을지도 모른다는 생각이 들었다. 적의 심장에 총을 쏘지 못해서 눈들이 충혈되어 있는 판국에 다소 거친 폭력을 사용해서라도 적에 대한 정보를 얻을 수만 있다면 얼마든지 그런 방법을 택할 수도 있지 않을까. 전쟁이란 폭력이 전제된, 폭력을 제압할 수 있는 보다 강한 폭력에 의해서만 승리를 쟁취할 수 있음에야. 이러한 생각들과 함께 나필규 중사의 존재가 이상하리만치 끈끈하게 다가왔다. 꼭 무슨 일이 벌어지고야 말 것 같은 두려움과 함께.

부락의 수색이 거의 끝나갈 무렵이었다. 부락에서 왼쪽으로 조금 떨어진 독립가옥에서 월남사내 하나가 두 손을 머리에 얹은 채 총부리에 떠밀려 나오는 게 보였다. 뒤따라 총을 겨누고 나오는 나필규 중사의 모습도 보였다. 내가 서 있는 위치에서 30여 미터 떨어진 거리에 있는 나필규 중사의 자신감에 가득 찬 얼굴도 똑똑히 보였다. 부락민들을 모두 공터로 모이게 하였음에도 불구하고 집안에 숨어 있었다는 것은 수색자의 눈을 피하기 위한 은신임이 분명했다. 나는 뛰어난 직감으로 숨어 있던 월남사내를 찾아낸 나필규 중사에 대해 경탄을 하면서도 한편으로는 두려움을 떨쳐버릴 수가 없었다.

그 사내는 나필규 중사의 총부리에 떠밀려 부락민들이 모여 있는 공터로 내려왔다. 때를 같이하여 수색을 끝낸 소대원들도 다시 공터로 모였다.

"이치가 독립가옥 마루 밑을 파고 두더지처럼 숨어 있는 걸 끌고 왔는
데, 어떡할까요? 월남군 방첩대로 넘겨버릴까요? 그 작자들 아마 천
피아스터만 쥐어줘도 군소리없이 뒷구멍으로 빼돌려줄걸요."

말을 끝낸 나필규 중사와 소대원들의 얼굴에 희미한 웃음이 잎새를 가
볍게 스치는 바람처럼 번졌다. 부패한 월남군 방첩대에 이런 작자들을
넘겨봤자 말짱 도루묵이라는 투의 표정들이었다. 또한 언제 터질지 모르
는 부비트랩 때문에 전전긍긍하며 정글도로 원시림의 나뭇가지들을 쳐내
며 수색을 하느니보다는 이 사내를 족쳐서 적이 숨겨둔 무기를 찾아내거
나 적에 대한 정보를 알아내는 것이 훨씬 구미가 당기는 일이라는 것을
은연중에 나타내 보이고 있었다.

나필규 중사는 이번에야말로 이문휘 중위의 반응에 전혀 개의치 않겠
다는 단호한 표정으로 천천히 방탄조끼의 지퍼를 내렸다. 그리고는 훌렁
방탄조끼를 벗었다. 그 바람에 방탄조끼에 매달려 있던 두 개의 수류탄
이 땅바닥으로 굴러떨어졌다. 무표정한 얼굴로 서 있던 부락사람들이 흠
칫 놀라면서 몇발짝씩 물러서는 탓에 잠시 동요가 일었다.

전투복 상의와 국방색 런닝셔츠까지 벗어버린, 삼각근이 잘 발달된 나
필규 중사의 상체가 매우 완강하게 보였다.

머리에 두 손을 얹은 채 대여섯 발걸음 떨어져 있는 월남사내 앞으로
나필규 중사가 다가섰다. 바싹 다가선 나필규 중사가 헐렁한 셔츠 같은
월남사내의 웃옷 앞섶을 두 손으로 움켜쥐고는 와락 잡아당겼다. 앞섶의
단추가 후두두 떨어지면서 월남사내의 상의가 벗겨졌다. 대부분의 월남
인이 그렇듯이 사내 역시 견골이 허약하고 늑골의 굴곡이 앙상하게 드러
났다.

나필규 중사의 눈이 빛을 발하며 월남사내의 겁에 질린 눈동자를 쏘아
보았다. 나필규 중사의 입가에 야릇한 미소가 번졌다. 그 미소는 입술만
가볍게 씰룩일 뿐 결코 감정이 뒷받침하는 미소가 아니었다. 그런 나필
규 중사의 표정에는 마음으로 체감되는 섬찟한 차가움이 서려 있었다.

 나필규 중사는 천천히 탄띠에서 대검을 뽑았다. 따가운 햇살이 칼날에 차갑게 부서졌다. 칼을 쥔 나필규 중사의 팔뚝에 문신으로 새겨놓은 용이 꿈틀거렸다. 송장 썩는 냄새 같기도 한 넉맘 냄새와 웅덩이에 고인 물 썩는 냄새와 한낮의 햇살이 익는 단내가 어우러져 훅 풍겨왔다. 극도의 공포로 굳어 있는 월남사내의 표정이 일그러졌다.

 나필규 중사의 손에 쥔 칼끝이 천천히 월남사내의 목줄기로 다가갔다. 칼끝을 바라보는 월남사내의 눈동자가 점점 커졌다. 나필규 중사의 칼끝이 공기를 가르며 빠르게 월남사내의 목줄기에 닿으면서 멈췄다. "헉" 하는 뜨겁고 짧은 비명이 월남사내의 입에서 토해졌다.

 나필규 중사는 더욱 차가운 미소를 지으면서 이중위를 흘깃 바라보고는 월남사내의 목줄기에 디밀었던 칼끝을 거두어들였다.

 나필규 중사의 다음 행동은 모두를 놀라게 했다. 거두어들인 칼날이 나필규 중사 자신의 왼쪽 가슴의 살가죽을 찢으면서 천천히 오른쪽으로 옮겨가고 있는 게 아닌가. 살가죽을 찢고 지나가는 칼끝을 따라 금세 붉은 피가 뿜어나왔다.

 나는 나필규 중사의 그러한 행동이 월남사내와 이문휘 중위를 똑같이 의식한 무언의 시위라는 것을 알았다. 입안에 고인 침이 피처럼 뜨겁고 끈끈하게 느껴졌다. 그 끔찍했던 밤의 기억들이 어지럽게 되살아나며 울컥하고 넘어올 것만 같았다. 가슴 저 밑바닥에서부터 무슨 덩어리가 토해져나올 것만 같았다. 귓속에서 찡하고 이명이 울렸다. 그 소리는 햇살이 갈라지는 소리 같기도 했고 머릿속이 갈라지는 소리 같기도 했다.

 나필규 중사의 왼쪽 겨드랑이에서 오른쪽 겨드랑이까지 길게 찢어진 가슴에서는 그칠 새 없이 피가 흘러내려 상체를 온통 붉게 물들였다. 피로 물든 나필규 중사의 상체에 쏟아지는 햇살이 금비늘을 이루며 반짝였다.

 나필규 중사는 피가 흐르는 자신의 가슴팍에다 칼날의 양면을 번갈아 문질러서 칠을 했다. 그 행동은 마치 무슨 의식을 치르려는 사제처럼 기이하면서도 엄숙하게 보였다.

나필규 중사의 행동은 초침의 움직임처럼 침착했으며 표정은 차갑게 굳어져 있었다.

나필규 중사는 피묻은 칼끝을 월남사내의 목줄기에 겨누며 그에게로 바싹 다가갔다. 그 서슬에 놀란 월남사내가 두어 걸음 뒷걸음질을 치자 왼손으로 그의 머리카락을 재빠르게 움켜쥠과 동시에 칼끝을 목줄기에 바짝 들이댔다. 머리가 뒤로 젖혀진 월남사내는 두 손을 갈퀴처럼 오므린 채 허우적거리며 허공을 움켜쥐었다.

"총이 있는 곳을 대라."

나필규 중사의 목소리는 새파랗게 날이 선 칼끝보다 더 날카롭게 월남사내의 의식을 파고들었다.

짧은 순간 월남사내의 얼굴에 동요의 빛이 스치고 지나갔다.

"어서!"

다그치는 나필규 중사의 칼끝은 이미 월남사내의 목줄기의 살가죽을 꿰뚫고 있었다.

나필규 중사의 손에 쥐어진 칼끝이 나사가 조여들듯 월남사내의 목줄기를 찌르자 가느다란 핏줄기가 선명하게 목줄을 타고 가슴께로 흘러내렸다. 월남사내는 입술을 씰룩이며 무슨 말인가를 하려 했으나 제대로 말이 되어 나오지 않았다.

"말하겠나?"

나필규 중사가 다시 차갑게 다그쳤다. 월남사내는 고개를 조금씩 끄덕였다.

월남사내의 머리카락을 움켜쥐고 있던 나필규 중사의 왼손이 조금 늦추어지면서 동시에 살속을 파고들던 칼끝도 정지되는 것 같았다.

"빨리 말해."

숨을 몰아쉴 여유조차 주지 않고 나필규 중사가 다시 다그쳤다.

모든 걸 체념한 듯 월남사내는 천천히 손을 들어 어느 지점을 가리켰다.

월남사내가 가리킨 지점은 아무도 예기치 못했던 전혀 엉뚱한 곳이었다. 월남사내의 손끝은 앞서 두 명의 사내가 논갈이를 하던 논 한쪽 귀퉁이에 있는 웅덩이를 가리키고 있었다.

몇명의 소대원들이 재빠르게 논둑을 따라 웅덩이로 달려갔다. 탁한 물이 고여 있는 웅덩이의 수면에는 지푸라기와 수초가 한데 엉켜 두터운 막을 이루었다.

총끝으로 지푸라기를 걷어내던 소대원 하나가 그대로 웅덩이 속으로 뛰어들었다. 직경이 3미터 가량 되는 웅덩이는 꽤 깊은 듯 그 속으로 뛰어든 소대원의 머리가 보이지 않았다.

잠시 후, 웅덩이 둘레에 있던 소대원들의 입에서 "와아—" 하는 함성이 동시에 터져나왔다.

웅덩이 속에 들어간 소대원에 의해 비닐자루의 주둥이를 물이 스며들지 못하도록 고무줄로 칭칭 동여맨 것이 건져져 올라왔다.

비닐자루 속에는 묵직한 세 정의 AK 47 자동소총이 가지런히 묶여 있었다. 그리고 천 발 가까이 되는 실탄도 건져냈다.

나는 이데올로기로 무장된 월남사내의 단단한 신념의 각질을 단숨에 깨뜨려버린 나필규 중사에 대해 찬탄을 하면서도 한편으로는 불안했다. 지금의 이 성과가 앞으로 그로 하여금 결코 이성적일 수 없는 어떤 예감에 의해 저질러지는 돌이킬 수 없는 불행한 일을 저지르게 하고 말 것 같았기 때문이었다.

그후, 나는 몇차례의 소규모전투를 치렀고 그리고 몇명의 베트콩을 더 죽였다. 그러나 나는 더욱 심장이 졸아드는 두려움에 사로잡힌 나날을 보내야만 했다. 매복을 나가면 언제나 그 끔찍했던 날 밤의 전투가 생각나서 두려웠고 매복이 없는 날 밤이면 어김없이 악몽에 시달리며 가위눌리곤 했다. 두려움은 내 영혼 깊숙이 파고들어서 나를 괴롭혔다. 나는 작전이 점점 두려워졌다.

누구나 막연히 느끼는 그런 두려움이 아니었다. 이번에야말로 틀림없이 죽을 테지 하고 내 운명을 스스로 점치면서 군장을 꾸릴 때의 심정은 차라리 자살이라도 하는 편이 나을 것만 같았다.

또한 개인의 의사와는 무관한 집단의 이데올로기가 다르다는 이유 하나만으로 상대의 생명을 파괴해야 하는 그 자체도 두렵고 싫었다.

나필규 중사는 여전히 모든 작전에서 나를 앞세웠다. 그러한 나필규 중사 또한 나로서는 견디기 어려운 두려움의 대상이었으며 그래서 그에 대한 증오심은 더욱더 깊어졌다. 나필규 중사는 마치 러시안 룰렛을 하는 도박사처럼 싸움 그 자체를 즐겼으며, 그 와중에서도 두드러지게 드러나는 자신의 모습을 확인하는 데서 어떤 보상을 받는 것 같았다.

한번은 나필규 중사가 소대원들에게 "너희들은 전쟁이 재미있다고 생각지 않냐?" 하고 불쑥 묻자 "그야 죽지만 않는다면 전쟁처럼 재미있는 놀이가 또 어디 있겠습니까" 하고 1분대장 박일만 하사가 얼른 대꾸했다.

"그건 모르는 소리야. 전쟁이란 목숨을 걸고 하기 때문에 재미가 있는 거야. 난 작전만 나갔다 하면 온몸의 살점이 부풀부풀 일어나는 것같이 몸이 그렇게 가벼울 수가 없거든. 적을 만나서 누가 먼저 죽이느냐 죽느냐 하는 순간에 다다르면 사정을 하기 직전처럼 그렇게 좋을 수가 없어."

말을 하고 있는 나필규 중사의 표정은 진지하다 못해 엄숙하기까지 했다. 월남사내를 다그치기 위해 자신의 가슴을 찢어 칼날에 피를 바를 때의 모습이 사제처럼 엄숙하게 보였던 까닭을 비로소 알 수 있을 것 같다.

7

미　로

　뜨겁고 건조한 공기가 가득한 대기 속에는 앞날에 대한 암울하면서도 두려운 기운이 서려 있는 것 같았다. 염열로 희부연한 대기를 뚫고 살갗에 닿는 햇살은 정복자의 창날처럼 잔인했다. 대지는 굳어진 빵처럼 메말라서 조금만 건드려도 바스러졌다.

　강찬식씨를 비롯한 일곱 명의 노동자가 한마디 작별인사도 못한 채 어디론가 끌려가버리고 난 작업장에는 두려움과 경계의 어두운 그림자가 드리워졌다. 거기다 살벌한 적대감마저 날을 세우고 있어서 바싹 당겨진 활시위처럼 팽팽한 긴장감마저 감돌았다. 철근공과 전공들은 그들의 동료들이 사라지고 난 후 입을 굳게 다물었지만 눈빛에는 싸늘한 적개심이 서려 있었다. 특히 탈형조장 표준태를 바라보는 그들의 눈빛은 증오 바로 그것이었다. 대부분의 노동자들은 그 일이 표준태의 밀고에 의해 이루어졌다고 생각했다. 철근공과 전공들은 그것을 확신했으며 심지어는 인도인들마저도 그렇게 생각하는 눈치였다.

　어제 오후에 칠근장 한귀퉁이에 인도인들이 모여앉아서 스티로폴을 자르고 있을 때였다.

　마침 현장사무실에서 나오는 표준태를 보고는 평소 말수가 적은 하리람이 손가락으로 그를 가리키고는 입에다 손을 대어서 속삭이는 시늉을 해 보인 다음 "남바 텐" 하고 경멸조로 말했다. 그 말에 다른 인도인들도 공감을 표하며 고개를 끄떡였다. 내가 확인이라도 하려는 듯이 "왜?" 하고 묻자 옆에 있던 란드가 "저 사람 때문에 좋은 사람들이 잡혀갔잖아요" 하며 강찬식씨를 비롯해서 종적을 알 수 없는 사람들의 이름을 하나하나 대었다.

나는 인종이 다르고 언어가 다른 이방인들이 같은 생각을 하고 있다는 사실이 놀라웠다.

표준태 역시 이러한 작업장의 분위기를 느꼈는지 행동이나 말씨를 퍽 조심하는 기색이었다. 그러나 그에게서 위축된 모습은 전혀 찾아볼 수가 없었다. 오히려 은밀한 만족감과 더불어 자신감에 차 있는 것 같았다. 특히 철근공과 전공들의 증오에 찬 시선 앞에서도 당당하고도 거침이 없었다. 늬들이 그래봤자 별수 있겠느냐는 자신감으로 그들을 대하는 것 같았다.

전공 조완주는 김태환이와 맞서서 싸움을 하려다 만 이후로 더욱 감정의 골이 깊어진 모양이었다. 전공들 중에서 별로 자신을 드러내지 않고 지내던 조완주를 그 일이 있은 이후로 눈여겨보게 된 것은 결코 내 개인적인 관심 때문만은 아니었다.

표준태나 김태환을 바라보는 그의 눈길에는 언제든 때만 오면 절대로 그냥 두지 않으리라고 단단히 벼르는 적의가 번뜩였다. 근육질의 완강함보다는 날렵하게 느껴지는 마른 몸집은 비정할 정도의 날카로움을 느끼게 했다.

나는 어렸을 적 우리 토종닭과 서양에서 들여온 뉴햄프셔란 닭이 싸우는 것을 여러번 보았다. 뉴햄프셔에 비해 몸집이 반쯤밖에 안 되는 토종닭은 목덜미털을 부풀려세우고는 뉴햄프셔를 공격했다. 토종닭이 지는 것을 나는 한번도 본 적이 없었다. 조완주에게서는 바로 그 토종닭의 투지와 날렵함이 그대로 느껴졌다.

전공들이 철근장 옆에 있는 작업대에서 PVC 파이프를 용도에 맞게 자르고 있을 때 표준태와 김태환이 걸어왔다. 표준태가 새로 온 전공조장 강정기에게 말했다.

"스위치박스가 자꾸 비틀어지는데 신경 좀 써야겠시다."

전공들과 불과 3미터도 안 떨어진 곳에서 인도인들과 함께 있던 내가 듣기에도 표준태의 말은 그다지 비위를 긁는 말투는 아니었다. 그러나 해석하기에 따라서는 작업장의 주도권을 잡으려는 저의가 배어 있는 것 같기도 했다.

"씨팔, 벌써 총반장이라도 되었다는 투로군."

조완주가 자르고 난 PVC 파이프를 땅바닥에다 거칠게 내동댕이치며 비아냥거렸다.

"니 시방 뭐라 캤노?"

곁에 있던 김태환이 금방이라도 한대 올려붙일 듯한 기세로 나서며 눈썹을 곤두세웠다.

"왜? 넌 조장자리라도 얻어걸릴까 해서 졸졸 따라다니냐?"

조완주는 곁눈질 한번 주지 않은 채 쇠톱으로 파이프를 자르며 대꾸했다.

김태환은 선뜻 무어라 대꾸할 말이 떠오르지 않는지 붉으락푸르락하며 거칠게 콧바람을 내뿜었다. 표준태 역시 날을 세운 눈빛으로 조완주를 노려보기만 할 뿐 말이 없기는 마찬가지였다. 그러나 그는 김태환보다는 자신을 잘 가누고 있었다. 더욱이 지난번에 김태환에게 정면으로 맞서던 조완주가 만만치 않은 상대라는 것을 의식하고 있는 것 같았다.

"조형, 무슨 말을 그리 섭하게 하는 거요?"

그는 씩씩거리며 금방이라도 주먹을 앞세우고 나설 것 같은 김태환을 제지하며 웃음마저 띤 채 누그러진 목소리로 말했다. 하지만 그의 표정은 결코 누그러진 게 아니었다. 오히려 한발짝 물러섰다가 거세게 밀어붙이겠다는 의도가 역력했다.

"남의 눈에 피눈물을 흘리게 해놓고 내 말 한마디가 섭하게 들렸다니

양심을 떼놓고 다니는 모양이군."

조완주의 말투는 여전했다. 혼잣말처럼 내뱉는 말은 낮으면서도 섣불리 할 수 없는 힘이 실려 있었다. 그 말 속에는 동료들이 어디론가 끌려가버린 것에 대한 강한 비난이 담겨 있었다.

표준태가 흠칫하며 당혹감을 감추지 못한 채 "듣자듣자하니 못하는 말이 없군. 하면 다 말인 줄 알아" 하며 조완주에게 한발짝 다가섰다. 표준태 뒤에 선 김태환은 금방이라도 뛰쳐나와 조완주를 덮칠 기세였다.

"그래, 말 잘했다. 하면 다 말인 줄 아는가본데, 니가 뭔데 나서서 이래라저래라 신경을 써라 말아라 하는 거야? 너는 너 할일 하고 우린 우리 할일 하면 되는 거지, 잔소리할 사람은 따로 있잖아."

조완주는 확증이 없는 그 일에 대해서는 일단 발을 빼고 조금 전에 표준태가 했던 말을 물고 늘어졌다.

그러자 김태환이 표준태를 밀치고 앞으로 나서서 조완주의 멱살을 와락 움켜쥐고 흔들며 "니 정말 피를 보고 싶나?" 하며 으르렁거렸다. 김태환의 기세는 누구도 막을 수가 없을 정도로 거칠었다.

"좋게 말할 때 이거 놔."

조완주의 목소리는 더욱 낮고 싸늘했다.

"못 놓겠다, 어쩔래?"

김태환은 씹어뱉듯이 말하며 움켜쥔 멱살을 더욱 세게 죄었다.

"그래, 보여주지."

조완주는 말을 뱉음과 동시에 왼손으로 멱살을 잡고 있는 김태환의 엄지손가락 부분을 감싸쥐면서 오른손으로 손등을 밀어올려 비틀었다. 그토록 완강하게 조완주의 멱살을 움켜쥐고 있던 김태환의 온몸이 쓰러질듯이 기울어지며 멱살을 놓았다. 김태환의 오른손목을 감싸쥔 조완주는 네 손가락으로 그의 엄지손가락 밑부분을 감싸면서 엄지손가락으로 손등을 밀어서 손목관절을 꺾었다. 김태환은 허리를 구십도가 넘게 구부리고 조완주에게 잡힌 오른손을 뒤로 뻗은 채 맥을 못추었다.

"꼴사납게 설치지 마. 정말로 피를 보고 싶지 않거든."

조완주가 위협과 경고가 담긴 말을 뱉으며 팔을 놓아주자 김태환은 겨우 몸을 가누고는 관절이 꺾였던 팔목을 주물렀다. 그의 얼굴은 고통과 수치와 분노로 일그러졌다.

주위에 있던 전공들과 철근공들을 비롯해서 인도인들까지도 평소 우람한 몸집을 뽐내며 거들먹거리던 김태환이 당하는 것을 보고는 내심 고소하다는 표정을 짓고 있었다.

김태환은 오른손목을 털듯이 흔들어서 아픔을 진정시키고는 본격적으로 싸울 채비를 갖추었다. 주위 사람들은 두 사람을 말리기보다는 오히려 둥그렇게 둘러서서 싸울 공간을 마련해주었다. 표준태가 잠시 머뭇거리는 듯했으나 그래도 김태환을 믿는 데가 있었던지 물러서서 구경꾼들 틈에 섞였다.

왼주먹을 앞으로 내밀어서 턱 높이로 세우고 오른주먹을 턱밑에 붙인 채 상체를 약간 구부린 김태환의 자세는 링에 올라선 권투선수를 연상케 했다. 조완주를 얕잡아보았던 처음과는 달리 신중하면서도 공격적인 자세를 취한 김태환에게는 싸움꾼의 격렬한 투지와 적개심이 가득했다.

이에 반해 조완주는 별다른 자세도 취하지 않은 채 언제든지 덤빌 테면 덤벼보라는 듯이 여유있게 서 있었다. 그러나 김태환을 노려보는 눈길은 칼날처럼 싸늘하면서도 날카로웠다.

두 사람이 잠시 대처하고 있는 사이 탈형공들과 콘크리트공들까지 모여들어 겹겹이 에워싸고 숨을 죽인 채 구경을 했다.

몸을 가볍게 추스르면서 몇발 옆으로 이동하던 김태환이 공기를 가르며 왼주먹을 날렸다. 조완주가 여유있게 슬쩍 피하며 오른발로 김태환의 명치를 겨냥해서 찼다. 김태환이 잽싸게 가슴께에 두었던 오른손으로 조완주의 발목을 움켜잡았다. 김태환의 억센 손아귀에 발목을 잡힌 조완주가 당했다고 생각을 하는 순간 도저히 믿어지지 않는 일이 벌어졌다.

발목을 잡힌 조완주의 몸이 솟구쳐오르며 그의 왼발 뒤꿈치가 김태환의 오른쪽 어깨를 내려찍었다. 발목을 잡은 김태환의 손을 발판삼아 뛰어오름과 동시에 공격을 한 조완주의 동작은 동물적인 민첩성과 훈련된 기술이 일치를 이룬 경탄을 금치 못할 솜씨였다. 어깨를 가격당한 김태환은 한 손으로 어깨를 감싸쥐면서 무릎을 꿇었다. 둘러서 있던 노동자들은 너무도 순간적인데다 조완주의 솜씨가 놀라워서 어안이 벙벙한 채 넋을 잃고 있었다. 조완주는 김태환을 충분히 공격할 수 있는 기회가 생겼는데도 날카로운 눈초리만 그에게 고정시킨 채 지켜보기만 할 뿐이었다.

김태환이 겨우 일어서서 다시 자세를 가다듬었다. 그러나 두 번씩이나 예상할 수 없었던 공격을 당한 김태환은 완전히 기가 꺾인 표정이었다. 그것을 간파한 표준태가 두 사람 사이로 들어서며 "그만해. 사무실에서 알면 피차 안 좋아" 하며 김태환을 돌려세웠다.

한주먹에 조완주를 때려눕힐 듯이 기세등등하던 김태환이 마지못한 듯 등을 돌리고 돌아섰다. 그러자 두 사람을 에워싸고 있던 노동자들도 흩어졌다.

표준태와 김태환이 저만치 멀어져가자 인도인들이 엄지손가락을 세워 보이며 말했다.

"바운아차."

조완주는 아무 일도 없었다는 듯 다시 작업대로 가서 하던 일을 계속했다.

능률급제 작업이 입에 오르내리면서부터 패가 갈리어 쌓였던 감정의 응어리가 터진 셈이었지만 그나마 이 정도로 끝난 것이 다행이라는 생각이 들면서도 한편으로는 안하무인격으로 설치던 김태환이 따끔한 맛을 본 게 통쾌하기도 했다. 그러나 또 한편으로는 표준태의 끈질긴 성격으로 보아 어떤 방법으로든 조완주에게 보복을 하고 말리라는 우려를 떨쳐버릴 수가 없었다.

휴식시간이 되어 간식을 실은 차가 철근장에 도착했는데도 탈형공들과 콘크리트공들은 한 사람도 철근장에 오지 않았다. 간식을 내려놓고 차가 떠나자 두 조에서 한 사람씩 와서 자기들 몫의 간식을 가져갔다.

"이젠 완전히 남북으로 갈렸군."

간식을 안고 가는 두 사람의 뒷모습을 바라보며 길관수가 중얼거렸다. 이어서 그는 고개를 돌려 조완주를 바라보며 "조형, 여기서 썩기는 아까운 실력이던데요" 하고 말했다. 조완주는 대꾸랄 것도 없이 "나도 미리 보따리를 싸두어야겠군. 표준태 저새끼가 절대로 가만있진 않을 테니까" 하고 혼잣말처럼 말했다.

"아니, 그렇지 않을 거요. 내가 알기로는 정대리가 만기도 안 된 숙련공들이 빠져서 걱정을 하고 있다더군요. 뭐니뭐니해도 능률급제 작업을 제대로 해야만 할 테니까요."

길관수가 자신있게 하는 말을 들은 조완주의 표정이 밝아지는 것 같았다.

"조형, 걱정 말아요. 내가 나서서라도 막을 테니까. 싸움은 저쪽에서 먼저 걸었는데 뭘."

전공조장 강정기가 조완주의 어깨를 두드리며 안심을 시켰다.

"그렇지만 표준태가 절대로 가만있지 않을걸. 그치가 얼마나 지독한 놈인데. 안짱다리에다 앙바틈한 몸집이 고약덩어리처럼 생겼잖아."

철근공 최일웅이 마음을 놓지 말라는 투로 말했다.

"염려 말아요. 표준태 저치가 아무리 고자질을 해도 이번엔 먹히지 않을 거요. 정대리가 능률급제 작업을 앞두고 얼마나 걱정을 하는데. 능률급제 작업을 궤도에 올려놓아야 고과점수를 좋게 딸 수 있기 때문에 절대로 어리석은 짓은 안할 거요."

길관수는 말끝을 누르고 손을 휘저어 끈질기게 달라붙는 파리떼를 쫓았다. 그래도 파리들은 여전히 그가 베어먹다 만 빵조각을 향해 공격적으로 달라붙었다. 조금 남은 빵조각을 땅바닥에 던지자 파리떼가 새까맣게 달라붙어서 빵조각을 덮어버렸다.

이튿날 아침 작업장에 나가려고 B 샤워장에 들어서니 탈형공 신상용이
소변을 보고 있었다. 문이 없는 샤워장의 왼쪽은 화장실이고 오른쪽은
샤워장을 겸한 세탁장이었다. 남자들만 있는데다 날씨까지 덥기 때문에
굳이 문이 필요없었다. 작업장으로 가기 위해서는 문이 없는 B 샤워장
중앙을 지나야만 했다.

그는 나를 보자 "그렇잖아도 인형을 기다리고 있었어요. 인형이 제일
먼저 작업장에 나오는 것 같아서요" 하고 말했다.

나는 아침마다 다른 사람들보다 십분 정도 먼저 숙소에서 나서는 습관
을 들인 지가 꽤 오래되었다. 물결에 떠밀리듯 여러 사람들 틈에 섞이는
것도 싫었지만 텅 빈 작업장의 몰드 위에 올라가서 떠오르는 해를 바라
보는 것이 빼놓을 수 없는 일과처럼 돼버렸기 때문이었다.

"인형, 조완주씨에게 조심하라고 이르세요. 표준태가 단단히 벼르던데
요."

샤워장을 나서며 신상용이 간곡하게 말했다. 나는 그 말을 듣고는 뜻
밖이다 싶어서 그의 얼굴을 바라보았다. 확연히 패가 갈려서 적대감에
가까운 감정을 지니고 있는 상대편 사람을 염려하는 것이 선뜻 이해가
안되었다.

"왜요? 내가 스파이 노릇이라도 하는 것 같아서 그래요?"

그는 자신을 바라보는 내 심정을 알겠다는 듯이 미소를 머금으며 말했
다. 그러나 미소를 짓는 그의 표정이 씁쓸하면서도 어딘가 그늘이 져 있
었다.

나보다 두 달 가량 늦게 온 그가 처음 작업장에 나왔을 때 노동을 해
본 경험이 없다는 것을 첫눈에 알 수 있었다. 갸름하고 흰 얼굴에 연약
한 느낌이 들 정도로 마른 몸집에다 눈빛엔 두려움과 주저함이 역력했
다. 아무리 보아도 노동판 분위기에 익숙한 것 같지는 않았다. 배터리몰
드에서 탈형을 하는 노동자들은 말하자면 모두 비계공들이었다. 비계공
은 노동자들 중에서도 특수한 분야에 속하는 편이었다. 고층건물을 짓는

현장에서 인부들이 딛고 서서 일을 할 수 있도록 발판용 나무나 파이프를 철사로 묶어서 설치하거나 크레인을 유도해서 무거운 물건을 옮기는 따위의 담력과 숙련을 갖춘 게 비계공이었다.

그는 처음 작업장에 나왔을 때 '이런 일을 내가 과연 해낼 수 있을까' 하고 잔뜩 겁먹은 표정을 짓고 있었다.

작업이 시작되자 그의 본색이 금방 탄로나고 말았다. 공구이름도 제대로 모르는데다 주먹만한 볼트를 풀려고 안간힘을 다했지만 끝내 풀지 못했다. 스패너를 잡고 낑낑대는 그를 보고 표준태가 "씨팔, 나이롱이 와서 대가리 숫자만 채우면 어떡하라는 거야" 하고 볼멘소리로 핀잔을 주었다.

지금까지 그는 이를 악물고 필사적으로 일을 했다. 일을 하는 그의 모습은 처절하리만치 고통스러워 보였다. 나는 그러한 그의 모습을 볼 때마다 안쓰럽다 못해 비애를 느낄 수밖에 없었다.

"인형, 능률급제 작업이 시작되는 게 틀림없을 테죠?"

나는 그것이 능률급제 작업에 대한 두려움 때문이라는 것을 직감으로 느꼈다. 그의 체력으로는 지금도 견디기가 어려운데 일의 강도나 환경이 더욱 혹독할 수밖에 없는 능률급제 작업을 어떻게 해낼 수 있을까 싶은 걱정이 길게 꼬리를 물고 늘어졌다.

"아무래도 곧 시작되지 않겠어요?"

나는 착잡한 마음으로 대답을 하며 그를 보았다. 그의 얼굴에 체념과 두려움이 어둡게 드리워졌다.

"표준태 그 작자는 인간도 아니에요. 사람의 몸으로 어떻게 그런 일을 해낼 수 있다고…… 반대는 못할망정 오히려 못해서 안달이니…… 지난 번에 강찬식씨랑 여럿이 증발한 것도 표준태 그 작자 농간이라구요. 어제 조완주씨도 뜨거운 맛을 보여주겠다고 이를 갈며 벼르던데요."

그는 시선을 발끝에 두고 걸으며 침통하게 말했다.

"참, 표준태 그 작자가 총반장이 될 거라는 말 들어본 적 있어요?"

그 말을 듣는 순간 표준태가 왜 능률급제 작업을 적극적으로 서두르는지를 분명히 알 수 있었다.

"그 작자가 총반장이 되면 자기는 작업에서 빠질 거 아녜요. 개새끼보다 못한 놈!"

무슨 말을 하기 위해 예사로 "씨팔" 따위의 욕설을 먼저 하는 것이 귀에 익숙한 터였지만 지금 그가 끝에 한 말은 그의 마음속에 응어리져 있는 분노가 터져나온 절규처럼 들렸다.

"조완주씨더러 표준태 그 작자한테 사과하라고 하세요. 똥이 무서워서 피하는 게 아니잖아요. 그 작자가 또 농간을 부릴 게 뻔해요."

나와는 상관없는 일이긴 하지만 그의 마음씀이 고마웠다.

"신형, 고맙소. 꼭 그렇게 전할게요."

"내가 왜 인형한테 이런 말을 하는가 하면 다른 사람들은 내 말을 믿어주지 않을 것 같아서 그래요. 같은 패거리라고 말이죠. 우리가 이역만리 타국에까지 와서 이렇게 등을 돌리고 지내는 것도 다 표준태 그 작자 때문이라구요."

배터리몰드 작업장으로 들어서는 타워크레인 레일 위로 올라서면서 그가 한 말은 내 마음을 저리게 하다 못해 비애를 느끼게 했다.

"난 아무래도 오래 견디지 못할 것 같아요. 꼭 여기서 죽을 것 같은 생각이 들어요."

나는 그가 하루하루를 얼마나 이를 악물고 처절하게 버티고 있는가를 알 수 있었다. 내가 죽음이 도사리고 있는 정글의 음습한 그늘 속으로 들어갈 때마다 극에 달한 절망과 공포를 느꼈듯이 그 역시 저 무자비한 무쇠틀 사이로 들어갈 때마다 똑같은 절망과 공포를 느꼈으리라.

"인형, 난 밤마다 커다란 쇠망치로 저놈의 몰드를 부수는 꿈을 꾸어요. 그런데 아무리 쇠망치로 내리쳐도 끄떡이 없어요. 꼭 저것한테 잡혀먹힐 것만 같은 불길한 생각이 떠나질 않아요."

나는 무어라 할 말이 없었다. 무슨 말로도 그가 겪고 있는 절망과 고통을 위로해줄 수가 없었기 때문이었다. 그 역시 내게서 어떤 말을 기대하는 것 같지는 않았다. 다만 그의 마음속에 응어리져 있는 것을 말로나마 쏟아내고 싶었을 것이다. 평소 그가 누구와도 가벼운 농담이라도 주고받는 것을 나는 보지 못했다. 틈틈이 쉬는 참이면 좁은 그늘을 찾아가 물체에 의지하고 앉아서 탈진한 몸을 주체하지 못해 헐떡이고 있을 따름이었다. 탈형공들은 굳건한 육체를 지니지 못한 그를 은연중에 경멸했고 그것으로 그에 대한 모든 것을 평가했다. 때문에 그는 육체의 한계에서 느끼는 절망과 함께 동료들로부터 따돌림을 당하는 고독감까지 감수해야만 했다.

"인형은 이제 얼마나 남았어요?"

"아직도 여섯 달이나 남았는걸요."

"여기선 왜 이렇게 시간이 더디 가는지 모르겠어요. 앞으로 남은 여덟 달이 마치 남은 생의 전부처럼 느껴져요. 정말 끔찍한 하루하루예요. 우리가 왜 이따위 쇠붙이의 노예가 되어야 하죠?"

그는 말을 마치자마자 A몰드 옆에 있는 자루가 긴 커다란 쇠망치를 들고는 몰드를 내려쳤다. 그가 꿈속에서 했던 것처럼. 거대한 무쇠틀은 그가 휘두른 망치만 퉁겨낼 뿐 끄떡이 없었다.

그는 망치를 휙 집어던지고는 담배를 꺼내물며 처연한 목소리로 말했다.

"자기 자신을 지킬 수 있는 힘이 없는 인간은 이따위 쇠붙이만도 못하겠죠."

작업이 시작되어서도 그 말은 돌덩이처럼 내 마음을 무겁게 짓눌렀다. 그가 겪고 있는 절박한 고통의 무게가 그 말 속에 그대로 담겨 있었기 때문이었다. 그가 겪고 있는 육체의 고통 못지않게 정신적인 고통 역시 극한점에 달하고 있을 것이다. 하루에도 수십번, 아니 셀 수 없을 만치 이 지옥 같은 곳에서 벗어나고 싶어도 벗어날 수 없는 현실 때문에 체념하다 못해 절망의 벽에 머리를 짓찧고 있음이 분명하리라. 물질적인 힘만을 요구하는 이곳 현실은 석기시대인들보다 우리를 훨씬 더 비참하게 만들었다. 자본이라는 폭군은 문명이라는 이기를 앞세워 우리를 억압했고 폭군에 맹종하는 무리는 우리로 하여금 인간이기를 포기하도록 회유하다 못해 강요하고 있는 것이다. 가녀린 골격과 뭉쳐지지 않은 근육을 지닌 그가 버텨내기란 지금도 힘겹다 못해 허리가 꺾일 지경인데 한술 더 떠서 능률급제 작업이라니.

탈형공들이 B몰드의 열한번째 칸에서 몰드를 해체하던 중이었다. 갑자기 격렬하게 움직이던 탈형공들의 움직임이 멎는가 싶더니 앞서보다 더 다급한 움직임과 함께 사지가 축 늘어진 누군가를 여럿이서 들고 몰드 밖으로 나왔다.

나는 탈형공들에 가려져 얼굴을 볼 수 없는 그가 신상용일 것이라고 직감적으로 단정했다. 가슴속에서 무엇이 쿵하고 떨어지는 듯한 불안을 느끼며 급히 다가갔다. 아, 그러나 여럿에게 들려나온 그는 신상용이 아니었다. 탈형공들 중에서도 표준태와 김태환에 버금갈 정도로 팔팔하던 강철규였다. 그의 얼굴을 본 순간 나는 어떤 희망을 본 것 같았다. 기진해서 쓰러져 생명이 위태로운 그의 모습을 보며 안도하다 못해 희망을 갖다니. 나는 순간적으로 뜨끔한 자책감을 느꼈으나 역시 처음 생각은 변함이 없었다.

신상용은 혼자서 몰드 안에 남아 창틀 모서리에 있는 덤버클볼트를 풀기 위해 안간힘을 쓰고 있었다. 그의 행동은 지금껏 자신을 무시하여 따돌렸던 동료들에 대한 무언의 항의처럼 보였다.

그가 하던 일을 마저 끝내고 몰드 밖으로 나오며 "내가 쓰러지지 않은 게 이상하죠? 나 역시도 그런 생각이 들어요" 하고 쓴웃음을 지으며 말했다.

"그야 신형이 생각하는 것처럼 신형 자신이 약하지 않기 때문일 테죠."

나는 내가 하고 있는 말이 지극히 도식적이면서도 의례적인 말에 불과

하다고 생각했다.

"아녜요. 오히려 더 겁이 나는걸요. 반드시 내가 쓰러지고 말 것이라는 생각이 들어서요."

그는 무거운 불안을 짊어지고 있기라도 한 듯 처진 모습으로 물통이 있는 곳으로 걸어갔다. 타인의 불행을 통해서 자신의 불안을 확인하다니.

588번지의 여자에게 발걸음을 끊은 지 석 달이 조금 지날 무렵이었다. 나는 석 달 동안 한번도 밖으로 나가지 않았다. 그동안 내가 집에서 한 일이라곤 아무것도 없었다. 사람을 만나는 게 두렵고 싫었다. 깊이를 알 수 없는 어둠속에 무중력상태로 있는 것처럼 내 몸과 정신은 허허롭고 혼몽했다. 가끔씩 국립묘지의 나필규 중사의 묘역에 있는 비석들이 시퍼렇게 눈을 부릅뜬 군인들로 변하여 나를 향해 몰려왔다. 나는 도망을 치려고 필사적으로 몸을 허우적대기만 할 뿐 제대로 움직여지지가 않았다. 나는 그게 꿈인지 현실인지를 도무지 분간할 수가 없었다. 나는 비명도 지르지 못하고 가위에 눌려 꺽꺽거리며 몸을 뒤틀다 겨우 정신을 차리곤 했다. 그러면서도 밖으로 나가지 않았다. 거리의 사람들이 왠지 더 두려웠기 때문이었다. 모든 사람들이 내 목을 조르려고 덤벼들 것만 같아서였다.

가끔씩 내가 왜 이러고 있지 하고 나 스스로에게 반문해보곤 했다. 나필규 중사를 죽였기 때문이야 하고 중얼거리며 대답을 했다. 왜 죽였지? 몰라. 왜 죽였지? 몰라. 왜 죽였지? 몰라……

어떤 때는 한나절 가까이 이 두 마디 말만 되풀이해서 중얼거리기도 했다. 또 어떤 때는 나쁜 놈, 살인자, 저주받을 놈 따위의 말로 끊임없이 나 자신을 매도하기도 했다.

나는 나 자신 속에서 뛰쳐나가고 싶었다. 언젠가 영화에서 보았던, 사람과 말이 하나가 되어 솟구쳐오르며 커다란 유리벽을 뚫고 뛰쳐나가던 모습이 자주 떠올랐다. 유리벽이 산산이 부서지면서 물방울처럼 퉁겨지던 유리조각들, 그 사이를 뚫고 사람과 말이 통렬하게 솟구치던 힘. 아아, 나도 그렇게 나 자신을 뚫고 솟구쳐오르고 싶었다. 그러나 나는 점점 나를 에워싸고 있는 껍질 속으로 오므라들기만 할 뿐 힘이라곤 몸과 마음 어디에도 남아 있지 않았다.

더위가 기승을 부리던 초복 무렵의 밤이었다. 더위와 나 자신 속으로 함몰되는 무력감에 지친 나머지 밤바람이라도 쏘일까 하고 방문을 열고 나섰다. 60여 평 남짓한 대지에다 지은 20평 규모의 슬래브 구조의 본채에는 어머니와 형님 내외, 계집아이 조카가 거처를 하였고 나는 슬레이트지붕을 얹은 창고처럼 지은 별채에서 지냈다.

나는 시간이 얼마나 되었는지도 모르고 밖으로 나와 마당에 있는 평상에 앉았다. 길 쪽으로 인적이 없고 사위가 조용한 것으로 보아 자정이 지났을 성싶었다. 평상에 엉덩이를 붙이고 무심히 고개를 들어 하늘을 바라보려고 할 때 안방에서 어머니의 말소리가 들렸다.

"에미 말대로 탈이 나도 단단히 났나보다. 그래, 이 노릇을 어찌하면 좋냐? 벌써 석 달이 다 되도록 저러구 있으니."

나에 관해서 진작부터 얘기를 하고 있었던 모양이었다. 말끝을 제대로 여미지 못하면서 내쉬는 어머니의 한숨소리가 들렸다.

"며칠 있으면 휴가니까 그때 적당한 곳을 알아봐서 입원을 시키든지 하죠."

형이 무겁게 입을 열어 말을 끝내자 어머니가 얼른 말꼬리를 붙잡고 말했다.

"정신병원 말이냐? 거긴 성한 사람이 들어가도 정신이 이상해진다던데……"

"어머님, 삼촌 증상이 심한 것 같아요. 이따금씩 비명처럼 소리를 지를 땐 무슨 일이 생길까봐 겁이 나서 죽겠어요. 오죽해야 경주는 삼촌 곁에 얼씬도 안하려고 하겠어요. 삼촌 눈빛만 봐도 무섭대요."

경주는 하나뿐인 중학교 1학년짜리 조카였다.

"그래도 그렇지. 얘 아범아, 네가 휴가를 맡거든 어데 조용한 데로 하루쯤 데리고 가서 자근자근 얘길 해보는 게 어떻겠니? 형제간에 술도 한잔 하면서 말이다. 저애가 술을 좋아하잖니."

어머니의 목소리는 간곡하다 못해 애원이라도 하는 것처럼 들렸다. 뜨겁고 묵직한 그 무엇이 가슴을 짓누르며 코끝이 찡해졌다.

"소용없는 일이에요. 벌써 몇번이나 얘길 해보려고 해도 도통 말을 안하니 무슨 속인지 알 수가 있어야지요. 아무래도 병원으로 보내는 게 우리 식구들 모두가 속편할 것 같아요."

"그래, 우리 속편하자고 하나밖에 없는 동생을 꼭 폐인으로 만들어야겠니? 포악스럽게 광증을 부리는 것도 아닌데."

"어머님, 너무 상심하지 마세요. 병원에 가서 전문적인 치료를 한두달 정도만 받으면 웬만한 증세는 다 낫는대요. 삼촌은 회복될 거예요."

"안된다, 그럴 순 없어. 정 그렇다면 내가 저앨 데리고 나가마."

"어머닌 왜 재를 어린애처럼 감싸려고만 하세요? 재 나이 이제 스물 일곱이에요. 어린애가 아니란 말이에요."

"할말이 아닌 줄 안다만 재가 저렇게 된 것은 애비 네게도 책임이 있다는 걸 알아라. 재가 크면서 네 앞에서 숨이나 제대로 쉬었니. 이웃사람들이 애비 너 때문에 재가 병신되는 거 아닌지 모르겠다고 하는 말을 여러번 들었다."

어머니의 말 속에는 격정과 비애와 분노까지도 담겨 있었다.

형은 어렸을 적부터 육체와 의지가 남달리 강했다. 형은 마음먹은 일은 무슨 수를 써서라도 반드시 해냈다.

1·4후퇴 때 우리 가족은 많은 난민들 틈에 섞여 제주도로 피난을 갔었다. 내가 국민학교 1학년, 형이 3학년이었다. 형은 나이에 비해 키가 작았다. 그러나 몸집은 차돌멩이처럼 야무지고 단단했다.

형과 나는 다른 피난민 아이들과 함께 사라봉 기슭에 있는 국민학교에 편입되었다. 형은 한동안은 눈에 띄지 않는 평범한 아이에 불과했다. 몇

달이 지났다. 형은 그 반에서 가장 큰 아이를 굴복시켰다. 내가 생각해
도 도무지 힘으로 맞붙어서 이길 가망이 없을 정도로 형의 상대는 키가
아주 컸다. 삼촌과 조카만큼이나 차이가 났다. 뒤에 형의 친구들에게 들
어서 알게 되었지만 형은 번번이 그애에게 얻어맞았다고 했다. 형이 그
애를 굴복시킬 수 있었던 것은 두더지처럼 그애의 사타구니로 파고들어
서 고추와 불알을 움켜쥐고 악착같이 늘어졌기 때문이었다.

4학년이 되자 형은 반장이 되었다. 반장이 된 형의 모습은 정말로 당
당했다. 형의 손에는 언제나 형처럼 생긴 작고 단단한 막대기가 쥐어져
있었다. 그리고 형의 주위에는 반에서 제일 덩치가 큰 두세 명의 아이들
이 호위병처럼 따라다녔다. 형은 화단이며 변소, 운동장 주변의 청소를
마치 선생님처럼 일일이 확인해서 마음에 차지 않으면 언제라도 다시 시
켰다. 어떤 때는 한 분단 아이들을 몽땅 손을 드는 벌을 세우거나 손바
닥을 때리기도 했다. 담임선생님이 굳이 확인을 하지 않아도 형네 반 청
소구역은 항상 깨끗했다. 형네 반 담임선생님은 그러한 형을 흐뭇해하며
더 많은 권력을 형에게 물려주었을 것이다. 수업시간에도 자주 자습이라
는 명목으로 형에게 수업감독권을 부여했고 그때마다 형은 반아이들을
숨도 못 쉬게 탄압했다.

형은 학교에서 대단한 아이로 소문이 났다. 특히 선생님들 사이에서
더 유명한 아이였다.

형은 5학년이 되어서도 반장이 되었다. 그리고 4학년 때의 아이들이
그대로 한반이 되었다. 공교롭게도 담임선생님까지 바뀌지 않았다. 형은
독재자의 위치를 더욱 단단히 굳혔다. 담임선생님의 전폭적인 신뢰와 지
원, 그리고 독재적인 기질이 맞물려서 형의 위치는 더욱 탄탄해졌다.

형네 반에는 전쟁의 소용돌이 때문에 늦게 편입되어 서너살 위인 아이
들도 더러 있었다. 형은 그런 아이들마저도 완전히 장악을 해서 멋대로
부렸다.

그해 초여름날 아침, 나는 너무도 당당하고 자랑스러운 형의 모습을

보았다. 수업이 시작되기 전 운동장에서 기마전이 벌어졌다. 대개 5, 6학년이었는데 일정하게 편을 갈라서 싸우는 게 아니고 아무 말이나 공격을 해서 마지막에 남는 말이 최후의 승자가 되는 싸움이었다. 여자아이들까지도 자기 반 말을 응원하느라 질러대는 고함소리에 운동장이 떠나갈 듯했다. 흙먼지를 일으키며 서로 뒤엉켜 싸우던 말들이 하나둘 무너지기 시작했다. 세 팀의 말이 남았을 때 그중의 하나가 형이 탄 말이었다. 셋 중에서 하나가 쓰러졌다. 그러나 형이 탄 말은 아니었다. 마지막 남은 두 말이 뒤엉켰다. 이윽고 한쪽 말의 기수가 더이상 버티지 못하고 무너졌다. 끝까지 남은 마지막 말의 기수가 두 손을 번쩍 들었다. 형이었다. 형은 한 학년 위인 6학년 말들까지 모조리 쓰러뜨렸다. 기수인 형의 활약이기보다는 말의 앞장을 선, 학교에서 가장 키가 큰 아이가 상대편 기수들을 모조리 끌어내렸기 때문이었다. 그러나 형은 분명히 강자였고 승리자였으며 작은 영웅이었다. 환호를 보내고 있는 자기 반 아이들을 향해 말 위에서 두 팔을 흔들던 형의 모습이 지금도 눈에 선하다. 내가 자라면서 형에 대해 가장 자랑스럽게 기억하고 있는 모습이기도 하다.

형은 누구보다 강하고 끈질겼다. 그리고 잔인했다. 저돌적인 폭력으로 자신을 무장했고 또한 그래서 남을 쉽사리 공격했다. 형은 늘 증오의 날을 세우고 있었다.

형은 나에게도 철저한 복종만을 강요했다. 두세살 터울의 사내형제가 티격태격 싸우는 그런 모습은 감히 상상조차 할 수 없었다. 나는 형에 비해 오히려 키가 조금 더 컸다. 공차기나 달리기 따위의 운동도 형보다 잘했다. 그런데도 나는 형의 압제에서 벗어날 수가 없었다. 형은 돌덩이 같은 의지와 폭력적인 저돌성이 있는데다 남 위에 군림해야만 하는 독재자의 근성까지 지니고 있었다. 형에 비해 나는 감정이 섬세했고 남 앞에 나서는 것을 싫어했다. 그렇지만 남에게 눌리는 것 또한 형 못지않게 싫어했다. 형은 그의 성격대로 공부를 잘했지만 나는 글짓기와 그림그리기 대회에 뽑혀나갈 정도로 여러 방면에 재능이 있는 편이었다. 또래의 동무들과 잘 어울리기도 했지만 혼자 있는 시간이 오히려 좋았다.

형은 학교에서뿐만 아니라 동네에서도 또래들 중에서 악착같았고 무자비했으며 물러설 줄 몰랐다. 때로는 이웃 동네의 나이가 훨씬 위인 아이들과 싸워서 직사하게 얻어맞아도 다음날 또 찾아가서 싸웠다. 그래도 안되면 골목길 모퉁이에 몽둥이를 들고 숨었다가 기습을 해서라도 기어이 이기고 말았다.

형의 별명을 동네 어른들이 '겡까도리'라고 지어주었다. 나는 그 말의 뜻은 몰랐지만 그것이 무엇을 의미하는지는 알 수 있었다. 그때 집집마다 닭을 몇마리씩 키웠는데 간혹 벼슬이 퍼지지 않고 똘똘 뭉쳐진데다 주둥이가 매부리처럼 날카롭게 휘어지고 눈이 사나우면서 발목뼈가 굵은 놈이 있었다. 그놈은 병아리 때부터 사납고 난폭했다. 봄에 깐 병아리들이 여름방학을 할 때쯤이면 날갯죽지에 깃털이 돋아나 제법 닭모양새를 갖추는데 이때만 되면 그놈은 해묵은 수탉에게도 목덜미털을 부풀려세우고 곧잘 덤볐다. 그리고 한번 싸웠다 하면 절대로 물러서지 않았으며 기어이 이기고 말았다. 어른들은 그놈을 '겡까도리'라고 불렀다. 형과 그놈은 사람과 닭이라는 겉모습만 달랐을 뿐 모든 게 너무도 흡사했다.

나는 그러한 형과 가장 가까이 있었기 때문에 누구보다 시달림을 많이 받았다. 형은 내가 동생이라고 해서 절대로 예외를 두지 않았다.

어느날, 나는 또래들과 제기차기를 하고 있었는데 학교에서 돌아오던 형이 책가방을 집에 갖다 두라고 했다. 마침 내 차례가 되어서 끝난 다음에 가려고 그냥 제기를 찼다. 제기가 내 발에서 최초로 튀어오르자마자 형의 주먹이 날아왔다. 콧잔등, 눈두덩, 입술 등 가리지 않고 무자비하게 나를 난타했다. 나는 입술이 터지고 코피를 쏟았다.

"빨리 갖다 둬."

형의 목소리는 얼음처럼 차가웠다. 아, 그때 나는 형에게 얻어맞아서 입술이 터지고 코피가 쏟아지는 아픔보다는 형의 책가방을 들고 가야 하는 굴욕감 때문에 치를 떨었다. 이렇게 나에게 가해지는 압제와 폭력은 빈번했다. 전쟁과부인 어머니는 우리 형제를 키우기 위해 시장바닥에서 좌판을 펴고 소다로 잔뜩 부풀린 빵을 팔았기 때문에 항상 집을 비웠고 형의 횡포는 언제나 제지받지 않고 나에게 행해졌다.

내가 5학년이던 해 겨울방학이 거의 끝나갈 무렵이었다. 형이 집 앞에서 나를 불렀다. 그때 나는 동무들과 자치기를 하고 있었고 마침 내가 자를 재고 있는 중이어서 미처 대답을 못했다. 자를 재는 것이 끝나기도 전에 형의 발길이 엎드려 자를 재고 있는 내 옆구리를 걷어찼다. 뒤이어 형의 주먹과 발길이 융단폭격을 하듯 내 몸을 초토화시켰다.

나는 자를 힘껏 움켜쥐었다. 참나무로 만든 50센티미터 남짓 되는 자는 마음먹기에 따라서 아주 유용한 무기가 될 수 있었다. 나는 형의 몸 어디를 겨냥할 겨를도 없이 자를 휘둘렀다. 그것은 형에 대한 최초의 항거였다. 그러나 그 최초의 항거는 실패했다. 자를 쥐고 있는 내 손목이 형 손아귀에 잡히고 만 것이다. 아, 그날 형에게 당한 무자비한 응징 때문에 나는 거의 초주검이 되고 말았다.

나는 그후, 가끔 꿈에서 형을 죽였다. 꿈에서도 나는 언제나 형에게 얻어맞았고 그리고 굴욕감 때문에 치를 떨어야만 했다. 그때마다 큰 몽둥이를 들고 형을 내리쳤고 솥만큼 커다란 바위를 번쩍 들어 형에게 던졌다. 그때마다 형은 죽었다. 꿈에서나마 맛보는 그 통쾌함, 그 희열. 그래서 나는 꿈을 꿀 때마다 형을 죽였다. 그러나 현실은 항상 그 반대였다. 형은 변함없이 나를 짓눌렀고 오로지 복종만을 강요했다. 형은 심부름, 집안청소, 일상의 잔일을 모두 내게 시켰고 언제나 모든 것에서 완벽을 요구했다.

형은 폭군이었으며 절대자였다. 나는 늘 형을 죽이기 위해 마음속에 비수를 품고 있었다. 나는 군에 입대하기 전까지의 긴 기간을 형의 압제 밑에서 질곡을 겪으며 신음했으나 끝내 형을 죽이지 못했다. 어쩌면 베트남에서 나필규 중사를 죽인 것은 내 의식 속에 잠재되어 있던 형에 대한 살의 때문이었는지도 모른다.

나는 어머니가 안방을 나서는 소리를 들으며 내 방으로 돌아왔다.

형이 두려웠다. 그리고 정신병원이란 곳도 두려웠다. 형과 정신병원은 똑같이 나를 억압하는 존재라는 생각이 들었다. 형이 당장이라도 달려와서 나를 정신병원으로 끌고 가 처넣어버릴 것만 같았다. 얼음처럼 차갑게 느껴지는 사람들이 쇠창살이 쳐진 방 속에다 꼼짝 못하게 나를 묶어놓고는 이상한 주사를 놓거나 약을 억지로 먹일 것만 같았다. 사실 석달 가까이 방에서만 지내면서도 나는 한번도 내가 자유롭지 못하다는 생각을 해본 적이 없었다. 단지 사람들이 무섭다는 생각 때문에 방에서 지냈을 뿐이었다. 그러나 타의에 의해서 갇히는 것보다는 두렵더라도 바깥으로 나가는 편이 훨씬 나으리라는 생각이 들었다.

나는 그날 새벽에 조용히 집을 나섰다. 어디로 가야 할지를 몰라서 인적이 드문 거리를 무작정 걸었다.

집이 있는 망원동에서 아현동 삼거리에 이르렀을 때 멀리서 기적소리가 들렸다. 그 소리가 내게는 등대불빛 같았다. 서울역으로 갔다. 첫차를 타려는 사람들이 종종걸음으로 대합실 안으로 들어갔다.

내가 느릿느릿 대합실 안으로 들어섰을 때였다. 웬 남자가 내 앞을 가로막으며 벽력같이 소리쳤다.

"어딜 가, 이 나쁜 놈아!"

전신에서 기운이 모두 빠지고 심장이 얼어붙으며 그대로 폭삭 주저앉을 것만 같았다. 가까스로 정신을 차리고 내 앞에 버티고 선 사내를 바라보았다.

"히히, 담배 하나만."

나와 눈이 마주친 사내는 비굴한 웃음을 흘리며 어린애처럼 손을 내밀었다. 그는 미친 사람이었다. 나는 그에게 담배를 갑째로 건네줬다.

담배를 받아쥔 그는 매우 기분이 좋은 듯 "천두옹산 바악달재를……" 하고 노래를 흥얼거리며 대합실 구석으로 걸어갔다. 나는 그의 뒷모습을 바라보며 언젠가는 나도 저렇게 되고 말 것이라는, 늘 내 마음속에 자리잡고 있던 불안을 확인했다.

베트남에서였다. 보초근무를 마치고 벙커 안으로 들어갔을 때였다. 벙커 구석 쪽에 있는 장만욱 일병이 아무것도 걸치지 않은 알몸으로 야전 침대 위에 상체를 약간 구부린 자세로 앉아 있었다. 남들이 곤히 자는 새벽 1시가 막 지난 시각에 알몸으로 앉아 있는 그가 아무래도 이상했다. 더욱이 그는 예사롭지 않은 행동과 말투로 소대원들을 긴장시키거나 아니면 조롱을 당한 적이 몇차례 있었다.

내가 그에게로 다가가도 그는 별로 나를 의식하지 않았다. 아니, 의식하지 못했을지도 모른다. 그는 도저히 이해할 수 없는, 기괴하다 못해 진저리가 쳐지는 일을 저지르고 있었기 때문이었다. 그는 M16 소총 대검으로 자신의 성기를 자르고 있었다. 어금니를 앙다물고 고통을 참고 있는 일그러진 그의 얼굴에는 끈끈한 땀이 배어나와 번들거렸다. 그의 사타구니와 성기의 끝부분을 잡고 있는 손까지 온통 피범벅이 되어 있었다.

그의 손목을 비틀어서 대검을 빼앗았다. 제법 깊이 살점이 잘린 성기의 중간부분에서는 계속해서 피를 뿜어내고 있었다. 그는 초점이 없는 흐릿한 눈으로 나를 멀거니 올려다보았다.

"장일병, 왜 이래?"

"여기로 내 정기가 모두 빠져나가요. 정기가 자꾸 빠져나가면 난 죽고 말 거예요."

그의 허벅지에는 끈끈하면서도 희멀건한 액체가 흥건히 묻어 있었다. 밤꽃 냄새와도 같은 시큼하면서도 떫은 냄새가 풍겼다. 그의 허벅지에 묻은 액체는 정액이었다. 아마 자해를 하기 직전에 자위행위를 한 모양이었다.

그는 곧 병원으로 후송되었다. 물론 그는 그전에도 정상이 아닌 행동을 몇차례 한 적이 있었다. 그후 그는 귀대하지 않았다.

나는 이른 새벽 역 대합실에 앉아서 장만욱 일병이 부대로 돌아오지 못했던 것처럼 나 역시 정상적인 일상의 세계로 돌아오지 못하리라는 생각을 했다. 그것은 내 마음속에 자리잡고 있던 불안을 확인하는 것이기도 했다.

8

산과 여자

　새로 설치하는 C몰드와 D몰드가 드디어 완성되었다. 오후작업이 끝나기 전에 철근과 전기부속품 설치를 마치고 콘크리트를 칠 수 있도록 조여놓았다.

　야간작업을 나오니 C몰드와 D몰드 중간에 고사상이 차려졌고 공장장과 간부직원들이 그 앞에 모여 있었다. 돼지대가리가 떠억 자리잡고 있어야 할 고사상 복판에는 실물 대신 아주 잘생긴 돼지가 빙긋이 웃고 있는 그림이 있었다. 아마 기독교인들이 뱀을 혐오하는 것만큼이나 돼지를 혐오하는 이 나라의 종교적인 관습 때문에 돼지대가리를 구할 수가 없어서 궁여지책으로 그림을 올려놓은 모양이었다. 그 양옆으로 사과, 바나나, 포도, 석류, 수박, 오렌지 따위의 과일이 푸짐하게 놓여 있었다. 작업장에 도착한 노동자들이 자연스레 고사상 앞으로 모였다.

　야간작업 시작을 알리는 사이렌이 울렸다. 기다렸다는 듯이 공장장이 너부죽이 절을 하고는 알콜을 뺀 덴마크산 맥주를 잔에 부어서 C몰드와 D몰드에다 두어 차례씩 끼얹었다. 그리고는 돼지머리 그림 앞에다 흰 봉투를 하나 내놓고는 배터리몰드 책임자인 정대리를 보며 "정대리가 먼저 해. 자네가 주인이잖아" 하고 말했다. 정대리가 절을 하고 나서 간부직원들도 차례로 절을 했다. 그리고 모두 봉투를 하나씩 돼지머리 그림 앞에 놓았다. 직원들 차례가 끝나자 정대리가 조장들을 둘러보며 말했다. "조장들 차례요."

표준태가 기다렸다는 듯이 성큼 나서서 절을 했다. 뒤따라 다른 조장들이 모두 절을 끝마쳤는데도 그냥 서 있는 나를 보고 정대리가 "인지훈씨도 해야지" 하고 말했다. 나는 비록 인도인들로부터 '폴맨'이라고 불리긴 해도 한번도 다른 사람들과 어깨를 나란히하는 조장이라는 생각을 해본 적이 없었다. 설사 그렇다손 치더라도 넙죽 엎드려 절을 하고픈 마음이 없었다. 어떤 종교적인 편견 때문이 아니라 그 행위는 능률급제 작업이 순조롭게 되기를 빈다는 것 이상의 의미가 없었기 때문이었다. 마침 공장장을 비롯해서 간부직원들이 자리를 뜨는 바람에 더이상 채근을 당하지는 않았다.

이방인들의 관습을 호기심어린 눈빛으로 바라보고 있던 인도인들 중에서 란드가 내 등을 밀었다. 어서 절을 해서 다른 조장들과 같은 위치에 서라는 주문이었다. 그때 회교도인 하리람이 란드를 밀치고 나를 바라보며 쓴표정을 지은 채 두 손을 저었다. 다른 회교도들의 표정이나 눈빛 역시 그와 다를 바가 없었다. 우상이라고 해서 인형조차 팔지 못하게 하는 이 나라 회교율법에 비추어볼 때 이 회교도의 제지는 너무도 당연한 것인지 모른다. 더구나 내가 설사 이방인이라 해도 그들이 극도로 혐오하는 돼지, 그것도 그림 앞에 절을 하는 것을 그들의 종교적 관습으로 도저히 묵과할 수는 없었으리라. 내가 회교도들을 둘러보며 알았다는 뜻으로 고개를 끄덕이자 그들의 표정이 밝아지며 약속이나 한 듯이 모두 엄지손가락을 세워 보였다.

고사상이 치워지고 나서도 웬일인지 탈형공들이 일을 시작할 기미를 보이지 않았다. A몰드에는 이미 패널이 굳어 있었고 B몰드 역시 A몰드를 탈형하고 나면 바로 패널을 들어낼 수 있는 상태였다.

그러나 탈형공들은 패널을 들어내는 대신 C몰드와 D몰드에 콘크리트를 채우는 일을 거들었다. 탈형공들과 콘크리트공들은 한식구이기라도 한 것처럼 사이좋게 일을 했다.

"개새끼들, 짝짜꿍이 잘 맞았군. 마르고 닳도록 해처먹어라."

전공 조완주가 피우던 담배를 휙 집어던지며 말을 내뱉고는 꼴보기 싫다는 듯 등을 돌렸다. 그러한 조완주의 뒷모습을 강찬식씨의 후임으로 온 표준태의 친구라는 철근조장이 바라보며 말했다.

"뭘 그러슈. 다 잘되라고 하는 일인데 악담까지 할 건 없잖소."

조완주가 되돌아서서 말없이 그를 바라보았다. 조완주의 눈빛에는 분명 적의가 서려 있었다. 조완주는 "가재는 게 편이라더니 역시 소문대로군" 하고 던지듯이 한마디 하고는 물통이 있는 곳으로 가버렸다.

"능률급제 작업을 하면 우리 모두 좋은 거 아뇨. 골고루 돈을 더 벌 수 있는데 굳이 반대할 이유가 없잖아요."

조완주가 멀어져가자 그는 주위에 있는 철근공과 전공들을 둘러보며 은근한 목소리로 동의를 구하듯이 말했다. 철근공과 전공들은 아무도 그 말에 대꾸를 하지 않았다. 어색한 침묵이 그 혼자만을 짓누르고 있는 것 같았다. 그는 더이상 침묵을 견뎌낼 수가 없었던지 이제 막 콘크리트를 다 채운 D몰드로 걸어갔다.

"얼마나 많은 돈을 벌게 되는지 어디 한번 두고 봅시다그려."

철근공 중에서 누군가 빈정거리는 투로 말했다. 그는 그 빈정거림을 충분히 들었을 텐데도 개의치 않고 걸어갔다.

"김형, 가지 마. 곧 회식을 할 거라구."

콘크리트를 다 쏟은 레미콘트럭이 출발하려고 하자 D몰드 위에서 표준태가 운전수를 향해 고함을 지르듯이 말했다. 트럭운전수가 운전석에서 고개를 내밀고 "까짓 거 콜라나 홀짝거려봤자지 뭐" 하고 대꾸를 하자 "아냐, 아까 고사상에 놓였던 봉투가 몽땅 회식비용이야" 하고 표준태가 기대하라는 투로 말했다. 그러자 "그래, 그럼 뭐 건건이가 좀 있겠네" 하고 운전수가 시동을 끄고 트럭에서 내렸다.

9시가 조금 넘어서 배터리몰드 작업장은 마치 잔칫집 같은 분위기가 되었다. 개인별로는 열 갑들이 던힐담배 한 케이스와 타올이 한장씩 주어졌고 조별로는 알콜 없는 맥주와 콜라를 비롯해서 과일과 초콜릿 따위의 먹을거리가 푸짐하게 배당되었다. 내일이 휴일인데다 회사에서 열두 시까지 오버타임을 한 것으로 쳐준다고 선심까지 베풀었던 것이다.

탈형공들과 콘크리트공들은 자리를 함께 잡고 앉아서 일찌감치 흥을 돋우고 있었다. 방금 일을 끝낸 터라 마른 목을 맥주로 축이기에 바빴다. 알콜을 뺀 맥주여서 맛이 짐짐하긴 했어도 빛깔과 거품이 맥주와 똑같아서 두어 병만 마셔도 취기가 오르는 것 같았다. 술을 마시고 싶은 열망이 취기가 오르도록 부추기는 것인지도 모른다. 2홉들이 소주병만한 병을 부딪치며 건배를 하는 소리가 왁자하게 들렸다. 이어 박수소리가 요란하게 나더니 누군가가 일어서서 노래를 불렀다. "나암쪽 섬의 나아라……" 한 소절이 미처 끝나기도 전에 여럿의 목소리가 한데 어우러졌다.

철근공들과 전공들은 끼리끼리 모여앉아서 맥주나 콜라를 홀짝거리기만 할 뿐 흥겨운 기색이라고는 어디에도 없었다. 똑같은 것을 마시는데도 탈형공들이나 콘크리트공들이 마시는 것은 흥을 돋우어주는 술이고 철근공과 전공들이 마시는 것은 물보다 더 맛이 없는 짐짐한 음료에 불과했다. 한쪽은 그야말로 잔칫집 분위기이고 다른 쪽은 초상집 분위기나 다름없었다.

사무실에서는 능률급제 작업에 관한 얘기를 한마디도 내비치지 않았지만 모두는 이제 그것을 사실로 받아들였다. 그래서 한쪽은 그에 대한 자신과 기대로 들떠 있고 다른 쪽은 두려움과 좌절로 침울해 있는 것이다.

A몰드 옆에 모여앉은 인도인들도 서로 다른 분위기가 무엇 때문인지를 어렴풋이 느끼고 있는 것 같았다. 인도인들은 내가 무슨 말인가를 해주기를 바라는 눈빛으로 번갈아 나를 바라보았다. 그러한 동료들의 분위기가 답답해서인지 란드가 입을 떼었다.

"폴맨, 내일부터 작업방법이 달라질 것이라고 하던데……?"

인도인들도 능률급제 작업에 대해서 들은 바가 있는 모양이었다. 나는 내 입으로 그 내용을 설명해주고 싶지 않았다.

그 내용을 내 입으로 말한다는 것 자체가 잔인하다는 생각이 들어서였다. 나 역시 누구 못지않게 그 일을 두려워하고 있기 때문이었다.

나는 고개를 저어 모르겠다는 시늉을 해 보이고는 자리에서 일어나 A 몰드 위로 올라갔다.

멀리서 영롱한 보석처럼 빛을 발하는 다란 공항과 알코바 시가지의 불빛이 보였다. 문득 사람들이 살고 있는 곳에 대한 향수를 느꼈다. 당장 내일부터라도 이곳의 노동자들은 더욱더 가혹한 상황에서 육체를 혹사시켜야만 할 것이다. 인간이 지닌 육체의 한계와 의지를 초월한 탐욕이 갖는 폭력적이면서도 비인간적인 의미를 비로소 알 것 같았다. 그리고 인간을 도구로 만들려는 조직의 비정함과 간교함에 분노를 느꼈다. 회사에서 어떤 식으로 능률급제 작업에 대해서 운을 뗄지는 몰라도 적어도 지금까지의 과정으로 보아 이미 모든 노동자들에게 그 사실을 충분히 알리고 있었다. 그리고 지지세력까지 확보하고 있는 것이다. 오늘밤만 해도 당장 내일부터라도 능률급제 작업이 시작되리라는 것을 선심을 쓰면서 교묘히 주입시키고 있지 않은가. 개인의 의사와는 상관없이 조직이 목적하는 대로 노동의 목표를 세우고 협박과 회유를 적당히 조화시켜 추진해온 것이다. 두려움과 좌절로 침울할 수밖에 없는 철근공들이나 전공들은 결국 탐욕적인 일부 노동자들의 선동과 회사의 치밀한 술수에 속절없이 희생당해야만 하는 것이다.

"인형, 한잔 했어요?"

길관수가 맥주병을 들고 몰드 위로 올라왔다.

"오동잎 한 잎 두 잎……"

C몰드 앞 공터에 자리잡은 탈형공들과 콘크리트공들이 함께 어우러져 부르는 노랫소리가 귀에 거슬렸다.

"꼭 돼지새끼들 잔치 같잖아요?"

길관수가 수은등 불빛을 등지고 서서 C몰드 쪽을 내려다보며 말했다.
"아까 돼지영정에다 절을 하는 걸 보니 영락없는 돼지새끼들이더라구
요. 인형, 조지 오웰이 쓴 『동물농장』이란 소설 읽어봤어요?"

나는 천천히 고개를 가로저었다.

"존스 농장의 동물들이 돼지들의 주도로 평등한 이상사회를 세운다는
목적으로 혁명을 일으키죠. 결국 나뽈레옹이란 돼지가 권력을 쥐게 되는
데 오히려 혁명 전보다 동물들이 더 착취를 당하고 전체주의적인 공포에
시달리게 된다는 내용이죠."

길관수가 고개를 뒤로 젖히고 병을 거꾸로 세워서 남은 맥주를 다 마
시고는 세워져 있는 패널에다 병을 힘껏 던졌다.

"돼지영정에다 절을 한 놈들은 모두 그 나뽈레옹이란 돼지의 후손들이
분명할 거요. 표준태 저치는 아마 나뽈레옹의 직계후손쯤 될 거고. 저
자식 술수에 놀아나고 있는 탈형공들이나 콘크리트공들도 머잖아 후회할
거요. 능률급제 작업을 해서 얻는 것보다 잃는 것이 많다는 것을 깨닫게
될 테니까요. 그렇지만 표준태 저치는 반드시 권력을 쥐게 될 거요. 그
리고 그 권력을 무자비하게 휘두를 거요. 나뽈레옹처럼 말이오."

나는 그날 밤 쉽게 잠을 이룰 수가 없었다. 자정까지 매일처럼 되풀이
되던 강도 높은 노동을 하지 않은 탓도 있었지만 앞으로의 일에 대한 두
려움이 무겁게 짓누르고 있었기 때문이었다. 철근공들과 전공들의 기가
꺾인 침울하고 나약한 모습들이 떠오르며 어둡고 무거운 불안의 그림자
를 드리웠다.

나는 숙소로 돌아오기 전 인도인들이 능률급제 작업에 대해 어떤 생각
을 하고 있는지 알아보려고 몇번이나 말을 꺼내려다 결국은 포기를 했
다. 인도인들의 생각을 확인하는 것조차 두려웠다. 그리고 그것이 부질
없다는 것을 깨달았다. 회사에서는 얼마든지 그에 대한 대비책을 마련해
두었을 것이다. 란드와 같은 빈민들이 인도에는 줄을 이어 기다리고 있
을 테니 말이다. 빈곤에 대한 자본의 횡포는 국경이 없다는 것을 실감하

며 끝내 입을 다물고 말았던 것이다.

전쟁은 오직 내가 살아야 한다는 단순논리로 적을 죽이기만 하면 그만 이었다. 그러나 살아간다는 것은 전쟁보다 훨씬 더 비정하고 풀기 힘든 매듭과 굴레가 있다는 것을 어렴풋이 알게 되었다. 사람과 사람, 조직과 개인, 빈곤과 자본, 기업과 노동자, 욕망과 절제, 이런 상반된 요소들이 적절히 조화를 이룬다는 것이 참으로 어렵다는 것을.

나는 처음으로 삶의 현장에 있는 내 모습을 보았다. 지금까지의 나는 시간 위에 떠 있는 부초와 같은 존재였다. 베트남에서 총을 들고 전투를 할 때도 마찬가지였다. 나는 한번도 현재라는 시간의 토양 속에 가느다 란 실뿌리조차 내려보지 못했다. 이곳에 와서 지금까지도 그랬다. 나는 오직 혼자였을 뿐, 다른 누구와 함께 있다는 생각을 해보지 못했다.

비록 단순하고 일시적인 것일지라도 내게는 삶의 목표가 없었다. 내가 무얼 하러 이곳까지 왔으며 앞으로 무얼 해야겠다고 막연하게나마 생각 해본 적도 없었다. 어쩌면 나는 이곳에 와서 가장 동물적인 삶에 익숙해 졌는지도 모른다. 무엇인가에 끊임없이 쫓기면서 두려워하던, 그래서 폐 쇄와 발작 다음에 이어지는 심연 같은 무력감 속으로 빠져들었던 악순환 의 고리마저도 끊어져버린 백치의 나날들이었다.

내가 다시 서울로 돌아온 것은 3년이라는 세월이 지나서였다.

나는 그날 새벽 서울역에서 제주도로 가려고 목포행 기차를 탔다. 나 자신에 대해 끝없는 절망을 끌어안고 미친 사람의 뒷모습을 바라보다 문 득 내 유년의 자취를 찾아보고 싶다는 생각이 들어서였다.

제주도로 가는 배가 목포항구에서 멀어져가자 내 삶의 끝자락 그 너머 로 도망치고 있는지도 모른다는 생각이 들었다. 원산에서 미군의 LST 함정을 타고 한겨울의 거친 동해의 파도에 시달리며 제주도에 닿았을 때 부터 내 삶은 기억 속에서 시작되었다. 나는 그 시작 이전의 어느 곳으 로 가고 싶었다. 그랬다. 갈 수만 있다면 나라는 생명체가 배태되기 이 전의 곳으로 가고 싶었다. 오로지 나 자신으로부터 도망치고 싶다는 생각뿐이었다.

추자도를 지나 갈기를 세운 파도가 사납게 뒹굴고 있는 검푸른 바다를 바라보면서 문득 내가 가고자 하는 곳이 어딘가를 깨달았다. 심연과 같은 어두운 바닷속, 죽음이야말로 삶의 끝이 아니라 시작 이전이라는 생각을 하면서 초점이 흐려진 눈으로 바다를 바라보았다. 그토록 두렵던 죽음이 영원한 안식의 세계로 가는 문이라고 막연하게 생각했다. 모든 것을 잊을 수 있다고 생각하니 죽음이 두렵지 않았다.

"불 좀 빌릴쿠다."

막 죽음의 문턱을 넘어서려는 내 뒷덜미를 제주도 사투리의 굵직한 목소리가 움켜잡았다.

"혹시 동국민학교 나오지 않았수꽈?"

그는 담배에 불을 붙이고 나서 내 얼굴을 뚫어져라 쳐다보며 물었다. 죽음의 문턱을 넘어서려던 나는 멍한 상태에서 얼떨결에 고개를 끄덕였다.

"경허믄 인지훈이 아니라마씸?"

나는 이번에도 멍청히 고개를 끄떡일 수밖에 없었다.

"자식, 날 모르커냐? 나 김창수라게."

그는 덥석 내 손을 움켜잡았다.

그와 함께 선실로 들어가 소주를 마시면서 그의 말을 듣고서야 비로소 그를 기억해낼 수 있었다. 그는 목포에서 배에 오를 때부터 줄곧 나를 관심있게 지켜보았노라고 했다.

그와 나는 5학년 때까지 줄곧 한반이었다. 5학년 여름방학 때 그와 나는 또래들 중에서 가장 먼저 서부두 방파제 끝에서 동부두까지 헤엄을 쳐서 갔다 왔다. 목포와 부산을 왕래하는 여객선을 비롯한 화물선들이 정박을 하는 곳이 동부두였고 서부두 방파제 안에는 작은 어선들이 쉬고 있었다. 그때는 우리들 조무래기들에게 서부두와 동부두 사이의 백 미터 남짓한 거리는 아득한 해협이었다. 모험심이 고개를 쳐들기 시작하는 내

또래의 조무래기들은 여름만 되면 그 해협에 도전해보리라는 꿈을 가지고 있었다. 그러나 방파제 안과는 달리 먼 바다에서 밀려오는 파도와 깊이를 알 수 없는 검고 시퍼런 물빛과 수시로 드나드는 커다란 배들이 아이들의 기를 꺾어놓았다.

그해 여름 내내 그와 나는 가슴을 잔뜩 펴고 뻐기고 다녔다. 그래도 누구 하나 비죽거리거나 고까워하지 않았다. 오히려 당연하다고 인정을 해주었다. 5학년짜리로서는 아무도 그 해협을 횡단한 적이 없었기 때문이었다.

그해 여름방학이 끝나자마자 나는 서울로 이사를 갔다.

김창수는 제대를 한 후 바로 표고재배를 시작해서 상당히 큰 규모로 버섯재배를 하고 있었다. 나는 일년 가까이를 한라산 성판악 근처에 있는 그의 표고버섯 재배장에서 지냈다.

산에서의 생활은 내 정신과 육체에 더없이 좋았다. 버섯재배장의 일은 알맞은 피로를 느끼게 할 정도였다. 구멍을 뚫어서 버섯 종균을 심은 참나무둥치를 45도 정도로 서로 어긋나게 세워놓는 따위의 일은 별로 힘들지 않았다. 종균을 심은 자리에 생긴 하얀 반점이 갓을 피워 앙증맞은 버섯모양을 갖추고 자라는 것을 보며 막연하게나마 삶의 의욕을 느낄 수 있었다. 그러나 무엇보다 산생활이 좋은 것은 대부분의 시간을 혼자 지낼 수 있었기 때문이었다.

열흘에 한번 정도 버섯을 따기 위해 여남은 명의 아낙네들이 왔다 가는 것 외에는 거의 혼자 지냈다. 김창수는 재배장의 일을 내게 맡기고 판매에만 전력했다. 게다가 일본으로 수출까지 하려고 쫓아다니다보니 한달에 두어 번 정도 산에 오는 게 고작이었다.

나는 버섯재배장에 지어놓은 조그만 산막에서 지냈다. 통나무로 지은 산막에는 집기라고는 취사용 곤로와 야전침대가 전부였다. 그래도 나는 산생활이 좋았다.

이른 아침에는 자욱한 안개가 숲속을 가득 채우다가도 낮이 되면 햇살이 나뭇가지 사이를 계시의 빛처럼 비추었다. 새들은 이른 아침부터 저녁까지 끊임없이 지저귀며 날아다녔다. 작은 짐승들과 곤충들도 제각기 삶의 터전을 지니고 오로지 사는 일에 충실했다. 작은 풀잎에서부터 울창한 나무들에 이르기까지 생의 향기를 발산하고 있었다. 모든 게 살아서 약동하는 삶의 즐거움이 충만한 숲이었다. 어두운 죽음의 그림자가 도사리고 있던 베트남의 정글과는 모든 게 달랐다.

나는 가끔씩 버섯재배장에서 오백여 미터 아래에 있는 작은 봉우리 위로 올라가 바다를 바라보았다. 한빛깔로 녹아 있는 바다와 하늘은 끝이 없는 무한대의 공간이었다. 시작도 끝도, 형체도 빛깔도, 막힘도 뚫림도 없는 무구의 공간을 바라보면 내 마음도 그렇게 되는 것 같았다.

겨울이 되자 김창수는 제주 시내의 동문통에 방을 하나 구해주었다. 표고버섯 시세가 좋았던데다 일본으로 하는 수출까지 쉽게 되어서 재미를 톡톡히 본 그는 겨울 동안 지낼 수 있는 생활비를 넉넉하게 목돈으로 주었다.

마음 같아서는 동면하는 짐승들처럼 산막에서 겨울을 나고 싶었지만 겨울 내내 눈이 쌓이는 그곳에서 지내기란 여러모로 불가능했다.

겨울은 또다시 나를 무력하게 만들었다. 서울집에서처럼 끝이 없는 어둠속의 무중력상태에서 헤어나지 못하고 무기력하게 지냈다. 먹고 싶으면 먹고 자고 싶으면 자는 게 고작이었다. 어서 빨리 봄이 와서 산으로 돌아가고 싶다는 생각뿐이었다.

봄이 가까웠음을 알리는 영등바람이 심하게 불던 2월 중순이었다. 김창수가 한없이 풀어져 있는 나를 끌다시피 해서 밖으로 나갔다. 칠성통 근처에 있는 식당에서 저녁을 먹으며 소주도 몇병 마셨다. 그리고는 그가 끄는 대로 근처에 있는 다방에 들어갔다.

"예술을 하시는 분인가봐."

내 옆자리에 앉아서 함께 차를 마시던 미스 정이라는 여종업원이 내 옆모습을 보며 말했다. 한달여 동안 면도를 하지 않은 내 몰골 때문인 것 같았다.

"수염 좀 만져봐도 돼요?"

그녀의 당돌함이 불쾌했다. 여자의 천박한 호기심 때문일 거라는 생각이 들어서였다. 마시던 찻잔을 손에 든 채 고개를 돌려 노려보듯이 그녀를 바라보았다.

"어머, 화나셨으면 용서하세요. 다른 뜻이 있어서 한 말은 아니었어요. 수염을 기른 남자분들을 보면 나도 모르게 만져보고 싶다는 생각이 들곤 했어요. 그래서 그랬어요."

그녀의 표정은 진지했고 눈빛은 어떤 열망으로 가득했다. 수염을 만져보고 싶다는 것 이상의 그 무엇이 담겨 있었다.

"마음대로 하시오."

나는 그녀의 눈을 보는 순간 불쾌했던 생각이 지워지고 대신 뜨거운 열기가 번지고 있음을 느꼈다. 그것은 내 몸 어디에서인지도 모르게 고개를 치켜드는 욕정이었다.

말이 떨어지자 그녀는 내 쪽으로 몸을 돌리고는 볼에서 턱까지 쓰다듬었다. 그녀의 손은 부드러웠고 여자의 냄새가 진하게 풍겼다. 그녀와 시선이 마주쳤다. 그녀의 눈에는 열기가 번지고 있었다. 뜨겁게 무엇인가를 갈구하는 욕망이 타오르고 있었다. 입술 사이로 혀끝을 내민 채 잘근잘근 깨물고 있었다.

나는 그날 밤 잠을 잘 수가 없었다. 욕망으로 촉촉이 젖어들던 눈빛과 입술 사이로 내민 혀끝을 잘근잘근 깨물던 모습이 머리에서 떠나지 않았다. 나는 끝내 자위행위를 했다. 그녀의 모습을 머리에서 끌어내어 부둥켜안고서.

다음날 혼자서 그 다방에 갔다. 그리고 다음날도. 그러나 나는 아무 말도 할 수가 없었다.

사흘째 되던 날, 그녀가 일을 끝낸 후에 함께 술을 마시자고 했다.

그날 밤, 그녀와 함께 잤다. 그녀는 뜨거운 몸과 섬세하고 부드러운

손을 지닌 여자였다. 3월 중순이 될 때까지 한달 가까이를 매일이다시피
그녀와 함께 밤을 지냈다.

　나는 다시 산으로 올라갔다. 밤이 되면 그녀 생각이 나서 뒤척이며 잠
을 이루지 못했다.

　숲속이 완연한 녹색으로 물든 4월 중순이었다. 나는 믿기지 않는 광경
때문에 소스라치게 놀랐다. 참나무등치에다 드릴로 종균을 심을 구멍을
뚫고 있는 내 앞에 그녀가 서 있는 것이었다. 그녀 뒤로 김창수가 빙긋
이 웃고 서 있었다.

　그녀는 그날부터 산에서 나와 함께 지냈다. 틈만 나면 내 수염을 쓰다
듬었고 낮도 밤도 없이 욕망의 불을 지펴댔다.

　봄이 가고 여름이 왔다. 사흘째 장마비가 추적추적 내리던 날이었다.
산막 안에 눅눅히 배어 있는 누기를 말리기 위해 바닥에 피워놓은 모닥
불을 나뭇가지로 뒤척이던 그녀가 불쑥 "언제까지 산에서 지낼 거예
요?" 하고 물었다.

　나는 그녀와 함께 지내면서도 앞으로의 일을 구체적으로 생각해본 적
이 없었다. 내가 무작정 서울을 떠나서 이곳에까지 온 것처럼 앞으로의
일에 대해서도 작정이 없었다. 다만 산생활이 좋아서 있을 뿐이고 그녀
가 함께 있다는 것 역시 좋다는 것 이외의 생각은 하고 싶지가 않았다.
가끔씩은 앞으로 어떻게 할까 하는 생각을 해보기도 했었다. 그러나 내
앞날에는 끝없는 어둠과 무중력상태의 무기력함만이 펼쳐져 있을 것 같
았다.

　"우리 그만 산에서 내려가면 안될까?"

　그녀는 퍽 조심스럽게 말했다.

　나는 산을 내려가는 게 싫었다. 아니, 두려웠다. 나는 지난 겨울 석
달을 제외하고 열 달 가까이를 산에서 지냈다. 산에서 지내는 동안 시간
에 대한 개념뿐만 아니라 나 자신마저도 잊고 지냈다. 나는 이른 아침부
터 지저귀며 날아다니는 새들과 작은 짐승들과 곤충들과 함께 숲속의 한

식구로 살았다. 그녀가 산속에 들어와서 함께 지내면서부터 그러한 평온
이 흐트러지곤 했다. 늘 가까이 있는 그녀를 통해서 내가 의식되었기 때
문이었다.

그러나 그녀에게는 내 육체와 정신을 깊이 흡인하는 관능이 있었다.
그녀는 나를 죽음처럼 함몰시켰고 또다시 왕성한 생명력을 불어넣어 소
생시켰다.

나는 그녀를 잃게 되리라는 두려움을 느꼈다. 산을 내려가는 게 두려
웠기 때문이었다.

그녀는 장마가 끝나기 전에 산을 내려갔다. 그녀가 산에서 내려가자
그녀가 오기 이전에 누렸던 평온은 산산이 부서지고 말았다. 나는 이제
새들과 작은 짐승들과 곤충들과 숲속에서 함께 사는 식구가 아니었다.
나는 욕정에 목마른 인간이자 수컷이었다. 그녀의 환영이 보였고 산막
안에 가득 배어 있는 그녀의 체취와 정액냄새까지도 나를 괴롭혔다. 나
는 자주 짐승처럼 울부짖었고 나무둥치에 머리를 짓찧었다. 그래도 내
몸을 불사르는 욕정의 불길은 꺼지지 않았다. 나는 또다시 끝모를 어둠
과 무중력상태의 무력함 속으로 빠져들어갔다. 숲은 이제 살아 약동하는
삶의 즐거움이 충만한 곳이 아니었다. 숲의 그늘 속에는 허무와 죽음이
도사리고 있는 것 같았고 밤의 어둠과 정적에서 영원히 헤어나지 못할
것 같았다.

산 아래 초원지대에 억새꽃이 하얗게 피어나던 초가을이었다. 김창수
가 나를 트럭에 싣고 서귀포로 갔다. 그는 천제연으로 가는 길목에 있는
어느 다방으로 나를 데리고 들어갔다. 거의 비어 있다시피 한 다방의 구
석진 자리에서 그녀는 어떤 남자의 무성한 수염을 쓰다듬고 있었다.

그녀는 우리를 알아보고 다가오며 "웬일이세요" 하고 말했다. 처음 나
를 바라보았을 때의 욕망으로 촉촉이 젖어들었던 눈에는 싸늘한 무관심
이 서려 있었다.

나는 선 자리에서 아무 말 없이 다방을 나왔다.

나는 친구의 만류를 뿌리치고 다음날 오후 배를 타고 부산으로 갔다.

이튿날 아침 부산 여객선터미널에 내린 나는 기억을 더듬어 3부두 쪽으로 갔다.

내 머릿속에는 부두를 가득 메운 환영인파가 흔들던 태극기가 물결쳤다. 베트남에서 살아 돌아온 병사들의 열기와 그들을 맞이하는 가족들의 감격이 어우러져서 감동적인 축제가 벌어졌던 3부두.

아, 그때 나는 수많은 환영인파가 지켜보는 환영식장에서 아리따운 아가씨가 걸어주는 화환을 목에 걸고 열렬한 환호를 받던 영웅이었다.

나는 철망가에 서서 그때를 회상했다.

그날 나는 수많은 환영인파의 시선 앞에서 두려움에 떨며 가슴을 졸여야만 했다. 내가 받아야 하는 것은 열렬한 환영이 아니라 준엄한 심판이라는 것을 뼈저리게 마음속에 새겨야만 했다.

내가 머리를 세차게 흔들며 몸을 돌렸을 때 여남은 명의 노동자들이 내가 서 있는 부두의 출입문 쪽으로 다가왔다. 한 사내가 내 행색을 유심히 보더니 "당신 혹시 일자리를 찾고 있소?" 하고 물었다. 내 행색이 영락없이 일자리를 찾고 있는 실업자로 보였던 모양이었다. 행색이 그렇지 않다손 치더라도 기실 나는 일자리가 필요했다.

나는 갑자기 교통사고를 당한 한 노동자를 대신해서 바로 일터로 갔다. 그들은 부두에서 하역을 하는 노동자들이었다. 나는 그날부터 우연히 부두노동자가 되었다. 하역작업은 부두에 접안해 있는 배에서만 하는 게 아니라 외항에 있는 본선에 올라가 바지선에다 화물을 옮겨싣는 일도 했다. 내가 속한 반은 주로 잡화와 고철, 그리고 곡물 따위를 부리는 일을 했다. 바닥이 아득하게 깊고 넓이가 엄청난 배의 창고에 가득 찬 화물을 전부 부릴 때까지 밤이고 낮이고 계속해서 일을 해야만 했다. 만톤이 넘는 배에는 서너 개 반이 한꺼번에 투입되어도 꼬박 이틀 이상 걸렸다. '목고'라는 커다란 그물에다 엄청난 양의 별의별 잡화를 옮기다 보면 허리가 끊어지고 팔다리가 마비되는 것 같았다. 때로는 4층건물 높이만

큼 깊은데다 폭이 20여 미터, 길이가 80여 미터나 되는 엄청나게 큰 창
고 안에 가득한 밀을 두꺼운 마대로 만든 목고에다 꼬박 사흘 밤낮을 삽
질해서 퍼담은 적도 있었다. 엄청난 체력과 인내가 요구되는 노동이었던
만큼 다른 노동자들에 비해서 수입이 상당히 좋은 편이었다. 일을 한번
끝내고는 2, 3일 정도 쉬기도 했었지만 때로는 바로 다른 본선으로 옮겨
가서 일을 계속하는 경우도 있었다.

나는 반장의 주선으로 일이 없는 날이면 여객선터미널 근처에 있는 부
두근로자 합숙소에서 지냈다. 그곳에는 나 같은 애송이를 비롯해서 30년
이 넘게 부두에서 노동을 하며 지낸 이도 있었다. 부두노동이 34년째라
고 하는 장노인은 등이 활처럼 굽은데다 목뼈 아랫부분에 큰 전복이 붙
어 있는 것처럼 굳은살이 박혀 있었다. 장노인은 부두에서도 몇 안 되는
노련한 목도꾼이었다.

한번은 장노인이 2부두에서 바지선에 실려 있는 원면뭉치를 목도를 해
서 부리는 것을 보았다. 마침 썰물 때여서 부두의 안벽보다 바지선이 4,
5미터나 낮았다. 바지선과 안벽 사이에는 폭이 30센티미터 정도의 굵고
긴 판자가 45도 가량 경사를 이루고 걸쳐져 있었다. 솜을 돌덩이처럼 압
축해놓은 큰 궤짝만한 원면뭉치는 하나가 정확히 5백 킬로그램이었다.
비슷한 연배의 노인과 짝을 이루어 휘청거리는 좁은 판자를 밟으며 목도
를 해서 옮기고 있는 장노인은 노인이 아니라 철인이었다.

항구를 드나드는 커다란 배의 창고 안에서 노동자들은 개미처럼 일을
했다. 수만톤이나 되는 쇳덩이가 물에 떠서 대양을 가로질러 가게 하는
기술은 발달되었지만 정작 화물을 신속하면서도 힘 안 들이고 싣고 부리
는 기술은 그에 따르지 못했다. 간간이 컨테이너선이 눈에 띄긴 했어도
노동자들의 땀이 동력이 되어 선적을 하고 하역을 해야만 하는 배가 대
부분이었다.

바닷바람이 매섭게 살속을 파고드는 1월 하순이었다. 외항에 떠 있는
1만3천톤짜리 배의 창고에서 이틀 밤낮을 삽질해서 밀을 부리고 손가락

하나 까딱할 힘조차 없을 정도로 탈진한 채 부두로 돌아오기 위해 바지
선을 탔다. 보름이 며칠 안 남은 둥근 달조차 그날따라 얼음덩어리처럼
차갑게 보였다. 추위와 졸음과 피로에 짓눌린 채 밀이 반쯤 실린 바지선
가장자리에 웅크리고 기대어 있던 나는 어떤 경이로움에 눈이 번쩍 뜨였
다.

바지선 판자 틈새로 연초록의 연약한 싹들이 줄을 이어 돋아 있었다.
판자 틈새에 끼여 있는 밀에서 돋아난 싹이었다. 판자 틈새엔 먼지밖에
없었는데도 그것을 토양삼아 움을 틔운 놀라운 생명력이었다. 그것은 어
쩌면 수많은 부두노동자들의 끈질기면서도 모진 생명력과도 같았다.

내가 부두노동자 생활을 그만둔 것은 어떤 알 수 없는 수수께끼로 남
아 있다.

그날 하역을 한 것은 카본부대였다. 외항에 있는 천톤짜리 배에 오전
11시경 올라가서 다음날 오후 6시 무렵에 작업이 끝났다.

비록 부대에 담겨 있긴 해도 부대 주둥이를 박은 실밥 사이로 미세한
카본가루가 비어져나와 자욱하게 날아다녔다. 작업이 시작된 지 30분도
채 안 되어서 뱉어내는 침은 석탄조각처럼 새까만 덩어리였다.

그날은 도저히 작업복을 갈아입을 수가 없었다. 대부분의 노동자들처
럼 나도 두꺼운 국방색 천으로 된 작은 군용가방에다 갈아입을 옷을 넣
고 다녔다.

그날 내 가방은 이상하게도 평소보다 무거웠다. 바지선에 옮겨타기 전
에 가방을 풀어보려고 하자 반장이 내 어깨를 치며 빨리 타라고 재촉을
했다. 반장의 얼굴은 알 수 없는 긴장으로 굳어 있었다. 바지선에 옮겨
타서도 반장은 내 곁에 바싹 붙어서서 평소 하지 않던 말을 계속해서 했
다.

부두에 내린 우리들의 몰골을 본, 초소에 상주하는 세관원은 검색도
하지 않고 우리를 통과시켰다. 우리들이 조금만 움직여도 카본가루가 풀
풀 날렸고 우리들의 피부는 아프리카 순종 검둥이들보다 더 검었다.

웬일인지 반장은 동료들과 헤어져서 합숙소로 돌아오는 나와 동행을 했다. 합숙소가 가까워진 골목에서 반장은 느닷없이 내 가방을 달라고 했다. 영문을 몰라 어리둥절해 있는 내게서 가방을 빼앗듯이 해서는 "합숙소에서 기다리고 있어" 하는 말을 남기고 급히 사라졌다.

두어 시간 후에 합숙소로 온 반장은 나를 눈짓으로 불러냈다. 그는 내게 지폐 두 다발을 쥐어주면서 바로 이곳을 떠나라고 했다. 그의 표정과 말투는 위협적이었다. 나는 그 길로 부두를 떠났다.

부산항에서의 힘든 부두노동자 생활은 내게 또다른 평온을 갖게 했다. 호된 노동에 시달리고 나면 오직 죽음과 같은 휴식이 필요할 뿐이었다. 아무것도 생각나는 게 없었고 생각할 겨를조차 없었다. 그저 내가 살아있다는 것이 전부였다. 가끔씩 마시는 술은 더더욱 나를 단순하게 해주는 좋은 약이었고 명성 높은 완월동의 창녀촌은 내 육체와 정신을 던지기에 더없이 좋은 곳이었다.

그후 반년 가까이를 몇군데의 막노동판을 전전하며 보냈다. 내가 할 수 있는 일은 막노동이 전부였고 또 그것이 편했다. 나는 내 자신으로부터 도망치기 위해서도 무엇인가를 하지 않으면 안되었다.

내가 다시 집으로 돌아왔을 때 어머니는 몸져누워 계셨다. 정신이 온전치 못한 내가 필시 어디에선가 객사를 했으리라 단정을 하고 화병을 얻은 것이었다.

형은 나를 대하자마자 무섭게 얼굴을 일그러뜨리며 금방이라도 주먹을 날릴 듯한 기세로 노려보았다.

"뭣하러 왔어?"

나는 처음으로 형 앞에서 노골적인 적의를 드러내고 맞섰다. 오랜 세월 동안 짓눌림을 당해왔던 응어리가 울컥 솟구쳐오르며 금세라도 폭발할 것만 같았다. 형수가 형과 나 사이를 가로막으며 "그동안 삼촌을 찾느라고 하도 애를 써서 그래요. 어머님께서 몸져누우신 것만 보아도 짐작할 수 있으실 거예요" 하며 나를 돌려세웠다.

내가 집에 온 지 석 달이 안 되어서 어머니가 돌아가셨다. 어머니의 죽음은 내게 크나큰 충격과 함께 헤어날 수 없는 슬픔을 안겨주었다. 내가 집으로 돌아온 것은 어머니가 보고 싶다는 단 한가지 이유 때문이었다. 나는 또다시 헤어날 수 없는 어둠과 무기력 속으로 빠져들어갔다.

얼마 후, 나는 기어이 죽음을 택했다.

살짝 건드리기만 해도 굵은 빗줄기를 쏟아부을 듯이 검고 무거운 구름이 잔뜩 드리워져 있던 초여름이었다.

도시는 어떤 정적 속에 잠겨 있었고 모든 움직임은 정지되어버린 것 같았다.

내가 초저녁부터 앉아 있던 변두리의 술집엔 삶에 지친 노동자들이 속이 빈 육신을 채우기 위해 술을 마시고 있었다.

꽤 늦은 시각에 술집을 나섰는데도 무겁게 내려앉은 하늘은 용케도 비를 참고 있었다. 나는 불이 환하게 켜진 약방 앞에서 나도 모르게 멈추어섰다. 지팡이에 간신히 의지한 채 쇳소리가 나는 기침을 해대며 한 노인이 약방에서 나왔다.

내가 멈추어선 것은 노인의 쇠잔한 육신에 드리워진 죽음의 그림자를 보았기 때문이었다. 나는 문득 죽음의 한 방법을 생각했다. 최초의 그 약방에서 두 알의 수면제를 샀다. 비록 술은 먹었지만 말씨와 행동을 최대한으로 가다듬어서. 그렇게 열 군데의 약방을 거치면서 스무 알의 수면제를 사모았다. 비장한 각오를 했다거나 또는 비감한 생각 따윈 별로 들지 않았다. 마치 가벼운 두통이나 감기증세 때문에 아스피린을 사듯 나는 죽음을 준비하기 위해 수면제를 샀을 뿐이었다.

그리고는 소주를 한병 샀다.

도저히 참을 수가 없었던지 하늘이 세찬 빗줄기를 쏟아붓기 시작했다. 나는 빗속을 걸어가며 정확히 다섯 알씩 입안에 털어넣고는 술병을 거꾸로 들고 마셔 그것을 삼켰다. 나의 행동은 치밀하게 계획되어서 예행연습이라도 한 것마냥 침착하면서도 연속적으로 진행되었다.

스무 알의 수면제를 모두 삼키고 났을 때는 술도 거의 바닥이 났다.

빗줄기가 더욱 거세졌다. 나는 무작정 걸었다. 거세진 빗줄기가 시야를 흐리게 했다. 그러나 이상하리만치 내 의식은 맑아졌다. 수막을 이루는 아스팔트 위로 내려꽂히는 빗줄기의 수효를 셀 수 있을 것 같았다.

나는 내 삶의 끝을 향해 걸어갔다. 아직도 한참은 더 살 수 있는 내 젊음이 아깝다는 생각은 전혀 없었다. 그렇다고 왜 이런 식으로 내 삶을 마감해야만 할까 하는 의문마저도 없었다. 내 삶의 끝, 죽음을 향해 한걸음 한걸음 다가가고 있다는 사실 때문에 오히려 편안해질 수가 있었다.

내가 빗속을 걸어가다가 쓰러져서 의식을 잃은 것은 마치 잠자리에서 잠이 든 것과 같았다.

내가 의식을 차리고 눈을 뜬 것은 뜻밖에도 다음날 이른 아침 파출소의 숙직실에서였다.

"젊은 사람이 웬 술을 그리 정신을 잃도록 마셨나? 빗물에 씻겨서 그렇지 얼마나 토했는지 옷이 엉망이었네. 젖은 옷을 입은 채로 그대로 두면 한기가 들 것 같아서 옷을 벗겨두었지. 자넨 그나마 고분고분해서 우리 속을 덜 썩였으니 망정이지 주정이라도 부렸으면 대기용 의자에서 벌벌 떨다 즉심으로 넘어갔을 걸세. 허긴 주정을 부릴 만한 정신도 없었으니까."

늙수그레한 방범대원이 나를 내려다보며 타이르듯이 말했다. 아마 매일 밤 뒤치다꺼리를 해주어야만 하는 취객들 중의 하나쯤으로 여겼던 모양이었다.

나는 갈퀴로 긁어대듯 쓰리고 아픈 속과 정으로 쪼는 것 같은 두통을 참으며 지난밤의 일을 정리해보았다. 간밤에 나는 분명 치사량이 훨씬 넘는 수면제를 삼켰다. 그런데도 이렇게 멀쩡히 살아 있다니. 방범대원의 말에 의하면 속에 든 것을 죄다 토했다는데 그때 스무 알의 수면제도 함께 토해냈단 말인가.

왜 생각과 장기는 따로 활동하는 걸까. 나는 분명히 의식을 잃고 쓰러졌는데 장기는 내 의사와는 상관없이 멋대로 움직였단 말인가. 아무튼 나는 내 삶을 확실히 마감할 수 있었는데 뜻하지 않은 위장의 반란으로 그르치고 말았다.

9

살인영수증

무서운 저돌성이었다. 1미터 남짓한 무쇠벽과 무쇠벽 사이의 공간은 이제 막 밸브를 잠근 140도나 되는 스팀의 열기가 그대로 남아 있었다. 그 공간 속으로 묵직한 공구를 들고 뛰어든 탈형공들은 각기 정해진 위치로 들어가 일사불란하게 몰드를 해체하기 시작했다.

팔뚝만한 스패너로 주먹 굵기의 볼트를 풀기 위해 온몸의 힘을 스패너를 잡은 두 손에 모으고 있는 김태환의 목덜미와 이마에 지렁이 같은 힘줄이 불끈 돋았다. 그의 얼굴은 이미 물을 뒤집어쓰기라도 한 것처럼 땀으로 범벅이 되었다. 몰드 가운데에 있는 창틀을 해체하려고 한 손으로 창틀 모서리를 잡고 서서 덤버클볼트의 구멍에 굵은 쇠막대기를 끼워서 돌리고 있는 강철규 역시 마찬가지였다. 그의 작업복은 이미 땀으로 흥건하게 젖었고 땀으로 번들거리는 얼굴이 벌겋게 익었다. 다른 노동자들도 마찬가지였다. 그들의 몸에서는 살인적인 열기로부터 살갗을 보호하기 위해 연방 땀을 밖으로 내보내고 있었지만 그것도 잠시뿐이었다. 일을 시작한 지 10분 남짓 되자 땀으로 젖었던 작업복이 마르면서 하얗게 소금버캐가 피기 시작했다.

나는 이러한 광경을 바라보고 있는 동안 무섭다는 생각이 들었다. 정신력이 때로는 체력을 앞설 수 있다손 치더라도 그것은 극한상황에 처해진 짧은 시간에 해당되는 경우일 것이다. 50도가 넘는 불볕을 내리쬐는 불덩어리와 같은 태양을 등에 지고 무서운 열기를 내뿜는 거대한 무쇠벽이 앞뒤를 가로막고 있는 1미터 남짓한 공간 속에서 해야 하는 격렬한 노동을 무슨 힘으로 매일처럼 되풀이한단 말인가. 그러나 그들은 스스로 자청하다시피 해서 이 일을 시작한 것이다. 단지 돈을 더 벌 수 있다는 사실 하나 때문에.

몰드 해체를 끝낸 탈형조원들이 몰드 밖으로 나와서 양쪽으로 도열하듯 섰다. 그들 사이에는 생산과장과 정일만 대리도 있었다. 능률급제 작업을 시작하면서 스팀을 120도에서 140도로 높여서 두 시간 가까이나 양생시간을 단축시켜 들어내는 패널이 과연 제대로 굳었는지가 궁금해서였다.

오버헤드크레인의 걸쇠에 걸린 규격이 가장 큰 TW 25번 패널이 해체된 몰드로부터 조금씩 들리어졌다. 몰드에 밀착되어 있는 면이 조금씩 틈새가 벌어지면서 들리자 새로운 열기와 함께 김이 자욱하게 퍼져나왔다. 단내와 함께 얼굴을 덮쳐오는 그것은 김이라기보다는 차라리 화염이었다.

드디어 패널이 몰드에서 완전히 떨어져나와 허공에 매달렸다. 무게가 5톤 가까이나 되었지만 두께는 고작해야 20센티밖에 안 되는 얇고 거대한 패널이 불과 네 시간 만에 딱딱하게 굳어서 크레인에 매달려 운반되었다. 패널 속에 바둑판 눈금처럼 조밀하게 설치된 철근이 뼈대 구실을 하고 있긴 하지만 물이 질척한 콘크리트가 미세한 균열조차 생기지 않을 정도로 굳어진 것이다.

몰드 양쪽에 서 있던 모두들은 흡족한 표정이었다. 생산과장과 정일만 대리는 그들이 의도했던 일이 순조롭게 시작된 데 대해 만족한 미소를 머금고 자리를 떠났다. 탈형조원들은 이번 일의 선두주자로서 다른 노동자들에게 가능성을 제시해주었다는 데 대해 자부심을 느끼고 있는 것 같았다. 특히 크레인에 매달려 운반되는 패널을 바라보는 표준태의 얼굴에는 남다른 자신감과 만족감이 가득 차 있었다.

나는 패널이 들리어나간 몰드 사이로 인도인들을 몰아넣기 시작했다. 인도인들은 이미 자신들이 해야 할 일이 무엇인지를 알고 있었고 또 그 일을 하기 위해서 움직였다. 그런데도 그들을 다그치는 나의 행동과 말투에는 격정에 사로잡힌 듯한 분노가 담겨 있었다.

인도인들은 나의 행동에 대해 조금은 의아해하면서도 익숙하게 길들여진 대로 각자의 위치로 가서 일을 시작했다.

인도인들의 몸놀림에는 지금까지 볼 수 없었던 활기가 있었다. 분명 그들은 오늘부터 그들의 품삯이 절반이나 더 늘어난다는 것 때문에 기쁨을 감추지 못하고 있는 것 같았다. 살가죽을 태울 듯한 열기가 앞뒤의 무쇠벽에서 뿜어나오고 있는데도 행동에는 마치 콧노래라도 부르는 듯 생기가 있었다. 카심이 죽은 이후, 악마의 주술에 걸린 물건인 양 한사코 가까이하기를 꺼리던 사다리 위로 잘 익은 과일을 따러 올라가듯 거리낌없이 올라가서 일을 했다.

휴일인 금요일 하루를 쉬고 토요일인 오늘 아침에 작업장에 나가자 정대리가 조장들을 현장사무실로 불렀다.

"오늘부터 능률급제 작업이 시작될 거요."

나를 포함한 다섯 명의 조장들은 별로 새삼스러울 것도 없는 그 말에 담담한 낯빛으로 모두 입을 다물고 정대리를 바라보았다.

"생산단가는 어떻게 됩니까?"

말문을 연 것은 표준태였다. 그러나 당연한 질문을 하고 있는데도 그의 말투는 비굴할 정도로 기가 꺾여 있었다.

"생산단가는 생산과에서 뽑고 있는데 아직 결정이 안되었소. 시급에 따라 차이가 있을 테지만 현재의 수입에서 오십 프로 정도가 더 늘어난다고 생각하면 될 거요. 생산단가가 결정되는 대로 알려주겠소."

나는 정일만 대리의 말을 들으면서 강찬식씨를 생각했다. 강찬식씨가 그토록 우려하면서 반대를 했던 까닭이 이제 손에 잡힐 듯이 드러나고 있었기 때문이었다. 능률급제 작업, 이것은 노동자가 일을 한 만큼 보수를 받는 도급제를 말만 바꾼 것에 불과했다. 그렇다면 노동자와 회사 사이에 먼저 어떤 합의점이 분명 이루어져야만 했다. 패널을 한장 생산하는 값을 회사와 노동자가 함께 검토를 해서 결정하는 게 당연한 일이었다. 그런데 지금 가장 중요한 절차를 쏙 빼버리고 일방적으로 통고만 하고 있는 것이다. 오래전부터 능률급제 작업을 하기 위한 준비를 해왔으면서도 정작 가장 중요한 생산단가를 정하지 못했다는 것은 회사의 횡포 이상의 다른 의미가 없었다. 막연하게 현재 수입에서 절반 정도를 더 벌수 있다니. 그 말조차도 신빙성이 없었다. 정일만 대리가 회사를 대표해서 공식적으로 한 말이 아니기 때문이었다.

지난번 표준태가 내게 말한 식으로 일을 한다면 모든 노동자들은 땀을 50프로의 몇배를 더 쏟아야만 할 것이다. 인원이 늘어났다 해도 전체 인원의 5분의 1도 안 되는데 몰드는 배로 늘었다. 표준태의 말대로 몰드를 하루에 삼회전을 가동시킨다면 새로 설치한 몰드를 포함해서 생산량은 종전의 두 배로 느는 것이 분명하다. 그런데 지금 애매하게 제시한 능률급은 겨우 늘어난 생산량의 4분의 1이라니.

"능률급제 작업을 꼭 해야만 되나요? 능률급제 작업을 한다 해도 모든 과정을 인력에 의존하는 게 아니기 때문에 한계가 있을 텐데요."

나의 말 역시 무기력하고 비굴했다. 지금 벌어지고 있는 정황으로 보아 얼마든지 신랄하면서도 분명하게 부당함을 따져야 마땅한데도.

나는 능률급제 작업이 풍문으로 나돌 때부터 지금까지 이 일의 부당함을 속속들이 알고 있었다. 그런데도 이처럼 무기력하고 비굴한 말밖에 할 수가 없는 것은 지금까지의 일들이 내 마음속에서 분노로 타오르지 못하고 그냥 사실로서만 인식되었기 때문이었다.

"능률급제 작업은 회사의 방침이오. 하루 이회전하는 몰드의 가동 횟수를 삼회전으로 늘릴 수가 있소. 그 방법을 표준태씨가 설명해줄 거요."

정일만 대리의 말은 단호하면서도 위협적이었다. 그는 말을 끝내고는 현장사무실에서 나가버렸다.

그가 나가고 난 후에도 '능률급제 작업은 회사의 방침이오'라는 말이 좁은 현장사무실에 그대로 남아 있었다.

"회사의 방침이라고 하니 도리가 없잖소. 인디아맨들이나 잘 설득해서 우리 한번 해봅시다. 작업방법은 전에 내가 말한 대로요."

표준태가 좀은 계면쩍은 낯빛으로 말했다.

"이건 뭐가 잘못돼도 한참 잘못된 거요. 도대체 절 모르고 시주하는 격이지, 생산단가도 안 정하고 무슨 능률급제 작업을 한단 말이오. 정하고 싶으면 당신이 인도인들한테 가서 설득을 해보시오. 나는 도저히 못하겠소."

정일만 대리 앞에서는 그토록 무기력하고 비굴하던 내가 지금은 왜 이렇게 강경해졌을까. 물론 능률급제 작업을 앞장서서 지지해온 표준태의 소행이 밉기도 했지만 더 근원적인 것은 나의 비굴함 탓이리라. 정일만 대리와 표준태의 신분이 다르다는 사실 하나 때문에 나는 이처럼 뱃심 좋게 지껄이고 있는 것이다.

"씨팔, 끝까지 이렇게 나올 거야? 회사의 방침이 서 있다는데 자꾸 삐딱하게 굴다간 좋은 꼴 못 볼걸."

표준태의 인상이 단번에 험악해지며 말투가 거칠어졌다. 표준태의 뒤에서 회사의 방침이 떠억 버티고 서서 나를 노려보았다. 나는 감히 그 앞에서 버틸 수가 없었다.

현장사무실을 나서니 길관수가 B몰드 옆에 세워진 패널에 기대어서서 나를 빤히 쳐다보았다. 선글라스를 끼고 있긴 하지만 시선은 분명 내게 꽂히고 있었다. 나는 그의 시선이 거북하다 못해 짜증스럽기까지 했다. 그에게 감시를 당하고 있는 기분이었다.

애써 그의 시선을 외면한 채 A몰드 왼쪽에 모여 있는 인도인들에게로 걸어갔다. 인도인들에게 무슨 말을 해야 할지 조금은 망설여졌다. 단순한 전달자의 입장에서 전달을 해야 할지, 아니면 설득이라도 해야 할지

망설이면서도 제발 인도인들이 능률급제 작업을 거부해주었으면 하고 바
랐다.

그러나 나를 바라보는 인도인들의 눈빛은 한결같이 무엇인가를 기대하
고 있었다. 인도인들 역시 능률급제 작업에 대해서 알고 있는 것 같았
다. 소문은 언어의 울타리를 바람처럼 자유롭게 넘나드는 모양이었다.
더구나 조장들이 모두 현장사무실로 불려간 것이 무엇 때문인지도 이미
알고 있는 눈치였다.

나는 입안에 쓴침이 고이면서 속이 뒤틀렸다. 나는 은연중에 이들에게
한가닥 기대를 걸고 있었다. 길관수가 내게 뛰어난 노예감독이 되어 더
욱 무자비하게 채찍을 휘두를 것이라고 힐난을 할 때도 사실 마음 한구
석에 믿는 데가 있었다.

나는 단순한 전달자의 입장에서 조금 전 현장사무실에서 있었던 일을
전했다. 현재 받고 있는 금액의 절반을 더 받을 수 있다는 말을 들은 란
드는 놀란 나머지 입을 다물지 못했다. 짙은 눈썹 아래서 깜박이고 있는
그의 눈은 기쁨으로 빛났고 주름진 그의 얼굴에는 만족한 미소가 물결처
럼 번졌다.

그는 영어를 잘 알아듣지 못하는 동료들에게 들뜬 목소리로 빠르게 설
명을 해주었다. 나머지 인도인들 역시 란드와 다를 바가 없었다.

나는 인도인들에게 다그치기라도 하듯 다시 사다리 위에 올라가서 일
을 할 수 있느냐고 물었다. 인도인들은 망설임없이 "오케 오케" 하고 입
을 모아 대답했다.

나는 더이상 할 말이 없었다. 문득 흡족한 표정을 짓고 있는 표준태의
얼굴이 떠올랐다. 나는 인도인들에게서 까닭 모를 배신감을 느꼈다.

나는 능률급제 작업을 시작할 경우 인도인들이 겪어야 할 힘겨움을 진
심으로 염려했던 것은 아니다. 다만 표준태를 위시해서 눈앞의 이익만을
생각하는 사람들이 획책하고 있는 음모를 인도인들의 거부로 저지할 수
있게 되기를 바랄 뿐이었다. 나의 기대가 무너지고 있음으로 해서 느끼

는 실망이 배신감으로 바뀌었다.

나는 속으로, 지금은 너희들이 돈 몇푼 더 벌 수 있다고 들떠 있지만 정작 일을 시작했을 때 과연 견뎌낼 수 있을지 어디 두고 보자, 하고 길관수의 말대로 정말로 악랄한 노예감독이 되어서 본때를 보여주리라고 벼르면서 돌아서려다 쿠레시와 시선이 마주쳤다.

그는 동료들로부터 몇걸음 떨어진 곳에 서서 줄곧 나를 바라보고 있었던 것 같았다. 그의 눈빛은 변함없이 깊고 그윽했으며 마음까지도 꿰뚫어보는 듯한 힘을 지니고 있었다. 강렬하지도, 고집스럽지도, 그렇다고 호기심에 차 있지도 않은 그의 시선은 언제나 현상 속의 본질을 바라보고 있는 듯했다. 그가 여느 인도인들과 다른 점이 있다면 바로 그의 눈빛이었다. 아무 말도 하지 않으면서도 많은 말을 하고 있는 듯한 그의 시선이 뒤틀려 있는 나의 마음을 꿰뚫어보고 있는 것 같았다.

나는 그의 시선에 쫓기듯 서둘러 발걸음을 옮겼다.

배터리몰드 작업장에는 살기마저 느낄 정도로 팽팽한 긴장감이 감돌았다.

일흔두 명의 사내들이 체력과 의지의 한계를 넘어서 몸놀림 하나하나에 초인적인 힘을 쏟고 있었다. 비록 탐욕 때문이긴 하지만 그들의 행동은 장렬한 투쟁이었으며 사막에 뿌리를 내리고 있는 풀포기처럼 강인한 아름다움마저 지니고 있었다. 사막은 이 일단의 인간들이 벌이는 처절한 투쟁을 완만한 구릉들과 황금빛 모래로 감싸주고 있는 것 같지만 기실 더욱더 가혹하게 생존력과 투쟁을 요구하고 있었다.

오전과 오후에 한차례씩 어김없이 패널의 상태를 점검하러 오는 영국인 검사관은 맹렬한 저돌성으로 노동을 하는 우리들을 보고 놀랍다는 표정을 지은 채 바라보았다. 검사관은 능률급제 작업이 시작되기 전보다 더욱 꼼꼼하게 패널을 점검하고 손바닥으로 표면을 쓸어보기까지 했다.

그는 오전 내내 현장을 떠나지 않고 몰드에 콘크리트를 부어서 패널이 완성되어 나오기까지의 모든 과정을 지켜보았다. 이 분야의 전문가인 그

로서는 이 일련의 일들이 도저히 납득이 안되는 모양이었다. 금발의 곱
슬머리에 얼굴색이 붉고 코가 뭉툭한데다 목까지 어깨에 붙을 정도로 짧
아서 완고해 보이는 그는 패널을 들어내자마자 최후저지선을 돌파하기
위해 돌격을 하는 전사들처럼 몰드 사이로 거침없이 돌진해 들어가는 인
도인들을 바라보았다. 웬만해서는 감정을 드러내 보이지 않을 것 같은
그는 푸른 눈을 크게 뜬 채 입을 벌리고 탄성이라도 지를 듯한 표정을
지었다. 과거 3세기 반에 걸쳐 영국이 인도를 지배했지만 이처럼 완벽하
게 인도인들을 장악하지는 못했을 것이라는 데서 비롯된 놀라움인지도
몰랐다.

영국인 검사관은 패널의 좁은 세로면에다 페인트로 모델번호를 쓰고
있는 길관수에게 다가가 갑자기 변해버린 작업방법에 대해 물었다. 그는
평소 길관수와는 가벼운 농담을 주고받기도 했던 터라 이 작업장에서 그
와 가장 낯이 익었다.

길관수는 씩 웃으며 머리통 하나쯤은 더 키가 큰 그를 올려다보며 말
했다.

"야만적인 환경에서는 더욱 야만적이지 않고는 배겨날 수가 없기 때문
이오."

길관수의 말은 분명 자조적이었다.

영국인 검사관은 털이 부숭부숭 돋은 손을 들어 길관수의 어깨를 가볍
게 툭 치고는 두 팔을 벌려 어깨를 으쓱해 보이고 자리를 떠났다. 적어
도 그는 이 광기어린 곳에서 일어나는 일들을 유일한 객관자의 시선으로
보았을 것이다. 외부와는 완전히 차단된 사막에 자리잡은 수용소와 다름
없는 이곳에서 행해지고 있는 극한적인 투쟁과 같은 노동을 보고 그는
무슨 생각을 했을까.

나는 인도인들이 청소를 끝낸 몰드 사이로 들어가서 몰드면을 꼼꼼하
게 점검했다. 나에게 주어진 임무를 충실히 수행하기 위한 책임감 때문
이 아니라 인도인들한테서 꼬투리를 잡아내려는 뒤틀린 심사 때문이었

다.

청소를 끝낸 몰드에서는 여전히 살갗을 태울 듯한 열기가 발산되었다.
나는 인도인들의 불성실한 흔적을 꼭 찾아내고야 말리라는 집요한 시선
으로 몰드면을 점검해나갔다. 드디어 몰드의 가운데 위쪽에 무지개 모양
의 시멘트막이 그대로 남아 있는 것을 발견했다. 나는 그 위치에서 누가
일을 했는지를 금방 알 수 있었다.

"팔와르!"

나는 날이 선 목소리로 고함을 빽 질렀다. 그러나 나의 목소리는 B 몰
드에서 콘크리트를 쑤셔대는 바이브레이터의 굉음 같은 진동소리에 묻히
고 말았다. 나는 잰걸음으로 몰드 밖으로 뛰쳐나갔다. 방금 몰드 사이에
서 나온 인도인들이 무리지어 서서 숨을 몰아쉬고 있었다. 이제 곧 다음
칸의 몰드 사이로 들어가기 위한 순간의 휴식이었다.

나는 먹이를 찾는 독수리처럼 눈을 날카롭게 번뜩이며 팔와르를 찾았
다. 사실 지금까지 그러한 자국은 다반사로 생겼었다. 그런데도 내가 눈
을 번뜩이며 당사자를 찾고 있는 것은 인도인들한테서 느낀 배신감 때문
이었다. 물론 그것은 자의적인 해석으로 인해 생긴 배신감이었지만.

팔와르는 전에도 다른 인도인들보다 유독 몰드면에다 불성실한 자국을
많이 남겼다. 때문에 완성된 패널의 표면에 불에 덴 자국처럼 흉한 자국
이 생겨서 정일만 대리에게 여러 차례 질책을 당하기도 했었다. 그렇지
만 여태껏 지금처럼 단단히 벼러본 적은 없었다.

팔와르는 오버헤드크레인이 주행하는, 수평으로 된 굵은 강철빔을 받
치고 있는 교각과 같은 콘크리트기둥의 좁은 그늘에 서서 담배를 피우고
있었다. 인도의 남부 고아 지방 출신인 그는 드물게도 기독교도였다. 그
러나 그의 성실성은 반기독교적이었다.

나는 그를 잡아먹을 듯한 기세로 다가가 멱살을 움켜쥐고 몰드 사이로
끌고 갔다. 이러한 나의 행동을 인도인들은 물론 패널 곁에 서 있던 길
관수까지 의아한 눈빛으로 바라보았다.

그를 끌고 몰드 사이로 들어온 나는 쇠칼에 긁히어 하얀 광채를 발하
는 회갈색 시멘트막을 가리키며 저주하듯 내뱉었다.

"잘디 잘디(빨리 빨리)."

내 손아귀에서 멱살이 풀린 그는 치욕과 울분이 가득 찬 눈으로 나를
쏘아보았다. 그의 눈에는 섬뜩한 살기마저 감돌았다. 약한 짐승이 사나
운 짐승 앞에서 최후의 저항을 할 때의 눈빛처럼.

그는 내게서 고개를 홱 돌리며 땅에다 "퉤" 하고 침을 뱉고는 몰드 밖
으로 나갔다. 사다리를 가지러 가는 모양이었다.

나는 인도인들이 땅에 침을 뱉는 행위가 극도의 모멸과 증오를 드러내
보이는 것임을 잘 알고 있었다. 그러나 나는 굳이 그를 돌려세워서 그
행위에 대해 응징을 하고 싶지는 않았다. 그런 것쯤은 충분히 무시해버
릴 수 있을 만큼 내가 강자라는 생각이 그간의 생활을 통해서 은연중에
배어 있었기 때문이었다.

팔와르를 다그치고서도 나의 심사는 여전히 뒤틀렸다. 다른 인도인들
에게서도 꼬투리를 더 잡고 싶었다.

나머지 부분을 점검하기 위해 몰드면에 시선을 고정시킨 채 옆걸음으
로 몇발짝 옮겼을 때였다. 어떤 거대한 그 무엇이 나의 등을 밀고 있다
는 느낌 때문에 고개를 뒤로 돌렸다. 아, 바로 나의 눈앞에 엄청난 무쇠
벽이 다가오고 있었다. 무쇠벽은 벌써 나를 밀어붙여 앞쪽의 몰드면에
가슴이 맞닿을 정도로 좁혀졌다. 몰드의 양측면에 세로로 부착된 사이드
몰드마저 젖혀져 있었으므로 등뒤의 몰드가 계속 몰려오면 한치의 공간
도 없어져버릴 것이었다.

나는 도저히 빠져나갈 수 없는 절망의 벽을 느꼈다. 그랬다. 그것은
정신과 육체가 동시에 느끼는 절망의 벽이었다.

나는 절규했다. 그러나 나의 절규는 곧 굉음과 같은 바이브레이터의
진동소리가 삼켜버리고 말았다.

안전헬멧이 뿌지직 소리를 내며 깨어졌다. 나는 바로 눈앞을 가로막고

있는 죽음을 보았다. 바이브레이터의 진동음은 온 천지가 허물어지는 엄청난 굉음으로 연약한 나의 육신과 의식을 산사태처럼 덮쳤다. 내 입에서 살고 싶다는 욕구가 섬광처럼 절규로 터져나왔다. 그러나 이제 거대한 무쇠벽은 나의 뒷머리와 앞이마에 맞닿으며 조여들었다. 곧 나의 두개골이 안전헬멧이 깨어지듯 그렇게 깨어지며 압살될 수밖에 없으리라. 나는 체념하며 눈을 감았다. 어둠, 온 우주가 어둠이었으며 나의 육신과 영혼 또한 어둠이었다. 그리고 아무것도 존재하지 않았다.

얼마나 시간이 지났을까. 화석처럼 꼿꼿이 서 있는 내게서 죽음의 벽이 물러서고 있음을 깨닫기까지는. 바이브레이터의 진동음이 멎었는데도 여전히 엄청난 굉음은 나의 뇌수를 흔들고 있었다.

"인형, 괜찮아요?"

길관수의 목소리가 먼데서 들려오는 것처럼 희미하게 들렸다. 나는 어서 빨리 이 죽음의 공간에서 벗어나고 싶었지만 다리가 움직이지 않았다. 길관수가 뛰어들어와서 나를 부축해주어서야 겨우 움직일 수가 있었다.

바깥세계는 내가 직면했던 죽음과는 아무 상관도 없다는 듯 모든 게 그대로였다. B몰드에서 콘크리트 타설을 끝낸 콘크리트공들이 타는 목을 축이기 위해 물통으로 몰려가고 있었다. 뒤를 따라 몰드 해체를 끝내고 막 나오기 시작하는 탈형공들 역시 물통으로 앞다투어 갔다.

내가 길관수에게 부축되어 나오는 것을 의아한 눈빛으로 흘금흘금 바라보며 방금 해체를 끝낸 몰드 사이로 들어가기 위해 인도인들이 움직이기 시작했다.

인도인들이 거의 다 몰드 사이로 들어갔을 무렵, 팔와르가 타워크레인의 레일 너머 패널 사이에서 나타났다. 그는 오줌을 누고 오는 듯 바지춤을 여미며 걸어왔다.

"저자식이 유압재크의 스위치를 눌렀어요."

길관수가 아직도 멍한 상태에 있는 내게 말했다.

팔와르가 나를 흘깃 바라보며 지나치려고 할 때였다. 길관수가 먹이를 공격하는 표범처럼 그에게 달려들어 멱살을 움켜잡았다. 그의 주먹이 팔와르의 얼굴을 때린 것은 멱살을 움켜잡음과 거의 동시였다.

팔와르가 짐승처럼 비명을 질렀다.

나는 여전히 멍한 눈빛으로 그 광경을 바라보았다. 길관수가 다시 주먹을 겨누어 그를 때리려 했다. 팔와르는 겁에 질린 얼굴로 몸을 잔뜩 움츠리며 두 팔로 얼굴을 감쌌다. 저항의 의지가 전혀 없는 몸짓이었다.

길관수가 이번엔 무릎으로 그의 복부를 올려찼다. 팔와르는 얼굴을 감싸고 있던 두 팔로 복부를 움켜쥔 채 깊은 신음을 토하며 무너지듯 주저앉았다.

길관수는 다시 그의 뒷덜미를 움켜잡고 일으켜세웠다. 팔와르의 얼굴이 고통으로 일그러졌다.

길관수의 분노는 좀체로 수그러들 것 같지 않았다. 나는 여전히 멍한 눈빛으로 바라보고만 있었다.

"이새끼야, 넌 살인자야."

길관수의 말은 그때까지도 멍한 상태로 있던 내 의식 속에 날이 선 비수가 되어 날아와 꽂혔다.

길관수가 다시 그를 때리려고 주먹을 겨누는 것을 보고 나는 발작을 하듯 두 손으로 얼굴을 가리며 부르짖었다.

"그만, 제발 그만!"

이 세상 모든 사람들이 나를 향해 증오로 가득 찬 눈을 부릅뜨고 주먹을 겨누며 살인자라고 외치고 있었다.

돌연한 나의 부르짖음에 길관수가 의아한 표정을 지으며 겨누었던 주먹을 거두고 내게로 다가왔다.

"인형, 왜 그래요?"

나는 두 손으로 얼굴을 가린 채 나도 모르게 무릎을 꿇었다. 그리고 오한에 떨듯 심하게 떨었다.

영문을 모르는 길관수가 한 손을 내 어깨에 얹으며 걱정스레 물었다.

나는 조금 전 내 육신이 그 거대한 무쇠벽 사이에 끼여 있을 때보다 더 깊은 절망에 빠져 떨고 있었다. 내 영혼을 짓누르고 있는 엄청난 무게의 죄의식을 도저히 떨쳐버릴 수가 없다는 것을 뼈저리게 느끼며.

나의 등에 얹힌 길관수의 손이 부담스럽다 못해 나를 압박하고 있는 것 같았다. 팔와르가 비척거리며 몰드 사이로 들어갔다. 하마터면 그 때문에 죽을 뻔했는데도 내 마음은 그에 대한 연민으로 가득 차 있었다.

"크게 충격을 받은 것 같소. 천천히 마음을 진정시키세요."

길관수가 내게 담배를 권하며 말했다. 나는 그가 내민 담배를 받아 물었다.

충격과 혼란과 허탈이 한데 엉켜 여전히 두터운 절망의 벽을 높이고 있었다. 나는 주리기라도 한 듯 담배를 깊이 빨아들였다.

"인형, 혹시 나를 본 기억이 없어요?"

나는 담배를 입에 문 채 멍한 눈빛으로 그를 바라보았다. 아직도 충격에서 헤어나지 못한 내가 흐린 눈빛으로 아무 대답 없이 바라만 보고 있자 그가 천천히 말했다.

"하긴 인형은 기억이 나지 않을 거요. 십년 전의 일이니까. 게다가 인형의 기억 속에 오래 자리잡고 있을 만큼 내 존재가 인상적이지도 않았을 테니까."

충격에서 헤어나지 못한 내 사고는 그의 존재를 기억해내기 위한 어떤 노력도 하지 않았다. 나의 머릿속에는 고압선을 타고 흐르는 전류처럼 분명치 못한 소리들이 꽉차 있을 뿐이었다.

길관수가 다시 천천히 말했다.

"내가 인형을 처음 본 것은 베트남에서 귀국하는 우리를 태운 수송선의 갑판에서였지요."

길관수는 말을 멈춘 채 퍽 오래라고 느껴질 정도로 나를 바라보았다.

"그때 인형은 갑판의 난간에 기대어서서 담배를 피워문 채 남지나의 검푸른 바다를 내려다보고 있었어요. 나는 멀미에 시달리고 있던 터라 바깥바람을 쐬면 좀 나을 것 같아서 선실에서 나왔는데, 마침 담배를 피우고 있는 인형에게 불을 빌리려던 참이었죠. 그런데 인형은 망망한 바다에 홀로 떠 있는 작은 섬처럼 느껴질 정도로 모든 것으로부터 멀어져 홀로 있었어요. 인형이 피우던 담배를 바다에 버리더군요. 그러고 나서는 가슴에 달고 있던 빛나는 무공훈장을 떼어서 담배꽁초를 버리듯 바다에 던져버렸어요. 나는 그 순간 두려운 생각이 들었죠. 다음엔 인형 자신을 던져버릴 것 같아서요. 그래서 인형에게 다가가며 물었죠. 왜 훈장을 바다에 던져버렸느냐고. 그때 인형이 내게 한 말은 십년이 지난 지금까지도 인지훈이라는 이름과 함께 내 마음속에 살아 있어요. 인형은 독백처럼 말했어요. 살인영수증이기 때문이라고. 아, 나는 그 말을 듣는 순간, 당신이야말로 고결한 양심을 지닌 진정한 영웅이라는 생각과 함께 인형이 성자처럼 보였어요. 그후, 부산항의 3부두에서 있었던 환영식장에서 인형을 마지막으로 보았어요."

그의 말은 충격과 혼란 속에서 갈피를 못 잡고 있는 내 사고를 어느 한곳으로 끌고 갔다. 십년 전, 베트남에서 귀국을 하던 업셔호의 갑판으로. 그랬다. 나는 훈장을 바다에 던졌다. 남들에겐 그것이 명예와 긍지의 표상으로 보였을지 몰라도 내게는 그것이 엄청난 무게로 양심을 짓누르고 있었기 때문이었다.

그때 길관수를 만났던 기억이 분명하게 떠오르진 않았다. 다만 어렴풋이 누군가를 만났던 것은 생각이 난다. 그리고 그에게 무슨 말을 했었는지도 모르겠다. 살인영수증, 나는 그때 내가 했었다는 그 말을 되새기며 진저리를 쳤다. 그렇다! 그것은 분명 살인영수증이었다.

내가 나필규 중사를 죽인 것은 귀국 말년 소리를 듣던, 파병된 지 열달이 거의 다 되었을 무렵이었다. 그때 우리는 사흘 낮과 이틀 밤을 정글에서 무서운 독충과 끈적이는 습기와 어디에 있는지조차 모르는 적과 싸워야만 했다.

사흘째가 되던 날, 우리는 깊은 바다에 서식하는 큰 물고기의 가시처럼 뻗댄 대나무 가시가 살갗을 찔러대는 조밀하고 무성한 대나무숲을 수색했다. 그 대나무숲이 거의 끝나는 지점에서 교묘하게 입구를 위장해놓은 땅굴을 발견했다. 땅굴이 심연과도 같은 입구를 드러내자 나필규 중사가 나를 보며 말했다. "인병장, 귀국 말년에 한건 하고 가지."

그 말이 떨어지자 대원들의 시선이 모두 내게 모아졌다. 그들의 눈빛에는 일말의 안도와 함께 내가 어떻게 행동할 것인가에 대한 궁금증까지도 곁들여 있었다. 소대원이 모두 전사한 전투에서 유일하게 살아남은 내 행동이 과연 그 무용담에 걸맞을까 하는 기대까지도 담겨 있었다.

나필규 중사의 말은 무슨 선고처럼 묵직한 중량감으로 내 의식을 눌렀다. 갑자기 두 다리에서 힘이 빠지고 가슴의 동계가 멎어버릴 것만 같았다. 그러나 대원들의 안도와 기대가 섞인 눈빛은 까닭 모를 오기를 불러일으켰다.

나는 내 마음속에서 일고 있는 오기에 떠밀려서 땅굴 속으로 들어갔다. 2미터 가량 수직으로 파였다가 다시 대나무숲의 가운데 쪽으로 뚫린 땅굴은 상체를 약간 구부린 상태에서 두 팔을 벌리면 손끝이 양쪽 벽에 닿을 정도였다. 퀴퀴하면서도 습한 흙냄새와 태곳적부터 그곳에 있어온 듯한 어둠속에서 나는 온몸의 촉각을 곤두세운 채 한발짝 한발짝 들어갔다. 어느 한순간에 심연 같은 나락 속으로 떨어질지도 모른다는 공포와 함께 내 몸뚱어리가 점점 작아져서 촉각을 곤두세운 한마리 곤충처럼 기어가고 있는 것만 같았다. 얼마나 긴 시간이 지났는지, 얼마나 깊이 들어왔는지조차 가늠할 수가 없었다. 다만 죽음과 같은 어둠과 창조 이전의 고요 같은 정적 속으로 한발 한발 옮기고 있는 내 영혼과 육체가 맹렬히 연소되고 있을 뿐이었다. 깊은 어둠속에 박쥐처럼 웅크리고 있을지도 모를 적이 어느 한순간에 적의로 번뜩이는 칼로 내 심장을 찔러 올지도 모른다는 두려움이 점차 사라졌다. 또한 그 적과 맞닥뜨렸을 때 어떻게 행동해야 할 것인저조차도 생각나지 않았다. 일체의 것으로부터 벗어

난 어떤 절대고독 속에서 느낄 수 있는 법열 같은 것이 나를 에워싸고
있는 죽음의 공포로부터 해방시켜주었다.

얼마나 들어갔을까, 곤충처럼 어둠속을 기어가고 있는 내 발부리에 무
엇인가 둔탁한 물체가 채었다. 그 순간, 심장의 고동과 피의 흐름이 일
시에 얼어붙는 듯한 전율이 나를 엄습했다. 그때 내가 느껴야 했던 그
엄청난 두려움은 죽는 날까지 잊히지 않을 것이다. 나는 단단한 껍데기
를 지닌 갑충도, 능숙하고 대담한 투사도 아닌, 두려움으로 온몸이 졸아
든 나약한 인간일 따름이었다.

자세를 낮추고 한참을 기다려도 아무런 기척이 없었다. 문득 이 땅굴
속에는 나말고 그 누구도 없는 게 아닐까 하는 생각이 들었다. 그런 생
각이 들자 총목을 움켜쥔 손바닥에 뜨거운 땀이 흥건하게 고여 있음을
느낌과 동시에 총이 거추장스러웠다. 나를 감싸고 있는 어둠이 너무나
포근하고 안온하다는 생각에 몸과 마음의 긴장이 풀리면서 언제까지라도
어둠속에 그냥 잠겨 있고 싶었다. 적의와 살기로 번뜩이는 핏발이 선 눈
을 부릅뜨고 이국의 정글을 헤맨 지 십 개월 만에 처음으로 느껴보는 평
온함이었다. 어둠은 내 의식의 깊은 곳까지 충만히 채워주며 깊은 잠 속
으로 빠져드는 것 같은 평온함을 느끼게 해주었다. 영원한 어둠속에서
잠을 자는 죽음이란 얼마나 안락한 것일까 하는 생각마저 들었다.

어둠속에서 죽음처럼 깊고 평온한 휴식에 잠겨 있는데 땅굴 입구에서
기척이 들렸다. 내가 땅굴 속으로 들어온 지 한참이 지나도 아무런 소식
이 없자 대원들이 뒤따라 들어온 것이었다. 지겹다는 생각이 들었다. 이
죽음처럼 깊고 평온한 휴식에서 깨어나 또다시 핏발 선 눈을 부릅뜨고
전투를 해야 한다는 게.

나는 버럭 고함을 질렀다.

"이건 빈 땅굴이야."

그때 누군가가 플래시를 비췄다. 어둠을 가르는 플래시의 불빛에 비친
땅굴의 바닥에는 놀라운 물건들이 있었다.

내 발부리에 차인 것은 경기관총 실탄이 가득 담긴 상자였다. 그리고 기름으로 잘 닦여진 한 정의 미국제 브로우닝 경기관총이 금속의 윤기를 번들거리며 솔로몬의 보물처럼 빛을 발하고 있었다.

땅굴 속으로 들어온 대원들이 일제히 함성을 질렀다. 그 함성은 땅굴 벽에 부딪치며 어떤 불길한 일을 예감케 하는 기분 나쁜 떨림이 되어 내 마음속으로 울려퍼졌다.

땅굴 수색을 마치고 났을 때는 정글 속으로 어둠이 서서히 내려앉고 있었다. 매복준비를 서둘러야만 했다.

나필규 중사가 1분대를 인솔하여 매복지 선정을 위해 지형정찰을 떠나고 나머지 대원들은 소대장 이문휘 중위의 지휘로 땅굴 주변을 서둘러서 정밀수색을 시작했다.

땅굴 주변의 수색이 거의 끝나갈 무렵, 1분대가 떠난 대나무숲 서쪽에서 요란한 폭발음이 들려왔다. 누군가가 "저건 고구마를 까는 소린데" 하고 중얼거렸다. 내 귀에도 그 소리는 고구마라는 은어로 불리는 수류탄의 폭발음이었다. 이어서 요란한 자동소총 소리가 들려왔다. 총소리는 잠시 후 불길한 여운을 남긴 채 멎었다. 총성으로 미루어보아 적과의 교전은 아닌 것 같았다.

이문휘 중위의 지시대로 3분대와 화기분대는 분산해서 사주경계를 펴고 내가 속한 2분대는 소대장을 따라 폭발음과 총성이 들린 쪽으로 급히 갔다.

대나무숲이 끝나는 지점에서부터 백여 미터 떨어진 곳에 무성한 바나나밭이 있었고 그 바나나밭가에 한 채의 농가가 있었다. 농가의 마당에서 서성대고 있는 대원들의 모습이 보였다.

마당으로 접어드니 피비린내가 확 풍겼다.

마당 한귀퉁이에 한 명의 사내와 그의 아내로 보이는 여인, 그리고 열서너살쯤 되어 보이는 사내애와 열살쯤 되어 보이는 계집애가 무참히 살해되어 있었다. 실로 끔찍한 광경이었다. 사내의 두개골에서 흘러나와 괴어오른 뇌수가 옆에 죽어 있는 여인의 머리보다 더 크게 부풀어오른 것을 보며 나는 치밀어오르는 구토를 간신히 참았다.

그 처참한 광경을 보고 있는 이중위의 얼굴에서 어금니를 굳게 다물고 있는 양볼의 근육이 계속해서 꿈틀대고 있었다. 이중위는 불을 토할 듯한 눈빛으로 나필규 중사를 찾았다. 대원들이 불안한 낯빛으로 이문휘 중위의 눈치를 살폈다.

나필규 중사가 집안에서 AK47 소총을 들고 나오면서 이중위에게 변명삼아 말했다.

"어쩔 수가 없었습니다. 저자가 던진 수류탄에 하마터면 모두 당할 뻔했습니다. 저자는 물론 애새끼들까지도 땅굴을 감시하고 있었던 게 분명합니다."

"닥쳐!"

이문휘 중위의 목소리는 포효였다. 로켓포탄의 원추형 마개를 통하여 엄청난 에너지가 분출되어 폭발을 일으키듯 마침내 이문휘 중위의 내부에 포화된 분노가 터져나왔다.

"분명히 말해두겠어. 귀대하는 즉시 민간인 살해죄로 군법회의에 회부하겠어."

"과연 오늘밤, 우리 대원들 중에서 몇명이나 살아남을 수 있을 것 같습니까? 적은 분명히 이 근처에서 밤이 되기를 기다리고 있습니다. 어쩌면 이 순간 놈들의 총구가 소대장님의 심장을 겨누고 있을지도 모릅니다. 저것들을 데리고 전투를 한다는 것은 거추장스러울 뿐입니다."

이문휘 중위는 말없이 나필규 중사를 노려보고는 전령을 시켜 소대원들을 합류시켰다.

그날 밤은 너무도 길고 지루했다. 끈적이는 습기 속에 베트콩들의 적의가 가득 배어 있는 것 같기도 했고 수많은 적들이 어둠처럼 에워싸고 우리들의 숨통을 점점 조여오는 것 같기도 했다.

자정이 지난 지 얼마 안 되었을 무렵이었다. 어둠속에서 섬광이 비쳤고 이어 "슈슈숙" 하고 마치 등골을 타고 흐르는 전율처럼 기분 나쁜 소리가 들리는가 싶더니 우리들이 매복해 있는 바로 앞에 묵직한 쇳덩이가 떨어졌다. 어둠을 찢는 섬광과 고막을 날려버릴 듯한 폭음이 정글의 밤을 뒤흔들었다. 쇳조각과 흙더미가 웅크리고 있는 우리들의 머리 위로 날아왔다. 잇따라 그 가공할 쇳덩이가 날아오기 시작했다.

통신병이 대나무숲과 후면을 따놓은 좌표를 무전기에다 악을 써가며 불러주고 포 지원 요청을 한 지 얼마 안 되어서 조명탄이 날아오고 뒤이어 포탄이 대나무숲 주변을 두들기기 시작했다.

나는 신선한 대기 속에서 밝아오는 아침의 선명한 풍경을 다시 볼 수 없으리라는 절망에 사로잡힌 채 체념의 눈빛으로 전방을 바라보았다. 이윽고 적들이 모습을 드러내기 시작했다. 조명탄 불빛 아래 모습을 드러낸 적의 숫자는 자꾸만 불어났다. 맹위를 떨치던 적의 박격포사격이 멎었다. 흐물흐물 낙하하던 조명탄이 꺼지고 새로운 조명탄이 날아왔을 때 적의 수효는 급격히 늘어나서 우리의 사정거리 안으로 육박해왔다. 대나무숲과 우리가 매복한 지점 사이에 가로로 펼쳐져 있는 개활지로 적은 발을 들여놓기 시작했다. 개활지의 삼분의 일쯤 되는 지점으로 오면 우리가 설치해둔 클레이모어의 살상반경 안으로 들어오게 되어 있었다. 클레이모어의 격발기를 쥐고 있는 나필규 중사는 과연 노련했다. 십여 명의 적이 이미 살상반경 안으로 들어왔는데도 보다 많은 고기들이 그물 속으로 들어오기를 기다리는 어부처럼 기다리고 있었다.

누군가가 육박해오는 적에 대한 공포를 억누르지 못하고 M16 소총을 연발로 갈긴 순간, 클레이모어도 함께 터졌다. 허공으로 솟구치다 쓰러지는 꽤 많은 적의 모습을 똑똑히 볼 수 있었다. 매복호에 웅크리고 있는 우리들의 총구가 일제히 불을 토해내기 시작했다. 땅굴에서 노획한 경기관총도 함께 불을 뿜었다. 총알은 탄막을 형성하여 적의 접근을 완강히 봉쇄했다.

적은 우리의 저항이 예상보다 거세었음인지 어둠과 지형지물 뒤로 몸

을 숨긴 채 빗발치듯 자동화기를 쏘아대었다. 다시 멎었던 적의 박격포
탄이 날아오기 시작했다. 베트콩들이 장기로 삼는 박격포사격은 점점 맹
위를 떨쳤다. 어느새 적의 자동화기 실탄이 점점 우리의 양측면에서 교
차되어 날아왔다. 적은 우리를 삼면에서 포위한 채 박격포로 퇴로를 차
단하면서 탄착점을 우리들의 머리 위로 끌어당겨 박살을 내버리려는 것
같았다. 아군의 포사격 또한 적의 박격포진지가 있을 것 같은 대나무숲
의 우측과 전방의 개활지가 시작되는, 적의 주력이 엄폐하고 있는 지점
을 맹렬히 강타했다.

적의 박격포탄이 점점 우리들의 매복호 가까이 떨어졌다. 왼쪽에 인접
해 있는 3분대의 매복호에 포탄이 작렬했다. 이어서 소대장 이문휘 중위
와 통신병과 전령이 함께 있던 호에도 포탄이 떨어졌다. 모두 다 죽어가
고 있다는 생각이 들었다.

나는 그 가공할 쇳덩이가 이번에는 바로 내 머리 위로 떨어지겠지 하
고 체념하며 매복호 바닥에 주저앉아버렸다. 나와 함께 있던 김창만 상
병이 목덜미에 피를 흘린 채 고개가 꺾여 있었다.

나는 죽음이 별로 두렵지 않았다. 오히려 어차피 죽어야 할 것이라면
어서 빨리 끝나버렸으면 싶었다. 갑자기 심한 갈증을 느끼며 담배를 피
우고 싶었다. 나는 공원의 벤치에라도 앉아 있는 것처럼 느릿느릿 담배
를 꺼내 피워물었다. 담배를 폐부 깊숙이 빨아들였다. 포탄의 섬광과 작
렬음 따위가 아득히 멀어지고 있었다. 시간마저 정지되어버린 것 같았
다. 나는 지극히 평온한 마음으로 정지된 시간 속으로 침잠되어갔다. 길
게 빨아들인 담배연기가 내 육체와 영혼을 그지없이 편안하게 감싸주었
다. 적과 아군, 삶과 죽음, 공포, 전쟁, 그 모두를 잊어버린 채 계속해
서 담배를 피웠다.

담배를 끼고 있는 인지와 중지가 뜨거웠다. 담배의 필터가 타들어가고
있었다.

또다시 작렬하는 박격포탄의 섬광과 굉음이 나의 시각과 청각을 유린

했다. 나는 본능적으로 총을 움켜쥐고 매복호 밖으로 고개를 내밀었다.

그때 누군가가 매복호 밖으로 뛰쳐나와 후방으로 막 치닫고 있었다. 때마침 새로 날아와 터지는 조명탄 불빛에 그의 모습이 똑똑히 드러났다. 나필규 중사였다.

순간, 그가 이 살육의 무대를 연출한 장본인이라는 생각이 내 사고를 지배했다.

나는 몇걸음 치닫고 있는 그를 향해 총을 겨누었다. 그리고 방아쇠를 당겼다. 허공을 움켜쥐고 쓰러지는 모습을 보며 나는 힘없이 총을 놓았다. 건쉽이라고 부르는 무장헬기의 엔진소리가 들려오고 있었다.

10

안개 속의 사람들

능률급제 작업을 시작한 지도 벌써 3주째로 접어들었다.

어둠과 함께 밀려온 짙고 두터운 안개가 사막의 밤을 가득 채웠다. 촉광 높은 수은등의 불빛은 휘장 속에 가려진 촛불처럼 희미하기만 했다. 숨을 쉴 때마다 폐부 깊숙이 밀려들어오는 칙칙하고 기분 나쁜 열기 때문에 금방이라도 질식해버릴 것만 같았다. 살갗에 닿는 밤공기는 오로지 열기와 수분뿐이었다. 작업복은 분무기로 뿜어대는 것처럼 금세 젖어버려서 온몸에 칙칙하게 감겼다. 대지는 찜통처럼 더웠으며 대기 속에는 무수히 작은 물방울이 가득히 정체되어 있었다. 한낮의 열기로 달아오른 대지를 식혀주던 사막의 시원한 밤바람마저 숨을 죽이고 있었다. 밤이면 금방이라도 쏟아져내릴 듯이 가까이서 빛나던 별들 또한 안개에 가려졌다. 그러나 안개야말로 이 모진 땅에서 생명체들이 살아가는 데 필요한 수분을 공급해주고 있는지도 모른다.

노동자들의 움직임은 무중력의 대기 속을 유영하듯 느릿느릿 흐느적거렸다. 모래먼지를 동반한 열풍처럼 안개 또한 모두를 무력하게 만들었다.

사막은 잔인했다. 모든 생명체를 거부하는 이 땅에 들어온 이 일단의 침입자들을 몰아내어 사막의 신성을 지키려는 것일까. 그러나 이 강인한 침입자들은 결코 물러서지 않았다.

철근과 전기부속품을 설치하고 이제 막 칸을 완전히 밀착시키고 난 C 몰드에서는 콘크리트를 타설할 채비를 하고 있었다. 레미콘트럭이 도착해서 콘크리트를 쏟을 준비를 하고, 몰드 위쪽에 수평으로 뻗은 강철빔을 타고 이동하는 오버헤드크레인이 커다란 쇠버켓을 레미콘트럭 옆으로 옮겨놓았다.

웃옷을 모두 벗어버린 콘크리트공들이 몰드 위로 올라갔다. C몰드 뒤쪽에 있는 철골제작장에서 간헐적으로 일고 있는 섬광과도 같은 날카롭고 푸른 전기용접 불빛이 그들의 번들거리는 알몸을 비추었다.

오버헤드크레인의 걸쇠에 매달린 커다란 쇠버켓이 몰드 위로 옮겨져와서 질척한 콘크리트를 쏟았다. 삽과 기다란 쇠막대기를 들고 있던 콘크리트공들은 폭이 20센티밖에 안 되는 좁고 깊은 공간 속으로 콘크리트를 우겨넣었다. 모든 물체의 윤곽을 흐리게 하는 짙은 안개 때문에 그들의 움직임은 반투명의 천으로 가려진 저편의 움직임처럼 보였다. 이 고통스런 현실과는 거리가 멀게 느껴지는 움직임이었다.

나는 이곳에 있는 모두가 익사해버릴지도 모른다는 두려운 생각이 들었다. 안개는 끝과 깊이를 알 수 없는 두려움의 바다였다. 호흡기를 통해 폐 속으로 들어오는 것은 산소가 아니라 미세한 물방울뿐이라는 생각이 들었다. 폐 속에 물이 차서 마침내 익사를 하고 말 것 같은 두려움이 안개처럼 두텁게 나를 감쌌다.

타워크레인의 레일 위에 마주보고 앉아 있는 탈형공들이 피우는 담배가 연기를 빨아들일 때마다 빨갛게 타오르다 사그라들고 다시 빨갛게 타오르곤 했다. 나와는 불과 5미터도 채 안 되는 거리에 있는데도 얼굴을 알아볼 수조차 없었다. 모두 웃옷을 벗고 있는 탓에 수은등 불빛에 드러난 상체가 번들거렸다. 그들은 모두 입을 다물고 있었으며 담배를 피우는 동작말고는 까딱도 하지 않았다. 무슨 음모라도 꾸미고 있는 것처럼 보였다. 시야가 가려 트레일러트럭에 패널을 싣는 작업을 중단한 타워크레인의 기다란 밸런스빔이 안개 속으로 기괴하게 보였다.

콘크리트를 타설하는 C몰드에서 들리는, 쇠붙이에 도구가 부딪치는 소리와 오버헤드크레인의 벨소리와 레미콘트럭의 엔진소리만 없었다면 안개가 내리누르는 무거운 정적 때문에 미쳐버릴 것만 같았다. 호흡기관의 헐떡임은 고통을 넘어서 공포를 느끼게 했다. 가위눌리는 악몽 속을 끝없이 헤매고 있는 듯한 무력감 속으로 점점 깊이 빠져들었다.

"씨팔, 사막에 안개는 또 뭐야."

레일에 앉아 있는 탈형공 중에서 누군가가 지겨운 침묵 속으로 돌을 던지듯 내뱉었다.

"바다에서 밀려오는 거라구. 사이트(아파트 건축현장)에서는 요즘 거의 매일 밤 안개에 시달린대."

담배꽁초를 안개 속으로 휙 던지며 누군가 대답했다.

아파트 건축현장은 알코바 외곽의 페르시아만 해변에 인접해 있었다. 사막의 이 밤안개야말로 40킬로미터나 떨어진 페르시아만에서 내뿜는 수증기와 사막의 열기와 기압이 한데 어우러져서 빚어낸 자연의 조화인 모양이었다.

"자, 이제 슬슬 시작해보자구."

표준태가 일어서며 말했다. 안개 때문에 그의 모습이 흐릿하게 보였지만 작은 키에 떡벌어진 그의 상체는 완강함을 그대로 드러내 보였다. 그러나 그의 목소리는 물에 젖은 종이처럼 처져 있었다. 탈형공들은 그를 따라 무거운 몸을 겨우 일으키듯 힘겹게 일어서서 A몰드 쪽으로 느릿느릿 걸어갔다.

나도 안개에 젖어 축 처진 몸을 억지로 일으켜 그들을 따라갔다.

성난 공룡의 숨소리처럼 스팀이 새는 소리를 내고 있는 A몰드 옆으로 육중한 공구를 손에 든 탈형공들이 주욱 늘어섰다. 그들은 이제 곧 시작될 거대한 무쇠틀과의 싸움을 위해 어금니를 앙다물었다. 그들 뒤로 사다리를 세워 든 인도인들이 서 있었다. 안개에 젖어 번들거리는 피부가 더욱 검게 보여 마치 청동으로 주조해낸 인간들 같았다.

A몰드의 첫번째 칸이 서서히 벌어졌다. 독하고 비릿한 시멘트 냄새와 함께 뜨거운 수증기가 왈칵 밀려왔다. 칙칙한 안개와 어우러진 뜨거운 김이 덮쳐오자 숨이 멎는 듯했다. 탈형공들이 지옥 같은 공간 속으로 뛰어들어갔다. 그리고 제각기 정해진 위치에서 몰드를 해체하기 시작했다.

나는 고통으로 일그러진 얼굴로 무서운 열기를 내뿜는 무쇠들과 싸우는 그들의 모습을 보며 깊은 절망을 느낄 수밖에 없었다. 그들은 인간이 아니었다. 피와 땀을 소모하는 도구일 따름이었다. 이 지구의 오지에서 벌이고 있는 이 처절한 노동의 의미를 도저히 이해할 수가 없었다. 돈에 대한 허기진 욕구가 과연 얼마나 채워질지가 궁금했다. 회사가 던진 미끼를 덥석 물어버린 노동자들은 결국 이처럼 인간이 지닌 한계 이상의 노동력을 요구하는 상황으로 끌려오고 만 것이다.

탈형공들의 모습은 실로 영웅적이었다. 그러나 허기진 탐욕에 이끌리고 있는 이 처절한 투쟁을 과연 얼마 동안이나 해낼 수 있을지가 걱정스러웠다.

첫번째 칸의 패널을 들어낸 몰드 사이로 인도인들이 들어갔다. 성벽을 공략하는 전사들처럼 뜨거운 무쇠벽에다 사다리를 세우고 올라서서 팔을 움직이기 시작했다. 캘커타 거리를 인력거채를 잡고 맨발로 누볐던 란드의 모습이 두드러지게 눈에 띄었다. 그는 가장 용감한 전사였다. 아스팔트가 녹아서 진득진득한 거리를 인력거채를 잡고 맨발로 죽어라고 뛰어봐야 한달에 겨우 사백 루피 정도밖에는 벌 수가 없었다지 않던가. 이제 능률급제 작업으로 무려 천 루피 정도를 더 벌 수 있게 되었으니 용암이 끓는 분화구 속이라도 마다 않고 기꺼이 뛰어들어갔을 것이다.

인도인들이 팔을 움직이는 횟수가 늘어나면서 좁은 공간 속은 회백색 먼지가 금세 자욱해졌다. 대기에 정체되어 있는 미세한 물방울 때문에 먼지들은 더이상 높이 날지 못하고 젖은 작업복과 살갗에 켜켜이 달라붙었다.

나는 더이상 이곳에 서 있을 수가 없었다. 무쇠벽에서 내뿜는 열기와 먼지는 안개와 합세해서 내 숨통을 조였다. 그러나 나는 이 자리를 떠날 수가 없었다. 맹목의 증오심 때문에 개인적인 미움이 전혀 없는 적을 향해 총을 쏘아대는 전투보다 더 비참하고 무서운 이 공간 속에서 나는 아득한 절망의 나락으로 추락하는 심정으로 망연히 서 있었다. 인도인들과 함께 고통을 겪어야 한다는 유대감 때문이 아니라 순전히 절망감 때문이었다. 차라리 세찬 폭풍우가 몰아치고 거센 파도가 밀려오는 칠흑의 바다에서 난파된 배의 갑판에 서 있는 게 나을 것 같았다. 삶에 대한 뜨거운 본능과 철저한 체념이 교차되는 그 상황은 고통과 공포가 빚어내는 어떤 희열이라도 있을 것 같았다. 철저하게 인간이기를 포기하려 드는 이 일단의 무리 속에서 내가 기대할 수 있는 것은 아무것도 없었다. 등대의 불빛도 구조선도 기대할 수 없는 이 절망의 늪에서 오로지 고통만을 껴안고 있을 뿐이었다. 따뜻한 피를 지닌 인간들이 형편없이 마모되어가고 있는 이 끔찍한 노동의 대가로 설사 가족들의 안락이 보장된다 하더라도 그것이 무슨 가치와 의미가 있단 말인가.

내가 서 있는 곳에서 두세 사람 건너에 있는 사다리에서 누군가가 고개를 뒤로 젖히며 무너져내리듯 떨어졌다. 순간, 사다리에서 떨어져 죽은 카심의 얼굴이 떠올랐다. 또 누군가가 죽는다는 불길한 생각이 꼬리를 물고 이어졌다.

그는 좁은 공간 때문에 뒤쪽의 몰드면에 안전헬멧이 부딪치는 둔탁한 소리를 내며 주저앉듯이 질척한 바닥에 떨어졌다. 안전헬멧이 이마 쪽으로 쏠려 얼굴의 윗부분이 가려진 채 두 팔을 축 늘어뜨린 그의 모습에서 나는 불길한 죽음을 예감했다.

인도인들은 아무도 그들의 동료가 엄청난 불행을 당한 사실을 모르는 듯 그저 기계적으로 팔을 움직이고 있었다. 인도인들은 하나같이 이 야만적인 무쇠벽 앞에서 체념하며 눈을 감고 있는지도 모른다.

사다리에서 떨어진 인도인은 이곳에 온 지 두 달째 되는 압둘라라는 회교도였다.

그는 살아 있었다. 짙은 안개와 살인적인 열기와 독한 먼지와 과중한 노동을 이기지 못하고 무너져내린 것이다.

야간작업 인원점검을 나온 노무과 직원이 타고 온 픽업에 그를 싣고 의무실로 갔다.

의무실 문을 열고 들어선 순간 지옥과 천국의 차이를 실감할 수 있었다. 에어컨이 서늘하게 식혀주고 있는 실내는 바깥의 그 질식할 것만 같은 칙칙한 안개와는 거리가 멀었다. 실내의 차고 건조한 공기를 들이마시자 일시에 막혔던 호흡기가 뚫리고 폐 속에 가득 고여 있을 것만 같은 물이 모두 증발해버리는 것 같았다.

압둘라를 치료용 침상에 누이고 나서 벽에 걸린 커다란 거울에 비친 내 모습을 보는 순간 내가 아닌 전혀 낯선 타인의 모습을 보는 것 같았다. 땀과 기름때에 전 젖은 작업복은 또 그렇다 치고 퀭한 눈과 예각을 이룰 만큼 불거진 광대뼈, 깊은 주름이 팰 정도로 깡마른 양볼, 한달 가까이나 면도를 하지 않은 텁수룩한 수염과 눈썹에 붙어 있는 회백색 먼지, 처진 어깨, 영락없이 오랜 세월을 유형지에서 지내고 있는 죄수의 몰골이었다.

"의사를 부를 만큼 심각한 상태는 아닙니다."

혈압을 재고 난 의료보조원이 통역을 겸해서 잔심부름을 하는 인도인에게 혈압계를 건네주며 내게 말했다. 그의 얼굴이 퍽 눈에 익었다. 그역시 나를 보자 같은 생각이 들었는지 잠시 멈칫하더니 내 손을 덥석 잡았다.

"인병장 아냐? 나 고태규야. 위생병이었던……"

그는 얼굴 가득히 반가움을 담고 있었다.

나는 마지못해 웃는 그런 어색한 웃음을 지으며 그를 바라보았다. 그는 내가 나필규 중사를 살해하던 날 밤의 전투에서 살아남은 열한 명의 전우 중 한 사람이었다. 나는 그처럼 재회의 반가움을 나타내 보일 수가 없었다.

그는 내가 유형지의 죄수 같은 몰골 때문에 어색해하는 줄 알고는 더러운 나를 왈칵 끌어안았다.

"인병장, 우리 얼마 만이야. 나는 지옥 같았던 그날 밤을 생각하면 우리가 살아남은 게 기적처럼 생각되곤 해."

그는 나를 껴안았던 두 팔을 풀면서 말했다.

"2분대장이었던 김치연 하사 있잖아. 제대를 하고 꽤 오래되어서지. 아마 3년쯤 되어설 거야. 나를 찾아왔더라구. 그때 살아남은 사람들끼리 무슨 모임을 만들자면서 말야. 인병장 소식도 묻더라구. 다른 사람들은 다 연락이 되는데 인병장 소식은 알 수가 없다면서 말야. 그후 인병장만 빼놓고 모두 만났지. 그리고 김하사 제안대로 모임을 만들었어. 모임 이름을 불사조회라고 지었어. 참, 정근식 상병은 오른쪽 다리를 절단했더라고. 의족을 해서 절기는 했지만 우리가 처음 만나던 날 그때 받은 훈장들을 죄다 달고 나왔는데 정상병이 제일 당당하더라구. 훈장만 보면 다리 하나 없는 것쯤 대수롭지 않다면서 말야. 우린 만날 때마다 늘 인병장 얘길 했어. 도대체 어디서 무얼 하는가 하고. 현충일날은 꼭 국립묘지를 찾아갔지. 전우들의 유족도 그날은 만날 수가 있었어. 참, 나필규 중사 동생도 우리 모임에 가입을 했어. 명예회원으로. 우리가 하도 인병장 얘길 하니까 꼭 만나보고 싶다고 하더군. 내가 이곳에서 인병장을 만났다고 하면 모두 놀랄 거야."

고태규의 얼굴 위로 나필규 중사의 얼굴이 겹쳐졌다. 그때 전투에서 죽은 다른 전우들은 한 사람도 생각나지 않았다. 오직 나필규 중사 혼자만 죽은 것 같았다.

그 전투에서 살아남은 사실을 기쁨으로 반추할 수 있는 그들이 부러웠다. 그들에겐 살아 있다는 것 자체가 명예였을 것이다. 그날 밤의 전투를 회고하면서 모두는 가슴 가득히 자부심을 지녔을 것이며 그 기억의 빛깔이 바래지 않게 하려고 열심히 채색을 하였을 것이다. 그리고 그 기억을 공유하고 있는 서로를 통해서 살아 있다는 것, 그 기적 같은 사실을 확인하는 기쁨을 맛보았을 것이다.

그러나 난 그 기억을 떠올릴 때마다 내 양심이 재판을 받는 고통을 겪어야만 했다. 나는 차라리 내 양심이 사형선고를 받아 죽어 없어지기를 바랐다. 존재하고 있지 않으면서도 분명히 존재하고 있는 그것, 사고나 의식보다 훨씬 더 깊숙이 존재하고 있는 그것, 그것은 때로 잠든 의식을 깨웠으며 깨어난 의식은 사고를 혼란케 하기도 했다. 혼란에 빠진 사고는 늘 나의 도덕적 가치나 일상의 질서를 파괴하였고 고립시켰다. 어쩌면 나는 십여 년 동안 나필규 중사를 살해했다는 죄의식보다는 존재하고 있지 않으면서도 존재하고 있는 양심 때문에 상처입고 괴로워했는지도 모른다.

나는 가끔 내 양심을 재판하여 유죄판결을 내리는 존재는 과연 무엇일까 하고 깊이 생각해보았다.

선과 악, 그것은 도대체 어디서 비롯되었으며 왜 그로 인해서 괴로움을 겪어야만 하는 것일까? 선이 내 양심을 재판하여 나를 괴롭히는 것이라면 주저없이 악의 편에 서고 싶었다. 악의 힘을 빌어 내 양심을 아예 죽여버리고 싶었다. 그것만 없어진다면 난 훨씬 더 편히 살 수 있을 것 같았고 사회의 구성원으로서도 퍽 유능해질 수 있을 것 같았다. 나는 악과 제휴하여 내 양심을 죽이기 위해 온갖 수단을 동원했다. 광기에 찬 행동으로 기존의 질서를 파괴하여 그 질서 속에 있는 사람들을 경악케 했으며 야비한 술수로 노략질마저도 서슴지 않았다. 또한 술은 광기와 사악을 격려하고 나의 의식을 잠재우는 데 뛰어난 효능을 발휘해서 나를 늘 가까이 붙들어주었다. 술과 더불어 나를 매료시키는 또하나의 것이 있었다. 쾌락이었다. 그것은 말초적인 본능의 욕구를 충족시켜주었으며 충족 다음에 오는 허기는 또 새로운 쾌락을 탐하게 했다. 참으로 여자의 육체는 신비하였다. 전율과 끝을 알 수 없는 깊이로 언제나 나를 끌어당겨 침몰시켰다. 나는 침몰할 때마다 죽었고 또 강한 생명력으로 소생해서 탐닉하였다. 여자의 육체 속에 내재한 그 무엇은 선도 악도 아니었다. 원초적이면서도 실증적이고 죽음과 소생이라는 상반된 모순이 운동하며 선과 악마저도 용해시켜버리는 신비가 있었다. 그러나 그것은 일시적이고 순간적일 뿐이었다.

악은 비록 내게 일시적이나마 그런대로 평온을 갖게 해주었다. 내가 저지르고 있는 악행과 쾌락은 내 양심을 죽여 없애지는 못했지만 적어도 그 존재를 잊게는 해주었다. 반복되는 악행은 차츰 습관처럼 자리를 굳혔으며 또 악덕 속에 깃들여 있는 자극적이면서도 말초적인 것에 익숙하게 해주었다. 그랬기 때문에 양심의 존재는 희미해졌으며 나는 그로부터 점점 멀어져갔다.

그러나 선은 불멸의 존재였다. 얼어붙은 대지를 뚫고 올라오는 새싹 같은 힘을 지니고 있었으며 은하계보다 더 먼 곳에 있는 것 같으면서도 어느 순간 섬광처럼 다가오는 존재였다. 다만 내가 잊고 있었을 뿐 어디에나 있는 존재였다. 온갖 악의 요소 속에서도 선의 본질은 있었으며 무엇을 어떻게 하라고 구체적으로 요구하지 않으면서도 해서는 안된다는 것을 묵시적으로 알게 해주는 존재였다.

선은 고통을 동반하고 있었다. 선의 존재가 선명하게 느껴질수록 고통은 비례해서 커졌다. 나는 그럴 때마다 악이 가르쳐준 온갖 것들 속으로 서둘러 도망쳤지만 선은 언제나 그 자리에 있었다. 그랬다. 공기나 하늘 같은 존재였다. 어디에나 있는데도 너무도 가까이 있기 때문에 인식하지 못하는 공기, 구름이 가려져 있을 때는 보이지 않지만 언제나 그 너머에 있는 하늘, 그런 존재였다.

자살에 실패한 나는 이른 아침에 파출소에서 나왔다. 하늘은 맑고 푸르렀으며 초여름의 아침햇살은 눈이 부셨다. 지난밤 비에 씻긴 무성한 가로수 잎들은 초록빛 생기로 빛나고 있었다. 이른 출근을 하는 사람들 표정에도 밝은 삶의 활기가 충만했다.

나는 다시는 못 볼 뻔했던 신선하고 활기찬 아침 풍경을 보면서 죽음

은 삶의 반대편에 있는 것이 아니라 삶과 이어진 것이라고 생각했다. 나
는 더이상 죽음을 생각하지 않으리라 작정했다.

얼마 후에 취직을 했다. 형의 주선으로 들어간 직장은 꽤 괜찮은 의류
수출업체였다. 나는 베트남에 지원을 하기 전까지 20개월 가까이 동두천
에 있는 미군부대에서 복무를 했다. 그때 배운 미국말이 취직을 하는 데
상당히 도움이 되었다.

입사한 지 7개월째쯤 되어서, 베트남전에 참전했었다는 바이어를 접대
하기 위해 부장을 따라갔다. 순전히 그가 전쟁담을 회고하는 데 맞장구
를 쳐주는 말동무가 되기 위해서.

그 이태리계 미국인은 술을 마시며 허풍쟁이처럼 끊임없이 떠들었다.
그는 베트남전에 참전한 것에 십자군이라도 되었던 것마냥 대단한 긍지
를 갖고 있었다. 그는 혼헤오산 전투에서 입었다는, 팔에 있는 총상을
보여주며 말했다.

"나는 그때 여덟 명의 베트콩을 사살했지. 추악한 전쟁이니 어쩌니 떠
들지만 전쟁 그 자체는 내게 대단한 의미가 있어. 나는 내가 무기력해지
거나 혹은 어떤 절망을 느낄 때마다 그 전쟁에서 내가 어떻게 살아날 수
있었던가를 생각하며 에너지를 충전시키곤 하지. 충동적이고 파괴적이며
투쟁적인 남자의 본능을 충족시켜줄 수 있는 것이 전쟁말고 또 무엇이
있겠는가?"

나는 수긍도 반대도 하지 않은 채 불쑥 내뱉듯이 말했다. 섹스가 있지
않느냐고. 그 말은 아무 생각 없이 입에서 내뱉어진 말에 불과했다.

그는 호탕하게 웃으며 옆에 앉은 여자의 허리를 끌어당겨 능숙한 동작
으로 키스를 했다. 특별히 선발된 여자는 영화 속의 여배우를 흉내내듯
잔뜩 교태를 부리며 선정적인 몸짓으로 그의 목에 매달렸다. 손등에까지
털이 부숭부숭 돋은 그의 손이 여자의 짧은 치마 속을 더듬으며 거슬러
올라갔다.

나는 그 광경을 바라보며 방금 내가 한 말이 틀렸다고 속으로 정정을

했다. 섹스는 반복되는 동물적인 욕구에 불과할 뿐이다. 그러나 그 정글에서의 생존의 욕구는 끊임없이 이어지는 가장 원초적인, 잔인하면서도 신성한 욕구였다. 동물적인 야수성과 교활함, 지혜와 용기, 그리고 맹목의 증오와 신의 가호까지 필요로 하는.

나는 갑자기 심한 혼란 속으로 빠져들어갔다. 나필규 중사가 의식의 표면으로 떠올랐기 때문이었다. 나필규 중사는 준엄하게 내게 묻고 있었다. 너의 생존을 위해 상관인 나를 죽여야만 했느냐고.

나는 물컵에 위스키를 가득 부어서 단숨에 마셔버렸다. 나의 머릿속에는 포탄의 섬광과 작렬, 발악을 하듯 쏘아대는 자동화기, 인간의 동체를 갈가리 찢어발기는 클레이모어, 팔다리가 잘려나간 주검, 너덜너덜 해진 복부에서 쏟아진 내장, 생식기가 도려진 여자베트콩, 허공을 움켜쥐고 쓰러지던 나필규 중사, 모든 것이 한데 엉켜 광란을 하기 시작했다.

점점 농도 짙은 애무를 하고 있는 미국인과 여자를 보며 부장이 나의 소매를 끌었다. 그러나 나는 병에 남은 위스키를 병째로 벌컥벌컥 마셨다. 그리고 광기를 부렸다.

내가 던진 술병에 맞은 미국인은 귀 윗부분을 다섯 바늘이나 꿰매었으며 부장은 턱뼈에 금이 갔다.

그후로 나는 다시 피폐해졌다.

내 정신은 균열과 함몰이 반복되었다. 어둠과 무력감 속으로 빠져들던 때와는 또다른 모습으로 나는 변했다. 술을 점점 탐했고 개처럼 비굴하고 야비해졌다.

형은 나를 술과 격리시키기 위해 무던히도 애를 썼다. 나는 술만 먹지 않으면 호수처럼 평온하였으며 잘 길들여진 가축처럼 유순했다. 그러나 사육당하는 짐승이 아닌 이상 나를 완벽하게 통제할 수는 없었다. 형이 나를 통제하면 할수록 나는 술을 점점 더 탐했고 광기는 도를 더해가기만 했다. 형은 끝내 나를 언제 터질지 모를 폭발물처럼 멀리하여 포기하기에 이르렀고 나는 고립되어 베트남에서의 그 끔찍한 기억들을 끌어안

고 지낼 수밖에 없었다. 나는 점차 해체를 기다리는 폐선처럼 쓸모없는
인간으로 변해갔다. 극도의 도덕적 상실감 때문에 나의 영혼은 시궁창의
물처럼 썩어서 온갖 독소로 가득 찼고 행동은 허기진 개처럼 야비해졌
다. 그러한 나 자신을 가끔씩 의식하며 괴로워하기도 했다. 그리고 어떤
충동처럼 나 자신을 전쟁보다 더 비참하고 냉혹한 상황 속으로 던져버리
고 싶다는 생각을 하기도 했다. 다시 갈 수만 있다면 전장에 다시 가고
싶었다. 미친 듯이 마구 총을 쏘고 싶었고 아니면 온몸이 벌집이 되도록
총탄을 맞고 싶었다. 차라리 그 편이 훨씬 나을 것 같았다.

이곳 중동으로 오기 석 달 전쯤이었다. 구정물을 핥아먹는 개처럼 어
떤 술집에서 술을 마시고 있었다. 그때 나의 심성은 이미 혼탁해질 대로
혼탁해져 있었다. 쇠붙이를 녹슬게 하는 소금기처럼 술은 내 영혼과 육
신을 녹슬게 하였지만 그래도 유일하게 몰입할 수 있는 것이라곤 술밖에
없었다.

서너 잔째의 술잔을 막 비우려던 참이었다. 술잔을 들고 있던 나의 손
목이 억센 손아귀에 낚아채이듯이 잡힘과 동시에 오른쪽 턱이 강한 주먹
에 의해 통렬히 가격당했다. 불시에 일격을 당한 나는 내팽개쳐지듯이
나뒹굴었다. 턱뼈가 어긋난 듯한 무거운 통증과 더불어 뇌수가 뒤흔들려
서 머릿속이 온통 뒤죽박죽이 되어버린 것 같았다. 머리를 흔들어 가까
스로 정신을 수습하고는 나를 때린 사람을 올려다보았다. 내 앞에 우뚝
버티고 서 있는 사람을 본 순간 그가 왜 나를 때릴 수밖에 없었는가를
알 수 있었다.

그는 유원일이라는 고등학교 동창으로 졸업을 하고도 한동안 나와 꽤
가깝게 지냈던 친구였다.

대여섯 달 전, 그와 나는 길거리에서 우연히 만나 술집으로 들어갔다.
그는 십여 년 만에 만난 반가움을 나타내 보이려는 듯 서둘러서 많은 말
을 했다. 군에서 제대를 하고는 철물점을 비롯해서 건재상, 페인트가게
등 이것저것 장사에 손을 대어보았지만 별로 재미를 못 보고 용달차를

사서 운전을 하다 그나마 사고가 나서 빈털터리가 된 후 2년 전 중동엘 갔다가 돌아온 지가 얼마 안 되었다는 얘기를 나열해서 들려주었다.

나는 그의 얘기를 듣는 동안 비록 실패는 했지만 그는 많은 일을 했는데 비해 나는 군복을 벗은 후 지금까지 아무것도 한 일이 없음을 새삼 확인하며 묵묵히 술잔을 비웠다. 설사 내가 생활인으로서 성실한 삶을 꾸려왔다손 치더라도 십년이라는 세월의 간극을 그간의 궤적을 요약해서 들려준다고 해도 쉽게 메울 수는 없었을 것이다.

말없이 술잔을 비우고 있는 나에 비해 그는 끊이지 않고 말을 이어갔다. 2년 동안이나 술을 마실 수 없는 중동에서 지낸 탓인지 술에 굶주린 사람처럼 술잔을 잘도 비웠다. 사우디아라비아에서 지냈던 얘기를 안주 삼아 술잔을 비우던 그가 수첩과 볼펜을 꺼내어 나의 연락처를 물었다. 순간 나는 조금 당황할 수밖에 없었다. 실은 거처가 일정하지 않았기 때문이었다. 얼떨결에 일년 가까이 가지 않은 형네 집 전화번호를 알려주었다.

그는 하마터면 놓칠 뻔했던 옛 친구를 가까스로 붙잡기라도 한 듯 안도하며 수첩을 베이지색 골덴양복 안주머니에 넣었다. 그가 수첩을 넣으려고 양복 안주머니를 벌렸을 때 두툼한 두 개의 지폐다발이 눈에 띄었다.

그는 다시 술잔을 들다 말고 갑자기 중요한 일이 생각난 듯 술잔을 도로 놓으면서 말했다.

"참, 내가 군에 있을 때 거 뭐냐, 전우신문인가 하는 군대신문 있잖냐, 그 신문을 보니까 니가 월남에서 큰 전과를 올렸다는 기사와 함께 니 사진이 크게 실렸더라. 베트콩 대대 규모의 병력과 전투를 해서 대단한 공을 세웠다고 말야. 난 그때 사진을 보고 한눈에 너를 알아보았다구. 그후론 가끔 니 생각이 날 때마다 그때의 사진이 떠오르곤 했어."

나는 그의 말을 들으며 속으로 빌어먹을, 또 그 지긋지긋한 얘기를 듣게 되는구나 하고 투덜거리며 털어넣듯 술잔을 단숨에 비워버렸다. 같은

시기에 군생활을 했던, 나를 아는 사람들은 거의 그 기사와 사진을 기억하고 있었다. 나를 만나기만 하면 모두가 그 일을 떠올리곤 했다. 그럴 때마다 나는 정말 힘겹게 나를 가누다 못해 엉망으로 술에 취했다. 남들은 모두 혁혁한 전공을 세운 영웅쯤으로 생각하고 있었지만 나 자신은 상관을 살해한 살인자라는 사실을 거듭 인정해야만 했기 때문이었다.

"야, 너 무슨 걱정이라도 있냐? 아까부터 술만 들이켜는 걸 보니 아무래도 무슨 일이 있나본데, 도대체 무슨 일이야? 걱정이 있으면 털어놔보라구. 친구 좋다는 게 뭐니. 혹시 내가 도움이 될지도 모르잖아."

술잔을 비우고 다시 그 잔에 술을 따르는 나의 손목을 붙잡으며 그가 진지하게 말했다.

"별것 아냐. 돈이 좀 필요해서 그래. 내일 아침에 당장 써야 되는데…… 이삼일만 있으면 돈이 나올 데가 있거든."

나는 이 말을 준비하고 있었던 것처럼 단숨에 지껄였다. 내 의식의 심층에 붙박여 있던 나필규 중사가 의식의 표면으로 떠오르는 순간, 나는 교활한 인간으로 변했다.

"이 친구야, 그런 일이 있으면 진작 말할 것이지 술맛 떨어지는 얼굴을 하고 있었어? 아무리 세상이 각박해졌기로서니 친구한테 체면치레할 게 뭐 있냐. 대체 얼마가 필요해서 그래?"

오랜만의 해후, 월남전의 영웅으로 부각되었던 과거의 나의 모습, 알맞은 취기 등이 그로 하여금 망설임없이 호의를 베풀도록 작용하였을까. 아니면 유원일이라는 인간의 본바탕이 선량해서일까. 아무래도 나는 좋았다. 나 자신도 알 수 없는 감정의 난기류에 휩쓸리어 터무니없는 거짓말을 하고 있었으니까.

나는 그의 양복 안주머니에 있는 지폐다발을 속으로 가늠하며 그로 하여금 연민과 신뢰감을 느끼게 하기에 충분한 액수를, 힘없이 가라앉은 목소리로 말했다.

"오십만원이 꼭 필요해서 그래."

"그만한 돈이면 걱정 말어. 마침 오늘 재형저축을 찾아서 가지고 있으니까."

그는 서슴없이 양복 안주머니에서 지폐다발을 꺼내어 오십만원을 내게 건네주었다.

나는 그 돈을 받은 다음 뻔뻔하게 그의 연락처를 물어서 적고는 꼭 약속을 지키겠다고 다짐을 했다.

그날 밤 늦게까지 그와 나는 술자리를 몇군데 더 옮겨가면서 술을 마셨다. 그리고 오늘 처음 만난 것이다.

그는 격렬한 분노를 가누지 못한 채 나뒹굴어 있는 나를 내려다보며 분을 삭이지 못한 음성으로 말했다.

"야 이새꺄, 등쳐먹을 데가 없어서 십년 만에 만난 친구를 등쳐먹어야 했냐? 니놈이 이렇게 한량하게 술을 마시고 있을 때 사막에서 피를 말려가며 번 돈을 말야. 명색이 무공훈장까지 받았다는 놈이……"

그가 무공훈장이란 말을 하는 순간 내 입가에 싸늘한 웃음이 번졌다. 그것은 나 자신을 향한 조소였다. 그러나 그 행동은 극도의 배신감으로 치를 떨고 있는 그에게 기름을 끼얹는 결과가 되고 말았다.

"이새끼가 빌어도 시원찮을 판에 사람을 비웃어."

그는 핏기가 가실 정도로 싸늘한 표정을 지으며 나의 멱살을 움켜쥐고 일으켜세웠다.

나는 저항이나 방어를 포기한 채 그에게 몸을 맡겼다. 제법 넓은 실내에서 술을 마시던 사람들의 시선이 내게 따갑게 꽂혔다. 하나같이 저따위 파렴치한 사기꾼은 초주검이 되도록 얻어맞아도 싸다는 투의 시선이었다. 생포된 포로처럼 나는 어떤 호의나 동정을 그 누구한테서도 기대할 수 없었다. 오히려 오뉴월 복날 개 맞듯이 흠씬 무들겨맞음으로써 그들의 박제된 정의심을 충족시켜주는 좋은 안줏감이 될 뿐이었다.

유원일은 왼손으로 나의 멱살을 움켜쥐고 오른손 주먹을 어깨 높이로 겨누어 활시위를 당기듯 뒤로 뺐다. 나는 그의 앙다물어 비틀어진 입과 콧구멍 밖으로 끝을 내민 코털과 미간의 근육이 굴곡을 이루며 씰룩이는 것과 얼음에서 투사되는 빛과 같은 싸늘한 증오심이 담긴 두 눈을 똑똑히 보았다. 그리고 나의 얼굴을 향해서 맹렬히 돌진해오는 그의 주먹까지도 보았다. 그의 주먹은 체온을 지닌 그의 신체의 한부분이 아니라 싸늘한 증오심으로 뭉쳐진 물체에 불과했다.

나는 그의 주먹 앞에 얼굴을 고스란히 맡겼다. 그의 주먹이 내 얼굴을 덮칠 듯이 크게 보임과 동시에 엄청난 굉음과 폭발을 동시에 체험했다. 세상이 온통 온갖 색깔로 뒤범벅이 되어버린 것 같았다.

오른쪽 눈두덩과 콧날을 얻어맞은 나는 눈동자가 파열된 것 같은 뜨거움과 아픔을 느꼈다. 그러나 한편으로는 왠지 후련했다. 증오로 굳어진 그의 주먹 앞에 내 얼굴을 고스란히 내맡겼다는 사실로 나의 죄과를 조금이나마 속죄할 수 있다는 그런 후련함은 결코 아니었다. 십여 년 동안 나 스스로 쌓아온, 나를 에워싸고 있는 울타리의 한부분이 무너져내린 듯한 후련함이었다.

나는 코에서 흘러내리는 피를 닦을 생각조차 하지 않은 채 또다시 희미하게 웃었다. 유원일뿐만 아니라 실내에 있는 모든 사람들로부터 매도당하는 나 자신을 비웃어주고 싶어서였다.

"이새끼가 아직도 사람을 실실 비웃고 있어."

비등점까지 끓어오른 분노를 주체하지 못한 그는 다시 주먹으로 내 얼굴을 난타하다 못해 발길질까지 동원하여 내 육신을 마구 유린했다. 나는 그의 주먹과 발길질이 내 몸을 가격할 때마다 들리는 둔탁한 소리와 무거운 통증을 느끼면서도 여전히 웃고 있었다.

유원일은 한마디 변명이나 사과를 할 낌새도 보이지 않고 주먹질과 발길질을 피하지 않는 나의 멱살을 움켜쥐고 흔들며 절규하듯 소리쳤다.

"임마, 너도 월남을 가보아서 알겠지만 중동의 사막은 월남보다 더 지독한 곳이란 말이다. 총이 없어서 그렇지 전쟁터보다 더 지독한 곳이야, 이놈아."

그의 입에서 절규하듯 터져나온 전쟁터보다 더 지독한 곳이라는 말이 내 마음속으로 깊이 파고들어왔다. 사실 나는 그가 중동의 불볕 아래서 피를 말려가며 벌어온 오십만원이란 적지 않은 돈을 별 가책없이 술을 마시는 데 써버렸다. 또 그 때문에 매도를 당하면서도 별로 양심의 가책을 느끼지 않았다. 그가 휘두르는 주먹과 발길에 내 육신을 고스란히 맡겼던 것은 그만큼 철저하게 나를 포기하고 있었다는 것 이상의 아무런 의미가 없었다.

그로부터 3개월 후, 나는 두번째로 내가 태어난 땅을 떠났다. 전쟁터보다 더 지독한 곳에다 나의 모든 것을 던져버리기 위해서.

의무실을 나서 밖으로 나오니 안개가 훨씬 엷어졌다. 짙은 안개에 눌려 숨을 죽이고 있던 사막의 서늘한 밤바람이 조심스레 불어왔다.

차츰 걷히기 시작하는 안개 속을 걸으며 나는 지금까지 그런대로 유지되어왔던 안정이 뿌리째 흔들리고 있다는 위기감을 느꼈다. 위생병이었던 고태규와의 재회는 충격일 수밖에 없었다. 은신처에서 누리는 은밀한 자유와 안전이 자신을 아는 목격자로 인해 송두리째 파괴될지도 모른다는 불안, 그것은 확실히 충격이었다.

B몰드에서는 탈형공들이 첫번째 칸을 벌려서 탈형을 하고 있었다. 지금쯤 인도인들이 사다리를 세워들고 B몰드 주변에 서 있어야 할 순서였다. 그런데 인도인들은 아직도 A몰드의 아홉번째 칸에서 작업을 하고 있었다. 압둘라가 빠지기도 했지만 악랄한 노예감독인 내가 자리를 비운 탓에 인도인들의 작업이 상당히 늦어진 것이었다.

시간은 벌써 열한시가 지났다. 사막의 밤바람이 살갗을 간질일 정도로 조금씩 불어왔지만 몰드에서 내뿜는 열기는 여전했다.

인도인들의 움직임은 뼈대마저 녹아버린 듯 팔놀림이 흐느적거리기만 할 뿐 도무지 힘이라고는 들어 있지 않았다.

"잘디, 잘디!"

나는 고함을 빽 질렀다. 나를 의식한 인도인들의 팔놀림이 조금 빨라지면서 힘이 들어가는 것 같았다.

인도인들이 A몰드 청소를 끝냈을 때는 이미 자정에서 15분이나 지나 있었다. B몰드를 해체하던 탈형공들은 인도인들보다 먼저 탈형을 끝내고 숙소로 돌아갔다.

내가 분무기통을 등에 지고 청소를 끝낸 A몰드면에 기름을 뿌리고 나오자 표준태가 다가왔다.

"B몰드 청소도 마저 끝내놓고 들어가."

표준태의 말은 명령이었다. 그가 쓰고 있는 안전헬멧에 그어진 석 줄의 붉은 선이 나를 위압하고 있었다. 그것은 배터리몰드 노동자들의 최고우두머리인 총반장이라는 직책의 표시였다.

표준태가 이 안전헬멧을 쓴 것은 능률급제 작업이 시작된 날이었다. 그날 오전작업이 시작되기 전, 정일만 대리가 노동자들을 몰드 옆의 공터로 집합시키고는 그 안전헬멧을 씌어주며 말했다. 오늘부터 배터리몰드의 모든 작업지휘를 표준태 반장이 할 테니 모두들 그의 지시에 잘 따르라고.

일을 시작하기 위해 흩어지는데 길관수가 "흥, 장엄한 대관식이군" 하고 비꼬아 말했다. 몇걸음 뒤에서 그 말을 들은 표준태의 눈초리가 화살처럼 날아가 길관수의 등에 꽂혔다.

"지금 뭐라고 했어?"

표준태가 길관수의 뒷덜미를 움켜잡으며 날을 세운 목소리로 말했다. 그러자 바람이 일 정도로 빠르게 몸을 돌리며 길관수가 오른쪽 팔꿈으로 표준태의 팔목을 후려쳤다. 그 바람에 표준태는 움켜쥐었던 길관수의 뒷덜미를 놓쳤다.

몸을 돌려세운 길관수가 표준태를 노려보며 말했다.

"너의 야망이 이루어졌을지는 몰라도 이것으로 모든 것이 끝났다고 생각지는 마. 나는 처음부터 네가 이렇게 될 줄 알고 있었어."

길관수의 목소리에는 힘이 담겨 있었다.

표준태가 뜨끔하여 선뜻 무어라 말을 못하자 길관수는 다시 몸을 홱
돌려서 걸어갔다. 다행히 더이상의 충돌은 없었지만 표준태가 그 일을
결코 잊지 않으리라는 것을 나는 알고 있었다. 치밀하면서도 끈질긴 성
격의 표준태가 언젠가는 반드시 길관수에게 빚을 갚고야 말리라는 것을.

나는 표준태의 지시에 굴욕감을 느끼면서도 거부할 수가 없었다. 죽음
에 대한 두려움 때문에 온몸이 졸아들면서도 정글을 수색하는 척후조로
늘 앞장을 서야 했던 것처럼 나는 어쩔 수 없이 그의 지시를 따랐다.

인도인들이 B몰드의 마지막 칸 청소를 끝마친 것은 새벽 두시가 조금
지나서였다. 모두가 지쳐 있었다.

노동자들이 북적대고 바이브레이터의 굉음 같은 진동소리를 비롯해서
온갖 소음이 들끓던 작업장은 괴이할 정도로 조용해졌다. 콘크리트가 채
워져 있는 C몰드와 D몰드에 들어가는 스팀이 쉿소리를 내며 정적을 깼
다.

인도인들은 모두 다 입을 다물고 있었다. 한마디 말조차 할 수 없을
정도로 기진한 모양이었다.

인도인들이 모두 캠프로 돌아간 뒤에도 나는 담배를 피워물고 타워크
레인의 레일 위에 주저앉아 있었다. 사람 그림자라고는 어디에도 없는,
강철과 콘크리트와 모래뿐인 작업장은 생명체가 존재하지 않는 외계의
어느 한곳이 아닐까 하는 느낌이 들 정도로 괴기하였다. 강철과 콘크리
트와 모래, 이 무기질의 물체들 사이에서 처절하게 몸부림치는 노동자들
의 모습이 환영처럼 되살아났다. 표준태가 몰드 위에 당당하게 서 있었
다. 나는 나도 모르게 앉아 쏴 자세로 그를 향해 총을 겨누었다. 방아쇠
를 당겼다. 표준태가 허공을 움켜잡으며 몰드 아래로 곤두박질쳤다. 나
필규 중사처럼.

손끝이 뜨거웠다. 인지와 중지 사이에 끼고 있던 담배 필터가 반쯤 타
고 있었다. 나는 깜짝 놀라서 손을 털듯이 그것을 버렸다. 손끝에 감지
된 뜨거움보다는 방금 내가 품었던 살의에 놀라서 그것을 떨쳐버리기 위

한 몸짓이었다. 그러한 생각을 했던 나 자신이 갑자기 무서워졌다. 그러한 나로부터 도망이라도 치려는 듯 나는 자리를 털고 일어섰다.

그때였다. 배터리몰드와 2공장 사이의 길을 따라서 누군가가 걸어오고 있었다. 하얀 런닝셔츠와 팬티만 입은, 잠자리에서 그대로 나온 차림이었다. 무엇을 노려보기라도 하듯 고개를 꼿꼿이 세운 채 걸어오는 그는 맨발이었다. 타워크레인의 중간에 달린 수은등의 불빛에 드러난 그의 속옷이 날카로울 정도로 희게 보였다. 섬뜩한 예감이 내 머리끝을 쭈뼛거리게 했다.

그는 타워크레인의 레일 가까이 다가왔다. 나는 그제서야 그가 누구인지를 알 수 있었다. 탈형공 신상용이었다.

그는 나를 충분히 볼 수 있는 거리인데도 불구하고 그냥 몰드 쪽으로 저벅저벅 걸어갔다. 몰드에 다가간 그는 무엇인가를 두리번거리며 찾았다. 이윽고 자루가 긴 커다란 망치를 찾아들고는 몰드를 두들기기 시작했다. 두 손으로 북채를 움켜쥐고 휘둘러서 커다란 북을 치는 것처럼.

"탕— 탕—"

그가 휘두르는 망치가 몰드를 칠 때마다 깊은 밤의 정적이 깨졌다. 그 소리는 사막의 어둠속으로 흡수되어버렸다.

몰드는 두껍고 견고했다. 두꺼운 강철로 만들어진 몰드는 그가 아무리 망치로 두들겨도 끄떡없었다. 그렇지만 그는 거대한 무쇠틀을 기어이 박살내려는 듯 계속해서 망치를 휘둘렀다.

나는 그가 망치를 휘두르는 것을 보며 그 소리를 듣고 누가 오지 않을까 하는 두려움으로 조바심이 났다. 그러나 선뜻 그의 행동을 제지할 수가 없었다.

나는 그가 정상적인 정신상태가 아니라는 것을 알았다.

베트남에서 밤이 되면 얼굴에다 하얗게 치약을 바르고 밖으로 나가려던 병사가 있었다. 언젠가는 총의 안전장치까지 풀고 난사를 하기 직전에 발각이 된 적이 있었다. "야, 이 콩들아, 나와. 모두 죽여버릴 테다"

하고 고함을 지르지 않았다면 그날 밤 끔찍한 일이 벌어지고 말았을 것이다.

나는 그가 휘두르는 망치에 인간을 비참하게 만드는 저 거대한 무쇠틀이 박살이 나버렸으면 하는 심정으로 우두커니 서서 바라보았다.

그는 차츰 힘이 빠지는지 그토록 세차게 휘두르던 망치의 속도가 점점 떨어졌다. 끝내는 망치를 끌듯이 들어서 몰드를 두드리고는 놓아버렸다. 그리고는 허탈하게 서서 몰드를 바라보았다.

내가 그에게 다가가도 그는 두 팔을 늘어뜨린 채 망연히 서 있었다. 그가 몽유병 증세 때문에 이렇게 되었다면 언제부터인지는 모르지만 아무튼 오늘밤만은 아닐 것이라는 생각이 들었다.

나는 조심스럽게 "신상용씨" 하고 그의 이름을 불렀다. 그가 깜짝 놀라며 나를 바라보았다. 나는 천천히 담배에 불을 붙여 그에게 건네주었다. 그는 말없이 내가 건네준 담배를 받아서 입에 물었다.

"신상용씨, 나를 알겠습니까?"

그는 천천히 고개를 끄덕였다.

"저리 가서 앉읍시다."

나는 그의 어깨에 손을 얹고 조금 전 내가 앉아 있던 레일 쪽으로 갔다.

"내가 왜 이 시간에 여기 왔는지 모르겠어요. 꼭 꿈을 꾸고 있는 것만 같아요."

레일 위에 앉아서 담배를 반쯤 피우고 난 뒤 그가 말했다. 나는 그의 말에 마음속으로 대꾸를 했다.

'그럴 거요. 우린 모두 지독한 악몽 속에서 헐떡이고 있는지도 모르죠.'

"난 하루에도 몇번씩 몰든가 뭔가 하는 저 무쇠틀을 부수는지 몰라요. 그리곤 저주를 퍼붓곤 하죠. 저따위 것을 설치해놓고 일을 시키는 회사에 말이오. 사실 난 이런 일을 한번도 해본 적이 없어요. 순전히 나이롱이에요. 이곳에 오면 목돈을 벌 수 있다기에 브로커에게 사십만원을 주고 왔어요. 그의 말이 직종을 탈형공으로 하면 시급을 많이 받을 수 있다고 해서 탈형공이 된 거죠. 원래 난 고등학교 교사였는데 3년 전에 쫓겨났어요. 내가 가르치던 여학생과 사랑을 했기 때문이에요. 그녀와 결혼식은 못 올렸지만 우리는 실질적으로 결혼을 했어요. 함께 살고 있으니까요. 그녀는 곧 아기를 낳게 될 거예요. 난 돈이 필요했어요. 담배 한대 더 줄래요?"

내가 새로 담배를 건네주자 그는 필터까지 타들어간 꽁초로 불을 붙이고는 그것을 손가락으로 퉁겨버렸다. 그는 꽁초가 불씨를 퍼뜨리며 포물선을 그리고 떨어진 허공을 응시하면서 몇모금 담배를 깊이 빨아들였다.

"이곳은 정말 지독한 곳이에요. 지옥이나 다름없지요. 인간이 왜 소모품처럼 사용돼야 하는 거죠? 난 요즘 들어 이곳의 지독한 환경 못지않게 사람들이 더 무섭단 생각이 들어요. 비록 돈이 필요해서 오긴 했지만 어떻게 스스로들 돈의 노예가 되려고 하는지 모르겠어요. 능률급제 작업이 시작되기 전에도 난 마지막 한방울의 땀까지도 쥐어짜가며 일했어요. 나이롱이란 소릴 듣기 싫어서요. 나의 체력과 의지를 훨씬 넘어서 필사적으로 벌이는 사투나 다름없었어요. 과연 일년 동안 버텨낼 수 있을까, 얼마 못 가서 쓰러져버릴지도 몰라, 이제 한달 후면 태어날 아기의 얼굴도 못 보고 죽을지도 몰라, 하는 따위의 두려움 때문에 언제나 전전긍긍하면서 지냈어요. 그런데 한술 더 떠서 능률급제 작업이 시작된 거예요. 도대체 이건 인간이 할 수 있는 일이 아니에요. 나는 몇번이나 몰드 사이에서 쓰러질 뻔했어요. 앞이 캄캄해지면서 아무것도 보이지 않고 숨이 끊어질 것 같았어요. 내가 비틀거려도 누구 하나 나를 부축해주지 않았어요. 오히려 핀잔만 주더군요. 내가 맡은 일을 제대로 해내지 못한다고 말예요. 그러면서 나더러 나이롱일 거래요. 며칠 전부터 차츰 나를 따돌리기 시작했어요. 특히 나를 바라보는 표준태의 눈빛이 달라졌어요. 무서운 사람이에요. 그는 인간을 톱니바퀴의 한부분쯤으로 생각하고 있어

요. 그의 눈에 비친 나는 마모된 톱니바퀴쯤으로 보일 거예요. 아마 그
는 나를 내쫓고 말 거예요. 아무 자격도 없는 나이롱이라고 말예요. 내
가 나이롱이라는 것이 탄로나면 강제귀국을 시킬 테죠. 그 비싼 비행기
값을 내게 물려서 말이죠. 아마 내가 이곳에 와서 석 달 동안 번 것을
다 합쳐봐야 항공료도 안될 거예요."

　그는 떨고 있었다. 쫓겨가게 될지도 모른다는 두려움 때문인지 아니면
서늘한 새벽의 냉기 때문인지는 모르지만 심하게 떨었다. 이어 그는 고
개를 떨군 채 어깨를 들먹이며 울기 시작했다. 그의 울음소리가 내 가슴
을 후벼파는 것처럼 아프게 했다.

　"너무 걱정 말아요. 자격을 뒷받침해줄 객관적인 근거가 아무에게도
없잖아요. 그리고 분명히 계약을 했구요. 설사 신형이 무자격자라 해도
그건 어디까지나 회사의 불찰이에요. 신형말고도 경험이 없는 사람들이
많아요. 그래도 누구도 쫓겨갔다는 말은 듣지 못했어요. 내가 보기엔 신
형은 지금까지 누구 못잖게 잘해왔어요."

　나는 그 다음 말을 잇지 못했다. 지금까지 잘해왔던 것처럼 남은 기간
까지 참고 지내라는 말을 차마 할 수가 없었다. 하루에도 몇번씩이나 앞
이 캄캄해져서 아무것도 보이지 않는다는 그 지옥 같은 공간 속에서 어
떻게 더 잘해보란 말인가.

　"사람들이 왜 그런지 모르겠어요. 모두가 돈 때문에 눈에 불을 켜고
있어요. 내가 비틀거릴 때 누가 내 손을 한번만 잡아주어도 끝까지 버틸
수 있을 것 같았어요. 이 지옥 같은 환경보다 나를 더욱 절망케 하는 것
은 사람들이에요."

　그의 흐느낌이 좀 진정되었다. 그러나 그는 여전히 떨고 있었다. 아마
도 사막의 서늘한 새벽바람 때문인 것 같았다.

　나는 작업복 상의를 벗어서 그의 어깨를 덮어주고 싶었다. 그러나 땀
과 기름과 먼지에 전, 걸레보다 더 더러운 옷으로 그의 몸을 덮어줄 수
는 없었다. 마찬가지로 고통과 두려움과 절망에 떨고 있는 그를 위해 따

뜻한 위로나 격려의 말도 해주고 싶었지만 아무 말도 할 수가 없었다.

"신형, 이제 그만 들어가죠."

나는 떨고 있는 그의 어깨에 손을 얹으며 말했다.

멀리 사막의 동쪽 지평에는 천연가스를 태우는 화광이 붉게 타올랐고 사막의 이른 새벽을 맞이할 하늘은 푸른 빛을 띠고 있었다.

11

낯선 도시

"인형, 박정희가 죽었어요. 중앙정보부장이 쐈대요."

오전 간식시간이 거의 다 되었을 무렵, 길관수가 내게 다가와 굳은 표정으로 말했다.

나는 설마 하며 길관수를 쳐다보았다.

"BBC의 아침뉴스에서 들었다면서 방금 다녀간 영국인 검사관이 그러더군요. 지금 국내에는 계엄령이 선포되고 신문이나 방송이 모두 침묵을 지키고 있다나봐요."

대통령의 죽음. 심복 중의 심복이라 할 수 있는 중앙정보부장에 의한 피살이라니. 여섯 시간의 시차와 열여섯 시간의 비행거리만큼 떨어져 있는 이 지구의 오지에서 듣는 소식은 너무도 충격적이었다. 나는 처음으로 추상적으로 생각했던 조국과 나 사이에 떼려야 뗄 수 없는 끈이 연결되어 있음을 느꼈다.

"드디어 독재의 아성이 무너지고 오욕의 역사에 마침표를 찍게 되는가봅니다."

길관수가 마침 다란 공항에서 이륙한, 태극마크가 선명하게 보이는 대한항공 여객기의 꽁무니에 시선을 보내며 감회어린 표정으로 말했다. 그는 조국의 대통령이 시해를 당했다는 사실보다는 독재자의 시대가 끝났다는 것을 더욱 중요하게 생각하고 있는 것 같았다. 그러나 내겐 그가 말한 독재와 역사라는 말이 별로 실감있게 받아들여지지 않았다. 사실 나는 지금까지 박정희라는 인물을 독재자라고는 별로 생각지 않았었다. 나는 사회의 구성원으로서 결격된 삶을 살아왔을 뿐만 아니라 내가 살고 있는 시대의 사회와 정치현실을 바라보는 눈을 뜨지 못했던 것이다.

"이제 이곳의 상황도 달라질 수 있는 가능성이 보이는 것 같아요. 우리가 어떻게 행동하느냐에 따라서 말입니다."

나는 여전히 길관수의 말에 공감이 안되었다. 그의 말처럼 설사 독재의 아성이 무너졌다고 해도 수만리 떨어진 이곳에까지 영향을 미칠 수 있다고는 생각되지 않았다.

"철근작업이 왜 이렇게 늦어? 오전중에 콘크리트 치기는 글렀잖아."

탈형조의 조장 직책을 김태환에게 물려주고 배터리몰드의 작업 전체를 지휘하는 총반장인 표준태가 몰드 위에 서서 철근공들에게 고함을 질렀다.

"이곳에서는 새로운 독재자가 권력을 잡았는데 무슨 변화가 생기겠어요."

나는 표준태를 염두에 두고 길관수에게 냉소적으로 말했다.

표준태는 이제 자신의 지위를 확고히 다졌다.

나흘 전, 인도인들에게 몰드 청소를 늦게까지 시키고 숙소로 들어간 그는 아침에 작업장에 나오자마자 몰드 사이에 들어가 점검을 하다 "야 인지훈, 이리 와봐. 이걸 청소라고 했어" 하고 고함을 빽 질렀다. 기름통을 짊어지고 그와는 한칸 앞에서 몰드면에 기름을 뿌리고 있던 나는 못 들은 척 그대로 하던 일을 계속했다.

"니기미 씨팔, 말이 말 같잖나, 왜 대답이 없어!"

그는 내가 자신이 서 있는 바로 앞칸에 있는 것을 알고 있는 듯 다시 고함을 질렀다. 란드가 걱정스런 낯빛으로 내게 다가와 표준태가 서 있는 칸을 손가락으로 가리켰다.

하던 일을 마저 끝내고 그가 서 있는 칸으로 들어가자 표준태는 눈을 하얗게 치켜뜬 채 나를 노려보며 모욕적인 말을 서슴없이 내뱉었다.

"씨팔, 이따위로 일을 해놓고 능률금을 받을 수 있을 것 같아? 발바닥으로 해도 이보다는 낫겠다. 입으로 좆나발만 불지 말고 똑바로 일을 해."

그가 손가락으로 가리키고 있는 몰드의 상단부에 두 줄의 회색빛 시멘트막이 아치 모양을 그리면서 선명히 남아 있었다.

모두가 숙소에 들어가 곤한 잠에 떨어진 새벽 두시가 넘어서 지칠 대로 지친 인도인들이 청소를 끝마쳤을 때, 나는 일부러 확인을 하지 않았다. 설사 그것이 눈에 띄었다 하더라도 그냥 두었을 것이다. 그렇게 해서라도 최소한의 나의 자존심을 살리고 싶었던 것이다.

표준태는 그날 나에게뿐만 아니라 다른 노동자들에게도 자신의 지위를 확인시키기 위해 여러차례 그와 비슷한 행동을 했다. 특히 전공 조완주에게 한 그의 처사는 실력자로서의 위세를 유감없이 보여주었다.

전공들이 전선이 들어갈 PVC 파이프를 배관하고 스위치박스와 그외 다른 부품들을 철근에 부착하고 있을 때 표준태의 고함이 몰드 사이에서 터져나왔다.

"씨팔, 시키는 대로 하면 될 것 아냐."

마침 몰드 위에 서 있던 정일만 대리가 그 소리를 듣고는 슬며시 몰드에서 내려와 사무실로 들어가버렸다. 누가 보아도 일부러 자리를 피해주는 것으로밖에 보이지 않았다.

"씨팔 좆팔 하지 마. 니가 반장이 되었으면 되었지 왜 공연히 생트집을 잡고 지랄이야."

조완주는 조금도 물러서지 않고 맞대들었다.

조완주가 하고 있던 일은 터미널이라고 하는 손바닥만한 쇠로 된 직사각형 통을 용접해서 철근에 붙이는 일이었다. 지금까지 위와 아래 두 군데만 용접을 해서 붙이던 것을 표준태가 양옆에도 용접을 하라고 해서

사단이 생긴 것이다.

"두 군데 하는 것보다 네 군데 하면 튼튼하니까 하는 소리 아냐!"

"그러면 아예 뺑 돌아가며 다 때워주지."

"누가 너하고 말따먹기하고 있는 줄 알아? 좆까는 소리 하지 말고 아래위하고 양옆 네 군데만 때워."

"좆도 나는 못하겠다. 하고 싶으면 니가 해라."

"못하겠다 이거지? 그래, 알았어."

표준태는 웬일인지 그 자리를 선선히 떠났다.

몰드 밖으로 나온 그는 곧장 현장사무실로 들어갔다. 현장사무실에서 무슨 말이 오갔는지 조완주는 사흘 동안 작업정지처분을 받았다.

나는 이곳에 도착해서 얼마 안 되었을 때, 인도인들을 휘어잡기 위해서 한 인도인에게 사흘 동안 작업정지처분을 내렸던 일을 생각했다. 나 역시 표준태와 다를 바 없다는 자괴심 때문에 낯이 뜨거워졌다.

그 일이 있고 나서는 그 누구도 표준태와 맞서려 하지 않았다. 몰드 위에 버티고 서서 욕설이 섞인 고함을 지르는 표준태의 지위는 그의 안전헬멧에 그어진 선명한 세 개의 붉은 선처럼 뚜렷이 드러났다.

"표준태 저치는 총반장이라는 직책과 몇푼의 돈에 눈이 어두워 우리를 회사에 팔아먹은 놈이오."

길관수가 몰드 위에 서 있는 표준태를 노려보며 말을 계속했다.

"국가와 소규모집단이라는 차이는 있을지 몰라도 능률급제 작업을 전제로 해서 벌어지고 있는 이곳의 현실은 군사정권이 집권하고 있던 시대와 다를 바가 없소. 한일협정만 해도 그렇소. 경제개발을 한다는 구실로 돈 몇푼을 받고는 36년 동안이나 일본이 저지른 모든 것을 탕감해주었소. 이완용을 비롯한 매국노들이 일본에 나라를 팔아먹었다면 군사정권은 다시 일본에 역사를 팔아먹은 것이오. 그리고는 빈곤을 퇴치한다는 정치목표를 내세우고는 20년 동안 줄곧 국민의 희생만 강요해왔소. 군사정권을 반대하는 대학생들과 지식인들과 재야인사들, 그리고 그밖의 많은 사람들을 고문하고 투옥시켰소. 이곳에서도 능률급제 작업을 반대했던 동료들을 어디론가 끌고 가버렸소. 표준태가 회사를 등에 업고 주도하지만 않았어도 능률급제 작업이 이처럼 쉽게 시작되지는 않았을 것이오. 표준태 저치는 아주 비열하면서 열등한 독재근성이 있는 놈이오."

"야, 인지훈, 길관수, 뭘 쑥덕거리고 있어? 인지훈, 인디아들 C몰드로 데리고 가서 준비해!"

표준태가 몰드 위에 서서 소리를 질렀다.

"저치는 우리의 피와 땀을 회사에 팔아먹은 놈이오. 어떻게 해서든 저치를 없애버려야겠소."

길관수가 노기띤 목소리로 나지막이 말하고는 패널을 세워둔 쪽으로 걸어갔다. 표준태에게 테러라도 하겠다는 것인지 아니면 그를 배터리몰드에서 축출하겠다는 것인지 분명히 알 수는 없었다. 그러나 나는 그의 말에서 불안과 기대를 동시에 느꼈다.

점심시간이 다 되어갈 무렵, 대통령의 죽음은 모든 노동자들에게 알려졌다. 회사에서 대통령의 죽음에 대해 공식적인 발표가 없었는데도 소문은 바람처럼 노동자들의 귀와 입으로 번져갔다. 노동자들은 일손을 놓고 삼삼오오 모여서 대통령의 죽음에 관한 얘기들만 하고 있었다. 대부분의 노동자들은 그럴 리가 없다는 표정을 지으면서도 그에 관한 얘기에 열중하였다.

점심시간이 되어 숙소에 들어갔을 때에야 비로소 회사에서는 대통령의 죽음을 실내에 있는 스피커를 통해서 알려주었다. 그러나 대통령이 어떻게 죽었는지에 대해서는 한마디도 언급하지 않았다. 이런 때일수록 유언비어에 귀기울이지 말고 맡은 일을 열심히 해달라는 당부말고는.

오후작업은 임시휴무였다.

점심을 먹은 뒤 샤워를 하고는 에어컨이 서늘하게 더위를 식혀주는 숙소에서 동료들은 대통령의 죽음에 관한 얘기를 끝없이 했다. 생전의 그의 치적에 대해서, 혹은 몇년 전에 피격을 당해서 죽은 영부인에 대해서도. 그러나 아무도 길관수처럼 그를 독재자로 매도하지는 않았다.

2공장에 소속되어 있는 철근공 양만철이 애석하다는 투로 말했다.

"아까운 인물이 죽었어. 우리가 이만큼 살게 된 것도 그 양반이 정권을 잡았기 때문인데……"

양만철이 말을 끝내기도 전에 철골제작장 소속의 용접공 김규화가 그의 말꼬리를 자르며 말했다.

"누가 죽으면 생전에 잘못한 것보다는 좋은 점만을 말하는 걸 미덕으로 아는데, 박통이 정권을 잡아서 잘살게 된 것은 우리 같은 노동자가 아니라 배부른 기업가들이라구."

"그래도 그 지긋지긋한 보릿고개가 없어지고 우리도 외국에까지 나와서 돈벌이를 할 수 있게 되었잖아."

양만철의 옆자리에 있는, 역시 2공장 소속의 배만수가 역성을 들었다.

"우리가 여기 와서 돈벌이를 하는 게 무슨 벼슬이라도 하는 줄로 아는데, 천만에, 우리가 여기서만큼만 일을 하면 국내에서도 충분히 이만큼은 벌 수가 있어. 우리가 하루에 몇시간이나 일을 하는지 따져보기나 하라구."

김규화는 경멸이 섞인 떫은 표정으로 응수했다.

"그럼 국내에서 마누라가 해주는 밥 먹으며 돈벌이를 할 일이지 뭐 빨라고 여기까지 와서 고생을 해."

배만수의 말에는 가시가 돋쳐 있었다.

김규화는 표정을 굳히고 잠시 배만수를 노려보듯이 바라보고는 "당신 같은 사람들이 의외로 많았기 때문에 박통이 20년간이나 독재를 할 수 있었던 거야. 그렇게 박통이 죽은 게 슬프면 청와대로 문상이나 가지 그래" 하고는 더이상 입씨름을 않겠다는 듯이 벌렁 드러누워버렸다.

"동네 이장 일을 맡아 해도 잘하니 못하니 말이 많은데 하물며 한 나라의 대통령을 하자면 하나에서 열까지 다 잘할 수만은 없었을 테지."

양만철이 벌렁 드러누운 김규화를 바라보며 어색해진 분위기를 누그러뜨리려는 듯 부드러운 어조로 말끝을 여미었다.

나는 길관수가 오전에 작업장에서 했던 말을 생각하며 과연 내가 살아
온 시대를 어떤 눈으로 보아왔는가를 자문해보았다. 아무것도 본 것이
없었다. 제대를 한 후 십년이라는 세월을 고치 속의 번데기처럼 살았다
는 생각이 들었다. 그렇다고 빛나는 날개를 펼치고 자유롭게 날 수 있는
꿈을 키우고 있었던 것도 아니었다.

오로지 폐쇄 속의 정체로 이어지는 나날들이었을 뿐이다. 그러한 가운
데 내가 본능적이다시피 꿈꾸고 바랐던 것은 도피였다. 내가 속해 있는
사회에서 일어나고 있는 일들은 모두 나와는 상관이 없었다. 오로지 그
모든 것으로부터 끊임없이 멀어지고만 싶었을 뿐이다.

나는 이곳에 와서 세 번인가 알코바로 외출을 나갔었다.

한국인, 인도인, 예멘인, 방글라데시인, 필리핀인, 파키스탄인, 미국
인, 유럽인, 일본인, 중국인 등 여러 인종들이 북적대는 상점이 밀집한
다운타운만 벗어나면 도시는 권태로울 정도로 조용했다. 그리고 모든 게
이질적이었다.

거의 공통적이다시피 흰색으로 칠한 주택의 담과 벽, 한낮의 강렬한
햇살, 사막 같은 정적, 건조한 먼지와 열기, 거리의 맵싸한 냄새, 회교
사원의 뾰족탑에서 느리게 울려나오는 예배시간을 알리는 음악 등, 낯선
이방의 도시가 지니고 있는 이질감과 익명성이 내게는 한없이 편했다.
특히 정지되어버린 듯한 도시의 고요 속에는 끝을 알 수 없는 어떤 심연
이 있을 것 같았다. 그 심연은 이 도시의 모든 사람들의 고뇌와 욕망과
증오와 갈등과 욕정까지도 모두 받아들일 것 같았다.

나는 도시 어디엔가 있을 것 같은 심연을 찾아서 그 속으로 끝없이 빠
져들고 싶었다. 그것은 내게 있어 도피에 대한 무의식적인 욕구였고 강
렬한 충동이자 유혹이었다.

나는 매번 이 이방의 도시를 몽유병자처럼 헤매고 다녔다. 낯선 거리
의 풍경과 이따금씩 마주치는 이 나라 사람들의 특이한 차림새와 무표

정, 눈에 보이지는 않지만 분명히 느낄 수 있는 배타적인 회교율법, 한 낮인데도 텅 비어 있는 듯한 도시의 공허함, 그런 것들은 내가 처음 접해보는 생경함이었다. 그 생경함 뒤편에는 편안히 안주할 수 있는 세계가 있을 것 같았다. 그것은 망각의 세계일지도 모른다. 나와 관련된 모든 것들로부터 차단된, 내 의식의 뿌리마저 뽑혀버린 단절의 세계.

그러나 이방의 도시를 헤매다 마지막 버스를 탈 때의 심정은 바로 절망 그것이었다. 내가 안주하기를 열망하는 세계는 내가 존재하는 한 어디에도 있을 수 없다는 것이 확인되는 데서 비롯된 절망이었다. 낯선 도시의 그 나른하고 몽상적이기까지 한 생경함 때문에 맛볼 수 있었던 편안함은 신기루와도 같은 것이었다.

만약 이 나라에 도착한 즉시 회사에서 여권을 회수하지 않았더라면 나는 다른 어디론가 끝없이 도피를 하였을 것이다. 나를 알고 있는 사람들과 나 자신으로부터 영원한 미아가 되기 위해서.

나는 절망을 안고 돌아와야 한다는 게 두려워 세번째인가의 마지막 외출 이후 한번도 외출을 하지 않았다.

대통령의 죽음 이후, 국내에서 들려오는 소식은 하나같이 충격적이고 불안했다. 대엿새나 지난 신문을 통해서 접하는 뉴스는 그렇다 치고 교대를 해서 새로 도착한 노동자들의 입을 통해서 전해지는 소식들은 당장 국내에서 정변이라도 일어날 것처럼 흉흉하기만 했다.

그러나 대부분의 노동자들은 국내에서 6·25와 같은 전쟁만 일어나지 않는다면 누가 정권을 잡아도 대수로울 것이 없다고 생각하는 것 같았다. 생계수단이 노동밖에 없는 노동자들로서는 민주정부가 들어서건 독재정권이 다시 시작되든 간에 자신들과는 거리가 먼 서울의 정치인들이나 신경을 쓸 일쯤으로 여기고 있는지도 모른다. 설사 관심이 있다손 치더라도 매일같이 먹고 자고 일만 하는 고된 생활에서 정치현실에까지 신경을 쓸 겨를이 없었다.

능률급제 작업을 시작한 후 처음 급료명세서에 사인을 한 노동자들은 만족하지는 않았지만 그렇다고 아주 불만족해하지도 않았다. 한달 기준으로 해서 시급에 따른 개인차는 조금 있었지만 평균 150불 남짓 능률금이 가산되었다. 애당초 정일만 대리가 말한 수령액의 절반에 해당하는 금액에는 조금 못미쳤지만 그런대로 수긍을 하는 모양이었다.

인도인들에게는 능률금이 일률적으로 70불씩 지급이 되었다. 인도인들은 모두 다 만족한 표정이었다. 그들 나라의 임금수준으로 볼 때 능률금이 가산된 액수는 상당한 금액이었기 때문이다.

대통령 시해 사건이 있은 후, 길관수는 능률급제 작업을 반대했던 전공들과 철근공들에게 기본작업시간인 여덟 시간만 일을 하자고 은밀하게 설득을 했었다. 그렇게 하면 회사가 내세우는 규칙에 조금도 위배될 것이 없을 뿐더러 얼마 안 가서 능률급제 작업을 중단시킬 수 있으리라는 계산이었다.

그러나 능률급제 작업을 반대하다 어디론가 끌려가버린 동료들을 생각하고는 우선 첫번째 급료명세서를 받고 나서 보자는 대다수의 의견에 부딪쳐 뜻을 이루지 못했다. 막상 급료명세서를 받아본 철근공들과 전공들은 굳이 회사와 맞서는 것을 원치 않았다. 기왕 고생하러 온 바에야 한 푼이라도 더 버는 것이 상책이다 싶은데다 끝까지 반대를 해본들 득이 될 게 없으리라는 생각이었다.

길관수는 맥이 빠지는지 더이상 그 문제에 대해 입을 열지 않았다. 그는 맡은 일만 할 뿐 침울할 정도로 말이 없었다.

나는 내심 차라리 잘되었다는 생각이 들었다. 인도인들은 더이상 악다구니질을 하지 않아도 알아서 척척 일을 해주었다. 게다가 고둥껍데기 속의 게처럼 웅크리고 있으려는 나를 집요하게 자극하던 길관수의 나에 대한 관심도 멀어졌다. 능률급제 작업이 시작되기 전후에 겪어야 했던 갈등 또한 없어졌다. 비록 능률급제 작업이 시작되면서부터 정신없이 일에 쫓기기는 했지만 갈등없이 지내는 것이 한결 편했다.

12월로 접어들어서는 맹위를 떨치던 불볕마저도 수그러들어서 주간기온이 30도를 조금 웃도는 정도였다. 두어 차례 생명수 같은 비까지 내려 마른 대지를 적셔주기도 했다. 작업장 주변의 모래땅에는 언제 돋았는지도 모르는 작은 식물들이 깨알보다도 더 작은 꽃을 무수히 피워댔다. 자세히 들여다보지 않으면 그것이 꽃인 줄도 모를 정도로 작았다. 그런가 하면 무릎 높이의 작은 교목처럼 생긴 식물들의 철사처럼 빳빳한 가지마다 녹두알 같은 잎들이 제법 무성하게 피어나고 있었다. 정원에 심어진 잘 손질된 회양목을 보는 것 같았다. 가끔 근처에서 풀을 뜯던 낙타들이 작업장 주변에까지 와서 잎을 뜯어먹다 말고 긴 목을 쳐들고는 윗입술을 벌름거리며 격렬하게 일을 하고 있는 노동자들을 물끄러미 쳐다보기도 했다.

1월 들어 내린 서너 차례의 비는 모래땅에 물이 고일 정도로 빗줄기가 굵고 세찼다. 이른 아침에는 기온이 영도까지 내려가 살얼음이 얼곤 하였다.

염열로 이글거리던 사막에서 맞는 계절의 변화는 자연에 대한 경이와 함께 막연하게 신의 존재까지도 느끼게 해주었다.

나는 계절의 변화와 함께 실로 오랜만에 육체와 정신이 아주 평온한 상태를 유지할 수 있었다. 노동의 강도는 여전하였지만 식욕도 늘어났고 잠도 훨씬 깊고 달게 잤다.

이따금씩 앞날에 대한 일들도 생각해보곤 했다. 이곳에 와서 번 돈 전부가 자동으로 은행의 내 구좌로 송금되었기 때문에 꽤 많은 돈이 저축되어 있었다. 게다가 이곳에서 매달 사우디돈으로 받는 현금 또한 3천 리얄 가까이나 수중에 있었다. 내가 세상에 태어나서 처음으로 벌어보는 큰돈이었다. 돈이 생기자 비록 구체적이지는 않지만 자연스럽게 앞날의 일에 대해서도 생각이 미치곤 했다.

휴일이면 숙소의 동료들과 알콜이 없는 덴마크산 맥주내기 바둑을 두는 여유도 생겼고 가설극장처럼 야외에서 상영하는 영화를 보는 재미를 즐기기도 했다. 내가 태어나서 자란 서울이라는 도시는 나의 기억에서 점점 멀어져갔고 내 의식 속에 살아 있는 나필규 중사와 함께 악몽 같은 전쟁의 기억 또한 희미해져갔다.

베트남전쟁에서 돌아온 후 처음으로 살아 있는 내 존재에 대해서 작은 기쁨마저 생기는 듯했다.

나는 나필규 중사를 살해한 나 자신과도 조심스럽게 타협을 시작했다.

엄셔호의 갑판에서 훈장을 바다에 던져버리는 것을 목격한 길관수를 작업장에서 대할 때는 가끔 예리한 그 무엇에 내 의식이 찔리는 것 같기도 했다. 그럴 때마다 그가 나를 본 것은 우연이었으며 이곳에서 다시 만난 것도 그저 우연에 불과할 뿐이라고 마음을 눌러두곤 했다. 그리고 그가 나에게 보였던 관심 또한 그의 성격 탓이며 그가 내게서 들었다는, 살인영수증이기 때문에 훈장을 버렸다는 말 역시 그가 생각하는 대로 내버려두면 그뿐이라는 여유까지 생겼다. 한술 더 떠서 인간이란 어차피 죽기 위해서 살고 있는 존재이며 단지 그의 목숨을 빼앗은 총알이 내 총에서 발사되었을 뿐, 다른 누구의 총에 맞았을지도 모른다는 데까지 비약이 되었다. 십년 동안이나 나필규 중사의 존재에 시달리며 내 모든 것을 희생하였다는 것은 그 죄과에 대한 보속으로 충분하지 않을까 하는 자위까지 하였다.

나는 차츰 능률급제 작업을 하게 된 것을 오히려 다행스럽게 여겼다. 인간이 지닌 한계 이상의 끈기와 체력으로 일과 싸우는 노동자들의 모습에서 극기의 아름다움마저 느꼈다. 설사 착취를 당하고 있다손 치더라도 그들의 투쟁은 장렬하면서도 고귀하게 여겨졌다. 불가능하게 여겨지던 강도 높은 노동에 적응하는 놀라운 적응력과 끈기의 바탕에는 사막에 뿌리를 내리고 있는 식물처럼 강인한 생명력이 자리잡고 있었다. 일하는 도구라는 자기비하도 없었고 욕심에 눈이 어두운 어리석음이라는 자탄도 없었다. 그저 주어진 여건에서 최선을 다한다는 것은 갈등과 욕망마저도 초월한, 타오르는 불꽃 같은 격렬한 아름다움일 뿐이었다.

나는 어느덧 이러한 분위기에 휩싸여 나를 조금씩 잊어갔다.

2월로 접어들어 첫째주 휴일이 되자 나는 오랜 휴면기에서 깨어난 동물처럼 알코바 시내로 외출을 했다.

다섯 달 만에 이 도시에 나온 나는 오랜 유형생활에서 돌아온 듯한 기분으로 버스가 닿은 광장을 휘둘러보았다. 브리티시 에어웨이 청색 건물이 내려다보고 있는 광장 복판에 자리잡고 있는 분수대에서 내뿜는 물줄기가 시원스럽게 하늘로 치솟았다. 광장의 가장자리에 심어진 대추야자나무의 푸르름이 분수대의 물줄기만큼이나 나의 눈을 시원하게 해주었다.

버스에서 내린 노동자들은 서둘러 상점들이 밀집한 다운타운 쪽으로 몰려갔다.

나는 뚜렷한 목적도 없이 외출을 나온 탓에 어리둥절한 상태로 광장에 서 있었다.

광장 끝에서 왼쪽으로 조금 떨어진 곳에 사람들이 북적대는 모습이 눈에 띄었다. 한국인들이 남대문시장이라고 부르는, 싸구려 의류와 모조카펫 따위를 파는 곳이었다. 인도인, 필리핀인, 파키스탄인, 방글라데시인, 예멘인 등 주로 저개발국가의 노동자들이 이용하는 노점들이 자리잡고 있었다.

나는 별 생각 없이 그곳에나 들러보려고 발걸음을 옮겼다.

"아니, 인형 아니오? 외출하는 걸 한번도 못 봤는데 오늘은 웬일이오?" 하는 소리에 고개를 돌려보니 길관수가 반가운 표정을 지으며 등 뒤에 서 있었다. 지금 막 도착한 버스에서 내린 한떼의 한국인들이 상가가 밀집된 쪽으로 서둘러 갔다. 길관수도 그 차에서 막 내린 모양이었다.

"이렇게 모처럼 나온 걸 보니 귀국쇼핑이라도 하려는가보죠?"

그의 물음 속에는 언제 귀국을 하느냐는 물음까지도 포함되어 있었다.

"아뇨, 귀국은…… 아직 멀었어요."

"인형, 담맘에 가봤어요?"

"아뇨, 아직 한번도."

"그럼 오늘 담맘에나 갑시다."

나는 담맘이라는 도시가 이곳 알코바와는 다란 공항을 사이에 둔, 항구를 끼고 있는 퍽 오래된 도시라는 것을 알고 있었다.

"담맘에 가면 아주 편하고 좋은 데가 있어요. 인형도 가보면 맘에 들거요."

나는 길관수의 제의를 선뜻 받아들일 수가 없었다. 한 개인으로 볼 때 그는 퍽 유연하면서도 꼿꼿한 정의심과 남자로서의 패기도 있는 매력적인 인간이었다. 그러나 그가 나에게 나타내 보이는 끈질긴 관심은 부담스럽다 못해 갈등을 겪게 하는 요인으로 작용했다.

2월 들어 따가워지기 시작하는 햇살이 내리쬐는 광장에서 결정을 내리지 못하고 엉거주춤하게 서 있는 내게 "마침 저기 버스가 도착했군요" 하고 분수대 앞에 도착한 주황색 버스를 가리키며 그가 앞서 걸었다. 나는 반은 포기하는 심정으로 그를 따라 발걸음을 옮겼다.

버스 안에는 필리핀인들과 인도인들이 좌석을 거의 차지하고 있었고 그중 두 명의 한국인이 중간쯤에 자리를 잡고 앉아 있었다. 뒤쪽에 서너 개의 좌석이 비어 있었다.

길관수와 내가 버스에 오르자 통로 쪽으로 앉은 한국인이 가벼운 인사를 대신한 미소가 아닌, 어떤 의미가 담긴 미소를 지어 보였다.

빈자리에 앉으며 길관수가 나지막이 내게 말했다.

"저 친구들 술을 사기 위해 담맘에 갈 거요. 담맘에는 술 밀매꾼들이 있거든요."

나는 그제서야 우리를 보고 의미있는 미소를 지어 보였던 까닭을 알 수 있었다. 그의 눈에 비친 우리 역시 술을 사기 위해 담맘에 가는, 이를테면 은밀한 동류의식에서 비롯되었다는 것을.

"인형, 술 좋아해요?"

버스가 출발하자 길관수가 불쑥 내게 물었다. 나는 길관수의 물음에 희미한 웃음으로 긍정도 부정도 아닌 대답을 했다. 사실 이곳에 온 후 가끔씩 술 생각이 간절할 때가 있었다. 타는 목마름으로 육신이 타들어 갈 때, 차라리 독한 술을 마셔 육신을 활활 태워버렸으면 싶을 때가 더러 있었다. 그러나 역시 못견디게 술 생각이 날 때는 휴일 낮 동안 점심도 거른 채 실컷 자고 나서 밤잠을 못 이룰 때였다.

길관수가 다시 입을 열었다.

"같은 방에 있는 친구가 몇주 전에 외출을 나갔다가 술을 사가지고 와서 둘이서만 한잔 하자고 하더군요. 저녁식사 때 나온 닭튀김 몇조각과 콜라를 준비해가지고 어두워지자 둘이서 사막으로 나갔죠. 그 친구는 자기가 사온 술이 대단히 좋은 최고급 위스키라고 자랑을 하더라구요. 콜라에다 조금씩 섞어서 닭튀김을 안주삼아 홀짝홀짝 다 마셨지요. 술병이라야 납작하게 네모진 것이 스킨병보다 조금 큰 것이었어요. 그런데 술맛이 아무래도 이상했어요. 콜라에 섞었는데도 맛이 쓰고 강하기만 할뿐 술맛다운 맛이 전혀 없었어요. 이상하다 싶어서 라이터를 켜고 병에 붙어 있는 상표를 봤더니, 글쎄 그게 뭐였는 줄 알아요? 여자의 질세척제였지 뭡니까. 어디서 샀느냐고 물었더니 예멘 꼬마녀석한테서 오십 리얄이나 주고 샀다나요. 아마 상표에 표시된 알콜 40프로라는 글귀만 보고 샀던가봐요. 여자들 거기 닦는 데 쓰는 것이라고 설명을 해주고는 둘이서 배꼽을 잡고 웃었죠. 덕분에 뱃속이 깨끗하게 세척됐을 거예요."

길관수가 말을 마치자 기다렸다는 듯이 뒷좌석에 앉은 필리핀인이 목을 등받이 앞으로 내밀고는 길관수와 나의 어깨를 번갈아 두드리며 속삭였다.

"나는 선원이오. 술이 필요하다면 스카치 위스키 한병에 이백 리얄만 내시오."

길관수가 뒤도 돌아보지 않은 채 크고 단호한 목소리로 "노!"하고 말했다. 앞자리에 앉은 사람들이 길관수의 목소리에 놀란 듯 모두 고개를 돌려 우리를 바라보았다.

"이런 녀석들은 대부분 사우디 경찰의 끄나풀이죠."

길관수는 우리를 바라보는 시선에 아랑곳하지 않고 내게 낮은 소리로 말했다. 길관수의 목소리가 워낙 크고 단호했음인지 선원이라는 필리핀인은 더이상 수작을 걸지 않았다.

버스가 담맘 시내로 접어들었다.

시가지는 알코바에 비해 우중충하고 건물들은 낡아 보였다. 그 우중충함 속에는 오래된 세월의 때가 배어 있었다.

버스가 지나가는 도로와 접해 있는 골목은 침침하고 음산하기까지 했다. 골목에는 휴지조각과 비닐봉지들이 모래먼지에 덮여 군데군데 흩어져 있었고 개들이 느릿느릿 땅바닥에 코를 쑤셔박고 배회하고 있었다. 치렁한 검정색 옷차림에 검은 차도르를 쓴 여인들이 개들만큼이나 느린 걸음으로 지나다녔다. 그래서 골목은 더욱 음산하게 느껴졌다.

큰길가에 있는 상점들의 규모와 진열된 상품의 종류가 알코바의 상점들에 비해 단조롭다는 것을 차를 타고 지나치면서 보아도 금세 알 수 있었다.

시내의 중심가로 여겨지는 곳에 버스가 정차했다. 승객의 삼분의 이쯤이 내렸다. 선원이라며 술을 사라고 수작을 걸던 뒷자리의 필리핀인이 곱지 않은 눈길로 길관수와 나를 흘겨보며 내렸다. 두 명의 한국인은 여전히 앉아 있었다.

예닐곱 명의 인도인과 세 명의 필리핀인, 그리고 역시 세 명의 아랍인이 새로운 승객으로 오르고 나서 버스는 출발을 했다.

버스가 시가지 중심을 벗어났을 때쯤 길관수가 가려는 곳이 어딜까 하는 궁금증이 불쑥 고개를 치켜들었다.

"조금만 더 가면 이 버스의 종점인 항구 입구에 도착할 거예요. 그곳에 가면 바다를 바라보며 점심으로 양고기요리를 먹을 수 있는 곳이 있어요."

내가 궁금해하는 것을 이미 알고 있다는 듯 길관수가 차창 밖으로 시선을 둔 채 말했다.

나는 "길형은 무엇 때문에 사우디에 왔소?" 하는 물음이 입안에 맴도는 것을 애써 삼켜버렸다. 그가 지금까지 보여준 행동이나 말로 보아 오로지 돈을 벌겠다는 목적만으로 이곳에 온 것 같지는 않았다. 그러나 그에게 보이는 관심이 나에 대한 관심으로 연결될까 두려웠다.

버스는 시내 중심지를 벗어나서 십여 분이 지난 후에 종점에 도착했다. 버스의 창밖으로 선박의 마스트와 브리지가 보였다.

버스에서 내리자 기름냄새와 소금기가 배어 있는 바다냄새가 한낮의 열기에 섞여 왈칵 밀려왔다.

함께 내린 두 명의 한국인이 무슨 말인가를 걸 듯 잠시 머뭇거리다가 길 건너편으로 총총히 걸어갔다.

앞장서서 걷는 길관수를 따라 부두와 접해 있는 모퉁이를 돌았다.

부두가 한눈에 들어왔다. 배가 접안할 수 있는 부두의 시설은 규모가 작고 낡은 편이었다. 부두에는 시멘트와 철근 따위의 건축자재가 곳곳에 쌓여 있었다. 안식일인 탓인지 하역을 하는 모습은 보이지 않았다. 부두의 안벽에 접안해 있는 배는 두 척밖에 안 되었고 청록색 물빛의 항만에는 대여섯 척의 배가 정박해 있었다.

부두와 접해 있는 거리는 정적이 감돌 정도로 한산했다.

길관수가 모퉁이를 돌아서 이십여 미터쯤 걸어가다 낡은 이층 목조건물의 계단을 올라갔다.

나는 잠시 멈추어서서 입구를 살펴보았다. 이렇다 할 간판도 없이 출입구의 오른쪽 나무기둥에 퍼진 라면가닥 같은 아랍글자가 스프레이로 뿌린 흰색 페인트로 씌어 있었다.

나는 이곳이 무얼 하는 곳일까 하는 궁금증을 안은 채 길관수를 따라서 나무계단을 밟고 올라갔다. 밟을 때마다 나무계단이 삐그덕거리는 소리를 냈다.

이층의 출입문을 들어서자 아랍남자의 전통적인 옷차림인 통자루 같은 옷을 입은 체구가 큰 중년남자가 반색을 하며 길관수를 맞았다. 그는 머리에 착 달라붙은 차양이 없는 작고 둥근 모자를 쓰고 있었다.

길관수가 아랍남자와 자연스럽게 포옹을 하며 아랍말로 인사를 했다.

"쌀람 알라이콤(평화가 당신에게)."

"알라이콤 쌀람(당신에게 평화가)."

두 사람의 행동으로 보아 길관수가 이곳에 자주 왔었다는 것을 쉽게 짐작할 수 있었다.

길관수가 그에게 나를 친구라고 소개하자 그는 팔을 크게 벌리며 "안녕하세요" 하면서 나를 포옹했다. 아랍인의 몸에서는 인도인들과는 또다른 박하냄새와 담배냄새가 어우러진 듯한 체취가 풍겼다.

나는 그가 인종적인 공감을 전혀 느낄 수 없는 이방인임에도 불구하고 아무런 전제 없이 보여주는 호의 때문에 편한 마음으로 그를 포옹했다. 오랫동안 나 자신을 가두어왔던 폐쇄의 울이 조금씩 무너지고 있다는 느낌이 들었다.

실내에는 예닐곱 개의 테이블이 있었고 선원으로 보이는, 국적을 알 수 없는 네 명의 아시아인들이 테이블 하나를 차지하고 앉아서 차를 마시며 담소하고 있었다. 그들 중 하나가 피우는 파이프담배 연기가 가늘게 피어오르면서 구수하면서도 향기로운 냄새를 실내에 퍼뜨렸다.

길관수와 나는 부두의 전경이 보이는 창 쪽 테이블에 앉았다.

출입문의 좌측으로는 코일이 발갛게 달아오른 전열기에 고깃덩어리가 수평으로 걸쳐 있는 쇠꼬챙이에 끼워져 천천히 돌아가고 있었다. 그 안쪽으로 옷걸이처럼 세워져 있는 작은 기둥에 아랍인들이 즐겨 피우는 물담배의 흡연구와 호스가 걸려 있었다.

"이 집은 선원들을 상대로 양고기요리와 차를 파는 까페인 셈이죠. 제한적이긴 하지만 특별한 경우엔 술도 팔죠. 이 나라에 온 지 두 달쯤 되었을 때 한방에 있는 친구와 함께 와서 알게 되었어요. 난 거의 휴일마다 여길 와서 한나절을 보내다 가곤 하죠. 여길 오면 우선 바다를 볼 수가 있고 그리고 많은 사람들을 만날 수가 있어서 좋아요. 대부분 인도양과 아라비아해를 항해해온 여러 나라의 선원들인데 가끔씩은 우리나라 선원들도 만날 때가 있어요."

길관수의 말은 출입문을 열고 들어온 열서너살쯤 되어 보이는 아랍소년 때문에 끊겼다. 인도인과 한국인의 중간쯤으로 여겨지는 가무잡잡한 피부에 눈망울이 크고 코가 오뚝한 소년이었다.

소년은 길관수와 퍽 낯이 익은 듯 밝게 웃으며 다가와 어른을 흉내낸 의젓한 동작으로 손을 내밀어 악수를 청했다. 그리고는 큰 눈을 동그랗게 뜨고 여전히 환하게 웃으며 나를 바라보았다.

소년의 웃음은 침침한 실내를 비추는 밝은 햇살처럼 내 마음을 환하게 해주었다.

나는 나도 모르게 따라 웃으며 소년에게 손을 내밀었다. 소년은 내 손을 잡은 채 큰 눈을 깜박이지도 않고 한동안 나를 바라보았다. 밝고 따뜻한 그 무엇이 내 영혼을 감싸는 듯한 기분이었다. 여기에 온 목적이 이 소년의 웃음을 보는 것만으로도 족하다는 생각이 들었다.

소년이 차가 담긴, 법랑을 입힌 주전자와 작은 찻잔을 가져왔다.

"저 친구 예멘인인데 회교도치고는 상당히 자유로운 사고를 지니고 있죠. 알리라는 저 꼬마는 그의 아들이구요."

길관수가 차를 따르며 말했다. 차는 홍차를 너무 진하게 끓인 탓인지 쓴맛이 들 정도였다.

"인형, 실은 여기서 쿠레시를 만나기로 했어요. 그 친구와 난 여길 자주 왔었죠."

길관수가 찻잔에 차를 다시 따르며 말했다. 나는 그 말에 나도 모르게 희미하게 이맛살을 찌푸렸다. 반갑다는 생각보다는 왠지 거북하고 부담스럽게 여겨졌다.

알리라는 소년이 보랏빛이 엷게 물든, 알맹이가 자잘한 포도송이가 담긴 쟁반을 들고 왔다.

"그 친구가 오면 점심을 함께 합시다. 괜찮은 점심이 될 거요."

길관수가 포도를 한알 따서 입에 넣으며 말했다.

나는 찻잔에 남은 차를 마시며 마음을 편히 갖자고 생각했다. 나도 포도를 한알 따서 입에 넣었다. 맛이 달고 부드러웠다. 아울러 포도맛처럼 달고 부드러운 일상의 맛을 보고 있는 것 같았다. 캠프를 벗어나 낯선 도시의 항구에서 차를 마시고 있는 내가 타인처럼 여겨졌다. 눈만 뜨면 광활한 사막과 콘크리트구조물과 무쇠틀 사이에서 악다구니질을 해대던 내가 배가 떠 있는 청록색 바다를 바라보며 이 나라 사람과는 또다른 이방인들과 함께 앉아 있는 이 공간. 내가 살아온 날들이 혼미한 안개 속으로 녹아드는 기분이었다.

창밖으로 보이는 배들은 한낮의 뜨거운 태양 아래서 졸린 듯 권태로워 보였고 청록색의 바다는 신화를 잉태하고 있기라도 한 것처럼 신비로웠다. 파이프담배를 피우고 있는 아시아인 선원은 느리면서도 낮은 목소리로 긴 서사시를 들려주듯 끊임없이 얘기를 하고 있었다. 그의 동료들은 별로 귀담아듣지 않는 것 같으면서도 어느 대목에서는 얘기 속으로 빨려 들어갈 듯이 눈을 빛내며 다가앉았다. 물담배를 피우고 있는 아랍인은 자신의 까페를 찾아온 이방인들을 넉넉한 표정으로 바라보고 있었다.

아, 얼마 만에 맛보는 일상 속의 휴식인가!

"인형, 실은 오래전부터 인형과 이런 시간을 갖고 싶었어요. 그러나 인형이 의식적으로 나를 멀리하려는 것 같아서 선뜻 말을 꺼낼 수가 없었어요."

길관수가 말을 더 이으려고 할 때 쿠레시가 들어왔다. 쿠레시의 뒤를 따라 뜻밖에도 한 여자가 들어왔다. 인도인이었다. 다갈색의 피부에 길게 늘어뜨린 머리를 한가닥으로 묶고 인도 고유의 의상인 사리 차림에 가죽샌들을 신고 있었다. 깡마르게 보이는 쿠레시에 비해 알맞게 살이 오른 그녀는 탄력을 느끼게 하는 풍만함이 있었다. 그녀의 밝고 큰 눈

속에는 수줍음과 호기심과 주저함이 담겨 있었다.

머뭇거리는 그녀를 테이블로 안내한 쿠레시가 소개를 했다.

그녀의 이름은 보비라고 했다. 델리에서부터 잘 아는 친구 사이인데 오늘 이곳으로 오는 도중 우연히 알코바의 광장에서 만났다고 했다. 지금은 알코바에 있는 병원에서 간호사로 근무하고 있다는 것이다.

길관수가 창가로 옮겨앉으며 그녀에게 앉기를 권했다. 그녀는 선 채로 감사하다는 말과 함께 길관수에게 손을 내밀어 악수를 청했다. 그리고 나에게도 악수를 청했다.

그녀의 손은 따뜻하고 부드러웠다. 쿠레시를 처음 만나 손을 잡았을 때의 그 서늘하고 눅눅한 느낌과는 전혀 다른 따뜻한 손이었다.

마주앉은 보비가 조용히 나를 응시했다. 크고 맑은 그녀의 눈은 끝을 알 수 없는 깊이를 지니고 나를 흡인하고 있었다. 그녀의 눈은 정녕 인도의 눈이었다. 전염성의 부드러움과, 애매하기 이를 데 없는 생과 사의 한계와, 오랜 역사의 문화가 농축된 신비와, 부와 빈곤과 성의 개념마저도 용해되어 있는 인도의 눈이었다.

"무하마드!"

길관수가 두세 번 손뼉을 치며 물담배를 피우고 있는 주인을 부르지 않았더라면 나는 그녀의 눈 속으로 얼마나 더 깊이 빨려들어갔을지 모른다.

주인이 물담배호스를 옷걸이처럼 생긴 걸이에 걸어두고 천천히 자리에서 일어섰다.

마침 네 명의 아시아인 선원들도 자리에서 일어나 셈을 치르고 밖으로 나갔다. 실내에는 그들 중의 하나가 피우던 파이프담배 냄새가 그들의 여운처럼 남아 있었다.

"점심을 먹어야겠소. 그리고……"

길관수가 말끝을 흐리자 주인은 무슨 말인지 알겠다는 듯 의미있는 미소를 지으며 돌아섰다.

오래지 않아서 부침개처럼 둥글고 납작하게 구운, 이스트를 넣지 않은 빵과 얇게 저민 양고기가 담긴 접시가 우리가 앉아 있는 테이블 위에 놓였다. 그리고 호박색 액체가 담긴 세 개의 찻잔이 보비를 제외한 세 사람 앞에 놓였다.

나는 찻잔에 담긴 액체가 위스키라는 것을 알 수 있었다. 강하면서도 부드럽게 콧속으로 스며들어온 냄새 때문이었다.

길관수가 잔을 들고 나를 바라보며 "인형, 세척제가 아니니 마음놓고 드세요" 하고 농담조로 말했다.

식도를 타고 넘어가는 액체가 무수히 작은 불꽃을 피우며 메마른 육신으로 번져갔다. 나는 그 강렬한 자극의 뜨거움을 즐기기 위해 눈을 감았다. 투명한 유리컵 속에 담긴 물에 떨어진 한방울의 잉크가 퍼져서 마침내 컵 속의 물을 잉크빛으로 물들이듯 뜨거운 술기운이 서서히 내부로 번졌다.

"지난달 능률금이 첫달에 비해 삼십 퍼센트나 깎였는데, 인도인들은 어떻게 생각하나?"

길관수가 찻잔에 담긴 위스키를 비우고 나서 쿠레시를 향해 물었다.

나는 길관수의 말이 지겹다는 생각이 들었다. 하필이면 왜 또 그 지긋지긋한 작업에 관한 얘기를 꺼내는지 자리에서 벌떡 일어나고 싶었다. 2월분 급료 사인을 주말인 어제 했는데 한국인이나 인도인 모두 능률금이 일률적으로 30퍼센트가 깎여서 지급이 되었다. 그에 대한 한마디 설명도 없이.

쿠레시는 그의 물음에 대답을 않은 채 얇은 빵을 조금 뜯어서 양고기를 싸서 입에 넣고는 음미하듯 천천히 씹기 시작했다. 그는 답답하리만치 꽤 오랫동안 씹고 있던 음식을 삼키고 나서 위스키를 조금 마신 후 잔을 든 채 말했다.

"한국인들과 거의 같은 생각일 거요. 한국인들보다 더 돈에 허기져 있으니까."

"그렇다면 쿠레시 당신은?" 하고 길관수가 재차 물었다.

쿠레시는 엷은 미소를 머금고 길관수와 나를 번갈아 바라보며 말했다.

"당신들 두 사람과 같은 생각을 하고 있을 거요."

"그렇지만 인형과 나의 생각이 다를 수도 있을 텐데……"

"물론 다를 수도 있을 테지. 그러나 모든 사람의 마음에서 돈이라는 것을 배제해버리고 나면 한국인이든 인도인이든 사람의 마음은 같으리라 생각하네. 돈에 대한 탐욕이 모두의 마음을 가리고 있는 셈이지. 대부분의 사람들이 탐욕이라는 동일한 색깔로 채색되어 있을 뿐이네. 그러나 그 색깔은 언제라도 지울 수 있는 가능성이 있지. 때문에 빛깔에 의해 채색된 마음을 함부로 평가할 수는 없는 것이네. 만약 그 빛깔에 의해 채색된 마음이 잘못된 것이라면 그것을 지울 수 있는 방법을 찾아야 할 테지. 본래의 마음을 되찾을 수 있도록 말이네."

나는 쿠레시의 말을 들으면서 과연 내 마음의 빛깔은 어떠할까를 생각해보았다. 잡다한 빛깔이 뒤섞여 어지럽다 못해 온갖 탁한 물이 흘러드는 시궁창의 그 검고 칙칙한 빛깔일 것만 같았다. 아, 탐욕, 그것은 얼마나 단순하며 선명한 빛깔인가!

"인형, 얼마 전 이곳에서 우리나라 선원을 만난 적이 있어요. 그는 한때 국적이 다른 배를 탄 적이 있었대요. 선장에서부터 하급선원에 이르기까지 한팀을 이루어서 배를 운항하는, 이른바 수출선원이었지요. 그 배가 오스트레일리아에서 철광석을 싣고 영국의 리버풀항에 입항했는데 입항수속이 끝난 다음 부두노동조합에서 웬 사람이 배에 올라와 선원들의 급료를 묻더래요. 선원들은 자신들이 받는 급료가 선진국 선원들에 비해서 형편없이 낮다는 것을 알고 있었기 때문에 자존심이 상해서 선뜻 대답을 못했대요. 그래도 그 사람이 끈질기면서도 진지하게 묻길래 사실대로 대답을 해주었다더군요. 그후, 며칠이 지나도 그 배에 실린 철광석을 하역해주지 않더래요. 이유인즉 그 배에 타고 있는 모든 선원들의 급료를 승선일로부터 소급해서 국제수준으로 인상해서 지급하지 않으면 하

역을 하지 않겠다는 부두노동조합의 결정 때문이었다나요. 선주회사는
결국 부두노동조합의 요구대로 울며 겨자 먹기로 지불을 해주었대요. 항
구에 정박해 있는 동안 물어야 하는 배의 숙박비인 묘박료만 해도 엄청
난데다 화물을 그 부두에 하역하지 않으면 안되었으니까요. 그러나 그
후, 그 배에 탔던 선원 모두가 선적회사로부터 해고를 당하고 말았대요.
그리고 우리나라 수출선원들 사이에는 영국의 어느 항구에서건 급료를
사실대로 말해서는 안된다는 불문율이 생겼다더군요. 과연 그 영국 부두
노동조합에서 한 일이 그 배의 선원들에게 도움을 준 것일까요?"

"그건 횡포였을 뿐이오. 동물의 생태계처럼 인간들에게도 환경과 여건
에 따라 고유한 질서가 있게 마련이오. 그러한 질서를 그들이 깨뜨려버
린 것이오."

나는 이 말을 흥분이라도 한 듯 조금은 격한 어조로 단숨에 말했다.

"그렇겠군요. 살아간다는 것은 어떤 보이지 않는 질서 속에서의 운동
과 같은 것일 테죠. 나는 이 나라에 와서 불합리한 현실 때문에 무척이
나 갈등을 겪었어요. 물론 국내에 있을 때도 마찬가지였지만. 내가 한가
닥 희망을 갖고 이 나라에 온 것은 순수한 노동을 통해서 나를 확인해보
고 싶었던 것이었어요. 그러나 이곳 현실은 내가 생각했던 것과는 전혀
달랐어요. 지난번만 해도 그래요. 기본작업시간만 하는 것으로 회사와
맞서보자고 했을 때 모두들 체념은 아니지만 유보를 하더군요. 그리고는
첫번 능률급 수당을 받고는 체념이 아니라 적응을 하는 것을 보며 내가
경솔했다는 생각이 들었어요. 사실 난 여태까지도 갈등을 잠재우지 못하
고 있어요. 그러나 이제 능률급제 작업도 우리가 속해 있는 환경 속의
질서라고 한다면 더이상 내가 갈등을 겪어야 할 이유가 없어진 셈이로군
요."

나는 길관수의 뜻밖의 반응에 놀랐다. 지금껏 한번도 볼 수 없었던 모
습이었다. 전공들과 철근공들이 능률급제 작업에 길이 들어버린 것 때문
에 실망을 했으리라고는 짐작이 되었다. 그러나 설사 그렇다 하더라도

그가 이처럼 후회하는 모습을 보인다는 것은 전혀 상상도 할 수 없는 일
이었다.

나는 그가 어쩌면 한국선원들과 영국 부두노동조합과의 일을 예로 들
어 내 속마음을 떠보려 했을지도 모른다는 생각이 얼핏 들었다.

"그렇죠. 모두가 그것을 무리없이 받아들인다면 그것이 바로 질서일
수도 있는 거죠. 그리고 그 질서를 깨뜨릴 권한은 누구에게도 없습니
다."

나는 그에게 더이상 능률급제 작업에 대해서 성토를 하지 말라는 투로
말끝을 누르며 말했다.

"그럴 테죠. 하지만 우리에게 부당한 방법으로 그 질서를 강요하는 상
대에게마저 고개를 숙일 수는 없지요."

나는 길관수의 굽힐 줄 모르는 투지를 이해할 수가 없었으며 그가 점
점 더 궁금해졌다.

나는 잔에 조금 남아 있는 위스키를 마셨다. 탁자 위에 잔을 내려놓는
내게 보비의 시선이 머물러 있었다. 길관수와 내가 얘기를 하고 있는 동
안에도 그녀의 시선은 줄곧 내게서 떠나지 않았다.

12

라 마 단

12월에서 2월초에 걸친 짧은 겨울은 신기루와도 같았다. 4월 들어 대기가 뿌옇게 흐려질 정도로 다시 뜨거운 햇살이 내리쬐기 시작했다. 노동자들의 눈빛이 공격목표를 찾고 있기라도 한 것처럼 희번덕였다. 또다시 잔인한 자연 앞에 속수무책으로 노출된 육신을 보호하기 위한 투쟁심이 본능적으로 불타고 있기 때문이리라.

5월 중순이 되자 이슬람력으로 아홉번째 달인 라마단월이 시작되었다. 라마단은 단식을 뜻하는 말이다. 회교도의 5대의무인 신앙고백, 예배, 회사, 단식, 순례 중에서도 단식은 회사와 함께 가장 오래된 회교도의 종교적 관습이었다. 코란에는 회사와 단식을 가장 중요한 의무로 기록하고 있었다.

모든 회교도는 라마단월이 시작되면 해가 뜨면서부터 먹고 마시는 것은 물론 흡연과 향료, 그리고 성교까지도 금하는 고행을 시작했다. 검은 실과 흰 실을 구별할 수 없을 만큼 어두워져서야 겨우 목숨을 유지할 수 있을 정도의 음식을 먹었다. 알라의 계율은 잔인할 정도로 엄격했다.

인도인들 중에서 절반 가까이 되는 회교도 역시 일제히 단식을 시작했다. 회사측의 배려인지 아니면 이곳 사우디아라비아 정부의 영향력 때문인지는 몰라도 회교도인 인도인들에게는 오전작업만 하도록 조치가 취해졌다. 그러나 새벽 다섯시부터 열한시까지 여섯 시간 동안 다른 것은 고사하고 물을 마시지 말아야 한다는 것은 살아 있는 한 불가능한 일이나 다름없었다.

단식이 시작된 첫날부터 상당수의 회교도가 알라의 계율을 어겼다. 어쩌면 그들은 단식이 시작되기 전부터 계율을 어기려고 작정을 하고 있었는지도 모른다. 보이지 않는 알라의 계율보다는 당장 창자 속까지 타들어가는 갈증이 더 무서웠기 때문에.

한국인들이 '나이롱 무슬림'이라고 놀려도 그들은 어쩔 수 없지 않느냐는 몸짓을 해 보이며 물을 마시는 것은 물론 태연히 담배도 피우고 간식으로 나온 빵까지 먹었다. 그리고 종전과 다름없이 일을 했다. 그들에게는 가난 역시 타는 갈증 못지않게 무서웠던 것이다.

단식이 시작된 지 사흘째로 접어들자 알라의 계율을 지키는 회교도는 고작 일곱 명뿐이었다. 시간이 경과함에 따라 그들이 겪고 있는 고통의 빛이 역력하게 드러났다. 검고 건조한 그들의 피부 중에서도 유독 입술 언저리는 메마른 나무껍질처럼 균열이 생겼고 움직임은 겨우 목숨이 붙어 있다는 것만을 느끼게 할 정도로 힘이 없었다. 그들은 몸속의 세포들이 분명 물을 달라고 아우성을 치고 있었을 터인데도 물통을 애써 외면하였다.

나는 그들이 한달 동안이나 겪어야 할 처절한 고통의 나날들을 생각하며 어떤 두려움을 느낄 수밖에 없었다. 무서운 열기를 내뿜는 무쇠벽에 붙어서서 무기력하게 팔을 놀리고 있는 모습은 계율의 사슬에 묶인 신의 노예 그 이상도 이하도 아니었다. 이미 능률급제 작업이 시작되면서부터 돈의 노예가 되기를 자처한 군상들 위에 겹쳐지는 이들의 모습이 두렵게만 느껴졌다.

펀잡 지방 출신인 아지즈가 두 팔을 아래로 늘어뜨린 채 뜨거운 무쇠벽에 머리를 기대고 꼼짝을 않고 있었다. 극에 달한 고통을 견디다 못해 탈진한 모양이었다. 위태로워 보이는 그의 모습이 불안했다. 나는 불안을 쫓기라도 하려는 듯 "아지즈, 잘디 잘디" 하고 소리를 빽 질렀다. 그러나 그에게서는 아무런 반응이 없었다.

나는 몰드 사이로 뛰어들어가 안전헬멧을 벗어서 그가 밟고 서 있는 사다리를 세차게 서너 번 내리쳤다. 그제서야 그는 무쇠벽에 기대고 있던 머리를 쳐들고는 힘겹게 고개를 돌려 나를 내려다보았다. 그의 눈길이 날이 선 칼날처럼 섬찟했다. 그의 눈길과 마주친 나는 순간적으로 오싹한 추위를 느꼈다.

몰드 밖으로 나온 나는 심한 갈증을 느끼며 물통이 있는 곳으로 갔다. 얼음이 채워져 있는 차가운 물을 벌컥벌컥 마셨다. 몸속 가득히 차가운 물의 시원함이 퍼져나갔다. 다시 물을 컵 가득 받아서 안전헬멧을 벗고는 머리에다 쏟아부었다. 얼굴을 적신 찬물이 목줄기를 타고 가슴팍에까지 흘러내렸다. 헉헉대던 숨을 고루 쉴 수 있을 정도로 갈증이 진정되었다. 하늘을 보니 대기는 온통 염열로 이글거렸고 염열의 파장 때문에 태양마저도 흐릿하게 보였다.

나는 몰드 쪽으로 걸어가며 조금 전 아지즈에게 했던 비정한 행위를 생각했다. 그것은 순전히 내가 느끼고 있는 두려움을 떨쳐버리기 위해서였다. 극단을 향해 움직이는 모든 것이 내게는 두려움의 대상이었다. 그 극단의 바닥에는 죽음과 연관된 어두운 그림자가 드리워져 있을 것만 같았다. 인간을 인간답지 못하게 만드는 극단의 요인들을 떨쳐버리고 싶었다. 그러면서도 나는 오히려 더욱 극단적인 행위로 아지즈를 다그치고 말았다. 그것은 단식을 하고 있는 회교도들에 대한 미움 때문이기보다는 단식이라는 극단의 행위 자체가 싫었기 때문인지도 모른다. 아니면 잔인한 노예감독처럼 인도인들 위에 군림하던 타성에서 비롯된 것일까.

몰드로 돌아오니 표준태가 나를 기다리고 있었다. 그는 나를 보자 무기력하게 움직이는 회교도들을 가리키며 말했다.

"저치들이 끝까지 라마단을 하면 어떡할 거야?"

"그건 그들 고유의 종교적인 문젠데 나한테 뭘 어떡하란 말야."

나는 그가 묻는 저의를 알면서도 시치미를 떼었다.

"씨팔, 저치들이 굶어죽든 목이 타서 죽든 그게 문제가 아니라 몰드 청소를 제대로 해낼 수 있냐 이 말야."

표준태의 목소리에서는 쇳소리가 났다. 내가 딴전을 피우듯이 말머리를 돌린 것이 그의 감정을 긁고 있음이 분명했다.

"그걸 내가 어쩌란 말야. 하는 데까지 하는 거지. 정 안되면 회사에서 알아서 조처를 해주겠지. 사람을 더 보충해주든지."

나를 노려보는 표준태의 얼굴이 굳어지며 눈에서는 불꽃이 일었다.

"보충 좋아하네. 저치들을 구슬려서 다른 놈들처럼 라마단인가 지랄인가를 중지하게 해. 그러지 못하면 너도 몰드 청소를 해. 작업감독은 내가 직접 할 테니까."

표준태는 선고를 하듯 그 말을 내뱉고는 가버렸다.

라마단이 시작된 이후 몰드 청소는 늦어질 수밖에 없었고 따라서 패널의 생산량 역시 줄어들었다. 배터리몰드의 대부분의 노동자들이 곱지 않은 눈길로 회교도들을 흘겨보았다. 회교도가 아닌 인도인들 역시 마찬가지였다. 패널의 생산량이 줄어듦에 따라 능률금도 그만큼 줄어들 것이기 때문이었다. 2월과 3월에 이어서 4월치 능률금 역시 첫달에 비해 30프로가 줄어들었다. 회사에서는 패널생산량이 줄었기 때문이라는 애매한 설명만 있었을 뿐이었다. 물론 생산단가는 여태껏 얼마라고 결정이 되지 않은 상태였다. 새로 설치한 C몰드와 D몰드가 그동안 말썽을 부린 탓에 패널생산이 다소 줄기는 했었다. 지난달 말경에 C몰드와 D몰드의 결함이 바로잡힌 탓에 이달 들어서는 첫달 수준의 능률금을 누구나 기대하였다. 그런 터에 라마단이 시작되어 작업이 지연되자 모두들 신경을 곤두세우고 있었다. 회교도가 아닌 인도인들 대부분은 힌두교도여서 두 종교 사이에 있어온 해묵은 대립이 라마단을 계기로 표면에 드러나기 시작했다. 힌두교도들은 계율을 어기고 물을 마시거나 담배를 피우면서 단식을 계속하는 회교도들에 대해서 비난을 서슴지 않았다. 회교도가 돼지

를 혐오하고 힌두교도가 소를 신성시하는 차이만큼이나 두 종교 사이에
는 깊은 골이 패어 있었다. 회교도들 때문에 작업부담이 늘어난데다 금
전적으로 손해를 보고 있다는 계산이 더욱더 그 골을 깊게 하는 뚜렷한
요인이었다. 지난 두 달치의 능률금이 줄어든 데 대해 노동자들의 불평
을 듣고 있는 표준태는 단식을 하는 회교도들을 더욱 못마땅해하였다.

"폴맨."

언제 왔는지 몰드 청소를 끝낸 란드가 곁에 와서 얼굴에 두른 천을 끄
르며 턱짓으로 물통이 있는 쪽을 가리켰다. 아지즈가 콜라캔에다 물을
받고 있었다. 나는 순간 왠지 모르게 배신감 같은 것을 느꼈다. 그가 신
봉하고 있는 종교의 의무를 포기하였다는 데서 비롯된 것이 아니었다.
조금 전, 표준태가 회교도의 단식을 중지하도록 설득하라는 요구만 하지
않았어도 나는 오히려 다행으로 여겼을 것이다.

"알라 노 굳, 무슬림 남바 텐."

선량하게 보아온 란드의 얼굴에 강한 배타와 노골적인 경멸과 까닭없
는 우월감이 뒤섞인 조소가 번져갔다. 나는 란드의 그러한 모습이 따귀
라도 갈겨주고 싶도록 싫었다. 캔에다 물을 채운 아지즈가 내가 서 있는
쪽으로 걸어왔다. 그는 자신을 바라보고 있는 나와 란드의 시선을 무시
한 채 A몰드 옆의 좁은 그늘로 갔다. 그는 캔 속의 물을 오른손바닥에
부어서 텁수룩한 수염이 덮인 얼굴을 정성스럽게 씻었다. 그의 행동은
씻는다기보다는 향유를 바르기라도 하듯 신중하면서도 경건하게까지 느
껴졌다. 몇차례 얼굴을 씻고 난 그는 손바닥에 움켜쥔 물을 드디어 입으
로 가져갔다. 순간 나는 하마터면 "아지즈, 안돼" 하고 소리를 지를 뻔
했다. 무엇이 나를 그런 충동에 사로잡히게 했는지 모를 일이었다. 아까
까지만 해도 극단으로 치닫고 있는 그가 두렵게까지 느껴졌음에도 불구
하고. 아지즈는 고개를 뒤로 젖힌 다음 옹알옹알 소리가 나도록 입안을
헹구어내고는 물을 도로 뱉어버렸다. 그의 행동은 커다란 충격이 되어
내 마음을 두드렸다. 그의 몸속에서 물을 달라고 아우성치는 소리가 내

귀에 생생히 들리는 것 같았다. 분명 그의 몸속에서는 지옥과 천국을 동시에 체험하고 있을 것이다. 비록 육신이 지옥을 택함으로써 그의 영혼이 천국을 갈 수 있다 할지라도 그 혹독한 고통을 이겨낼 수 있는 의지는 어디서 비롯된 것일까. 아지즈는 캔 속의 물이 없어질 때까지 몇차례 입안을 헹구어냈을 뿐 끝내 물을 마시지 않았다.

나는 그러한 모습을 바라보며 절대로 단식을 포기하도록 그를 설득할 수 없다고 생각했다. 기세등등하게 인도인들 위에 군림해왔던 노예감독의 자리를 포기하는 한이 있더라도.

곁에 있던 란드가 어이가 없다는 듯 어깨를 들썩이며 양손을 벌려 보이고는 물통이 있는 곳으로 가버렸다.

점심시간이 되기 전에 세 명의 회교도가 결국 단식을 포기했다. 아지즈를 비롯한 네 명의 회교도만이 알라의 계율을 지키고 있을 뿐이었다. 다른 모든 회교도가 단식을 포기하더라도 아지즈만은 제발 끝까지 계속해주었으면 하는 바람이 나도 모르게 생겨났다. 모를 일이었다. 무엇 때문에 그것을 바라고 있는지를.

나는 오후부터 주걱 같은 쇠칼을 쥐고 인도인들과 나란히 사다리 위에 올라서서 몰드 청소를 시작했다. 서슬퍼런 표준태의 지시 때문이었다. 무쇠벽에서 내뿜는 열기 때문에 보자기로 얼굴을 싸매지 않고는 견딜 수가 없었다. 보자기로 얼굴을 싸매자 이번에는 숨을 제대로 쉴 수가 없었다. 얼굴과는 불과 30센티 정도밖에 떨어지지 않은 무쇠벽에서 내뿜는 열기 때문에 숨이 턱에 차는데다 보자기로 입과 코까지 싸매고 나니 가슴이 터져버릴 것만 같았다. 그런데다 쇠칼로 무쇠벽을 긁을 때마다 독한 시멘트먼지가 시야를 가리며 속눈썹이 무겁도록 들러붙었다. 5분도 채 안 되어서 온몸으로 흐르던 땀마저 말라버려 뻣뻣해진 작업복이 서걱거리며 살갗을 긁어대었다. 뒤이어 무서운 갈증이 전신을 옥죄었다. 나는 십분도 못 되어서 이것이야말로 인간이 할 수 있는 일이 아니라는 것을 뼈저리게 실감했다. 그동안 같은 작업장에 있으면서도 인도인들의 고통을 이처럼 생생하게 체험해보지는 못했던 것이다. 악다구니질을 해대며 인도인들을 다그치던 내 목소리가 등뒤에서 들려오는 것 같았다. 아, 나는 얼마나 무자비한 인간이었으며 인도인들의 고통 위에서 얼마나 편안히 안주하고 있었던가. 나는 몰드 상단부의 1평방미터도 안 되는 넓이를 쇠칼로 긁다 말고 사다리 위에서 내려왔다. 시간으로 치면 십분도 채 안 되어서였다. 온몸이 무쇠벽에서 내뿜는 열기 때문에 타들어가는 것만 같았다. 허겁지겁 물통으로 달려가 물을 들이켰다. 바싹 메말랐던 육신이 조금은 해갈이 되었다. 그러나 숨은 여전히 턱에 차도록 가빴으며 가슴 또한 터질 듯이 답답했다.

"야, 인디아 잡부, 물통에서 꾸물거리지 말고 빨리 기어와."

표준태가 몰드 위에서 고함을 질렀다. 나는 쓰디쓴 굴욕의 덩어리를 삼키면서 몰드 사이로 들어갔다. 내가 밟고 서 있던 사다리가 주인을 기다리고 있었다. 어느새 인도인들은 사다리의 맨 위칸에서 두세 칸 정도 아래로 내려가 있었다. 내가 맡은 부분의 몰드 상단부에는 시멘트막이 흉하게 그대로 남아 있었다. 이를 악물고 사다리 위로 올라선 나는 악에 받친 듯 쇠칼로 무쇠벽을 긁었다. 무쇠벽은 절망의 벽이었다. 그동안 인도인들은 하루하루 절망을 거듭하며 모든 것을 포기하였을 것이다. 이제 그들은 절망의 벽까지 뛰어넘은 것일까.

인도인들의 몸놀림은 발악적이지도 않았고 오히려 차분하면서도 평온하다는 느낌마저 들었다. 그들은 살을 태울 듯한 열기와 육신이 졸아드는 갈증의 고통마저도 조용히 잠재우고 있는 것 같았다.

인도인들이 다음 칸으로 옮겨간 후에도 나는 한참 동안을 무쇠벽과 씨름했다. 꾸물거리지 말고 빨리 하라고 다그치는 내 목소리가 계속해서 들려왔다.

마지막 칸까지 몰드 청소를 끝내고 나니 종이 한장 들 기운조차 없을 정도로 탈진한 상태였다. 비척거리며 물통이 있는 곳으로 걸어가는 내 몰골은 한마디로 비참했다.

탈형을 먼저 끝내고 쉬고 있던 탈형공들이 나에게 손가락질을 하면서 낄낄대고 웃었다.

"폴맨, 할 만한기요?"

김태환이 큰 소리로 나를 조롱했다. 나는 그 말에 대꾸를 하고 싶지도 않았고 대꾸할 기력조차 없었다.

탈진한 몸을 끌고서 물통이 있는 곳으로 가자 길관수가 서 있었다.

"인형, 어떻게 된 거요?"

그는 컵에 물을 받아서 내게 건네주며 물었다. 나는 그가 건네준 물을 단숨에 들이켜고는 숨을 몰아쉰 다음 허탈하게 웃으며 말했다.

"알라 때문이죠."

"알라가 아니라 표준태 그새끼 때문일 테죠."

내가 세 컵째 물을 마시고 나서 갈증을 달랜 후 숨을 가다듬자 그가 담배를 권하며 말했다.

"인형은 왜 그새끼가 시키는 대로 고분고분 따라하는 거요? 결국 그 새끼한테 협조하는 결과가 될 뿐인데……"

"그 친군 배터리몰드의 독재자란 말이오. 그 친구가 하라면 해야지 별 수가 없잖소."

나는 자조적인 대꾸를 하고는 담배연기를 깊이 빨아들였다.

"표준태 저치는 반드시 응징을 당하고 말 거요."

길관수의 마음속에는 여전히 표준태에 대한 증오의 불씨가 남아 있었다. 나는 다음에 이어질지도 모를 그의 말이 부담스러워 담배를 문 채 그 자리를 떠났다.

"인형, 무공훈장을 바다에 던져버리던 용기를 다시 한번 발휘해보시오. 현실에 적응하는 체념은 결국 자신을 포기하는 것과 다를 바 없잖아요."

나는 그의 말을 못 들은 척 그대로 걸어갔다.

이튿날 새벽, 작업장에 도착하니 먼저 온 노동자들이 A몰드 옆에서 웅성거렸다. 웅성거리는 그들의 표정이 심각하게 굳어 있는데다 불안한 기색마저 서려 있었다. 누군가가 우려에 찬 목소리로 말했다.

"누가 이랬지? 이거 보통일이 아닌데."

가까이 다가가보니 몰드의 칸을 벌렸다 좁혔다 하는 유압재크의 네모난 스위치박스가 파괴되어 있었다. 육중한 쇠망치로 여러차례 내리친 듯 얇은 철판으로 감싼 표면이 심하게 우그러져서 떨어졌고 복잡한 부품들로 조립된 내부 역시 완전히 망가져 있었다. 누군가에 의해서 고의적으로 파괴되었음이 분명했다.

나는 언젠가 자정이 훨씬 지난 시각에 속옷 차림으로 작업장에 나타나 커다란 쇠망치로 몰드를 내리치던 신상용을 생각했다. 주위를 두리번거리며 그를 찾았으나 그의 모습은 보이지 않았다. 나의 뇌리에는 쇠망치를 휘두르던 그의 모습이 자꾸만 떠올랐다.

그는 언젠가 내 방을 찾아와서 얘기를 나누던 끝에 아무래도 조기귀국을 해야겠다는 뜻을 비춘 적이 있었다. 나는 잘 생각했다고도 그렇다고 좀더 참고 지내보자고 설득을 할 수도 없었다. 아무 말도 해주지 못한 나는 그저 쓴침만을 삼켜야 했다.

작업장에서 일을 하는 그의 모습은 거의 필사적이었다. 육중한 공구를 들고 무서운 열기를 내뿜는 몰드 사이에 들어가서 강도 높은 노동을 하기에는 그의 육체는 너무도 허약했다. 그러나 그의 의지는 육체보다 강한지 그런대로 지금까지 잘 버텨왔다. 나는 그를 대할 때마다 연민과 함께 아픔을 느끼곤 했다.

작업을 시작할 때쯤 되어서야 그는 작업장에 도착했다.

나는 그의 표정을 조심스럽게 살폈다. 그는 모두가 한번씩 파괴된 유압재크의 스위치박스를 보고 가는 것처럼 잠깐 그것을 보았을 뿐 별다른 반응을 보이진 않았다. 그의 표정은 어떤 두려움이나 걱정보다는 안도감에서 비롯된 듯한 밝은 표정이었다. 하긴 나 역시도 마찬가지였다. 작업 시작과 함께 당장 치러야 할 지긋지긋한 지옥 같은 공간 속에서의 고통을 면할 수가 있었기 때문이었다. 파괴된 스위치박스를 새로 교체하지 않는 한 그 육중한 지옥의 문은 굳게 닫혀 있을 테니까.

작업시작 사이렌이 울리고 얼마 안 되어서 공장장을 비롯한 회사의 간부들이 배터리몰드로 몰려왔다. 그들은 파괴된 유압재크 옆에 둘러서서 잔뜩 얼굴을 찌푸린 채 굳게 입을 다물고 있었다.

"표반장!"

노무과장 염준식이 화가 난 목소리로 표준태를 불렀다. 감히 그들 틈에 끼지도 못하고 뒷전에서 읍하듯 서 있던 표준태가 노무과장에게 다가갔다. 그는 몸둘 바를 모르는 황공함과 어떠한 질책도 달게 받겠다는 충성심을 최대한으로 드러내고 있었다.

"누가 이랬어?"

노무과장의 힐책조의 물음에 표준태는 마치 자신이 하기라도 한 것처럼 손을 비빌 듯이 안절부절 못하며 "지난밤에 누가 저지른 것 같습니다" 하고 기어들어가는 목소리로 대답했다.

표준태가 간부들을 따라 사무실로 가고 난 후 작업장에는 불안한 기운이 감돌았다. 어제까지만 해도 지금 이 시간이면 A몰드를 해체해서 패널을 들어내고 청소를 하느라고 정신이 없었을 것이었다. 작동이 멈춰진 A몰드 때문에 할일이 없어진 노동자들은 오랜만에 맛보는 느긋함을 즐기기는커녕 오히려 전전긍긍하였다. 누가 저지른 소행인지 궁금해하면서도 그것을 밝혀내는 과정과 결과에 대해 두려움을 느끼는 것 같았다.

나는 신상용의 일거수 일투족을 신경을 곤두세워 살폈다.

그는 자신들의 동료가 테러를 당하기라도 한 것처럼 얼굴을 찌푸리고 있는 탈형공들과 함께 있었다.

"씨팔, 귀국 말년에 좆나게 해서 좀 벌어보려고 했더니 말짱 도루묵이 되고 말았네. 대체 어떤 씨팔놈이 남의 밥에 재를 뿌린 거야?"

귀국을 두 달 남겨둔 강철규가 누가 그랬는지 밝혀지기만 하면 가만두지 않겠다는 투로 투덜거렸다. 다른 사람들도 그와 비슷한 심정인 모양이었다. 대부분 귀국을 이삼 개월밖에 남겨두지 않은 그들로서는 능률금에 미련이 많은 것 같았다. 그러나 유독 신상용의 표정만은 그렇지 않았다. 그는 오히려 잘되었다는 듯 밝은 표정을 감추지 못했다. 적어도 내가 보기에는 그랬다.

나는 내심 그가 걱정이 되었다. 만약 그가 한 짓이라고 탄로가 나면 금전적인 부담은 물론 형사처벌까지도 감수해야 할 것이기 때문이었다.

표준태가 한 시간 남짓 후에 사무실에서 돌아왔다.

그는 배터리몰드의 모든 노동자들을 철근조립장으로 모이게 했다. 그리고는 나와 길관수를 곱지 않은 눈초리로 바라보며 거칠게 말문을 열었다.

"어떤 씨팔놈이 지난밤에 미친짓을 했는지 확실한 증거가 없어서 짚어내진 못하지만 대충 짐작은 하고 있어. 회사에서는 범인을 꼭 가려내고야 말겠다며 단단히 벼르고 있어. 파괴된 스위치박스가 만 달러가 넘는다고 예사롭게 그냥 넘어갈 문제가 아니라는 거야. 회사 차원에서 뒤처리를 하는 게 아니라 알코바에 상주하고 있는 기관에서 조사를 할 것이라고 했어. 단순히 우발적으로 저지른 짓이 아니라 능률급제 작업을 반대하는 불순분자의 계획된 범죄라는 거야."

표준태는 말을 하면서도 나와 길관수를 기분 나쁜 눈초리로 자주 바라보았다. 그의 눈빛과 말투로 보아 나와 길관수가 강력한 용의자로 지목되고 있는 것 같았다.

이어서 표준태는 목소리를 가다듬으며 말했다.

"어젯밤에 누가 그랬는지를 알려주는 사람에게 회사에서 천 달러를 보상금으로 주겠다고 했어요. 망설이지 말고 내게 귀띔을 해주든지 아니면 노무과에 직접 찾아가든지 그건 마음대로 하세요. 만약 조사결과 알고 있으면서도 말을 안했을 때는 똑같이 처벌을 받게 될 거요."

앞서 표준태의 말이 거친 반말이었던 것은 어느 특정인, 즉 그가 범인으로 점찍고 있는 나와 길관수를 향해 한 말이었음이 분명했다. 그의 눈빛과 말투를 생각하니 속에서 불덩이 같은 게 치밀어올라왔다.

"어이 인지훈, 인디아들한테 내 말을 그대로 설명해줘. 한마디도 빠뜨리지 말고."

나는 치밀어오르는 불덩이를 주체하지 못하고 그대로 토해내고 말았다.

"네가 직접해라. 네가 인도인들 폴맨이잖아. 난 몰드 청소만 하면 그만이니까."

표준태의 표정이 험악하게 일그러졌다. 모여 있던 노동자들도 나의 뜻밖의 거친 대꾸에 놀라면서 표준태와 나를 번갈아 바라보았다.

"지금 무슨 말을 하고 있나?"

사태가 심상치 않음을 느낀 쿠레시가 내게 물었다. 그는 표준태와 내가 한 말 중에서 '인디아'란 단어를 듣고서 그 말이 인도인들과 관련이 있음을 직감으로 느낀 것 같았다.

"모든 인도인들은 똥을 누러 갈 때는 반드시 표반장한테 얘기를 해달래. 그러면 그때마다 천 달러를 내놓고 똥을 누는 사람의 똥구멍을 혀로 핥아주겠다고 하는군."

길관수가 인도인들을 향해서 큰 소리로 빠르게 말했다. 길관수의 영어를 알아들은 몇몇 인도인들이 잠시 어리둥절하다가 킥킥대고 웃으며 동료들에게 전해주었다. 인도인들은 키득키득 웃기 시작하다 마침내 웃음을 참지 못하고 봇물이 터지듯 웃었다.

"시끄러!"

표준태가 성난 짐승처럼 고함을 질러서 인도인들의 웃음을 잠재운 뒤 길관수를 노려보며 말했다.

"너 지금 뭐라고 지껄였어?"

"네가 한 말을 그대로 전달했지. 한마디도 빠뜨리지 않고서 말야."

길관수가 태연하게 받아넘겼다. 표준태는 자신이 조롱을 당하고 있다고 확신하면서도 언어의 벽에 부딪쳐서 어찌할 바를 몰랐다.

"누가 너더러 통역해달랬어?"

표준태는 겨우 말꼬리를 붙들고 공격을 할 채비를 차린 것 같았다.

"그야 인형이 못하겠다고 해서 널 생각해서 대신 했을 뿐이야."

길관수는 여전히 태연했다.

그때, 노무과장이 두 명의 낯선 남자와 함께 작업장에 나타났다. 사십대 초반, 삼십대 중반으로 보이는 두 사람은 차림새로 보아 회사직원이 아님이 분명했다.

A몰드의 부서진 스위치박스 옆에서 노무과장이 무어라 설명을 하는 것을 두 사람은 팔짱을 끼고 들었다.

잠시 설명을 듣고 난 두 사람은 작업장을 천천히 둘러보았다. 그들은 곁에 있는 정일만 대리에게 무언가를 물었다.

노무과장과 낯선 두 사람이 차가 있는 쪽으로 걸어갔고 정일만 대리가 나와 길관수의 이름을 불렀다.

나와 길관수가 다가가자 그는 우리를 그의 픽업 적재함에 태우고는 앞서 출발한 노무과장 일행의 뒤를 따라갔다.

길관수가 말했다.

"앞에 가는 작자들이 중앙정보부에서 파견나온 기관원들인 모양이오."

나는 중앙정보부라는 말을 듣는 순간 밀실과 고문이 선뜻 연상되었다. 그리고 뒤이어 아지 못할 공포가 갑자기 느낀 한기처럼 엄습해왔다.

차가 멈춘 곳은 뜻밖에도 직원숙소 앞이었다. 실내로 들어서자 학교의 교실처럼 복도가 길게 보이고 그 옆으로 방이 잇닿아 있었다. 방문에는 직책과 이름이 적힌 아크릴명패가 붙어 있었다.

복도로 접어들어서 대여섯 개의 방을 지나자 노무과장이 주머니에서 열쇠를 꺼내어 방문을 열고는 삼십대 중반의 낯선 사내와 나를 그 방으로 들어가게 했다. 그리고는 길관수와 사십대 초반의 남자를 안내하여 더 안쪽으로 걸어갔다.

나는 길관수 일행이 내가 선 위치에서 안으로 두번째 방문 앞에 멈추어서는 것을 보며 방으로 들어갔다.

방안에는 두 개의 작은 의자가 마주놓인 소형 응접세트가 있었고 출입문 맞은편 벽에는 조그만 창에 커튼이 쳐져 있었다. 그리고 그 옆으로 작은 에어컨이 달려 있었다.

나는 문을 등지고 앉고 맞은편에는 삼십대 중반의 남자가 앉았다.

그는 휴대용 녹음기를 탁자 위에 올려놓으며 이곳 동부지역에 파견된 근로감독관이라고 자신의 신분을 밝혔다. 그러나 자신의 이름은 말하지 않았다.

휴대용 녹음기가 이미 작동되고 있었다.

"인지훈씨 맞죠? 더운 날씨에 고생이 많겠습니다."

그의 말씨는 정중하였으나 표정과 눈빛에는 차가움이 서려 있었다. 잠시 틈을 두어도 내가 무어라 대답할 기색이 없자 "이곳에 온 지는 몇개월쯤입니까?" 하고 나의 대답을 유도했다.

"십 개월쯤입니다."

"건강은 어떻습니까?"

"좋습니다."

"작업환경은 어떻습니까?"

나는 대답을 않고 근로감독관이라는 그의 얼굴을 빤히 쳐다보았다. 이곳의 작업환경이 정말로 궁금해서 묻는 게 아니라는 생각이 들어서였다. 길관수가 말한 대로 그가 중앙정보부 요원이라면 빨리 본색을 드러냈으면 싶었다.

"조금 전에 보신 그대롭니다."

나의 말에 그의 미간이 조금 찌푸려졌다. 그러나 다음에 이어지는 그의 말소리의 억양은 전과 다름이 없었다.

"능률급제 작업을 하고 있다면서요?"

"그렇습니다."

"능률급제 작업은 회사와 근로자 모두에게 좋은 결과를 가져다 줄 거라고 생각합니까?"

"물론입니다."

"그렇다면 애초 다른 사람들은 모두 찬성을 했다던데 당신은 왜 반대
했죠?"

"결과는 좋겠지만 과정에 문제가 있다고 생각했기 때문입니다."

"직책이 인도인 잡역부의 조장이죠?"

"그렇습니다."

"그동안 인도인들의 작업을 감독하고 확인만 했지 직접 일은 안했을
테죠?"

"그렇습니다."

"어제 오후부터 단식을 하는 인도인들을 대신해서 일을 했다고 하던
데, 어떻던가요?"

"사람이 할 짓이 아니더군요."

"견디기 어려울 정도로 힘이 들었다는 얘기로군요."

"그렇습니다."

"그 일을 자발적으로 했습니까?"

"아닙니다. 표반장이 시켜서 했습니다."

"그 사람이 원망스럽다거나 밉다는 생각이 들진 않았습니까?"

"좀은 그랬습니다."

"어제 오후에 물통 곁에서 길관수씨와 무슨 얘기를 했나요?"

"그저 일상적인 얘기였습니다."

"좋습니다. 둘이서 했던 얘기를 그대로 말해보세요."

나는 잠시 망설였다. 둘이서 한 얘기를 그대로 말한다면 이들의 심증
을 더욱 굳혀주는 결과가 될 것이 뻔하기 때문이었다.

"일상적인 얘기를 했다면서 왜 대답을 못하죠?"

"작업환경에 대해서 조금 불평을 했습니다."

"구체적으로 말해보세요."

그는 움켜쥔 고삐를 점점 세게 잡아당겼다.

"인도인 회교도들이 단식을 하면서 일을 하기에는 너무 무리라는 것과 총반장인 표준태란 사람이 안하무인으로 행동을 해서 기분이 나쁘다는 그런 내용이었습니다."

"다른 얘긴 더 안했습니까?"

"더이상 생각나는 게 없습니다."

"좋습니다. 길관수씨가 답변한 내용과 다를 땐 무언가 숨기고 있는 걸로 간주를 해도 되겠습니까?"

"다른 게 있다면 아주 지엽적인 것일 겁니다."

"길관수씨가 오버타임을 하는 것은 회사만 이익을 보는 것이지 근로자는 오히려 손해라고 했다는데, 어떻게 생각하세요?"

"처음 듣는 얘기여서 잘 모르겠습니다. 그리고 나는 그 문제에 대해서 생각해본 적이 없습니다."

"길관수씨와 제일 친하다고 하던데, 전부터 아는 사인가요? 그러니까 이곳에 오기 전부터 말입니다."

"이곳에 와서 처음 만났습니다. 이곳에서 난 누구와도 친하게 지낸 적이 없습니다."

"국내에서 무슨 단체에 가입해서 활동을 한 적은 없습니까?"

"없습니다."

"이 점에 대해서는 국내에서 정밀신원조회를 해보면 금방 알아낼 수 있으니 다시 잘 생각해서 대답하세요."

"단연코 없습니다."

"길관수의 행적으로 보아 이곳에 단순히 돈을 벌러 온 근로자가 아닌 것 같은데, 어떻게 생각하나요?"

어느새 길관수의 호칭에서 '씨'자가 빠져 있었다. 길관수에 대해서 그가 어떤 생각을 갖고 있는지 일면을 보여주는 것 같았다.

"난 다른 사람의 일에는 관심이 없어서 잘 모르겠습니다."

"길관수가 꼭 스위치박스를 파괴하겠다는 말은 아니더라도 회사에 대해서 불평을 하면서 그와 비슷한 얘기를 꺼낸 적이 있었을 테지?"

"아니오, 한번도."

"숨기고 있어봐야 당신 신상에 나쁜 결과만 생길 테니 협조를 하는 게 좋을걸……"

나는 드디어 그가 기관원의 본색을 드러내고 있다는 생각이 들었다.

"모든 정황으로 보아 길관수가 했거나 아니면 당신에게 귀띔이라도 했을 가능성이 높아. 미리 협조를 하면 정상을 참작해서 남은 기간 동안 일을 할 수 있도록 보장을 해주겠어. 오죽했으면 처자식과 떨어져 여기까지 돈을 벌러 왔겠어."

"거듭 말하지만 그런 적 없습니다."

나는 그의 말을 누르듯이 힘주어 말했다.

"좋아. 이 일을 밝혀내는 것은 시간문제야. 당신들은 여권 없이는 꼼짝할 수 없다는 것을 잘 알고 있을 테지? 그리고 이게 없으면 이 나라 안에서도 마음대로 다닐 수가 없다는 것도 잘 알 테고?"

그가 내미는 것은 나의 여권 사본이었다. 그렇다면 벌써 숙소에 있는 나의 사물까지도 다 뒤져보았다는 셈이다.

"우린 필요에 따라 당신들을 언제든지 국내 기관으로 이첩시켜 조사할 수도 있어. 그렇게 되면 오늘처럼 이렇게 신사적인 대접을 받지 못할걸."

그는 송곳처럼 날카로운 시선으로 나를 뚫어져라 쳐다보았다. 그 날카로움 속에는 자신감과 회유와 위협이 잘 연마되어 있었다.

내가 입을 굳게 다문 채 그의 회유와 위협에 타협할 기미를 보이지 않자 조사가 이것으로 끝난 것이 아니니 돌아가서 잘 생각해보라며 심문을 일단 끝냈다.

내가 방문을 열고 나섰을 때 길관수의 격렬한 목소리가 복도로 새어나왔다. 아무래도 이 일이 무사히 끝나지 않으리라는 불안이 어둡게 드리워졌다.

작업장에 도착하자 노동자들의 따가운 눈총이 내게 모아졌다. 특히 탈형공들의 눈초리는 거의 적대적이었다. 그들은 아예 나와 길관수가 모의를 해서 스위치박스를 파괴한 것으로 단정하는 것 같았다. 인도인들 역시 마찬가지였다. 그들의 눈빛에도 의혹과 원망이 담겨 있었다.

모든 노동자들의 눈빛에 의혹과 배척이 날카롭게 번뜩였다. 나는 작동이 멈춰진 A몰드 위로 올라갔다. 햇볕에 달구어진 뜨거운 쇠난간을 짚고 서서 염열로 이글거리는 사막을 바라보았다. 나의 마음도 사막처럼 이글거렸다.

오전 휴식시간을 알리는 사이렌이 길게 울렸다. 나는 쇠난간에 기대어서서 꼼짝 않고 사막을 바라보고만 있었다. 마음속에서는 여전히 꺼지지 않는 불꽃이 타오르고 있었다. 그 불꽃 속에서 표준태가 나를 비웃고 있었다. 나는 나도 모르게 쇠난간을 잡은 손에 힘을 주며 어금니를 앙다물었다. 그를 죽여버리고 싶다는 생각이 섬광처럼 번뜩였다. 그와 동시에 나는 소스라치게 놀랐다. 내가 또 사람을 죽이려는 생각을 하다니.

그때, 아지즈가 몰드 옆의 좁은 그늘로 비척비척 걸어왔다. 그의 손에는 콜라캔이 들리어 있었다.

그는 오른손을 오므려 물을 받아서 수염이 덮인 얼굴을 천천히 씻은 다음 지난번처럼 입안을 헹구어내기만 했을 뿐 마지막 한방울까지도 목구멍으로 넘기지 않았다. 그리고는 안전화를 벗은 다음 무릎을 꿇고는 메카를 향해서 이마를 조아려 절을 했다.

회교도들이 아침과 정오 사이에 행하는 예배를 드리고 있는 것이다. 나는 그의 모습을 통해서 문득 신의 존재를 느꼈다. 나도 그처럼 내 정신과 육체의 고통을 초월해서 할 수만 있다면 신에게 경배를 드리고 싶었다. 나의 눈에 비친 그는 성자였다. 그에게는 인간에게서 볼 수 있는 최고의 아름다움과 고통을 지나 죽음마저 초월한 참 평화가 있었다. 나는 더이상 그를 바라볼 수가 없었다. 그가 있는 신전을 내려다본다는 것이 두려웠다. 몰드를 내려가려고 조용히 몸을 돌렸을 때 막 몰드 위로 올라선 신상용과 시선이 마주쳤다. 그는 내게로 가까이 다가와서는 낮은 목소리로 어색하게 물었다.

"인형, 그 사람들이 뭐라고 하던가요? 그 사람들 정보부 요원들이라고 하던데……"

그의 표정에서는 불안과 초조가 손에 잡힐 듯이 보였다.

"이것저것 꼬치꼬치 캐묻더군요."

나는 평정을 잃지 않은 목소리로 대답했다. 그의 불안과 초조가 무엇 때문인지 잘 알고 있었기 때문이었다.

"인형, 설마 내 애긴 안했을 테죠?"

그는 비굴하리만치 겁먹은 목소리로 물었다.

"신형 애긴 한마디도 안했으니까 염려 마세요."

나는 내 진심이 그에게 전달되기를 바라는 심정으로 간곡하게 말했다. 그의 얼굴이 환하게 밝아졌다.

"인형, 그날 밤 이후 한번도 잠자리에서 나와본 적이 없어요. 매일 밤 사물함 기둥에다 끈으로 손을 묶고 잠잤으니까요. 나 자신이 두려웠기 때문이에요. 실은 그저께 귀국신청을 했어요. 이곳에 계속 있다가는 꼭 죽을 것만 같아서 더이상 견딜 수가 없었어요. 아무래도 돈보다는 목숨이 더 중요하다 싶어서 귀국을 하기로 결심을 했어요. 이곳에서만큼만 일을 하면 무얼 하더라도 살아갈 자신도 생겼구요. 인형이 그 사람들에게 내 얘길 안했다니 정말 고마워요. 난 인형을 믿어요."

나는 그의 말을 들으면서 새로운 분노를 느꼈다. 그가 엄청난 고통과 좌절을 겪어야 했던 모든 까닭이 표준태로부터 비롯되었다는 생각 때문이었다.

"꺼져, 인디아새꺄, 니들 물통에 가서 처먹어."

몰드 아래 물통이 있는 곳에서 들리는 표준태의 고함소리였다.

나는 그의 목소리에 이끌리듯 급히 몰드를 내려갔다. 쇠계단을 쾅쾅거리며 내려가고 있는 나의 내부에서 폭발을 일으킨 화산처럼 뜨겁고 격한 감정이 솟구쳤다.

물통 곁에는 쿠레시가 물컵을 든 채 표준태를 바라보고 있었다. 쿠레시의 눈빛은 여전히 맑고 담담했다. 그의 표정에는 적의나 분노 따윈 없었다. 그렇다고 여느 인도인들처럼 비굴한 애원을 나타내 보이지도 않았다.

표준태의 등뒤로 다가서는 내 얼굴이 적개심으로 굳어 있음을 본 탓인지 쿠레시의 얼굴에 순간적인 당혹감이 일었다.

"물까지 못 먹게 할 권리는 없잖아."

표준태는 나의 느닷없는 출현과 도전적인 말투가 뜻밖인 듯 잠시 멈칫하였다.

"너하고는 상관없는 일이니 끼여들지 마."

그는 탱탱한 자신감으로 경고하듯 나의 접근을 제지했다.

나는 쿠레시가 들고 있는 물컵을 채듯이 하여 물통의 버튼을 눌러서 물을 가득 채웠다. 그때까지도 표준태는 내가 물을 마시려는 것쯤으로 알았는지 아무런 제지도 하지 않았다. 밀고자로서의 뜨끔함도 조금은 작용했으리라.

내가 물이 담긴 컵을 쿠레시에게 건네주자 "이새끼가 사람을 뭘로 보는 거야" 하고 소리치며 내 오른쪽 어깻죽지를 움켜잡았다.

나는 쿠레시에게 물컵을 건네주고는 몸을 돌리며 오른손 손날로 그의 팔뚝 관절을 세차게 후려쳤다.

나의 거친 행동을 전혀 예기치 못한 그는 한걸음 뒤로 물러서며 "어, 너 정말 나를 쳤어" 하고 으르렁거렸다.

그와 나는 삽시간에 팽배해진 적대감을 사이에 두고 두 마리의 짐승처럼 대치했다.

그때 쿠레시가 나와 표준태 사이로 성큼 나서며 컵에 담긴 물을 쏟아버리고는 "이제 당신들이 싸워야 할 명분이 없어졌을 테죠" 하고 조용히 말했다. 물론 그의 말을 표준태는 알아들을 수가 없었을 테지만 나에겐 무모한 행동을 그만두라는 충고로 받아들여졌다.

쿠레시가 빈 컵을 제자리에 놓기 위해 표준태가 서 있는 물통 쪽으로 다가가자 그는 "비켜, 이새끼야" 하며 사납게 쿠레시를 밀쳤다. 쿠레시가 중심을 잃고 네댓 걸음이나 비척거리며 내게로 밀려왔다.

내가 부축해주어 그가 가까스로 몸의 중심을 잡은 순간, 발밑에서 제트기의 분사음 같은 세차고 빠른 소리와 함께 아랫도리를 태우는 듯한 열기가 엄습했다. 발밑을 지나는 고압스팀파이프의 느슨해진 연결부분이 스팀의 압력을 견디다 못해 터지면서 140도의 스팀을 내뿜었다.

13

인도인 쿠레시

　나와 쿠레시가 입원해 있는 5층의 병실에는 병원 특유의 소독냄새와 함께 이 나라의 체취가 배어 있었다. 건조한 향료와 맵싸한 후추를 섞어 놓은 내음 같기도 했다. 이 내음은 이 나라에 도착하여 비행기의 트랩을 밟고 내리는 순간부터 풍겨왔으며 이 도시의 구석구석까지 배어 있었다.

　뜨겁게 달구어진 무수한 바늘 끝이 살갗을 찌르는 듯한 통증이 두 다리에서 계속 일었다. 발목에서부터 대퇴부 절반까지의 살갗이 익어버린 채 주름이 잡혀 있었다.

　쿠레시의 화상은 나보다 훨씬 심했다. 그는 병실에 들어온 뒤, 침대에 누워서 눈을 감고 양손을 가슴에 얹은 채 미동도 않았다. 잠이 든 것인지 아니면 깊은 명상에 잠겨 있는지는 몰라도 아무튼 그의 인내력은 놀라울 정도였다.

　나는 창가에 서서 노을이 불타고 있는 하늘을 바라보았다. 찬연하면서도 광휘롭고 외경스런 감동을 불러일으키며 당당히 솟아올랐던 태양이 광막한 사막의 지평으로 서서히 내려앉고 있었다.

　하늘과 사막을 붉게 태우며 사막의 지평으로 내려앉는 태양은 시가지까지도 붉게 물들였다.

　다운타운을 관통하는 중심도로가 보였다. 외출을 나왔을 때와는 달리

아주 한산했다. 마치 정지되어버린 도시처럼. 아마도 여러 색깔의 인종의 물결과 함께 흐르던 각기 다른 언어, 표정, 체취, 차림새 등이 없어서일까.

다운타운의 중심부에서 동쪽으로 조금 벗어난 곳에 조형미가 별로 없는 회교사원이 보였다. 사원의 한귀퉁이에 높이 서 있는 뾰족한 탑에서 예배시간을 알리는 느리면서 음의 굴곡이 별로 없는 아잔이라는 음악이 연기처럼 퍼졌다.

까만 천으로 지은 넓고 헐렁한 옷을 발끝까지 치렁하게 늘어뜨리고 머리에도 역시 검정색 망사로 된 차도르를 쓴 여인들이 사원으로 들어갔다. 여인들 틈에 하얀 통자루 같은 옷에다 머리에도 하얀 천을 띠로 고정시킨 '아바'라고 부르는 두건을 두른 남정네들이 섞여 있었다. 여인들에 비해 남정네가 적은 것은 아마도 일부다처제 때문인 성싶었다.

나는 병실에 들어온 후 줄곧 두 다리에서 일고 있는 통증보다 훨씬 더 깊고 심한 통증에 시달리고 있었다. 그것은 내 마음 깊은 곳을 파고드는 두려움에서 비롯된 통증이었다.

위생병이었던 고태규가 입원수속을 마쳐주고 돌아가기 직전에 내게 말했다.

"인병장, 오늘이 무슨 날인 줄 알아? 십년 전, 우리가 베트남에서 마지막 전투를 치렀던 날이야. 그날 아마 30분만 늦게 헬기가 나타났어도 우린 모두 베트콩들에게 죽었을지 몰라. 나는 설사 생일을 잊어버릴지는 몰라도 이날만은 잊을 수가 없어. 내가 다시 태어난 날이니까."

아, 그렇다면 바로 오늘이 내가 나필규 중사를 죽인 날이다.

그러나 내 마음속에서 그는 죽지 않고 살아 있었다. 그는 언제나 내 양심을 향해 총구를 겨누고 있었다. 그는 내가 살아 있는 한 죽지 않을 불멸의 존재였다. 나필규 중사가 나를 향해 통렬하게 외치고 있다. 인지훈, 너의 죄를 영원히 덮어둘 수 있을 것 같아?

"미스터 인, 무슨 생각을 하고 있나?"

침대 위에 누워 있는 쿠레시의 시선이 빛처럼 내게 머물렀다.

"내가 죽인 사람을 생각하고 있었네."

나는 내 마음속에서 나필규 중사를 몰아내고픈 심정으로 말했다. 그를 내 의식 속에 가두기 위해 안간힘을 다해 걸어두려고만 애쓰던 의식의 빗장을 풀어버리고 싶었다.

쿠레시의 표정이 잠시 흠칫했다.

"혹시 전장에서였나?"

"그렇네. 베트남전쟁에서였지."

"그 전쟁에서 당신의 영혼은 아주 깊은 상처를 입었나보군."

"상처가 아니라 죄업 때문이지. 난 나의 상관을 살해했으니까."

내 입에서 살인이라는 말이 나왔음에도 그의 표정에는 아무런 동요의 빛이 없었다.

빗장이 풀린 내 의식은 나로 하여금 거침없이 그 엄청난 범죄의 전모를 털어놓게 하였다. 갈등과 혼란과 어둠과 두려움과 증오와 자책과 고통으로 엉켜 있는 의식의 울을 부수어버리고픈 또다른 나의 욕구였을지도 모른다. 수천년의 세월 동안 풍상을 겪으면서도 결코 지워지지 않는 암석에 각인된 비문처럼 결코 내가 저지른 범죄의 행적이 지워지지 않으리라는 것을 알면서도 나는 그 빗장을 풀어버리고 말았다.

나는 계속해서 말했다.

"내가 죽인 사람은 매우 탁월한 전투능력을 지닌 나의 상관이었네. 내가 그를 죽이기 전날, 해가 질 무렵이었네. 그는 전투능력이 전혀 없는 여자와 아이를 간접적으로 전투에 가담할지도 모른다는 애매한 판단으로 살해했네. 그날 밤, 마흔두 명의 적은 인원으로 구성된 우리 부대는 훨씬 수효가 많은 적들에게 포위된 상태에서 치열하게 전투를 하였네. 바로 내 옆에 있는 전우들이 적이 쏘는 직격탄에 혹은 그 파편에 맞아 죽어갔네. 나는 전우가 주검으로 변해가는 옆에서 다음에 나에게 다가올 죽음을 기다리고 있었네. 차라리 내가 지니고 있는 생명이 짐스럽다는 생각을 하면서 말이네. 문득 담배가 피우고 싶었네. 담배를 피웠지. 담배를 피우고 있는 동안 나는 어둠도 밝음도 아닌 어떤 진공 속으로 빨려들어가고 있었네. 그때 나에게는 아무것도 존재하지 않았네. 시간의 사라짐 같은 그야말로 완벽한 없음의 상태였지. 나는 그러한 상태에서 포위망을 벗어나기 위해 어둠속을 치닫는 그를 보았던 것이네. 그를 본 순간, 아마 그는 처절한 살육의 무대를 연출하고 사라지려는 악마일지도 모른다는 매우 불명확한 관념이 확신처럼 나를 사로잡아버렸네. 나는 그 불명확한 관념을 뚜렷한 사고로 정리하지 못한 채 총을 들어 그를 쏘아버리고 말았네."

나는 말을 마치고 나서 담배를 피워물었다. 내뿜는 담배연기처럼 나필규 중사에 대한 기억 모두를 내뿜어버리고 싶었다.

"미스터 인, 당신은 혹시 종교를 갖고 있나?"

"아무 종교도 갖고 있지 않네. 쿠레시 당신은?"

"……나는 탄트리카이네."

"탄트리카…… 탄트리카……"

"탄트라는 종교이면서도 종교가 아닐 수도 있네. 내가 당신에게 종교를 물어본 것은 종교의 계율이 당신을 점점 속박할지도 모른다는 우려 때문이었네. 미스터 인, 사고를 통해서 얻어지는 것은 결국 상식에 불과한 것일세. 그 상식에 바탕을 둔 행동이란 항상 어떤 한계 안에서만 가능한 것이지. 그 상황에서 당신이 그에게 총을 쏠 수 있었던 행위는 상식에 바탕을 둔 사고의 한계 안에서는 도저히 가능할 수 없었을 것이네. 만일 당신이 총을 쏘기 이전부터 그를 죽여야겠다는 생각을 하고 있었다면 당신의 사고는 분명 은밀한 범죄를 계획하고 있었을 것이고 그 계획된 범죄의 각본에 따라 그를 죽였을 것이네. 당신은 그에게 총을 쏘기 직전의 상태를 시간마저 존재하지 않는 완벽한 없음의 상태라고 하였네. 그렇다면 그 순간에는 당신의 사고도 없었고 당신 자신마저도 없었네. 다만 당신의 순수한 본질만이 존재하고 있었을 뿐이지."

"그러나 내가 그를 죽인 것만은 분명하네. 때문에 살인자로서의 내 양심은 끊임없이 재판을 받아야 하는 고통을 겪고 있네. 수없이 되풀이되는, 내 양심이 재판을 받는 과정에서 나는 단 한번도 무슨 명목으로든 내 행위를 정당화할 수가 없었네. 아마도 영원한 고통의 짐이 되어 남아 있을 것이네."

"그렇네. 당신의 행위는 무슨 명목으로든 정당하다고 할 수 없을 것이네. 당신 사고의 한계 안에서는 말이네. 반면에 당신이 전투행위를 통해서 죽인 적에 대해서 당신의 양심은 단 한번도 재판을 받아야 하는 고통을 겪지 않았을 것이네. 국적이 다르고 이데올로기가 다르다는 사고의 덕분으로 말이네. 그러나 당신의 전우나 적이었던 사람 모두가 지닌 생명의 진원이나 가치를 동등하게, 근본적으로 인류를 동등한 생명체로 볼 때, 우리들의 사고는 얼마나 허황한 것이며 모순투성이고 편파적인가를 알 수 있을 것이네. 미스터 인, 국적이 다르고 이데올로기가 다르고 문화가 다르고 종교가 다르고 언어가 다르고 피부가 다르다는 이 개념, 즉 이것들을 다르다고 구분하고 있는 사고가 인류를 불행하게 만드는 가장 뚜렷한 원인인 것이네. 갓 태어난 아기를 보게. 그 아기에게는 사고가 없네. 오직 순수한 그 자체의 진실만이 있네. 선과 악이 대립되기 이전의 진실뿐이네. 그러나 아기는 차츰 자라면서 분열하기 시작하네. 사고가 생기기 때문이지. 종족, 언어, 문화, 종교, 관습 등 아기의 순수한 진실 위에 여러 빛깔의 사고가 채색되기 때문이네. 그리고 그 여러 빛깔의 사고의 바탕에는 소유욕이 깔리기 시작하네. 소유욕에 바탕을 둔 사고는 쟁취라는 뚜렷한 양상을 펼치기 시작하네. 지식, 명예, 권력, 연인, 행복, 신까지라도. 그 무엇이든지 소유하기를 원하게 되지. 여기서부터 인간의 불행은 싹트기 시작하네. 장난감에서, 재산에서 영토에 이르기까지 서로 뺏고 뺏기지 않으려는 투쟁과 함께 불행이 커가는 것이네. 이 채색된 빛깔의 사고대로 살아가는 우리들의 모습은 하나의 현상일 따름이네. 결코 우리들의 본질일 수는 없지. 이 현상, 우리들의 본질을 겹겹이 에워싸고 있는 여러 빛깔의 사고의 막을 헤치고 우리들의 본질, 즉 순수한 진실을 찾아 거기 안주하라고 하는 것이 탄트라의 가르침이네. 다시 말하거니와 탄트라는 종교가 아니네. 그러나 종교가 아닌 것이 아닐 수도 있네."

"쿠레시, 내가 그를 죽였을 때 나는 분명 당신의 말처럼 뚜렷한 사고 능력이 없었네. 죽음에 대한 공포마저도 느낄 수가 없었으니까. 그렇다면 그러한 상태의 나 자신이 바로 나의 본질이었단 말인가? 그리고 그러한 나의 본질이 그를 살해하게 하였다면 차라리 채색된 사고의 너울을 쓰고 양심이 재판을 받지 않아도 될 만큼 적당히 타협하며 살고 싶네."

그때였다. 병실 문을 가볍게 두드리는 소리와 함께 문이 열렸다.

"보비!"

쿠레시가 탄성처럼 부르는 이름을 듣고는 창밖을 바라보고 있던 나는 천천히 몸을 돌렸다.

보비와 시선이 마주친 나는 혼돈과 어둠 속에서 한줄기 빛을 보는 것 같았다. 그녀의 눈은 여전히 깊이를 알 수 없는 인도의 눈이었다. 아, 끝모를 어둠을 비추는 듯한 그녀의 눈빛은 갈등과 혼란과 어둠과 두려움과 증오와 자책과 고통으로 뒤엉켜 있는 내 의식을 뚫고 영혼을 비추는 빛과 같았다.

"나마스데."

나는 조금 들뜬 목소리로 인도식의 인사말을 건넸다.

보비가 답례 대신 미소를 지었다. 그녀의 검은 피부와 간호사 차림의 흰옷과 알맞게 살이 오른 풍만함 때문일까, 그녀의 미소에는 때묻지 않은 원시성과 도시적인 지성과 농익은 관능이 함께 배어 있었다.

"차트를 보니 놀랍게도 두 분의 이름이 적혀 있었어요. 반가우면서도 한편으로는 걱정이 되었어요. 괜찮으세요?"

쿠레시는 침대에서 상체만을 일으킨 상태로 보비를 바라보며 조용히 웃었다. 나는 창턱을 뒤로 짚고 엉거주춤하게 서서 두 사람을 바라보았다.

보비가 쿠레시의 침대 곁으로 다가서며 말했다.

"당신과는 참으로 인연이 깊군요. 이 나라에서 당신을 두 번씩이나 이렇게 만날 수가 있다는 게 믿어지지 않아요."

쿠레시는 여전히 조용히 웃고 있었다. 그러나 그의 눈은 많은 말을 하고 있었다. 보비를 바라보는 그의 눈은 아침햇살을 받아 빛나는 바다와도 같았다. 기쁨과 안도와 희망이 그의 눈에 가득 넘쳤다. 그는 내면에 충일해 있는 모든 것을 말로 표현하기가 아깝다는 듯 오직 눈으로만 말하였다. 두 사람 사이에는 대화보다 더 풍부하고 깊은 서로의 마음이 자장처럼 교감되고 있음이 분명했다. 나는 항상 변화없이 깊고 맑게만 느껴지던 쿠레시의 눈 속에 이처럼 많은 말이 담겨 있는 것을 처음 보았다.

"미스터 인, 당신을 처음 보았을 때 난 당신이 현재가 아닌 먼 과거에 존재하는 사람처럼 느껴졌어요. 역시 오늘도 마찬가지군요."

보비가 나를 바라보며 말했다.

나는 희미하게 웃으며 그녀를 바라보았다. 내가 짓고 있는 웃음은 그녀의 말처럼 현재와는 거리가 먼 그런 웃음이라는 생각을 하면서.

"당신의 그런 모습이 잊혀지질 않았어요."

보비의 얼굴에 환하게 미소가 번졌다. 그녀의 미소는 달빛 아래 핀 장미처럼 탐스럽고 관능적이며 그 향기가 달빛에 배어 주위로 퍼지고 있는 것 같았다.

나는 그 향기를 맡기라도 하듯 눈을 감고 천천히 숨을 들이마셨다. 내 육신과 영혼이 그녀 속으로 한없이 잠겨들고 싶었다. 그녀 속으로 깊이 잠겨들면 내 마음속에 있는 고통의 근원이 모두 녹아버릴 것 같았다.

나는 보비가 불가사의한 존재로 여겨졌다. 그녀는 나를 알 수 없는 신비한 통로로 흡인하고 있었다. 그녀에게는 아지 못할 무한의 세계가 있는 것 같았다. 꽃송이 속처럼 향기롭고 어머니의 품처럼 평화로우면서도 모든 것을 녹여버릴 것 같은 격정과 희열과 환희가 어우러진 세계가 있을 것 같았다.

보비의 눈이 나를 깊이 응시하고 있었다. 쿠레시의 눈빛이 심층의 구석구석을 비추는 밝음이라면 그녀의 눈빛은 내 영혼을 비추는 빛이면서 동시에 심층의 구석구석에 끼어 있는 때를 말끔히 씻어낼 수 있는 샘물과도 같은 맑음이었다.

"미스터 인, 당신의 근원을 향해 더 멀리 떠나세요. 그리고 거기 안주하세요."

그녀의 말이 속삭임처럼 귓불을 간질이는 것 같았다.

나는 여전히 눈을 감고 있었다. 밝음과 어둠과 격정과 애잔함이 혼재된 무중력의 세계 속을 유영하는 듯했다.

병실 문을 두드리는 소리만 없었다면 나는 언제까지나 그대로 있었을지 모른다.

병실 문을 열고 들어선 사람은 근로감독관이라고 하던, 나를 심문했던 바로 그 사람이었다.

"아! 인지훈씨, 잠깐만 얘기를 나누었으면 해서 왔소. 어때요, 상처는?"

나는 그를 도로 문 밖으로 밀어내버리고 싶었다. 그의 출현은 나의 영혼이 어떤 아름다움 속으로 잠겨드는 것을 단번에 휘저어버렸다.

보비가 쿠레시와 내게 가볍게 눈인사를 하고 병실을 나갔다. 아마도 그녀는 이 낯선 한국인이 나를 문병하러 온 것으로 이해를 한 모양이었다.

그가 말했다.

"그냥 이곳에서 용건만 간단히 말하겠어요. 조금 전에 본부로부터 텔렉스를 받았는데, 길관수 그 친구 대단히 위험한 인물이더군요. 대학에서 극렬하게 반정부운동을 하다 제적을 당한 전력이 있어요. 무엇 때문에 여기까지 왔는지는 모르지만, 아무튼 우린 지난번 일을 그 친구가 저

질렀다고 확신해요. 인지훈씨, 괜히 그 친구 감싸주려고 하다가 같이 당하지 말고 협조를 하세요. 평소 그 친구가 정부를 비난하면서 능률급제 작업을 못하게 하겠다는 말을 했었죠? 특히 대통령 시해 사건이 있었을 때 더욱 강도 높게 비판을 하면서 그런 말을 했을 테죠? 인지훈씨 말 한마디가 당신 자신을 살리는 길이오. 끝까지 입을 다물어봐야 결국은 길관수와 똑같이 당하게 될 거요."

그의 말은 분명 협박이었다. 그러나 그가 유추해서 말한 부분은 사실이기도 했다.

갑자기 다리의 통증이 더 심해지는 것 같았다. 나는 얼굴을 찡그린 채 입을 꽉 다물었다.

"인지훈씨에 대해서도 상세히 알아봤어요. 사병으로서는 하늘의 별만큼이나 따기 어려운 무공훈장을 두 번씩이나 받은 월남전의 영웅이더군요. 이번에도 공을 세워보세요. 회사에서 두둑하게 포상을 해줄 겁니다. 인지훈씨가 원한다면 정식직원으로 특채까지 해줄 수도 있어요. 인지훈씨의 뛰어난 영어실력은 충분히 자격을 뒷받침해줄 테니까요."

그가 표정까지 은근하게 꾸미면서 나의 눈치를 살폈다. 나는 다리의 통증을 누르듯이 힘주어 말했다.

"거듭 말하지만 길관수씨는 내게 그런 말을 한 적이 없습니다."

"인지훈씨, 지금 국내 사정이 어떤 줄 알아요? 사흘 전에 다시 계엄령이 전국적으로 선포되었고 지금 광주에서는 시민들이 무장폭도로 변해서 파괴와 약탈을 자행하고 있어요. 군대까지 진압작전에 나서고 있는 상태요. 물론 불순분자들이 배후조종을 하고 있기 때문이오. 이런 때에 잘못 걸려들어갔다가는 평생을 두고 후회해도 모자랄 엄청난 불행을 겪게 될 거요. 이번 일도 광주시민을 배후조종하고 있는 불순세력분자들과 똑같은 취급을 받게 될 거란 말이오. 계엄법이 얼마나 무서운지 모르는가본데 일단 계엄법에 걸려들었다 하면 그걸로 모든 게 끝이오. 나도 월남전에 참전했던 파월용사요. 그래서 인지훈씨에게 진심으로 전우애를 베풀고 싶소. 협조하는 게 백번 신상에 이로울 거요."

나는 계엄법과 군대가 어떤 관련이 있으며 그것들이 내게 어떤 영향을 끼칠지는 구체적으로 알 수 없었지만 막연한 공포와 함께 엄청난 고통이 도사리고 있으리라 느껴졌다. 더욱이 이자는 중앙정보부 요원이라지 않는가. 강찬식씨도 이곳에서 무슨 일을 저질렀다가는 중앙정보부로 바로 끌려간다고 했었다. 실제로 강찬식씨를 비롯한 여러 명의 동료들이 단지 능률급제 작업을 반대했다는 이유 하나만으로 그곳으로 끌려갔다고 하지 않던가. 마음만 먹는다면 이자들은 나와 길관수를 언제든지 그 소름끼치는 곳으로 끌고 갈 수 있으리라. 지난 20년 동안 우리 국민 모두는 그곳의 실체를 구체적으로는 몰라도 익히 알고 있는 터이다. 말만 들어도 등골이 서늘한 곳이라는 것을.

쿠레시가 시선을 내게 고정시키고 있었다. 그는 길관수라는 이름과 처음 본 한국인의 말투와 긴장된 내 표정으로 미루어 파괴된 스위치박스와 관련이 있음을 직감으로 아는 것 같았다.

그의 시선이 두려움 때문에 흔들리는 내 마음을 붙들어주었다. 유다의 유혹을 받고 있는 악마의 마음까지도.

"내게 베풀어준 호의와 배려를 고맙게 생각합니다. 그렇지만 없는 일을 꾸며서 말할 수는 없잖습니까."

그는 입을 한일자로 굳게 다물고 잠시 무슨 생각을 하고 나서는 쩍하고 입맛을 다셨다.

"아직 여유가 있으니 다시 잘 생각해봐요. 길관수가 반드시 무슨 말인가를 했을 거요. 난 정말로 인지훈씨가 염려되어서 이러는 거요. 두 사람이 본부로 갔다 하면 그걸로 끝이오. 견딜 재간이 없어요. 자, 이게 내 연락처요. 앞으로 열흘 정도 병원에 더 있어야 할 모양이니 언제든지 연락을 해줘요."

그는 명함을 내게 주고는 병실을 나갔다.

먼 기억의 저편에서 들려오는 것 같은, 단조로우면서도 긴 여운을 끌고 이어지는 소리가 밤의 깊은 골짜기에서부터 들려왔다. 그 소리는 결코 청각으로는 들을 수 없는 소리였다. 뇌수를 흔들고 뇌의 벽에 부딪치며, 의식의 깊은 심연 속으로 무겁고 긴 여운을 끌며 새벽의 어둠처럼 사라졌다가는 다시 먼데서 밀려오는 파도처럼 밀려왔다.

벌겋게 단 쇠붙이가 지글지글 태우는 살갗을 무수한 바늘 끝이 동시에 찔러대는 듯한 통증이 붕대를 감은 다리에서 해일처럼 일었다.

병실의 흰 벽이 유령의 옷자락처럼 어둠속에 서 있었으며 창백하고 청결한 병원 특유의 냄새가 유령의 체취처럼 후각 속으로 스며들어왔다.

나는 흡사 깊은 바닷속에 잠겨 있는 듯한 고독을 느꼈다. 열 장의 매트리스를 펴고 나면 한뼘의 공간도 없는, 꼬리퀴퀴한 땀냄새와 발냄새가 가득 배어 있는 캠프의 숙소가 고향처럼 그리웠다.

조금 떨어진 침대에 누워 있는 쿠레시도 잠에서 깨었는지 그의 몸 깊은 데서 울려나오는 신음소리가 간헐적으로 들렸다. 아마도 저녁식사 후에 맞은 주사가 진통제였던 모양이다.

"쿠레시, 매우 고통스러운가보네?"

"그렇다네. 도저히 잠을 이룰 수가 없네. 나의 나라에는 깔리라는 무서운 파괴의 여신이 있다네. 그녀의 얼굴은 어둠처럼 검고 입가에는 항상 피가 흘러내리며 귀에는 어린아이의 머리로 귀걸이를 달고 목에는 해골을 엮어서 만든 목걸이를 늘어뜨리고 있다네. 허리에는 수많은 독사가 칭칭 감겨 있고 등에는 죽은 자의 지문이 무수히 찍혀 있으며, 한 손에는 사람의 가죽을 벗기는 피묻은 칼을 쥐고 또 한 손에는 피가 뚝뚝 떨어지는 인간의 머리를 쥐고 있다네. 지금 그녀가 피묻은 칼로 나의 두 다리의 살가죽을 벗겨내고는 살과 뼈를 저미고 있는 중이라네."

"쿠레시, 내가 인도인이 아님을 다행으로 생각해야겠네. 우리나라에는 그런 무서운 파괴의 여신은 없으니까. 머리에 외뿔이 돋은 장난을 좋아하는 도깨비라는 귀신이 있긴 하네만."

"미스터 인, 당신은 신의 존재를 어떻게 생각하나?"

"……글쎄, 죽음과 이기심 때문에 종교, 즉 신이 생긴 것이 아닐까? 누구도 알 수 없는 사후의 세계를 종교가 제시하지 않았다면 인간은 과연 신의 존재를 인정했을까. 종교를 통해서 갖는 희망, 즉 사후의 세계에서 안락을 보장받고 싶은 열망이 신을 만들었을 테지. 선행과 계율로 포장된 신앙 속에는 극단의 이기심이 과육 속의 씨처럼 자리잡고 있을지도 모르지."

"그럴지도 모르겠네. 나는 신의 존재를 거울과 같다고 생각하네. 우리들의 시야를 가로막고 있는 장애물 뒤의 물체를 거울을 통해서 바라볼 수 있듯이 신이라는 존재를 통해서 마음속의 장애물 뒤에 있는 우리들의 참모습을 바라볼 수가 있기 때문이네. 그러나 대개의 사람들은 거울을 통해서 우리의 눈이 장애물 뒤에 있는 물체를 보고 있다는 사실을 모르지. 마치 거울 자체가 이쪽과 저쪽을 보고 있는 것처럼 착각을 한다네. 그렇기 때문에 신이라는 존재를 절대자로 착각하여 거기에 매달리곤 하는 걸세. 미스터 인, 탄트라에서는 신이 있고 없음을 논하지 않네. 탐욕, 분노, 증오, 사랑 그 모든 것을 수용하여 그 뒤편에 있는 자신의 본질에 다다르라고 가르치네."

"쿠레시, 도대체 탄트라란 무엇인가?"

"탄트라의 전부를 말로 설명할 수는 없네. 인도의 종교와 문화가 말로 설명해서는 이해할 수 없을 정도로 복잡하기 때문이네. 게다가 탄트라에는 여러가지 비밀의식이 담겨 있어서 외국인인 당신에게 설명하기란 불가능하다네. 탄트라라는 말 자체는 '진실의 말'이라는 뜻을 지니고 있네. 탄트라는 아주 먼 옛날부터 있어온 인도의 토속신앙 중의 하나이지. 탄트라의 정수는 이해가 아닌 체험을 통해서 깨달을 수가 있을 뿐이네. 모든 것을 수용하여 그 속에서 깨달음을 얻으라는 것이지. 언젠가 나의 나라의 바레일리 지방에서 오래된 풍장림(風葬林)의 해골더미 위에 앉아 있는 노인을 만난 적이 있네. 그때 노인은 해골더미 위에 앉아서 두개골에 담긴 음식을 먹고 있었네. 하도 괴이해서 노인에게 물었네.

'노인이여, 무엇을 하고 있나이까?'

'나는 지금 아무것도 하지 않는다.'

'노인이여, 노인께서는 지금 무엇인가를 먹고 있지 않습니까?'

'아니다. 나는 지금 무엇을 먹고 있는 것이 아니라 단지 배고픔 그 자체에 머물고 있을 따름이다.'

'노인이여, 그러나 노인께서는 지금 분명 무엇인가를 먹고 계시옵니다.'

'그것은 너의 개념일 뿐이다. 너의 눈에는 내가 행위자로 보일 것이다. 그러나 나는 지금 행위를 하는 것이 아니라 행동 속에 있을 뿐이다.'

'노인이여, 그렇다면 행위와 행동은 어떻게 다른 것입니까?'

'행위에는 구별이 따른다. 그 구별이 바로 개념인 것이다. 내가 지금 행위를 하고 있다면 나는 보다 좋은 장소와 음식을 찾기 위해 여기 머물지 않았을 것이다. 사람은 때로 극한의 상황에서 인육(人肉)을 먹기도 하지. 그러나 극한의 상황에 처한 사람이 인육을 먹는 것에 대해 식사를 한다는 개념을 가진다면 그는 절대로 그것을 먹지 못할 것이다. 바로 그것이 개념에 지배당한 행위인 것이다. 행동이란 에너지의 흐름 속에 모든 것이 용해되는 것이다. 극도의 굶주림으로 죽음의 직전에 다다른 사람은 그것이 인육이라는 개념을 갖지 못한다. 다만 그에게는 그것이 음식일 따름이다. 굶주림 때문에 먹어야 한다는 본능 속으로 흘러가고 있을 뿐이다. 그가 만일 그것이 인육이며 그것을 먹는 것은 식사라고 하는 개념을 끝까지 고집하였다면 그는 마침내 죽고 말았을 것이다. 그의 개념에 지배당한 행위가 그를 죽이고 말았을 것이다. 그러나 그는 개념의 지배로부터, 즉 행위로부터 벗어날 수가 있었기 때문에 살 수가 있었던 것이다. 동기와 결과를 구분하지 않는 것, 바로 그것이 행동이다. 그러나 동기와 결과를 구분하지 않고 행동하였을 때 그것이 악행일 수도 선

행일 수도 있다. 본질적인 깨달음을 얻지 못하고서는 선행이 되기가 어려운 것이다.'

'노인이여, 어찌하면 본질적인 깨달음에 도달할 수가 있나이까?'

'그것을 어찌 말로써 나타내 보일 수가 있겠느냐. 다만 모든 것 속에 용해되어라. 그것이 무엇이든 그 속으로 용해되어라. 무엇이든지 좋다. 탐욕이든 분노이든 증오이든 번뇌이든 한순간에 느끼는 것이라도 그 속으로 깊이 용해되어라. 그리하면 너의 본질에 도달할 수가 있을 것이며 거기에서 깨달음을 얻을 수 있을 것이다. 너의 눈에는 지금 내 손에 들린 이것이 인간의 두개골로 보일 것이며 내가 깔고 앉아 있는 이것들이 인간의 해골로 보일 것이다. 그러나 사물의 본질은 없음이다. 다만 해골이라는 개념 때문에 그렇게 보일 따름이다. 너의 눈에는 나의 이러한 모습이 기괴하게 보일 것이며 매우 불행하거나 아니면 미치광이쯤으로 보일 것이다. 그러나 그렇지 않다. 만약 지금의 나 자신이 기괴하다거나 불행하다고 생각되는 개념이 나를 지배하고 있다면 나는 지금 존재할 수가 없을 것이다. 보다 더 경건해지려는, 보다 더 행복해지려는 개념에 따라서 끝없는 방황을 계속하며 수없이 많은 행위의 까르마[業]를 쌓고 있을 것이다. 그리하여 마침내 그 행위의 까르마에 의해 영원히 속박당하고 말 것이다. 진정 비통한 사람은 자신이 얼마나 비통한 상태에 있는지조차도 모른다. 그냥 비통함 속에 용해되어 있을 따름이다. 다만 비통하지 않은 사람의 눈에는 그가 비통할 것이라는 개념 때문에 비통하게 보일 따름이다. 진정 행복한 사람은 자신이 얼마나 행복한 상태에 있는지조차도 모른다. 그냥 행복함 속에 용해되어 있을 뿐이다. 다만 행복하지 않은 사람의 눈에만 그가 행복할 것이라는 개념 때문에 행복하게 보일 따름이다. 깨달음이란 바로 용해되는 것과 용해되지 않는 것의 차이인 것이다.'

미스터 인, 그 노인의 말처럼 극한의 굶주린 상황에서 살기 위해 인육을 먹는 것을, 그것이 음식이 아니고 인육이라고만 규정하는 그 개념이 바로 도덕일 수도 있네. 당신이 전쟁에서 죽인 수많은 적에 대해서는 양심이 재판을 받아야 하는 고통을 겪지 않았지만 당신이 죽인 단 한 사람의 전우 때문에 당신의 양심이 수없이 재판을 받아야 하는 고통을 겪어야 했던 그 사고가 바로 도덕일 수도 있네.

미스터 인, 당신은 때로 당신 자신이 매우 선량한 사람일지도 모른다는 생각을 가질 때가 있을 것이네. 당신이 죽인 전우 때문에 양심이 재판을 받아야 하는 고통을 겪는 와중에서 자신도 모르게 그러한 생각을 가졌을지도 모르네. 당신 자신이 선량하기 때문에 고통을 받고 있다는 논리를 내세워서 말이네. 전우를 죽인 일 때문에 고통을 받고 있는 당신에게 나는 연민을 느끼네. 당신이 고통을 받고 있다는 사실 때문에 느끼는 연민이 아니네. 당신의 사고, 즉 도덕이라는 울 속에 갇혀서 고통을 받고 있는 당신의 모습이 가여워서이네. 미스터 인, 선량해지려거든 당신의 일부분만 선량해지지 말고 당신 전체가 선량해지게. 당신이 전투행위를 통해서 죽인 적들에 대해서도 당신의 양심은 재판을 받아야 할 것이네. 그게 싫다면 그들 모두와 새로운 싸움을 벌여보게. 그리하여 그 모두들에게 당신이 죽임을 당하든지 아니면 다시는 당신의 양심이 재판을 받아야 하는 고통을 겪지 않아도 될 만큼 철저히 도덕적으로 무장하여 그 모두를 새롭게 죽여보게. 당신의 전우까지도 말이네."

창밖으로 보이는 시가는 짙은 안개에 덮여 있었다. 안개 속으로 희미한 불빛만 보일 뿐, 무거운 정적이 안개와 더불어 어둠속의 시가를 무겁게 누르고 있었다.

이제 이삼일 후면 퇴원을 해도 될 만큼 나의 화상은 거의 아물어갔다. 나에 비해 쿠레시의 상처 회복은 더딘 편이었다. 입원해 있는 13일 동안 간호사 보비는 따뜻한 보살핌의 손길로 나와 쿠레시를 돌보아주었다.

저녁식사를 마치고 나서부터 한낮의 열기와 교대라도 하는 것처럼 어둠과 함께 밀려오는 안개를 바라보며 쿠레시는 암울했던 자신의 과거를 나에게 들려주었다.

"모래바람과 빈곤과 하리잔(인도의 四姓계급인 브라만, 크샤트리아, 바이샤, 수드라에 들지 못하는 천민)이라는 신분이 늘 우리를 괴롭혔네. 나의 나라에는 베다라고 하는 의식(儀式), 음운, 문법, 어원, 운율, 천문 등 모든 지식이 담겨 있다고 할 수 있는 아주 오래된 종교문헌이 있네. 그것에 씌어 있기를, 까마득한 옛날 여러 신들이 모여서 인간의 조상인 원인(原人)을 제물로 삼아 제사를 지내고 나니 원인의 머리는 브라만(승족)이 되고 두 팔은 크샤트리아(왕족)가 되었으며 넓적다리는 바이샤(평민)가 되었고 두 발은 수드라(노예)가 되었다고 하였네. 그중에서 수드라에게는 베다를 가르치지도 배우지도 못하게 하였네. 만일 수드라가 베다를 읽는 소리를 엿들으면 귀를 멀게 하고 베다를 보면 눈을 멀게 하고 베다를 기억하고 있다면 그 머리를 잘라버리라고까지 하였네. 하물며 그러한 수드라에도 미치지 못하는 우리들 하리잔은 인간이 아니라 축생일 수밖에 없었네. 하리잔은 같은 힌두교도들이라 할지라도 카스트의 신도들의 우물에서 물을 길을 수도, 사원을 출입할 수도, 신을 신은 채 그들이 살고 있는 주거지역을 지나다닐 수조차 없었네. 심지어는 목에다 방울을 달고 다니게 하여 그 방울소리를 듣고 우리들의 접근을 미리 알아서 쳐다보지도 않으려 했네. 우리들에겐 모든 게 안되는 것뿐이었네. 고약한 윤회의 까르마를 지니고 태어났다고나 할까."

쿠레시는 깊이 담배를 빨아들였다. 흘러간 시간 속에 붙박여 있는, 실로 비참할 수밖에 없었던 과거를 회상하고 있는 그의 눈에는 자신에 대한 연민이 노을처럼 젖어들고 있었다.

"나의 아버지는 우리 마을에 있는 오래된 사원의 종이었네. 아버지는 어렸을 적 나의 발걸음으로 둘레가 겨우 삼백 걸음이 조금 넘는 밭을 경작하였네. 그런 아버지에게는 아이들이 자그마치 일곱이나 매달려 있었고 할아버지와 출가를 하지 않은 고모가 함께 살고 있었네. 그 손바닥만한 밭을 경작하여 열한 명의 식구가 살았다는 게 도저히 믿을 수 없는

불가사의한 일이네. 나와 형제들은 마을 옆에 있는 몇백 에이커가 되는
지 가늠할 수조차 없는 부자의 장원에 몰래 숨어들어가 설익은 망고를
따먹으며 굶주린 배를 채우곤 했네. 나의 아버지는 신심이 매우 깊은 사
람으로 글자를 읽을 줄 모르면서도 브하가바뜨기따(힌두경전)를 상당히
많이 알고 있었네. 나의 조부도 사원의 종으로 일생을 살아왔고 그 역시
글자를 읽을 줄 모르면서도 오랜 세월과 더불어 브하가바뜨기따를 공기
처럼 마시며 살았다네. 나의 아버지는 뱃속에서부터 브하가바뜨기따를
마시며 자라온 것이지.

우리 가족은 억새풀을 엮어서 지붕을 이은 가축우리 같은 집에서 짐승
처럼 살았네. 집 앞에 있는 작은 웅덩이는 우리들의 목욕탕이면서 동시
에 우리 가족의 식수원이기도 했네. 우리는 한낮에 옷을 입은 채 그 작
은 웅덩이 속에 들어가 개구리처럼 팔딱거리며 헤엄을 쳤고 아침이면 그
웅덩이물로 밥을 지었네."

쿠레시는 금방이라도 떨어질 것 같은 긴 담뱃재를 터는 것도 잊은 채
그 작은 웅덩이를 보고 있기라도 한 듯 미간을 좁혀 허공을 응시하고 있
었다. 내 눈에도 그 작은 웅덩이의 탁한 물이 보이는 듯했다. 남루하고
불결한 인도인들의 모습과 함께 연상되는 그 작은 웅덩이의 탁한 물 속
에는 인도인들의 역한 체취가 배어 있을 것 같았다.

"내가 아홉살이 되던 해였네. 아라비아해를 건너서 불어오는 더운 바
람처럼 티푸스가 우리 마을을 휩쓸었네. 죽은 망고나무 가지처럼 극도의
영양실조로 메마른 아이들과 어른 모두가 사막의 태양처럼 뜨거운 고열
로 신음하면서 무수히 죽어갔네. 나의 가족 중에서도 나의 조부와 어머
니, 그리고 두 명의 형과 네 명의 동생이 모두 고열로 신음하다 죽었네.
악마의 온갖 저주가 소낙비처럼 쏟아져내린 듯 무수한 사람들이 말라비
틀어진 채 눈만 퀭하니 뜨고 죽어가는 광경은 끔찍한 재앙과도 같았네.
어쩌면 그것은 전쟁보다 더 비극적이고 참혹했는지도 모르네. 무기력한
정부는 죽어가는 모든 사람들에게 아무런 도움의 손길도 뻗치지 못했네.

죽어가는 사람들뿐만 아니라 그 무서운 병균이 언제 옮겨올지 몰라 공포에 떨며 굶주림으로 허덕이고 있는 사람들에게도 예방주사 한대, 빵 한조각의 도움마저 주지 못했네. 질병과 굶주림에서 도저히 헤어날 길이 없었던 나의 아버지는 나를 델리에서 외국인집의 하인으로 있는 숙부에게로 보냈네. 내가 자라면 반드시 그 굶주림으로부터 도망치리라 생각했던 것이 뜻밖에도 질병 때문에 빨리 이루어지게 되었네.

사흘 낮과 이틀 밤을 좀도둑과 부랑자와 가난한 이주민들로 가득한 기차를 타고 델리로 왔네. 훨씬 나중에 안 일이지만 나의 숙부를 고용하고 있던 외국인은 미국인인데 록펠러재단으로부터 상당히 많은 액수의 기금을 받아서 고고학을 연구하고 있었네. 질병과 굶주림으로 죽어가는 사람들에게 빵 한조각, 예방주사 한대도 도움을 주지 못하는 나의 나라 정부에 비해 먹고 사는 일 이외의 다른 일로 인도양과 태평양 저 너머에서부터 막대한 돈을 들여 사람을 보낸 미국이란 나라가 마치 천국처럼 여겨졌네.

나는 그 미국인의 호의로 하리잔의 신분으로서는 감히 상상조차 할 수 없는 교육을 받을 수가 있었네. 하리잔의 신분으로 태어나 라자스탄의 오지에서 굶주림으로 허덕이다 질병에 걸려 들쥐보다 더 불행하게 죽어갔을지도 모를 나의 생명이 그 외국인한테 보살핌을 받게 되었네. 굶주린 들개처럼 설익은 망고나 도둑질해 먹으며 나의 할아버지나 아버지처럼 뼈마디가 비뚤어지도록 천대를 받으며 일을 하다 일생을 마쳤을 나는 그 외국인으로부터 내 생명의 가치를 인정받게 된 것이네.

내가 하이스쿨에 진학하자 그 미국인은 나를 데리고 자주 여행을 다녔네. 나는 그와의 잦은 여행을 통해서 얼마나 많은 사람들이 무지와 굶주림과 질병으로 허덕이고 있는가를 똑똑히 볼 수 있었네. 그는 고고학뿐만 아니라 요가에도 대단한 관심을 가지고 있었네. 그는 수많은 요기(요가 수행자)들을 만났으며 경탄할 만한 인내심을 가지고 그들의 얘기에 귀를 기울였네. 대부분의 요기들의 말을 나는 잘 알아들을 수가 없었지만 그는 같은 나라 국민인 나보다 오히려 더 그들의 말을 잘 이해하곤 했네. 백육십 가지가 넘는 언어가 빈곤과 질병처럼 무질서하게 범람하고 있는 나라가 바로 나의 나라 인디아이기 때문이네. 다행히 힌두어나 라자스탄어를 사용하는 요기들을 만났을 땐 나는 그에게 도움을 줄 수 있었고 그는 그것을 매우 흡족해했네.

그는 요기들뿐만 아니라 이슬람의 수피(회교신비주의자)들과도 즐겨 만났었네. 그는 나머지 생을 나의 나라에서 살 것이라고 하였네. 도처에 영욕으로 얼룩진 옛 문화의 잔해와 복잡하기 이를 데 없는 종교와 이해하기 어려운 내세관을 지닌 채 빈곤과 질병으로 신음하고 있는 이 땅에서 말이네. 그는 나에게 델리대학에 진학해서 산스크리트어를 전공하도록 배려해주었네. 내가 대학에서 공부를 하고 있던 중에도 그와 나는 자주 여행을 다녔네. 그러나 내가 대학에 들어간 지 3년째가 되던 해 겨울, 그 미국인은 지병이 악화되어 미국으로 돌아갈 수밖에 없었네. 그 무렵 나는 산스크리트어의 옛 문헌을 접하면서 탄트라에 관한 것들을 알게 되었으며 같은 델리대학 철학부에 적을 둔 크리슈난이란 친구를 통해서 탄트라 요가의 수련을 쌓고 있었네.

나는 어느날 그 친구를 따라서 화이브 엠스(Five M's)라고 하는 탄트리카의 모임에 참석했네. 화이브 엠스라고 하는 것은 산스크리트어로 마드야(술), 맘사(고기), 마트샤(물), 무드라(곡식), 마츄나(성적 명상)의 첫 머리글자인 다섯 개의 M을 일컬음이네. 마드야는 불의 에너지로서 연소의 힘을 상징하며 인간의 고뇌를 태워주고 즐거움을 더해준다고 하였네. 맘사는 바람의 에너지로 지상의 생명을 상징하며 행동의 근원인 영양과 힘을 제공해준다고 하였네. 마트샤는 물의 에너지로서 바다의 생명을 상징하며 생식의 힘을 준다고 하였네. 무드라는 흙의 에너지로서 식물의 생명을 상징하며 대지의 힘을 준다고 하였네. 마츄나는 공간의 에너지로서 창조의 근원을 상징하며 큰 즐거움과 끊임없는 생명력을 제공해주는 것이라고 하였네.

화이브 엠스의 의식이란 육체와 의식(意識)과 영혼의 순결성에 의지하여 네 가지 음식 즉 마드야, 맘사, 마트샤, 무드라를 법도에 따라 차례로 먹으며 의식의 집행자인 구루(스승)의 엄격한 지도 아래 성적 명상을 통하여 생명의 근원과 그 성지를 순례하여 본질의 세계에 이르고자 하는 탄트라 요가를 말함이네. 온갖 꽃으로 장식된 실내에는 붉은 촛불과 피마자기름이 타오르는 불빛이 짙은 다갈라향과 어우러져 농염한 관능으로 가득 차 있었네. 열두 쌍의 남녀 탄트리카들로 구성된 우리들은 온몸에 향유를 바르고 구루의 지도 아래 네 가지 음식을 서로에게 먹여준 다음 "아함 끄림 끄흄 함 샤흐소 — 함"이라는 만트라(주문)를 합송하며 피부, 근육, 뼈, 지방질, 피, 정액, 힘줄로 구성된 자신의 소우주를 신성화하여 나란히 마주앉은 샤끄띠(여성 탄트리카)와 성적 명상을 시작하였네.

나에게 있어서 그 체험은 도저히 말로 표현할 수 없는 의식의 혁명과 같은 것이었네. 성(性)이라는 고정관념을 파기한 후의 의식의 자유였다고 할까. 하여튼 나는 그 의식(儀式)을 통해서 쾌락을 위한 욕정의 배설 내지는 씨를 번식시키기 위한 수단으로서의 성이 아닌 인간을 무한히 자유롭게 할 수 있는 성을 체험할 수가 있었네. 그것은 기존의 질서, 즉 도덕이라는 가치의 울을 넘어서 느낄 수 있는 행동의 무구한 아름다움임과 동시에 의식의 해방을 뜻하는 것이었네.

그러나 불행하게도 그 의식이 절정에 달할 무렵, 우리는 경찰에 의해서 모두 연행되고 말았네. 델리의 모든 언론들은 우리가 추구하고자 했던 순수한 의도를 이해하기보다는 편견을 가지고 요란하게 우리를 매도했네. 제도라는 것은 우스꽝스러울 만큼 기만적인 것이네. 어쩌면 기존의 도덕 역시 그러한지도 모르겠네. 오래된 힌두사원에는 성행위를 노골적으로 묘사한 조상들이 수두룩한데도 불구하고 우리들을 도덕심이 극도로 문란하고 타락한 집단이라고 규정하고 있으니 말이네.

그 일 때문에 나를 비롯해서 대부분 학생신분이었던 화이브 엠스 멤버가 학교에서 쫓겨나고 말았네. 학교 도서관에서 아르바이트를 하며 기숙

사생활을 하던 나는 그 무렵 직업을 잃어서 궁핍하기 이를 데 없는 숙부
에게로는 도저히 갈 수가 없었네.

나는 거리의 불량배 집단에 휩쓸리고 말았네. 경제구조가 허약하기 짝
이 없는 나의 나라에서는 노동을 하려 해도 할 수가 없었네. 나의 생활
은 옛날의 하리잔 때보다 더욱 비참해졌네. 그때는 굶주림과 천대와 질
병으로 시달리긴 했어도 내 영혼이 그렇게까지 타락하진 않았었네. 우리
는 언제나 남의 물건을 노략질하였으며 때로는 밤거리에서 강도질마저
서슴지 않았네. 나는 그렇게 해서 생긴 돈으로 하리잔의 신분을 숨기기
라도 하듯 호사스런 옷을 사입고 술을 마셨으며 그리고 여자를 사곤 하
였네. 나는 많은 여자들과 섹스를 하였지만 화이브 엠스의 모임에서 체
험할 수 있었던 그러한 의식의 자유는 두번 다시 누릴 수가 없었을 뿐만
아니라 내 영혼은 코브라처럼 표독스러워졌네. 굶주림과 질병의 쓰라린
기억에 대한 두려움이 내 의식의 바닥에 질척하게 깔려 있던 나는 차라
리 깔리의 피묻은 칼에 내 영혼이 난도질당하는 한이 있더라도 다시는
굶주림과 질병과 천대의 현실 속으로 되돌아가고 싶지 않았네. 차라리
나의 행위가 죽어서 축생으로 태어나는 윤회의 까르마를 쌓고 있을망정
굶주림과 질병과 천대로부터 벗어나고 싶었네.

어느날 으슥한 밤거리에서 젊은 힌두여인의 금붙이를 강탈하고 그 여
인을 윤간하였네. 패거리들이 바지춤을 내리고는 그 여인 위에 올라타서
씩씩거리며 더러운 욕정을 배설하는 광경을 통해서 너무도 적나라한 짐
승 같은 추악한 나의 모습을 바라보게 되었네. 그 일이 있은 후, 극도로
혐오스런 내 자신을 주체하지 못해서 차라리 고향으로 돌아가 옛날의 하
리잔이 되자고 나 자신을 타일렀네. 붉은 모래바람이 불고 있을 고향의
황량한 사막이 그립더군. 고향의 사막은 차츰 내게 향수를 느끼게 하였
으며 내 마음에 평온을 되찾아주었네.

그러던 어느날 패거리 중의 하나가 삼천 루피만 있으면 사우디아라비
아에 진출해 있는 한국회사에 취업을 할 수 있다고 하였네. 그러면 한달

에 이천 루피를 벌 수가 있다고 하더군. 그가 이 회사를 대신해서 노동
자를 모집하고 있는 사람을 알고 있으니 함께 가자고 하였네. 이천 루피
라면 나의 나라의 빈민들로서는 상상조차 할 수 없을 만큼 큰돈이었네.

그래서 나는 그동안 내 영혼을 시궁창에 쑤셔넣어서 모은 돈을 그 사
람에게 지불하고 이곳으로 오게 되었네. 이곳으로 오기 전에, 당신 나라
에 대해서 조금은 알고 있었네. 중국과 더불어 동방에서 가장 오래된 역
사를 지닌 작은 나라라는 것과 끊임없이 대륙의 강대국들로부터 침략을
당했으면서도 단일민족으로서의 고유한 문화와 역사를 지켜왔다는 것,
그리고 마지막 왕조에 이르러서는 반세기 가까이 일본의 식민지로 억압
을 받아오다가 일본의 패전 이후 이데올로기의 대립으로 동족끼리 큰 전
쟁을 치르고 국토가 남북으로 갈라졌다는 것 등을 말이네. 최근에는 남
쪽의 당신네 나라가 개발도상국의 선두주자로 부상하여 세계시장에 뛰어
들고 있다는 것들을 단편적으로 알고는 있었으나 막상 한국인들과 피부
를 맞대고 이렇게 생활해보기는 처음이네.

국토가 분단된 작은 당신 나라의 회사가 비교할 수 없을 만큼 큰 나의
나라 사람들을 고용하는 아이러니를, 이곳에 와서 지내보니 그 까닭이
무엇인지를 이해할 수 있을 것 같네. 한국인들은 징기스칸의 기병들보다
더 날쌔고 강인하네. 나의 나라에서 불가촉천민이라 하여 인간 취급도
못 받던 하리잔들보다도 한국인들은 더 많은 일을 하고 있네. 땀을 아끼
지 않고 일을 두려워하지 않는 그 노동력이 지니고 있는 생산성에는 실
로 경탄할 수밖에 없네. 나는 이제 당신 나라의 역사를 이해할 수 있을
것 같네. 반도의 작은 나라로 강대국들에게 끊임없이 침략을 당해왔으면
서도 독자적인 문화와 국토를 지켜온 그 원동력이야말로 한국인의 강인
한 민족성 때문이라는 것을 말이네.

나는 가끔 한국인들의 그 강인한 노동력의 근원을 생각해볼 때 부를
향한 저돌성이 너무 팽배해 있다는 결론에 도달하네. 만약 나의 생각이
틀리지 않는다면 그것은 불행한 일이라고 생각하네. 생활의 외적 풍요는

있을지 몰라도 정신적 여유와 윤기는 메마르고 말 것이네.

나의 나라에는 「마하바라타」라는 베다에서 싹튼 아주 오래된 민중의 서사시가 있네. 세상에 있는 것은 여기에 있고 여기에 없는 것은 세상에 없으며 이를 전하는 왕은 승리를 얻고 이를 외우는 여인은 순산을 한다고 할 만큼 방대한 내용과 보편성을 지닌 서사시이네. 오늘날도 나의 나라에서는 이름없는 방랑시인이 거리의 한모퉁이에서 「마하바라타」의 구절을 노래하면 주위의 모든 사람들은 하던 일과 걸음을 멈추고 서서 조용히 귀를 기울인다네. 그것은 곧 나의 조상들의 숨결이며 나의 조상들의 진실된 언어이기 때문이네. 나는 그러한 광경을 바라보며 나의 나라의 민중의 생활이 궁핍하긴 해도 결코 불행하지만은 않다는 확신을 가질 수 있네. 바로 그것이야말로 마음의 여유이기 때문이네."

14

고독한 투쟁

　염열로 일렁이는 대기는 희뿌옇게 흐려졌고 태양의 둘레에서는 순백의 강렬한 불꽃이 활활 타올랐다. 사막은 언제나처럼 평온하였고 모래구릉들은 부드럽고 완만한 곡선을 펼치면서 백치미의 자태로 누워 있었다.

　꼬박 보름 동안 병원에 있다 돌아온 내게 작업장의 모든 것은 변함없이 익숙했다. 그러나 겉으로 보이는 것은 변함이 없었지만 어딘가 어색하고 무거운 분위기가 작업장 전체에 감돌았다. 파괴된 A몰드의 스위치박스는 아직도 교체되지 않았고 꽉 조여져 있는 A몰드에는 열나흘 전에 채워넣은 콘크리트가 그대로 들어 있었다. 그동안 사람의 손길이 닿지 않은 그 위에는 모래가 폐가의 먼지처럼 쌓여 있었다.

　패널생산에 혈안이 되어 숨돌릴 틈도 없이 무섭게 일을 하던 노동자들은 A몰드의 정지 때문에 리듬을 잃고 느슨하게 처져 있었다. 확실히 전처럼 격렬한 저돌성과 투지가 없어 보였다. 특히 표준태는 자신이 연주하던 현악기의 현이 한가닥 끊어진 것마냥 실의에 빠진 것 같았다. 그는 A몰드의 작동이 정지되기 전까지는 강한 집념으로 시간과 노동력을 한 치의 자투리도 남기지 않고 패널을 생산하는 데 쓰도록 노동자들을 사정없이 조였다. 마지막 남은 한방울의 땀까지 짜내는 데 그는 뛰어난 능력을 발휘했다.

그러나 이제 A 몰드가 정지된 이상 그의 능력을 발휘할 수 있는 근거
는 상실되고 만 셈이었다. 설사 그가 전처럼 배터리몰드의 노동자들 위
에 기세등등하게 군림하려 해도 현이 끊어진 악기처럼 불협화음을 낼 수
밖에 없을 것이다. 그는 이러한 현실을 제대로 파악하고 있는 것 같았
다. 그는 자신을 드러내지 않은 채 A 몰드의 스위치박스가 교체되어 이
전처럼 모든 것이 활발하게 돌아가길 기다리고 있음이 분명했다.

그러나 내게 있어 이러한 변화는 길관수의 신변에 생긴 일에 비하면
아무것도 아니었다. 길관수의 신상에 닥친 변화는 충격과 분노를 느끼게
했다.

길관수는 배터리몰드에서 다시 쫓겨나서 외롭게 격리되어 있었다. 그
는 배터리몰드와 패널야적장 사이의 공터에서 줄곧 곡괭이질을 하고 있
었다. 그가 곡괭이질을 하고 있는 뒤로 5미터 가량 일직선으로 구덩이가
패어 있었다. 구덩이를 파기 시작한 지점에 두 개의 긴 막대기가 1미터
정도의 너비로 꽂혔고 그 앞쪽 먼 지점에도 역시 같은 너비로 두 개의
막대기가 꽂혀 있었다. 그 막대기가 세워져 있는 사이의 길이는 어림잡
아 백 미터는 실히 되어 보였다. 파고 있는 구덩이 속에 있는 그의 몸이
배꼽 부분까지 들어가 있는 것으로 보아 깊이가 1미터 가량 되는 것 같
았다.

사막의 지평에서 솟아오른 태양이 밤사이 조금 식었던 대지를 다시 뜨
겁게 달구기 시작하자 지상에 있는 모든 물체의 윤곽이 흐물흐물 녹아내
렸다. 곡괭이질을 하는 길관수의 모습 역시 흐물흐물 녹았다. 주먹만한
잔돌멩이가 널브러져 있는 척박한 땅에 곡괭이를 찍고 있는 길관수는 유
형지의 죄수와 다름없어 보였다.

길관수는 누가 보아도 필요에 의한 노동을 하는 게 아니라 징벌의 수
단으로 노동을 강요당하고 있음이 분명했다. 그는 철저하게 고립되었고
그에게 강요된 가혹한 노동의 이면에는 악의적인 그 무엇이 도사리고 있
으리라는 짐작을 쉽게 할 수 있었다.

배터리몰드의 노동자들은 곡괭이질을 하고 있는 길관수를 애써 외면했다. 심지어 인도인들까지도 길관수를 바로 보려 하지 않았다. 길관수의 존재는 이 집단에서 철저하게 격리당하고 있었으며 같은 처지의 노동자들로부터도 배척당하고 있는 것 같았다.

나는 시간이 흐를수록 궁금증이 더했지만 배터리몰드의 그 누구에게도 길관수에 대해 묻고 싶지 않았다. 모두가 똘똘 뭉쳐서 길관수를 매도하다 못해 고립시키고는 그의 고통을 즐기고 있는 것 같았기 때문이었다.

나는 휴식시간이 되어서야 길관수에게로 갔다. 그는 구덩이의 벽을 의지하고 앉아서 담배를 피우고 있었다. 그의 육신을 가려줄 한뼘의 그늘조차 없었다. 구덩이 속에 있는 곡괭이와 삽과 물통이 그의 유일한 동료인 듯싶었다.

"언제 퇴원했어요? 쿠레시는?"

구덩이 속에서 나를 올려다보는 그의 꺼칠하고 초췌한 얼굴에 반가움이 가득했다.

"어제요. 쿠레시는 며칠 더 있어야 퇴원할 거요."

"인형, 여기 있어봐야 내게 도움될 것도 없고 인형에게도 좋을 게 없으니 어서 가시오. 이따 저녁에 작업을 안 나와도 되면 나와 얘기나 좀 합시다. 저녁식사 후에 인형 방으로 찾아갈게요."

나는 그의 말대로 일어서서 배터리몰드로 왔다. 30여 미터 떨어진 거리를 걸어오는 동안 배터리몰드의 노동자들의 시선이 화살처럼 따갑게 내게 박혔다.

내가 모두가 쉬고 있는 철근조립장으로 돌아오자 "씨팔, 미꾸라지 한 마리가 온 도랑물을 꾸정거린다 카더니 꼴같잖은 놈이 초치는 바람에 장사 조져삤네" 하고 김태환이 나를 바라보며 들으란 듯 투덜거렸다. 나는 길관수의 적들이 이곳에도 있음을 느꼈다. 그러면서 한편으로는 길관수의 생각이나 행동이 반드시 정의로울 수만은 없지 않을까 싶은 생각마저 들었다. 아무리 회사의 방법이 인도적인 배려와는 거리가 멀고 또 몇사

람의 야합에 의해서 추진되고 있다 하더라도 노동자들 모두가 갈등없이
그것을 받아들이고 있다면 구태여 나서서 제지해야 할 명분이 없을 것
같았다.

"비실대던 신상용이가 조금만 더 참고 있었더라면 길관수 저치가 하던
일을 시켰을 텐데, 복 없는 놈은 할 수 없지."

표준태의 쉰소리가 나는 목소리를 듣는 순간, 나는 방금 가졌던 생각
을 깨끗이 지워버렸다. 이 무리 중에는 비틀거리며 신음하고 있는 또다
른 신상용이가 분명 있으리라는 생각이 들었기 때문이었다. 나약한 속성
때문에 주도권을 잡은 몇명에 의해 어쩔 수 없이 이끌려가고 있지만 감
히 겉으로 드러내지 못할 뿐 마음속으로는 거부를 하는 사람들이 분명
있을 것이다.

"무슬림 저 친구, 라마단을 끝까지 하다가 꼴까닥하는 것 아냐?"

강철규가 마주보이는 B몰드 쪽을 가리키며 말했다. B몰드 바깥쪽으
로 좁은 그늘이 드리워진 곳에서 회교도인 아지즈가 메카를 향해서 예배
를 드리고 있었다.

먼데서 보아도 광대뼈가 날카롭게 불거져나올 정도로 양볼이 움푹 패
고 수염이 텁수룩한 그의 얼굴에서는 눈만 유독 크게 보였다. 육체는 야
윌 대로 야위어서 체력이 고갈되어버린 지가 오래인 그를 엄한 알라의
계율이 지탱해주고 있는 것 같았다.

나는 그제서야 회교도들의 단식이 아직 끝나지 않았음을 알았다. 하긴
모든 회교도들이 아무 거리낌이 없이 물을 마시고 담배를 피우고 있었으
니 그것은 당연하였는지도 모른다. 어림잡아 스무 날이 넘게 피가 마르
는 고행을 계속하고 있는 그의 신앙심이 무쇠처럼 단단하게 느껴졌다.

"어 씨팔, 또 한바탕 불어제끼겠는걸."

누군가가 두려움과 짜증이 섞인 목소리로 말하며 자리를 털고 일어서
자 모두들 뒤따라 일어섰다.

열풍의 전조가 곳곳에서 일기 시작했다. 순식간의 일이었다. 벌써 지

표면의 흙먼지가 비상을 서둘렀다. 삽시간에 사막은 검은 비구름이 사납
게 몰려오는 바다처럼 음산한 어둠에 휩싸였다. 모두들 바람막이가 됨직
한 물체를 찾아서 잘 훈련된 병사처럼 기민하게 대피하였다.

나는 그때까지도 예배를 계속하고 있는 아지즈를 멍하니 바라보았다.
그는 재앙과도 같은 열풍이 불어오고 있는데도 모래먼지에 휩싸인 채 자
리를 뜰 줄 몰랐다. 나는 그가 사납게 몰아치는 열풍 속에 묻혀버릴지도
모른다는 두려움 때문에 그를 향해 뛰어갔다. 기세가 사나워진 열풍이
시야를 막으며 나를 무섭게 에워쌌다. 깊은 울림으로 이어지는 음산한
소리가 모래먼지처럼 대지를 뒤덮었다.

가까스로 그가 있는 곳에 당도했을 때, 그는 무릎을 꿇고 이마를 땅에
맞댄 자세로 꼼짝도 않고 있었다.

나는 자라처럼 납작하게 엎디어 있는 그를 일으켜세우고는 끌다시피
하여 패널을 들어낸 몰드 사이로 들어갔다. 모래바람은 일정한 방향도
없이 난마처럼 날뛰며 틈만 있으면 어디든지 휘젓고 들어왔다. 몰드 사
이로 휘몰아치는 모래바람은 창끝을 앞세운 침입자처럼 사납게 밀고 들
어와 우리 두 사람을 무자비하게 공격했다. 물과 기름이 뒤섞인 질척한
바닥에 털썩 주저앉아 몰드벽에 등을 기대고는 무릎을 세워서 최대한으
로 몸을 웅크렸다. 등을 기대고 있는 몰드벽에서 아직도 식지 않은 스팀
의 열기가 뜨겁게 전달되었다. 그렇지만 몰드벽에서 겨우 등만 뗀 채 속
수무책으로 웅크리고 있을 수밖에 없었다. 모래입자들이 벌레들처럼 옷
속으로 파고들어와 살갗으로 스멀스멀 기어다녔다. 뒷덜미를 감싸고 있
는 손등을 끊임없이 쏘았다. 입안에서도 모래가 서걱거리고 혀가 딱딱하
게 굳어지며 목이 타들어왔다.

나는 왼쪽에 웅크리고 있는 아지즈를 바라보았다. 그는 바위처럼 꼼짝
도 하지 않고 있었다. 그의 몸에서 생명의 박동이 정지되어버린 것만 같
았다. 두려운 생각이 들었다. 그의 어깨를 짚고 가볍게 흔들어보았다.
조금만 힘을 가하면 그는 금방 무너져버릴 것만 같았다. 열풍의 음산한

소리는 더욱더 나를 두렵게 했다.

나는 기듯이 몰드 밖으로 나와서 물통이 있는 곳으로 갔다. 물통 주변에서 콜라캔을 찾아 물을 채운 다음 물통 꼭지에 입을 대고는 버튼을 눌러서 물을 마셨다. 차가운 물이 메마른 입안을 적시고 식도를 타고 몸속으로 들어가자 우선은 살 것 같았다.

아지즈 곁으로 돌아오자 다행히 다른 때보다 일찍 열풍의 기세가 수그러들었다. 열풍은 시작도 돌발적이지만 끝나는 것도 역시 삽시간이었다.

아지즈는 열풍과는 상관이 없다는 듯 여전히 웅크린 채 꼼짝을 않았다. "아지즈" 하고 그의 이름을 불러보았지만 아무런 반응이 없었다. 다시 목청을 돋우어 그의 이름을 불러보아도 반응이 없기는 마찬가지였다. 모래입자가 수북이 쌓여 있는 그의 목덜미에 캔 속의 물을 떨어뜨려보았다. 순간 그는 몸 전체로 흠칫하는 반응을 나타내며 천천히 고개를 들었다.

나는 그가 살아 있다는 사실에 적이 안도하며 물이 담긴 캔을 그에게 내밀었다. 그는 천천히 얼굴을 감싼 보자기를 풀기 시작했다. 아주 천천히.

얼굴을 감쌌던 보자기를 풀어서 늘어뜨리자 천의 주름 사이에 쌓였던 모래가 주르륵 흘려내렸다. 보자기로 얼굴을 감쌌는데도 그의 눈썹과 턱수염에는 모래먼지가 성에처럼 붙어 있었다. 부르터서 서너 개의 꽈리가 맺힌 입술에도 역시 모래는 달라붙어 있었다.

그는 물이 담긴 캔을 내미는 나를 물끄러미 바라보았다. 그의 얼굴과 눈빛에 노기가 번졌다.

한동안 나를 노려보던 그는 땅바닥에다 "퉤" 하고 침을 뱉었다. 그러나 그의 입에서는 한방울의 침도 뱉어지지 않고 짧고 세찬 바람만 뱉어졌다.

아지즈는 창날 같은 시선을 거두고 일어서서 몰드 밖으로 나가버렸다. 그는 예배를 위해 물로 얼굴을 씻고 메마른 입안을 헹구어내는 것 외에는 그것이 비록 호의일지라도 강하게 거부하였다.

사막의 먼 지평에서는 유전지대에서 천연가스를 태우는 불빛이 어둠을
녹이며 붉게 타올랐다. 사막은 태고의 고독과 침묵을 안고서 어둠속에서
평온히 잠들어 있었다. 하늘의 별들은 사막 어디에선가 베드윈이 코란을
꺼내어 읽고 있을 만큼 가까이서 밝게 빛났다.

길관수와 나는 벌써 여덟번째의 모래구릉을 넘었다. 작업장에서 들리
는 소음이 점점 멀어져갔다.

"인형, 그냥 이대로 하염없이 걸어가고 싶군요."

그가 사막으로 나온 후 처음으로 입을 열었다.

그의 말처럼 나 역시 마냥 걷고 싶었다. 한낮의 열기로 데워진 모래는
따뜻하면서도 부드러웠다.

사막의 정적은 쿠레시의 말처럼 내 마음을 그지없이 평온케 해주었다.
사막의 정적은 일시적으로나마 과거의 모든 것들로부터 나를 단절시켜
평온을 갖게 해주었다. 어둠속의 사막은 장엄하였으며 위대함과 경건함
마저 느끼게 하였다. 사막의 침묵 때문이리라.

길관수와 나는 사막의 침묵에 눌린 채 네댓 개의 모래구릉을 더 넘었
다. 그리고는 다음번의 모래구릉 위에서 그가 걸음을 멈추고 앉았다. 그
와 나는 거의 동시에 담배를 꺼내물었다. 그가 라이터를 켜서 담배에 불
을 붙여주었다. 서너 모금 담배연기를 빨아들이고 나서 그가 입을 열었
다. 시선을 화광이 붉게 타오르는 사막의 먼 지평에 둔 채.

"아마 난 머잖아 강제귀국당할 겁니다. 어쩌면 수갑이 채워진 채 끌려
가게 될지도 모릅니다."

길관수의 음성이 무겁게 가라앉아 있었다. 그의 표정이 결연하면서도
침통한 빛을 띠었다. 언젠가 강찬식씨가 자신에게 닥칠 불길한 일을 예
언처럼 말했던 것이 생각났다. 왜 이토록 장엄하고 아름다운 사막에서
가슴이 서늘해지는 불길한 얘기를 두 번씩이나 들어야 할까. 별들은 저

토록 아름다운 선율로 노래하고 있는데……

나는 길관수에게 처음으로 따스한 봄기운 같은 우정을 느꼈다. 지금까지 그가 보여주었던 진실은 때로는 나를 엉거주춤하게 하고 또 때로는 속박하기까지 했었다. 그래서 나는 항상 그의 진실로부터 멀어지려고만 했었다. 두려웠기 때문이었다.

"길형한테서 스위치박스를 파괴했다는 자백을 받아내려고 이 일을 시키는 건가요?"

"저들은 지금 범인이 누구냐가 중요한 게 아니오. 저들의 목적에 맞는 인물, 내가 저들의 목적에 안성맞춤이라는 사실이 더 중요한 거요. 정보부에서 파견된 자들은 신원조회에서 드러난 과거의 나의 어떤 경력을 이용하려는 거요. 그들은 불순분자를 색출했다는 업무의 실적을 나타낼 수 있는 절호의 기회이고 회사로서는 능률급제 작업을 공공연히 반대해온 데 대한 응징의 효과를 최대한 얻을 수가 있기 때문이오."

나는 혹시 당신이 스위치박스를 파괴하지 않았느냐는 물음이 목구멍까지 올라오는 것을 간신히 눌러참았다. 왠지 그 말을 해서는 안될 것 같다는 생각이 들어서였다. 설사 그가 그랬다 하더라도 그것이 갖는 의미는 조금도 중요하지 않을 것 같았다. 다만 지금 벌어지고 있는 현실이 중요할 따름이었다.

"그럼 길형은 저들이 하고자 하는 대로 당하기만 할 작정인가요."

"언젠가 말했지만 지금 이곳의 현실은 과거 군사독재의 축소판이오. 군사정권은 경제개발이라는 미끼로 국민들에게, 그것도 노동자들에게 일방적으로 희생을 강요해왔소. 가난에 짓눌려온 노동자들은 우선 일자리가 생기고 가족들의 생계를 해결해야 했기에 묵묵히 견뎌온 것이오. 지금 이곳에서도 능률금이라는 미끼로 노동자들의 피와 땀을 짜내고 있소. 하지만 모두들 능률금이라는 홍당무에 정신이 팔려 오히려 익숙하게 길들여지고 있소. 군사정권은 그들의 부당함을 성토하는 많은 사람들을 무슨 방법으로든 제거해왔소. 마찬가지로 이곳에서도 나와 같은 존재를 절대로 그냥 두고 볼 수는 없는 거죠. 회사로서는 스위치박스가 파괴된 것에 대해 한편으로는 쾌재를 부를 것이오. 그간 감질나게 돈맛을 보게 해온 터에 능률급제 작업을 반대해온 길관수란 놈 때문에 너희들이 돈벌이를 못한다고 여론을 형성해놓고 본때를 보여주자는 것이오. 한 개인의 양심과 진실은 체제 앞에서는 무기력할 수밖에 없소. 그러나 제방을 균열시키는 물은 결코 눈에 뜨이지 않게 스며든다는 것을 나는 확신하고 있소.”

나는 길관수에 비해 나 자신이 너무도 작고 보잘것없는 존재라는 생각이 들었다. 그의 내면은 얽매임이나 거침이 없이 얼마나 넓으며 깊은가. 그의 신념은 또 얼마나 강하고 아름다운가.

“그럼 길형은 왜 그 힘든 곡괭이질을 하고 있소? 그리고 언제까지 할 작정이오?”

나는 말을 꺼내놓고 심한 자괴에 얼굴이 후끈거렸다. 도대체 나는 왜 이렇게 유치하고 단순한 말밖에 할 수가 없는가. 그는 지금 지평 그 너머를 바라보고 있는데.

“인형이 병원에 있는 동안 두 번인가 더 불려갔었어요. 능률급제 작업 얘기가 나왔어요. 왜 줄기차게 반대를 했느냐고. 그리고 능률급제 작업을 못하게 하려고 스위치박스를 파괴하지 않았느냐고. 난 말했소. 능률급제 작업을 강행하는 것은 식민지시대의 수탈보다 더 악랄하다고. 그랬더니 저들이 뭐라는 줄 압니까. 그건 당신네들 돈벌이를 시켜주기 위해서 회사에서 특별히 배려를 해준 것이라고 하더군요. 그래서 난 대들었어요. 이 일은 최소한 2교대로 해야 하는 일이다. 당신들은 그걸 몰라서 안하는 것이 아닐 것이다. 2교대로 했을 때 배로 늘어나는 인원의 급료, 항공료, 캠프설치비용, 숙식비 그리고 기타 경비가 부담스럽기 때문이다. 공사기간을 하루라도 단축을 해야만 회사의 이익이 많아질 것이고 상부에서 늘 그 점을 강조했을 테니까. 그랬더니 원한다면 능률급제 작업에서 제외시켜주겠다고 하였소. 그리고는 곡괭이와 삽을 쥐어주며 격리시키고는 땅을 파라고 하였소. 오늘까지 사흘째 했는데 정말 견디기 어려울 정도로 힘이 들었소. 난 이 사흘 동안에 노동이 왜 신성한가를 비로소 깨달을 수 있었소. 노동은 가장 정직하고 순수한 삶의 수단이오. 육체의 에너지를 의지라는 정신의 불꽃이 끊임없이 태우지 않으면 안되기 때문이오. 그 속에 어떤 불순물이라도 끼었다가는 절대로 연소될 수가 없소. 농경민족이 평화를 사랑한 것은 노동의 신성함을 일찍 깨달았기 때문일 것이오. 만약 한알의 씨앗을 심기 위해 땅을 판다면 그것은 얼마나 행복한 일일까 하는 생각이 들었소. 그 생각 끝에 나는 결심했소. 지금부터 이 불모의 땅에 정의라는 씨앗을 심어야겠다고. 생각해보시오. 얼마나 소중하고 고결한 씨앗인가를. 나는 손바닥에 물집이 생겨서 터지는 쓰라림과 아픔을 정의라는 씨앗을 심고 있다는 생각 때문에 희열로 받아들일 수가 있었소. 도저히 말로 설명할 수 없는, 체험해보지 않고는 알 수 없는 신비와 같은 희열이었소. 난 아마 귀국을 하는 즉시 남산의 지하실로 끌려갈 거요. 하지만 난 이곳에서 끝까지 싸울 거요. 귀국 후의 일이 두려워서가 아니오. 인간을 도구로 취급하는 이 회사의 야만성을 모든 사람들에게 꼭 일깨워주고 말 거요."

말을 끊은 길관수는 담배를 꺼내물었다. 담배에 불을 붙이는 그의 얼굴에 어두운 고통의 그림자가 짙게 드리워져 있었다. 그의 눈에는 무엇인가를 꿰뚫어보기라도 하려는 것 같은 날카로움과 광기와도 같은 힘이 서려 있었다.

나는 그가 지금의 현실과는 다른 과거의 그 무엇을 생각하고 있다는 것을 직감으로 느꼈다.

"월남에서 귀국을 하기 석 달 전쯤이었어요. 나는 그때 수색중대에 있었는데 도깨비 19호 작전이 시작되어서 수색을 나갔소. 불행하게도 우린 베트콩들에게 포위되어 소대가 전멸하고 소대장과 나만 베트콩들에게 포로가 되었지요. 아군의 작전은 계속되었고 베트콩들은 쫓기고 있었어요. 소대장은 오른쪽 허벅지에 관통상을 입어서 몸을 제대로 가누지 못했소.

베트콩 지휘관이 끝을 뾰족하게 깎은 대꼬챙이와 주먹만한 돌을 내게 쥐어주며 무어라 소리치더군요. 내가 말을 알아듣지 못하자 그는 내게서 대꼬챙이와 돌을 **빼앗더니** 소대장의 관자놀이에 그것을 박는 시늉을 해보였소. 그리고는 그것을 되돌려주며 나더러 그렇게 하라는 것이었소.

소대장이 나를 바라보고는 눈을 감아버리더군요. 내가 머뭇거리자 지휘관이 개머리판으로 내 등을 찍었소. 그는 쓰러진 내 가슴에 총을 들이대며 악을 썼어요. 나는 기어서 소대장에게 다가갔소. 소대장이 애원하는 눈빛으로 나를 바라보더군요. 아, 그때 나는 소대장의 눈을 도저히 바로 볼 수가 없었어요. 이번엔 내가 눈을 감았소. 다시 개머리판이 내 등을 여러 차례 찍었소.

대꼬챙이를 꽉 움켜쥐었지요. 그리고는 대꼬챙이와 함께 내 몸을 던지듯이 해서 소대장의 명치를 찔렀어요. 그 순간 소대장이 내 어깨를 와락 움켜잡으며 뚫어져라 나를 노려보더군요.

그날 오후, 여러 대의 무장헬기가 베트콩을 공격하는 와중에서 나는 정말 운좋게 도망칠 수 있었어요. 살아온 내게 훈장을 주더군요. 소대장은 베트콩에게 죽었다고 거짓말을 했지요. 훈장을 받을 때 소대장의 마지막 모습이 떠오르더군요. 무서웠어요. 그래서 소대장에게 맹세를 했어요. 앞으로는 오로지 정의롭게만 살겠다고. 제대를 하고 복학을 하자 대학에선 유신을 반대하는 데모가 한창이었소. 군사정권의 치부는 곪다 못해 썩고 있었으니까. 우리가 용병처럼 남의 나라에 끌려가 피흘리며 싸운 게 결국 군사정권의 기반이나 닦아주는 결과밖에 안되었지 않았나 하는 생각이 들었어요. 나도 열심히 데모를 했어요.

어느날, 낯선 사내들에게 끌려갔지요. 그리고 모진 고문을 당했어요. 불라는 거였어요. 내 주위의 친구들 이름을 불었지요. 그때, 마지막으로 나를 노려보던 소대장이 바로 그 눈빛으로 날 노려보더군요. 나는 또 다른 사람들을 죽이는구나 하는 생각이 들었소. 훈장을 받을 때 했던 맹세가 떠오르더군요. 사실 난 그때까지 그걸 잊고 있었죠.

그후, 나는 학교에서 제적을 당했어요. 괴로운 날들이 계속되었어요. 제적을 당했대서가 아니라 소대장이 눈을 부릅뜨고 나를 노려보고 있었기 때문이었죠. 내가 한 맹세를 지키기에는 너무도 두텁고 높은 벽이 나를 에워싸고 있었소. 정말이지 미칠 것 같더군요. 포로가 되었을 때 죽지 않고 탈출해온 게 후회스러울 정도였소. 그래서 도망치듯 중동으로 왔지요. 몸으로 부딪쳐 노동이라도 하면 좀 나을 것 같아서 말이오. 그러나 어디나 사람이 있는 곳에는 불의가 그림자처럼 따라다녔소. 정의롭게 산다는 것이 정말이지 너무도 힘들었소. 마음에서 진정으로 우러나오는 정의심 때문이라면 모르지만. 나는 순전히 정의를 연기하는 배우에 불과했으니까. 그건 내가 앓고 있는 지독한 병을 이겨내기 위한 방편이었을 뿐이오."

길관수의 투지와 집념이 서려 있는 곡괭이가 엿새째 메마른 땅을 파고 있었다.

그의 싸움은 끈질김과 고독, 그리고 처절함으로 이어졌다. 그는 힘겹게 들어올렸다 내리찍는 곡괭이로 이 회사의 야만성을 집요하게 파헤쳤다. 그러나 노동자들은 그의 외로운 투쟁을 외면했다. 노동자들의 눈에 비친 그의 모습은 무모한 이탈자였으며 자신들의 이익에 손해를 끼치는 훼방꾼으로밖에 여겨지지 않는 것 같았다.

픽업 한대가 모래먼지를 일으키며 구덩이를 파고 있는 길관수 옆으로 달려가더니 감속도 하지 않은 채 급정거를 했다. 모래먼지가 자욱하게 피어올라 자동차와 길관수를 에워쌌다. 잠시 후 모래먼지가 가라앉자 차 안에서 노무과장이 나오더니 두 손을 허리에 짚고 서서 길관수를 내려다보았다.

길관수는 조금의 동요도 없이 곡괭이질을 계속했다. 노무과장 역시 똑같은 자세로 서서 길관수를 내려다보고 있었다. 먼데서 보아도 그들 두 사람이 팽팽히 대치하고 있다는 것을 느낄 수 있었다.

길관수가 곡괭이질을 멈추고는 버티고 서 있는 노무과장의 발치에다 삽으로 흙을 퍼올렸다. 길관수가 퍼올린 흙은 마른 모래먼지를 풀썩이며 노무과장의 발등 위에 쌓였다.

그래도 노무과장은 말뚝처럼 버티고 서서 움직이지 않았다. 길관수 역시 노무과장의 존재를 아예 무시한 채 계속 흙을 퍼올렸다.

오전 휴식시간을 알리는 사이렌 소리가 길게 울려퍼졌다. 구덩이 속에서 흙을 퍼올리던 길관수의 삽질이 멎었다. 그리고 허리에 두 손을 짚은 채 장승처럼 버티고 서 있던 노무과장이 발을 두어 번 구르며 발등에 쌓인 흙을 털어내고는 차에 올랐다. 차가 흙먼지를 일으키며 거칠게 출발했다. 차를 모는 노무과장의 마음상태가 어떠한지를 짐작할 수가 있었다.

"지가 버텨봐야 얼마를 더 버티겠다고 발악을 하고 덤비는지 모르겠네."

그 광경을 지켜보던 표준태가 종이팩에 든 주스를 한모금 마시고는 중얼거렸다. 그 말은 곁에 있는 나에게 하는 말처럼 들렸다. 나는 마음 저 깊은 데서 용암처럼 끓어오르는 뜨거운 덩어리를 주체하지 못한 채 그를 노려보았다. 그러나 그는 이미 등을 돌린 채 담배에 불을 붙이고 있었다. 이때 란드가 주스와 빵을 들고 와서 내게 건네주며 턱짓으로 길관수가 있는 쪽을 가리켰다. 길관수 몫의 간식이었다. 만약 란드가 그것을 가지고 오지 않았다면 나는 어떤 광기를 부렸을지도 모른다. 내 머릿속은 수많은 개구리들이 울어대는 것처럼 혼란스러웠고 마음속에서는 그 뜨거운 덩어리가 금세라도 폭발해버릴 것 같았다.

나는 빵을 쥔 손에 집요하게 달라붙는 파리떼를 팔을 휘저어 쫓으면서 길관수에게로 걸어갔다. 나의 마음속에는 뜨거운 덩어리가 여전히 식지 않고 남아 있었다.

내가 도착했을 때 길관수는 구덩이벽에 등을 기대고 앉아서 담배를 피우고 있었다. 내가 병원에서 돌아온 지 사흘이 지나는 동안 그의 얼굴은 더욱더 야위고 거칠어졌다.

양볼이 움푹 패고 입술이 부르트다 못해 갈라져서 마른피가 엉겨 있었다. 땀이 말라 까칠하게 소금간이 핀 얼굴에는 한동안 면도를 하지 않은 탓에 수염이 텁수룩하게 덮고 있었다. 홀로 고립된 채 불볕 아래서 곡괭이질을 해야 하는 노동이 얼마나 고된지를 그의 얼굴이 말해주었다.

"길형, 괜찮아요?"

내가 온 것을 알리며 구덩이 속으로 뛰어내린 나는 그의 오른쪽 어깨에 시선이 머물자 소스라치게 놀랐다.

가재처럼 생긴 손가락만한 곤충 한 마리가 꼬리를 치켜세운 채 휘어진 끝을 앞으로 겨누고 그의 목덜미께로 기어가고 있었다. 몸통에 윤기가 흐르는 검은 전갈이었다. 같은 전갈이라도 검은색 전갈은 방울뱀에 버금갈 정도로 무서운 맹독을 지니고 있었다.

"길형, 꼼짝하지 마."

다급하게 소리치며 목덜미에 걸고 있던 얼굴 가리개인 보자기를 끌러서 말아쥐었다. 전갈은 벌써 길관수의 작업복 깃의 끝부분까지 기어올라가 있었다. 휘어진 끝으로 길관수의 목덜미를 겨누고 있는 전갈의 꼬리에 힘이 빳빳하게 들어가 있었다. 눈앞이 아찔했다. 꼬리 끝부분에 있는 전갈의 독침이 길관수의 목덜미와 불과 일 센티미터도 안 되게 다가가 있었다.

나는 둘둘 말아쥔 보자기로 그놈을 쳐서 땅바닥으로 떨어뜨렸다.

"길형, 큰일날 뻔했어. 전갈이야."

나는 안도의 숨을 내쉬며 삽날 위로 기어오르는 전갈을 가리켰다.

석 달 전쯤, 철골작업장에서 용접을 하던 노동자가 전갈에 목덜미를 물려서 병원에 도착하기도 전에 절명한 사건이 있었다. 그 사건은 모든 노동자들에게 작업중에 일어난 다른 사고보다도 더 충격을 주었다. 그 일이 있고 나서 노동자들은 전갈이라는 작은 곤충이 얼마나 무서운 놈인가를 알게 되었다.

"인형이 아니었으면 내가 판 이 구덩이가 무덤이 될 뻔했소."

그는 돌멩이를 들어서 삽날의 중심께로 기어가는 전갈을 내리찍었다. 그리고는 나를 바라보며 말했다.

"인형한테 내가 평생을 두고도 갚지 못할 빚을 졌군요."

"길형이 내게 빚을 진 게 아니라 내가 빚을 갚은 셈이죠. 그렇지만 오늘의 일은 우연이었어요. 단지 길형이 운이 좋았을 뿐이오."

나는 대수롭지 않게 말하며 길관수의 곁에 털썩 주저앉았다. 길관수가 덥석 내 손을 잡으며 말했다.

"인형, 정말 난 운이 좋은 놈이오. 십년 전 인형을 처음 만났을 때부터 말이오. 그 배에 탔던 모두가 전쟁에서 살아 돌아간다는 기쁨에 들떠 있을 때 인형만은 그러질 않았었소. 나는 고뇌하는 인형의 모습에서 이 시대의 순결한 양심을 보았소. 그후 인형의 존재는 내 마음속에서 꺼지지 않는 등불로 남아 있었소. 내 마음속에 인형이라는 등불이 있었기에 어두운 밤바다와 같은 혼돈의 세월 속에서 신념을 잃지 않고 살 수가 있었지요. 난 지금 얼마나 행복한지 모르겠소. 나의 양심과 신념에 따라 우리를 억압하고 있는 이 견고한 틀을 부수고 있다는 사실 때문이오."

나는 그의 말을 듣는 동안 나의 모든 것이 아주 작게 움츠러들고 있음을 느꼈다. 그리고 그의 양심과 신념에 비추어 내가 얼마나 비열하고 추악한 존재인가도 아울러 실감했다.

"길형, 길형은 내가 얼마나 비열하고 추악한 놈인가를 모르고 있소. 난, 살인자란 말이오. 그래서 이곳으로 비열하게 도망쳐왔단 말이오. 조금이라도 편해보려고 말이오."

내 목소리는 격정과 자책과 까닭 모를 분노까지 겹쳐져서 떨고 있었다. 나는 길관수의 양심과 신념에 내 머리를 마구 짓찧고 싶었다.

"인형, 전쟁에서 총을 들고 싸우는 것은 사람을 죽이기 위해서요. 그것은 정의, 평화, 국가, 이념 따위보다 훨씬 우선하는 전쟁의 본질이오."

그때, 길관수의 말을 자르기라도 하듯 작업시작을 알리는 날카로운 사이렌 소리가 울렸다. 사이렌 소리의 여운이 끝나기도 전에 길관수는 곡괭이를 들고 일어서며 말했다.

"인형, 이곳에서 인형을 다시 만날 수 있었다는 것 또한 내게는 크나큰 행운이오. 만약 이곳에서 인형을 만나지 않았다면 나는 이 싸움을 계속할 수 없었을 거요. 아니, 시작할 용기조차 없었을 거요."

말을 마친 길관수는 곡괭이를 들어올렸다가 힘껏 땅을 내리찍었다. 곡괭이의 날이 내 양심을 찍는 것처럼 나는 고통스러웠다.

회교도의 단식이 끝나는 라마단월의 마지막날이었다. 휴식시간을 알리는 사이렌이 울리자 아지즈가 내게 다가와 빈 캔을 내밀며 "마이 물 조금만" 하고 턱짓으로 한국인들의 물통을 가리켰다. 인도인들의 물통에는 물이 없는 모양이었다. 나는 며칠 전 열풍 속에서 그에게 물이 담긴 캔을 내밀었을 때 증오의 눈길로 나를 쏘아보며 침을 뱉던 모습을 상기했다. 그러나 마른 나무둥치처럼 깡마른 몸과 움푹 팬 두 눈과 불에 탄 나무처럼 검고 메마른 그의 얼굴에서 연민을 느끼며 캔을 받았다.

아지즈는 몰드 옆에 드리워진 좁은 그늘에 자리를 잡고는 안전헬멧을 벗은 다음 목에 두르고 있던 보자기를 끌러서 얼굴을 닦고 작업복에 묻어 있는 먼지를 털었다. 그리고는 단정하게 옷깃을 여민 다음 캔에 담긴 물을 오른손바닥에 받아서 수염투성이의 꺼칠한 얼굴을 씻었다.

나는 그로부터 이삼 미터 떨어진 뒤에 서서 그의 행동을 지켜보았다.

그는 이제 얼마 남지 않은 물을 받아서 입으로 가져갔다. 그는 한줌의 물을 머금고는 모래가 버석거리고 있을 입안을 헹군 다음 도로 뱉어내었다. 캔 속에 있는 마지막 한방울의 물까지도 짜내듯 손바닥에 받아서 입안을 헹구어내고는 신앙고백을 하기 시작했다.

"라—일라하 일라—알라. 무하마드 라슬 알라. (알라 외에 신은 없다. 무하마드는 알라의 사도이시다.)"

나는 한 인간의 아름다운 모습을 보았다. 그는 나약한 육신을 지녔고 그가 처해 있는 환경은 차라리 죽음을 택하는 편이 나을 정도로 가혹했다. 그가 싸워야 했던 갈증과 허기와 피로보다 더 물리치기 힘든 대상은 바로 그 자신이었을 것이다. 갈증과 허기와 피로를 받아들이기보다는 끊임없이 거부하려는 또다른 그 자신과 싸워 이겨낸 것이다. 그가 처했던 상황은 분명 자연상태 이상의 초자연이었을지도 모른다. 인간이 지닌 이성과 본능 사이의 갈등, 인간이 구축한 문명과 제도의 비정함, 자연이 주는 시련을 극복하는 과정에서 초자연의 세계를 경험했으리라. 거기서 그 자신을 지탱할 수 있었던 힘이 어디서 비롯되었는지는 그 누구도 알 수가 없을 것이다. 고유한 체험이야말로 다른 모두의 체험과 절대로 같을 수가 없기 때문이다. 어쩌면 그 자신마저도 그것을 알 수 없었을 것이다. 악명 높은 아우슈비츠, 그 죽음의 수용소에서도 가장 악명이 높았던 '아사감방'에 갇혔던 사람들은 참혹한 고문이나 굶주림, 아니 죽음 그 자체보다 더 두렵고 고통스러웠던 것이 바로 목마름이었다고 한다. 인간이면 누구나 다 지니고 있는 본능, 그중에서도 최악의 본능마저 물리칠 수 있었던 그는 위대한 승리자였다.

나는 확신했다. 어떤 미담이나 선행 못지않게 가혹한 시련을 이겨내는 용기와 신념이 아름답다는 것을. 나는 진보된 기술이 인간을 야만적인 도구로 만들고 지능 높은 두뇌에서 짜낸 계획이 인간을 탐욕의 노예로 전락시키는 이곳에서 자신을 온전하게 지키고 있는 아름다운 인간을 보았다. 그의 승리는 결코 주위에 드러나지 않았다. 아무도 그의 승리를 눈여겨보지 않았고 아무도 그의 승리에 박수를 보내지 않았다. 그는 배척당했고 고독했다. 그러나 그는 분명 위대한 승리자였다.

휴식시간이 끝나고 작업이 시작되었을 때 나는 또 한 사람의 아지즈를 보았다.

그는 길관수였다.

길관수의 곡괭이질은 열사흘째 계속되고 있었다. 이제 그의 체력은 한계에 다다른 것 같았다. 결승지점을 앞둔 마라토너처럼 탈기(脫氣), 탈력(脫力), 탈실(脫失), 탈지(脫脂), 탈진(脫盡), 탈화(脫化), 탈지(脫志), 탈혼(脫魂)의 처절한 상태인 것 같았다. 육중한 곡괭이를 들어올리는 그의 몸은 중심을 잃고 비틀거렸다. 가까스로 들어올린 곡괭이가 그의 머리 위로 떨어질 것처럼 위태로워 보였다. 벌써 한 시간 가까이 그러한 상태로 곡괭이질을 하고 있었다.

"잘난 체하며 설쳐쌓더니 끝장을 보는구나."

김태환이 금방 쓰러질 것 같은 길관수를 바라보며 이죽거렸다.

"진짜 따끔한 맛은 비행기에서 내려봐야 알게 될걸. 저치를 모시러 나온 사람들이 데려다가 그 맛을 보여줄 테니까."

표준태가 곡괭이를 겨우 턱밑에까지 들어올렸다가 힘없이 떨어뜨리는 길관수를 싸늘한 시선으로 쏘아보며 말했다.

길관수는 침몰하는 배처럼 점점 무기력해졌다. 안간힘을 다해 들어올리던 곡괭이가 턱밑까지도 들리어지지 못하고 힘없이 떨어지더니 무릎을 꿇기라도 했는지 머리만 겨우 구덩이 밖으로 보였다.

구덩이 밖에 놓아둔 물통에 가까스로 손을 뻗쳐서 머리 위로 들어올려 물을 쏟아붓고는 짐승처럼 세차게 머리를 흔들었다.

그는 다시 곡괭이자루를 의지해서 간신히 몸을 일으켰다. 나는 그러한 그의 모습을 보는 것이 고통스럽다 못해 잔인하다는 생각마저 들었다. 차라리 그를 바라보지 않는 것이 그를 위해서도 나을 것 같았다.

배터리몰드의 노동자들이 모두 일손을 놓고 길관수를 바라보았다. 모두는 철저한 방관의 무표정으로 길관수가 완전히 무너져내리는 것을 확인이라도 하려는 듯 바라보았다. 죽어가는 한 마리 짐승을 바라보듯 일말의 연민조차 없는 무표정한 얼굴들이었다.

나는 갑자기 고독하고 무서웠다. 지구가 아닌 다른 어느 혹성의 외계인들 틈에 내가 서 있는 것만 같았다. 길관수 곁으로 가고 싶었다. 그만이 나와 같은 인종인 지구인이라는 생각이 들었다.

길관수의 상체가 구덩이 밖으로 모습을 드러내다 다시 무너졌다.

나는 차마 그를 바라볼 수가 없어서 고개를 쳐들었다. 순백의 불꽃으로 타오르는 태양이 내 눈을 아프게 태웠다. 태양은 내 마음까지도 아프게 태웠다.

내가 다시 그쪽을 바라보았을 때 길관수의 상체가 구덩이 밖으로 천천히 올라왔다. 아주 천천히. 그의 고개가 이미 앞으로 꺾였고 등은 활처럼 굽은 걸로 미루어보아 그에게는 종이 한장 들 힘조차 남아 있지 않는 것 같았다. 아, 그러나 기적처럼 곡괭이가 그의 머리 위로 치켜올려졌다. 그리고 그것은 힘없이 땅으로 떨어져내렸다. 인력의 운동법칙에 따라 떨어지는 것일 뿐 힘이라고는 조금도 들어 있지 않았다. 다시 곡괭이가 들어올려졌다. 마치 느린 동작을 보여주는 화면을 보는 것 같았다.

길관수를 바라보고 있는 노동자들 사이에서 가벼운 수런거림이 일었다. 무표정하기만 하던 노동자들의 얼굴에 어떤 동요의 빛이 보였다. 모두 입을 다물고 있었지만 가슴 깊은 데서 솟구쳐오르는 그 무엇을 주체하지 못하는 것 같았다. 뒤이어, 모두가 숨을 죽이고 있기라도 하듯 무거운 침묵이 흘렀다.

길관수가 힘없이 떨어뜨린 곡괭이를 다시 들어올리려고 하였다. 일렁이는 염열이 그를 흐물흐물 녹였다.

나는 나도 모르게 두 주먹을 불끈 쥐고 어금니를 악물었다. 가슴 저 밑바닥에서 뜨거운 불덩이가 솟구쳐오르며 온몸이 부르르 떨릴 정도로 힘이 뻗쳤다.

길관수가 염열에 녹아내리듯 구덩이 속으로 천천히 무너졌다.

나는 미친 듯이 구덩이 쪽으로 달려갔다. 달려가는 내 눈엔 아무것도 보이지 않았다.

길관수는 두 손으로 곡괭이자루를 움켜쥔 채 얼굴을 땅에 묻고 쓰러져 있었다. 엎드려 있는 그를 뒤집어서 무릎을 베게 하여 바로 눕혔다. 물기가 있는 그의 얼굴에 모래흙이 두껍게 달라붙어 있었다. 얼굴가리개

천으로 그의 얼굴을 닦아주었다. 검게 탄 수염투성이 얼굴은 형편없이
야위었다. 바싹 말라서 갈라터진 그의 입술에서 피가 흘렀다. 뚜껑이 열
려 있는 물통에는 물이 한방울도 남아 있지 않았다. 태양은 더욱 무섭게
타고 있었다. 나와 길관수는 그 누구로부터도 도움의 손길을 기대할 수
없는 사막 한가운데 버려져 있는 것 같았다. 가까스로 그를 들쳐업고 상
체를 일으켰다.

그때였다. 도저히 믿어지지 않는 일이 벌어졌다. 붙박이처럼 서 있던
노동자들이 몰려오고 있었다. 인도인들까지도. 표준태를 비롯한 몇명의
탈형공들만 그 자리에 서서 멍하니 이쪽을 바라보고 있었다.

나는 예리한 그 무엇이 찰나적으로 찢고 지나간 살가죽에서 솟아오르
는 뜨거운 피와 같은 희열을 느꼈다.

누군가가 "같은 사람끼리 이럴 수가 있어" 하고 노기띤 목소리로 말하
자 "이렇게 시킨 놈도 인간이 아니지만 이렇게 하도록 고자질을 한 놈이
더 나쁘지" 하고 다른 누군가도 말했다. 그러자 에워싼 노동자들이 모두
말없이 고개를 끄떡였다. 노동자들의 얼굴에는 길관수의 용기와 신념에
대한 경의와 연민이 가득했다.

한 노동자가 내게 건네준 캔에 담긴 물을 길관수의 입안으로 부어준
다음 이마와 머리를 적셔주자 길관수가 눈을 떴다. 그는 자신을 에워싸
고 있는 많은 사람들이 의아한 듯 주위를 둘러보았다. 그리고는 시선을
거두어 나를 바라보았다. 그의 눈은 내게 무슨 까닭인지를 묻고 있었다.
그러나 나는 그에게 아무 말도 할 수 없었다. 그의 신념에서 우러나온
진실이 배척과 방관으로 일관하던 모두의 마음을 끌어당긴 승리였다고
말하기에는 가슴에 무언가가 너무 강하게 치받쳐왔다.

길관수는 나에게서 아무런 설명을 듣지 못하자 안간힘을 쓰면서 일어
서려고 했다.

나는 그를 부축도 제지도 하지 않았다. 그 스스로 일어서서 자신이 거
둔 승리를 확인하게 해주고 싶었기 때문이었다. 그러나 그는 무릎을 꿇

고 상체를 세우다 말고 다시 쓰러졌다. 에워싸고 있는 노동자들이 술렁거렸다. 누군가가 "빨리 의무실로 데려가야겠어" 하고 다급한 목소리로 말했다. 두세 사람이 구덩이 속으로 들어와서 나와 함께 길관수를 부축해주었다.

그들의 도움으로 길관수가 구덩이 밖으로 나왔을 때 노무과장이 탄 픽업이 도착했다.

"당신들 뭣하고 있어?"

노무과장이 차에서 내리면서 둘러서 있는 노동자들을 향해 소리쳤다.

노무과장을 본 길관수가 부축을 뿌리치고 가까스로 몸의 중심을 잡고 서서 노려보았다. 노무과장은 길관수를 무시한 채 주위를 둘러보며 다시 신경질적으로 소리쳤다.

"빨리 제자리로 돌아가!"

그러나 누구 한 사람 움직이지 않고 말뚝처럼 서서 노무과장을 바라보았다. 침묵과 함께 무언의 항의와 분노가 깔린 폭풍 전야의 정적 같은 심상치 않은 분위기가 감돌았다.

노무과장의 얼굴에 당혹과 불안의 그림자가 얼핏 스치고 지나갔다. 그때, 마침 아파트 건축현장에 볼일이 있어서 갔다가 돌아오던 정일만 대리가 탄 픽업이 급하게 정차를 하며 요란하게 경적을 울렸다. 길관수가 파고 있던 구덩이를 에워싸고 있는 노동자들의 모습에서 심상찮은 분위기를 느낀 모양이었다.

그 때문에 비록 짧긴 했지만 팽팽하게 긴장되었던 분위기가 풀리고 말았다.

"당신들, 내 말 안 들려? 정말 안 돌아갈 거야?"

그 틈을 놓치지 않고 노무과장이 위협조로 말했다. 노동자들이 하나둘 발걸음을 옮기기 시작했다.

"길관수, 곡괭이질을 더 할래, 귀국을 할래?"

간신히 버티고 서 있는 길관수를 향해 노무과장이 얼음조각을 내뱉듯

차갑게 말했다. 제대로 가누지 못하는 몸과는 달리 길관수의 눈빛엔 강철이라도 뚫을 것 같은 힘이 서려 있었다.

"죽기 전에는 물러서지 않을 거다."

"그럼 어서 파."

노무과장의 말은 칼로 자르듯이 비정했다. 나는 그때까지도 길관수 곁에 서 있었다.

"당신은 공범이라서 안 가는 거야? 감옥까지 같이 가겠다 이거지."

나는 아까부터 산업사회에서 진화된 야만의 얼굴을 보고 있었다.

"쓸데없이 선동이나 하는 너희 같은 놈들은 모조리 총살시켜야 해."

그 말을 들은 길관수가 "이 개새끼만도 못한 놈" 하며 주먹을 불끈 쥐고 노무과장에게 달려들려 했지만 몸을 가누지 못하고 그의 발 앞에 쓰러졌다.

"어서 네가 묻힐 구덩이나 파."

노무과장이 발로 길관수의 어깨를 툭툭 차며 피가 얼어붙듯 싸늘하게 말했다.

순간, 나는 순수한 분노를 느꼈다. 광기어린 발작이 아닌, 차가운 증오심에 바탕을 둔 투명한 분노였다. 노무과장의 얼굴을 겨눈 내 주먹이 공기를 갈랐다. "악" 하고 외마디비명과 함께 입을 벌리는 노무과장의 윗잇몸에 생긴 빈자리에서 피가 뿜어져나오는 게 똑똑히 보였다. 이번에는 비틀거리는 노무과장의 옆구리를 힘껏 걷어찼다. 노무과장이 구덩이 속으로 고꾸라지는 것을 보고는 배터리몰드로 달려갔다.

A몰드와 B몰드 사이에 있는 공구통에서 커다란 쇠망치를 찾아든 나는 B몰드 스위치박스를 힘껏 내려쳤다. 얇은 철판으로 감싸인 스위치박스가 쭈그러들며 속에 든 복잡한 부품들이 부서졌다. 나를 에워싸고 있는 견고한 틀을 부수듯 나는 계속해서 망치를 내리쳤다.

15

출 구

진한 청색 바탕에 연한 보랏빛이 감도는 브리티시 에어웨이 건물이 우뚝 서서 내려다보고 있는 광장의 분수대는 기세 좋게 물줄기를 뿜어올렸다. 노동품을 팔러 여러 나라에서 흘러온 인종의 물결이 굽이치던 광장은 한산하기만 했다. 휴일이 아닌 탓이었다.

분수대 건너편에 있는 한국인들이 남대문시장이라고 부르는 노점터에는 철시를 한 시골장터처럼 지저분한 잔재가 그대로 남아 있었다. 모조 카펫, 싸구려 의류, 조잡한 장난감 따위를 팔던 좌판들 사이로 빈 콜라 캔과 비닐봉지와 휴지조각들이 어지럽게 굴러다녔다.

광장 서쪽의 꽤 넓은 공터에는 초록색 카펫을 깔아놓은 것처럼 잔디가 심어졌고 가장자리에는 해묵은 대추야자나무가 드문드문 서 있었다. 잔디밭에는 군데군데 스프링클러가 쉴 새 없이 돌아가며 물을 뿌렸고 몇명의 아랍사내들이 나무그늘에 앉아서 담배를 피우고 있었다.

시계는 6시 15분 전을 가리키고 있었지만 태양의 열기는 조금도 식지 않고 뜨거웠다.

어젯밤, 퇴원을 해서 캠프에서 쉬고 있는 쿠레시가 란드 편에 오늘 이곳에서 만나자는 전갈을 보내왔다. 나는 이틀째 숙소에서 대기 반 감금 반 상태에 있었다. 길관수도 그날 이후 숙소에서 요양을 하고 있었다.

내가 일을 저지른 그날 저녁에 근로감독관이라는 정보부 요원들에게 마지막 심문을 받았다. 나는 그들의 요구대로 자술서를 써주고 닷새 후에 있을 비행기편을 기다리고 있었다. 물론 귀국 즉시 연행될 게 분명했다.

작업을 하다 틈을 내어 숙소로 찾아온 란드가 반가웠다. 그 성실한 인도인은 우려와 반가움이 교차되는 얼굴로 "폴맨, 꼭 만나야 된대요. 약속을 꼭 지킬 수 있죠?" 하고 굳게 다짐을 받고서야 돌아갔다.

오늘, 나는 이곳으로 나오기 전 삼 킬로미터 가량 떨어진 곳에 있는 인도인 캠프로 쿠레시를 찾아가볼까 하고 망설였다. 죄수와 다름없는 상태에서 감시를 받고 있는 나로서는 사십 킬로미터나 되는 이곳까지 나오는 것보다는 그 편이 훨씬 수월했기 때문이다. 그러나 그가 굳이 이곳에서 만나자고 한 데는 그럴 만한 까닭이 있으리라는 생각 때문에 인도인 캠프로 가는 것을 포기하고 말았다.

나는 마치 탈출을 하듯 은밀한 행동으로 멀리 정문을 비껴서 캠프를 벗어났다. 캠프 옆으로 뻗은 도로로 지나다니는 차를 이용할 목적에서였다. 캠프를 훨씬 지난 곳에 다국적기업인 아람코라는 석유회사의 현장으로 차들이 빈번하게 지나다니는 것을 알고 있었다. 캠프에서 얼마 안 되는 지점에서 한 영국인의 랜드로버를 어렵잖게 얻어탈 수가 있었다.

"당신 꼭 탈출하는 사람 같군."

차를 태워준 영국인이 나를 보고 농담처럼 말했다.

"그렇소. 탈출을 하고 있소."

나는 주저없이 대답했다. 영국인은 내 말에 의외라는 표정으로 잠시 나를 바라보았다.

차가 캠프 정문을 지나치자 그가 "당신도 저곳에서 일을 하고 있소?" 하고 물었다. "며칠 전까지는 저곳에서 일을 했지. 당신은 저곳에 대해서 알고 있소?" 하고 되묻자 영국인이 말했다.

"그럼 알고말고. 내가 아는 인스펙터(검사관)의 말에 의하면 저곳의 한국인들은 지옥에 가서도 돈벌이가 된다면 일을 할 것이라고 하더군."

나는 속으로 그럴지도 모르지 하고 되뇌며 입을 다물었다. 영국인의 말이 모멸적으로 들렸기 때문이었다.

쿠레시와 약속한 여섯시까지는 아직도 십분 가량 여유가 있었다. 나는 천천히 광장을 휘둘러보았다. 분수대에서 그리 떨어지지 않은 대추야자나무에 낙타가 한 마리 고삐에 매여 있었다.

나는 낙타가 있는 쪽으로 천천히 걸어갔다. 되새김질을 하느라 축 처진 아랫입술 위로 타액을 흘리고 있는 낙타는 늙고 쇠잔해 보였다. 네 다리의 무릎관절에는 두껍게 굳은살이 박혀 있었고 복부에는 누덕누덕 더께가 낀데다 뭉텅뭉텅 털까지 빠져 있었다. 등에 얹힌, 육중한 중량감을 느끼게 하는 하나의 육봉은 끝내 버릴 수 없는 업덩어리처럼 여겨졌다. 그러나 긴 목을 빼고 눈을 내리감은 채 정중동의 자세로 서 있는 모습은 세상살이를 달관한 늙은 족장처럼 위엄이 있어 보였다. 늙고 쇠잔한 동물은 고독함 속에서 여유를 누리고 있었다. 무거운 짐을 지고 불볕이 내리쬐는 사막을 무수히 왕래했던 그 힘겨움에서 벗어난 말년의 고독과 여유, 나는 문득 늙은 내 모습을 상상해보았다. 깊게 팬 주름살에는 고통의 흔적이 역력할 것이며 번뇌의 잔재는 흐린 눈가에 끼어 있는 눈곱처럼 매달려 있고 육신은 번데기처럼 쭈글쭈글하게 오그라들어서 늙은이의 위엄보다는 추함으로 얼룩져 있을 것이다. 내가 짊어지고 있을 죄의 덩어리는 또 얼마나 감당할 수 없는 무게로 나를 짓누를 것인가.

나는 그 생각을 털어버리기라도 하듯 고개를 세차게 흔들고는 담배를 꺼내물었다. 담배에 불을 막 붙이고 났을 때 분수대 앞 도로에서 자동차 경적소리가 두세 번 짧게 울렸다. 어떤 예감 같은 것에 끌리어 고개를 돌리자 두꺼운 베이지색 천을 씌운 시보레왜건에서 뜻밖에도 보비가 손짓을 하고 있었다. 그녀가 오리라고는 전혀 예상조차 못했던데다 자동차까지 타고 왔다는 사실이 나를 무척 어리둥절케 했다. 내 의식 속에는 인도인과 빈곤이 함께 붙박여 있었기 때문이었다.

내가 차에 다가가자 "건강한 모습이군요. 어서 타세요" 하고 인사말을
겸해서 재촉을 했다. 나는 간단한 인사말도 못한 채 장에 온 촌닭처럼
얼떨떨한 표정을 지으며 차에 올랐다.

보비가 차를 출발시키며 "병원차예요. 이 나라에는 차가 흔하거든요"
하고 내 마음을 읽기라도 한 듯 묻지도 않은 말을 했다. 나는 쿠레시는
보이지 않고 예상조차 못했던 보비만 나타난 것이 궁금했지만 다른 어떤
곳에서 기다리고 있으려니 생각하며 입을 다물었다.

물색 바탕에 큼직한 붉은색 장미가 박힌 화려한 천으로 만든 사리를
입고 엷게 화장을 한 얼굴에 크고 둥근 귀걸이를 한 그녀에게서는 이국
여인의 신비로운 체취와 함께 고혹적인 관능이 물씬 풍겼다.

자동차는 광장을 돌아서 브리티시 에어웨이 건물 뒤쪽으로 조금 가다
오른쪽으로 방향을 꺾어 해변으로 뻗은 길로 접어들었다. 늦은 하오의
햇살을 반사시키며 넘실대고 있는 페르시아만의 청록색 바다는 거대한
생명체가 일렁이고 있는 것 같았다. 나는 문득 바다, 그 거대한 생명체
속으로 깊이 빠져들고픈 충동을 느꼈다.

자동차는 왼편으로 바다를 끼고 곧게 뻗은 도로를 쾌적하게 달렸다.
갑자기 자동차의 앞유리에 붉고 큰 태양이 걸렸다. 커다란 수레바퀴만한
태양은 따뜻하고 붉은 빛의 덩어리였다. 순백의 불꽃으로 타오르던 태양
은 따뜻한 붉은색을 띠고 점점 커지면서 바다로 내려앉았다. 바다는 너
그럽게 그 빛의 덩어리를 받아들이려는 듯 풍요롭게 넘실대고 있었다.

보비는 아무 말도 없이 차를 몰았다. 오가는 차가 거의 없는 곧게 뻗
은 도로를 달리는 차의 속도가 점점 빨라졌다. 도대체 지금 어디로 가는
걸까 하는 궁금증이 아까부터 꼬리를 물고 이어졌지만 굳이 묻고 싶지가
않았다.

바다 가운데로 이백 미터 가량 방파제처럼 둑을 쌓아놓은 끝에 거대한
모시조개를 엎어놓은 듯한 하얀색 별장이 보이는 지점에서 도로가 오른
쪽으로 꺾였다. 도로가 꺾인 지점에서 멀지 않은 곳에 대추야자나무가

울창하게 숲을 이루고 있는 오아시스가 신기루처럼 해변을 따라 펼쳐져 있었다. 바다와 석양과 오아시스숲이 완벽한 조화를 이루어 자연의 장엄한 아름다움의 극치를 이루었다.

자동차는 오아시스를 지나서 잔물결이 모래를 쓰다듬는 해변을 달렸다. 차체의 진동을 물기를 머금은 모래가 흡수하여 안락한 승차감을 느끼게 했다. 그렇게 얼마를 더 달렸을까. 모래구릉들이 완만하게 경사를 이루며 누워 있는, 바다와 사막이 만나는 지점에 와서야 자동차는 멈추었다. 안락한 승차감 때문에 자동차가 아주 천천히 굴러온 것 같았지만 실은 오아시스에서 꽤나 멀리 왔다.

"미스터 인, 며칠 후면 당신은 당신 나라로 돌아간다죠? 그리고 당신은 유리한 증언이나 변론을 기대할 수 없는 재판을 받게 될 테죠?"

보비가 운전대를 잡은 채 조용히 말했다. 그녀의 목소리는 물기를 머금은 듯 촉촉이 젖어 있었고 그녀의 눈에는 따뜻한 연민이 담겨 있었다.

"쿠레시는?"

"그는 오지 않아요."

보비는 잠시 틈을 두었다가 다시 입을 열었다.

"그가 말하더군요. 당신의 영혼은 깊은 상처를 입고 있다고. 그러면서 내게 부탁을 했어요. 당신을 만나서 그 상처를 치료해주라고. 당신의 병은 상식의 울을 벗어나야만 고쳐질 수 있다면서 말예요."

"어떻게 상식의 울을 벗어날 수 있다던가요?"

운전대를 잡은 채 여전히 앞을 보고 있던 보비가 고개를 돌려 나를 똑바로 주시하면서 말했다.

"당신과 나의 성을 통해서죠."

나는 그녀가 한 말보다는 그녀의 눈을 보는 순간, 숨이 턱 막히는 것 같았다. 그녀의 눈은 빛이었고 뜨거움이었다. 그 빛과 뜨거움이 센 전류처럼 내 오관으로 퍼져갔다.

그녀가 다시 앞을 바라보며 말했다.

"당신의 상식으로는 내 말을 도저히 이해할 수 없을 거예요. 그러나 세상에는 상식으로 가늠할 수 없는 일들이 너무 많아요. 인간의 마음은 더욱 그래요."

보비는 말을 끝내자마자 맨발로 차에서 내려 물가로 갔다. 붉은 장미가 선명한 사리 자락이 바다에서 불어오는 바람결에 가볍게 펄럭였다. 잔물결이 밀려와 그녀의 종아리를 쓰다듬으며 모래 위로 하얗게 거품을 일으키며 퍼졌다. 보비가 사리 자락을 살짝 들어올리며 고른 치아를 드러내고 활짝 웃었다. 물결이 빠져나가면 몇발짝 앞으로 나갔다가 물결이 밀려오면 뒤로 물러서면서 물결에 발목이 잡힐 때마다 활짝 웃음꽃을 피웠다.

청록의 바다는 황금빛 비늘을 지닌 거대한 생명체가 되어 촉수를 뻗어 보비를 유혹하고 있었다. 아니, 보비 그녀가 촉수를 뻗어오는 바다에게 발목을 잡혀주며 활짝 피어나는 웃음꽃으로 바다를 유혹하는 관능을 발산하고 있었다.

수평선에 맞물려 있는 태양은 최고의 빛의 성찬을 베풀고 있었다. 하늘과 바다는 태양이 베푸는 빛의 성찬을 포식하고 있었다. 일렁이는 바다의 물결 위로 장엄한 일몰의 잔광이 부서지듯이 하늘에 엷게 퍼져 있는 구름에도 황금빛 노을이 황홀하게 젖어들었다.

태양이 맞물린 바다의 수평선으로부터 바다를 가로지르는 거대한 붉은 빛의 기둥이 뻗쳐오면서 용해되었다. 청록빛 바다의 파도는 끊임없이 붉은 빛을 싣고 밀려왔다.

보비가 춤을 춘다. 사리 자락을 너울거리며 춤을 춘다. 춤을 추고 있는 보비가 붉은 빛의 기둥 속으로 들어가 점점 용해되기 시작했다.

보비가 춤을 추며 내게로 다가왔다. 그녀는 내 손을 잡으며 별들의 속삭임처럼 말했다.

"나를 따라오세요. 망설임과 주저함도 사고인 것을. 사고를 버리고 우리 함께 가요. 당신과 나라는 이 현상의 세계를 넘어서 본질의 세계로."

그녀에 의해 굴러온 자동차처럼 그녀의 손에 이끌리어 빛의 잔해들이 잔물결에 실려오고 있는 물가를 따라 걸어갔다.

나는 그녀와 함께 물가를 벗어나 여러 개의 모래구릉을 넘어갔다. 성숙한 여인의 젖무덤 사이처럼 아늑하고 은밀한 곳에서 걸음을 멈추었다.

마주선 보비의 관능의 샘과 같은 깊고 큰 두 눈이 나를 조용히 응시했다.

나는 눈을 감았다. 내 몸은 미세한 입자가 되어 입김에라도 날아가버릴 것처럼 가벼웠고 불이 붙은 가연성 물질처럼 활활 타올랐다.

몽환적인 향기가 풍겨온다.

뜨거운 보비의 입김이 귓속으로 스며들어와 오관의 골짜기로 퍼져갔다. 따뜻하고 부드러운 그녀의 손이 셔츠 앞자락을 헤치고 들어와 가슴을 쓰다듬었다.

보비가 속삭인다.

"우리를 사고의 울 속에 가두고 있는 이 속박의 껍질을 벗어야 합니다. 속박과 위선과 번뇌의 껍질을 벗어야 합니다. 저 바다와 태양처럼 우리도 존재 그 자체로서 서로에게 용해되어야 합니다."

감미로우면서도 미열의 고통을 느끼게 하는 보비의 입김이 귓불에서 목덜미로 안개가 흐르듯이 퍼져갔다. 그녀의 손이 입김처럼 움직이며 셔츠의 단추를 끄르기 시작했다.

보비의 입김은 목덜미를 지나서 노출된 가슴으로 흘러내려왔다. 내 몸은 보비의 입김보다 더 뜨거워졌다.

셔츠가 그녀의 손에 의해 벗겨져 모래 위로 너풀 내려앉았다. 뜨거운 입김과 함께 내 몸을 쓰다듬고 있던 그녀의 손이 바지벨트를 풀고 지퍼를 내렸다. 온몸의 열기가 집중되어 포화될 대로 포화된 육체의 한부분이 무겁게 고개를 치켜들며 돌출되었다.

나는 눈을 떴다.

희지도 검지도 않은 풍만한 보비의 나신이 오랜 세월 이전부터 그곳에서 있었던 것처럼 나를 마주하고 있었다. 유두를 정점으로 치솟아오른 젖봉우리, 매끄럽게 뻗어내려가 아늑한 곡선을 그리며 휘어졌다가 다시 부풀어서 내리뻗은 허리와 둔부와 미끈한 다리, 신비로운 숲속에서 은밀히 숨쉬고 있는 깊은 관능의 샘. 아, 그대로 숨이 멎어버릴 것 같았다.

서 있는 보비와 나 사이에 붉은 장미가 선명한 사리가 펼쳐졌다.

"여기 앉으세요."

나는 사리 위에 무너지듯 주저앉았다. 그녀 역시 나와 무릎을 맞대고 마주보며 가부좌의 자세로 앉았다.

"내 눈을 보세요. 내 눈의 까만동자의 정점을 보아야 해요. 그곳이 바로 내 생명의 샘이랍니다. 우리는 서로의 생명의 샘에 비치는 우리 모습을 바라보며 생명 그 자체로 존재해야 합니다. 그래서 우리 마음속에 있는 목적을 버려야 합니다. 마음속에 목적을 갖는다면 당신의 눈에는 내가 여자로 보일 것이고 내 눈에는 당신이 남자로 보일 수밖에 없습니다. 그랬을 때 우리는 탄트라의 깊은 세계에 도달할 수가 없을 것입니다. 탄트라의 세계에 도달하고자 하는 목적마저도 갖지 말아야 합니다. 일체의 사고를 버리고 오로지 생명 그 자체로만 존재해야 합니다. 그래서 우리는 사고에 의해서가 아닌 생명 그 자체의 움직임이 되어야 합니다. 우리의 몸속에서 피가 돌고 있듯이 우리도 생명 그 자체 속으로 용해되어야 합니다."

보비의 눈 속으로 내 모든 것이 잠겨들었다. 서른다섯 해의 과거 속에 내재해 있던 온갖 허상도, 욕망도, 위선도, 회한도, 고통도, 집착도, 애증도, 번뇌도 그 모두가 그녀의 눈 속으로 잠겨들었다.

그녀의 눈은 시간마저 용해시키고 있었다.

보비의 나신이 향기처럼 내게로 다가왔다. 그녀의 따뜻한 손이, 모든 것을 녹일 듯한 그 따뜻한 손이 내 몸을 부드러우면서도 때로는 격렬하게 애무했다.

내 심장은 맹렬히 고동쳐 모세혈관을 흐르는 피까지도 펄펄 끓게 하였으며 모든 세포는 폭풍에 나부끼는 깃발처럼 격동하기 시작했다. 내 몸 깊은 곳에서 태양처럼 밝고 뜨거운 것이 솟아오르고 있었다.

나는 무섭게 불타올랐다. 그 불타오름 속에서 극심한 갈증을 느꼈다. 무섭게 휘몰아치는 열풍 속에서 겪었던 것보다 더 극심한, 일찍이 한번도 겪어보지 못했던 목마름이었다. 그러나 그것은 고통이 아니었다. 온 몸을 불태우는 열기처럼 영혼을 불태우는 희열이었다.

목마름 속에서 떠오르는 얼굴이 있었다. 입술이 부르트고 갈라져서 마른 피가 엉겨 있는 아지즈의 얼굴이었다.

아! 그래! 바로 이것이다. 모든 것을 수용하라는 탄트라의 가르침이 바로 이것인지도 모른다. 아지즈의 그 갈증의 의미가, 모든 것을 수용하라는 이유를 말해주고 있다. 그가 극심한 갈증을 해소하기 위해 물을 마시기보다는 오히려 그 갈증을 수용했던 까닭을 이해야 알 수가 있다. 그가 수용했던 갈증은 고통이 아니라 희열이었다는 것을. 그가 갈증에서 벗어나기 위해 물을 마셨다면 오히려 그 순간부터 새롭게 엄습해오는 더욱더 극심한 갈증에 시달려야만 했을 것이다. 나렌규 중사를 살해한 죄 의식을 떨쳐버리기 위해, 갈증을 해소하려고 물을 마시듯 나는 더욱더 많은 죄를 지을 수밖에 없었다. 왜 애초부터 그 죄를 수용하지 못했을 까?

나는 보비의 몸을 가만히 밀어냈다. 그리고 말했다.

"보비, 탄트라의 가르침이 뭘 말하는지 이제 알 것 같소. 이젠 더이상의 것은 내게 있어 단순한 행위일 뿐이며 그 행위를 통해서 쾌락을 추구할 수밖에 없을 것이오."

보비가 경이의 눈빛으로 나를 바라보았다.

나는 지극히 평화로웠다.

나를 바라보던 보비가 격정에 휩싸이듯 와락 내게 안겼다. 그녀의 풍 만하고 탄력있는 젖무덤이 내 가슴에 부닥쳐 때 무거운 여운을 담고 떨고 있었다. 내게 안긴 보비는 여자들, 원초적 하나였다. 그녀가 나의 첫도 같고 내가 그녀인 것 같기도 했다.

나는 가만히 보비를 밀치고 일어섰다. 천천히 모래구릉 위로 올라갔다.

끝이 없는 텅 빈 지대로 어둠이 깔리고 있었다. 어둠은 텅 빈 지대를 충만하게 채웠다. 내 마음도 텅 비어 있었으나 아지 못할 충만함으로 가득 채워졌다.

잠에서 깨어 시계를 보니 아홉시가 막 지났다. 숙소에서 대기하는 나흘 동안 한번도 아침을 먹은 적이 없었다. 오늘 새벽에도 사이렌 소리에 잠이 깨었다. 모두들 억지로 일어나 식당으로 가는 것을 보면서도 그대로 자리에 누워 있었다. 열 달 동안 내 뜻대로 움직일 수 있었던 시간이 얼마나 될까 하는 생각을 하면서. 대부분 회사의 규칙에 얽매여서 기계처럼 움직였을 뿐이다. 지금 내가 누릴 수 있는 이런 자유마저도 며칠 후면 박탈당하고 말 것을 생각하면 먹지 않는 자유라도 누리고 싶었다. 사실 앞으로 닥칠 일을 생각하면 두려웠다. 그러나 한편으로는 한가닥 자신감이 생기기도 했다. 내가 한 행동에 대해 어떤 방법으로든 해결을 할 수 있다는 생각 때문일까, 돈만 있으면 빚을 갚고 얼마든지 떳떳할 수 있다는 채무자와 같은 심정이었다. 노무과장을 때리고 스위치박스를 부순 것은 쉽사리 해결할 수 있는 일이 아니었다. 금전적인 배상은 물론 형사법으로 재판을 받고 감옥으로 들어갈 게 뻔했다. 그런데도 어떤 자신감을 갖고 있는 것은 내 행동에 대해 도덕적인 부담을 느끼지 않기 때문이리라. 베트남에서 겪어야 했던 죽음에 대한 두려움이나 제대를 하고 나서 마주친 나 자신에 대한 두려움과는 달리, 극복할 수 있는 방법이 뚜렷이 보이기 때문인지도 모른다. 오히려 내게 닥친 이 고통의 과정을 거치고 나면 무언가 새로운 세계로 나설 수 있으리라는 희망마저 보이는 듯했다.

자리에 누운 채로 머리맡에 있는 물병으로 손을 뻗쳤다. 손에 잡힌 물

병이 허전했다. 몇자리 건너 에어컨 옆에 있는 물병이 눈에 띄었다. 자
리에서 일어나 물병을 잡으려다 말고 병 아래쪽에 눈길이 멎었다. 물병
바닥에 2센티 남짓 되게 하얗게 앙금이 가라앉아 있었다. 회사에서 지하
수를 끌어올려 정수를 한 물인데도 미세한 석회질입자가 가라앉은 것이
었다. 지금 처음 본 것은 아니지만 마음이 착잡했다. 이 물병 임자는 그
것이 몸에 좋지 않다는 것을 알면서도 이 물을 마시고 있는 것이다. 매
점에서 프랑스제 광천수를 팔고 있는 것을 모를 리가 없다. 이 물병이
바로 그 물병인 것이다. 요도결석 때문에 귀국을 하는 노동자들이 더러
있었다. 석회질입자가 섞인 바로 이 물 때문이었다. 그런데도 가난은 물
까지 사먹는 호사를 용납하지 않았다. 피보다 진한 땀을 흘려서 번 돈으
로 물을 사먹다니, 말도 안되는 것이었으니까.

　물을 마시고 나서 담배를 피워물었다. 허기를 메우기라도 하듯 담배연
기를 몇모금 깊이 빨아들였다. 가벼운 현기증이 일면서 지난밤의 일이
신기루처럼 흔들리며 떠올랐다. 해변도, 보비도, 그리고 나 역시도 신기
루의 일부처럼 생각되었다. 그렇다! 그것은 분명 신기루였다. 현실이
아닌, 꿈과 같은 신기루. 나는 그 속에 있었고 그 환상 속에서 행동을
했던 게 틀림없었다. 언젠가 작업장 동쪽으로 광활하게 펼쳐진 사막에
대추야자나무숲이 울창한 오아시스가 모습을 드러낸 적이 있었다. 검푸
른 대추야자나무숲 사이로 보이는, 궁전처럼 크고 아름다운 하얀 집이
눈이 부셨다. 일렁이는 대기의 염열 때문에 그 모습은 더욱 환상적이었
다. 환상인 줄 알면서도 그곳으로 달려가고픈 환상을 떨쳐버리지 못했었
다. 하지만 얼마 후, 그 신기루가 감쪽같이 사라지자 내 마음속의 환상
역시 사라져버렸다. 지난밤의 일이 신기루였다면 내 마음속의 환상도 사
라져버렸어야 하거늘 무엇 때문에 환상은 아직도 선명히 남아 있는 걸
까?

　점심시간에 뜻밖의 편지를 받았다. 조기귀국을 한 신상용에게서 온 편
지였다.

340

인형,

비록 몸은 이곳에 와 있지만 다른 모든 것은 아직도 그곳에 있습니다. 밤마다 커다란 쇠망치를 휘둘러 몰드를 부수고 있으니까요.

인형과 길형이 그 일 때문에 고초를 겪고 있는 것을 보면서도 내 마음속에서 확신이 서질 않더군요. 과연 내가 그것을 부수었을까 하는 의문과 그 결과를 어떻게 감당하지 하는 두려움 때문에 말입니다.

인형에게 이 편지를 쓰게 된 것은 이제야 비로소 확신이 섰기 때문입니다. 몸은 지금 이곳에 있지만 다른 모든 것이 그곳에 있듯이 그때 역시 내 모든 것은 그곳에 있지 않았습니다. 때문에 그때나 지금이나 환상 속에 있는 것은 변함이 없습니다. 이 환상에서 벗어나기 위해서는 무엇보다 확신이 필요했습니다. 쇠망치를 휘두르고 있는 내 모습이 환상이 아니라 실제의 나라는 확신 말입니다. 이 확신이 없이는 영원히 환상에서 벗어나지 못할 것 같았습니다.

인형, 분명히 말하건대 A몰드의 스위치박스는 내가 부쉈습니다. 이 편지를 제시해서 두 분에게 씌어진 혐의를 벗기 바랍니다.

신 상 용

모두 오후작업을 나간 텅 빈 방에서 편지를 태우며 나는 속으로 말했다.

'신형, 당신은 이미 환상에서 벗어났소. 그 기기는 당신이 부순 게 아니라 우리 모두가 부쉈소. 돈의 노예가 되기를 거부했던 우리 모두가. 이제 환상에서 벗어나야 할 사람은 바로 나요. A몰드 스위치박스도 내가 부쉈소. 그렇소, 틀림없이 내가 부쉈소.'

시멘트로 된 통로바닥에 있는, 검게 타서 구겨진 헝겊처럼 되어버린 신상용의 편지를 바라보았다. 십여 년 만에 처음으로 큰일을 해냈다는 생각이 들었다. 침상에 걸터앉은 자세에서 뒤로 벌렁 드러누웠다. 눈을 감고 있었지만 깊고 칙칙한 수렁에서 벗어나 밝은 빛에 비추이는 통로를 걸어가는 기분이었다. 마음이 밝고 홀가분했다. 두 팔을 벌린 채로 딱딱한 침상바닥에 누워 있는데도 말할 수 없이 편안했다. 뼈마디가 기분좋게 이완되고 뭉친 근육이 나른하게 풀렸다. 아울러 머릿속도 말끔하게 비워졌다. 몸과 마음이 깃털처럼 가볍고 부드러운 그 무엇 위에 얹혀서 떠 있는 것처럼 편안했다. 자는 것도 아니고 깨어 있는 것도 아닌, 무어라 말할 수 없는 깊은 몰입의 상태에서 문을 여는 소리에 깨었다. 그러한 상태로 얼마나 시간이 지난 것인지 짐작할 수 없었다. 아주 짧은 순간인 것 같으면서도 한나절이 지난 것처럼 긴 것 같기도 했다.

"대자(大字)는 대잔데 꺾여진 대자로군요."

길관수가 무릎을 구부리고 누워 있는 내 모습을 보며 말했다. 그의 표정이 의외다 싶을 정도로 밝았다.

그는 내가 몸을 일으키자 옆에 앉으며 "인형, 매일 같은 비행기를 타게 되었소" 하고 밑도 끝도 없는 말을 불쑥 했다. 얼굴은 여전히 야위고 거칠었지만 무엇 때문인지 생기가 돌고 있는 것 같았다.

"실은 나도 그 다음날 바로 귀국신청을 했어요. 그렇지만 쉽게 보내줄 것 같진 않더군요. A몰드 스위치박스를 무슨 범인을 가려내기 전에는 무슨 핑계를 대서라도 나를 붙잡아둘 것 같았어요. 물론 내가 그랬다고 자백하길 바랐기 때문이죠."

"길형, 누가 그랬는지 전혀 짐작이 안 가요?"

나를 바라보며 그가 무슨 말인가를 하려 했다. 나는 틈을 주지 않고 빠르게 말했다.

"길형, 이제야 밝혀서 미안하오만 사실 그것도 내가 뿌렸소."

그가 조용히 웃었다.

"인형, 이게 바로 신상용씨 편지죠?"

그가 통로바닥에 있는, 편지가 탄 재를 가리키며 말했다.

"실은 나도 점심때 신상씨 편질 받았어요. 조금 전에 자술서를 써주고 오는 길입니다. 이번에도 정의를 흉내만 냈을 뿐입니다. 아무튼 인형하고 함께 가게 돼서 기뻐요. 우린 이제 감옥에도 함께 가게 될 테죠."

방을 나가는 길관수의 뒷모습을 오래도록 잊을 수가 없으리라는 생각이 들었다.

저녁을 먹은 후 배터리몰드 작업장으로 갔다. 은신처와 같았던 그곳에 내가 흘린 땀말고는 아무것도 남기고 싶지 않았다. 얼음처럼 싸늘한 미움이라고 할지라도. 그러기 위해서는 표준태의 손마저도 따뜻하게 잡으리라.

타워크레인 레일을 넘어서 배터리몰드 구역으로 들어서다 패널 사이에서 오줌을 누고 있는 탈형공 강철규를 만났다. 그는 나를 보자 아래춤을 잡은 채 "어 인형, 잘 왔어요. 정말 잘 왔어요" 하고 반색을 했다. 오줌을 다 눈 그가 바지춤을 채 여미지도 않고 나를 끌다시피 패널 뒤쪽으로 가며 말했다.

"인형에게 꼭 할 얘기가 있어요."

작업장과는 시야가 차단된 패널 뒤로 돌아가자 담배를 꺼내서 불까지 붙여준 다음 말문을 열었다.

"인형, 표준태가 밉죠?"

나는 천천히 고개를 가로저었다.

"그렇다면 다행이군요. 사실 그 친구 그렇게 나쁜 사람은 아니에요. 단지 누구보다도 그 친구에겐 돈이 필요했어요. 그 친구 집사람이 일년이 넘게 병원에 있거든요. 뺑소니차에 치여서 식물인간이나 다름없는 상태로 있어요.

며칠 전 인형이 그러고 나서 분위기가 험악해졌어요. 표준태가 죽일놈이 된 거죠. 전기조나 철근조는 말할 것도 없고 콘크리트조와 우리 조에서조차 눈을 흘기고 있어요. 한술 더 떠서 인도인들은 지네 나라 말로 대놓고 표준태 욕을 하고 있구요.

지난번 능률급제 작업을 시작해서 얼마 안 되었을 때 내가 쓰러졌잖아요. 그때 그 친구가 내게 자기가 잘못 생각해서 이렇게 되었다면서 어쩔 줄 몰라하더라구요. 인형이 그러고 난 날 저녁에도 무척 괴로워했어요. 길형과 인형한테까지 못할 짓을 한 셈이라면서 말이오. 표준태는 지금 회사와 우리들 사이에서 이러지도 저러지도 못하고 있어요."

강철규는 꽁초를 버려서 발로 비벼끄고는 주위를 한번 살핀 다음 목소리를 낮춰서 말을 계속했다.

"다시 능률급제 작업을 하더라도 우리 몫을 확실히 챙길 수 있는 기회가 바로 지금이에요. 사이트에서는 요즘 패널이 모자라서 집을 못 짓고 있대요. 노동자들이 일손을 놓고 있으니 회사는 똥줄이 탈 수밖에요. 전기조와 철근조 사람들에게 스위치박스가 교체되더라도 패널 생산단가를 우리가 바라는 만큼 정해주지 않으면 기본작업시간만 하자고 뜻을 모아 줘요. 우리 조하고 콘크리트조는 내가 알아서 할 테니까요. 표준태하고도 얘기가 되었어요. 지금 분위기가 너무 살벌해서 중재를 해줄 사람이 없어요. 더구나 인도인들한테는 이 말을 전해줄 사람이 인형말고는 아무도 없잖아요."

내가 배터리몰드로 들어서니 C몰드에 콘크리트를 채우고 난 콘크리트 공들이 몰드 위에서 연장을 챙기고 있었다. D몰드는 스팀이 들어가는 세찬 소리가 들리는 것으로 보아 한참을 더 있어야 탈형을 할 수 있을 것 같았다. A몰드와 B몰드의 작동이 정지된 탓에 D몰드를 해체하기 전까지는 할일이 없는 노동자들이 끼리끼리 모여앉아 있었다.

철근조립장에는 전공들과 인도인들이 철근을 엮고 있는 철근공들 옆에서 잡담을 하고 있었다. 내가 가까이 다가가자 모두 긴장된 낯빛으로 나를 바라보았다. 나흘 전에 그 일이 있고 나서 처음 나를 보는 터라 그동안 내가 겪었을 고초를 나름대로들 상상하고 있는 모양이었다.

"언제 귀국해요?"

조완주가 굳은 낯빛으로 물었다.

"내일 갑니다."

그는 �맥주에 입을 다물고는 멍한 고개만 끄덕일 뿐 더이상 말이 없었
다. 다른 사람들 역시 마찬가지였다.

표정에 굳어 있기는 인도인들 또한 다를 바가 없었다. 나를 바라보는
그들의 어둠처럼 검은 얼굴에서 크고 깊은 눈만 살아 있는 것처럼 보였
다. 나는 그들의 눈빛 속에 증오가 담겨 있다고 생각했다. 저 야만의 공
간 속으로 악다구니질을 해대며 짐승 몰듯 몰아넣었던 나를 결코 용서할
수 없었기에.

"나마스데."

나는 무거운 침묵을 깨고 사죄하는 마음으로 그들에게 인사말을 건넸
다.

굳어 있던 인도인들이 합창이라도 하듯 일제히 입을 열었다.

"나마스데, 풀면 바운아차."

인도인들은 나를 용서했다. 아니, 그들의 마음속에는 나에 대한 미움
이 없었을지도 모른다. 모든 걸 녹이는 그들 특유의 부드러움이 마음속
에 있는 미움마저도 녹여버렸을 테니까.

나는 강철규의 말을 한국인들과 인도인들에게 전했다. 인도인들은 주
저함없이 환영했다. 그러나 한국인들은 사정이 달랐다.

"표준태 그치를 정말 믿어도 될까?"

조완주가 불신의 꼬리를 잘라버리지 못한 낯빛으로 말했다. 다른 사람
들의 얼굴에도 불신의 그림자는 지워지지 않았다.

"표준태를 못 믿겠으면 여러분 자신을 믿으면 되잖아요. 여러분의 몫
을 꼭 찾아야겠다고 생각되면 모두 하나로 뭉쳐서 행동으로 맞서보세
요."

내가 말을 잠시 멈추었을 때였다.

"믿어도 됩니다. 인형이 한 말은 사실입니다. 표준태와 난 고향천군데
저녁을 먹고 오면서도 내게 그런 말을 했어요. 여러분이 나를 표준태와
같은 떼거리라고 따돌리는 바람에 말을 할 수가 없었어요."

철군조의 조장인 주정석이 낭석서 주위를 둘러보며 말했다.

"감개 잡아서 일주일 동안만 기본작업시간을 하면 특립감이, 회사에서 타협을 하자고 할 거요. 우리들보다 회사가 더 답답하니까요. 그렇다고 회사가 무슨 꼬투리를 잡을 수 있겠어요. 몸이 말을 안 들어서 못하겠다는데. 더구나 파업을 때는 것도 아니니 꼬투리를 잡을래야 잡을 게 없잖아요."

"옳소, 해봅시다."

조환주가 낮으면서도 힘이 실린 목소리로 말했다. 다른 사람들의 얼굴에서도 불신의 그림자가 걷혔다.

"반대를 할 사람이 있으면 아예 지금 눈치보지 말고 말하세요. 입장 곤란하게 말게 다른 데로 전출갈 수 있도록 여기를 해줄 테니까. 그 대신 나중에 가서 후회는 마세요. 아오지에서 눈다짐가 쏟아질 테니까. 생산단가란 세대로 정하면 종전에 비해 백오십 프로는 충분히 더 벌 수가 있을 겁니다."

주경석의 말을 듣고 난 모두의 얼굴에는 마음에서 내린 결정이 그대로 드러났다. 물론 기대까지도.

"조 대항 기다리다가나 한판 합시다."

몰드 텍 공터에서 강철규가 큰 소리로 외쳤다.

"갑시다, 지다리나 한판 더펴서 묵었던 감정을 털어버립시다."

주경석의 말에 모두가 주저함없이 일어섰다.

몰드 텍 공터에는 사다리판을 그리고 있는 강철규를 중심으로 탈형공들과 콘크리트공들이 모여들었다.

강철규가 그린 사다리판에는 금이 네 개밖에 없었다. "금이 하나 모자라잖아요?" 하고 내가 말하자 강철규가 잠시 의아함 낮빛으로 나를 바라보다가 "그렇지 인도인조가 빠졌군, 롬멘을 빠뜨리면 되나" 하고 일 른 하나 다른 금을 하나 터 그렸다.

그때 등터에서 누가 내 어깨를 두드렸다. 고개를 돌려보니 표준대와 김태환이 서 있었다.

"인형, 그동안 미안했어요. 길형은 어때요?"

표준태가 내게 손을 내밀며 말했다. 자신을 극복하기가 쉽지 않았을 텐데도 선뜻 손을 내미는 그가 고마웠다.

"폴맨, 김태환이 이눔아 좆나게 미웠지요? 한대 쳐발라뿌소."

나는 씩 웃고 있는 김태환의 배에다 주먹을 푹 내질렀다.

"귀국하거든 술장사들보고 쪼매만 기다리라 카소. 김태환이가 리얄을 왕창 벌어갖고 곧 갈끼라고. 내 그때 술 한잔 화끈하게 살게요."

김태환이 억센 두 손으로 주먹을 내지른 내 손을 감싸잡으며 말했다. 그의 진심이 투박한 손을 통해 뭉클하게 전해왔다.

사다리타기가 시작되자 배터리몰드의 노동자들은 모처럼 어깨를 맞대고 자기네 조가 어떤 등수에 다다르는지 지켜보았다. 능률급제 작업이 시작될 것이라는 소문이 나돌면서부터 갈라졌던 마음들이 맞대고 있는 어깨들만큼이나 다시 가까워졌다.

마음의 벽을 허물고 스스럼없이 한데 어울린 한국인들을 보는 인도인들의 표정도 한껏 밝았다.

그들은 악랄한 노예감독이었던 내가 작업장을 떠날 때도 따뜻이 배웅해주었다. 내 손을 잡은 쿠레시의 손은 여전히 서늘하고 눅눅했다.

이튿날 길관수와 나는 함께 비행기를 탔다. 내 왼손목과 길관수의 오른손목에 수갑이 채워진 채로. 열여섯 시간 가까이 되는 긴 비행 끝에 김포공항에 도착했다. 두 명의 기관원이 우리를 데려가기 위해 비행기 안에까지 마중을 나왔다. 기관원의 호위를 받으며 걸어가는 긴 복도의 끝에 출구가 보였다. 그것은 밝은 내 영혼의 세계를 향해 열린 출구였다.

■ 해 설

노동의 사막과 전쟁의 정글에서 그린
'존재의 자화상'

임 규 찬
문학평론가

1

여기 한 남자가 있다. 지금 나이로 대략 40대 후반에서 50대로 접어들었을 인지훈이란 사내. 피끓는 청년시절에 남의 나라 전쟁터에 끌려가야만 했고, 그 시절이 끝날 무렵 십년 만에 또다른 전쟁터라 할 수 있는 이국의 노동현장을 스스로 찾아간 한 사내가 있다. 죽음의 검은 그림자를 지우고자 혹독한 육체적 고통 속에서 마치 고둥껍데기 속의 게처럼 웅크리고 있는 한 사내. 그는 베트남전쟁에서 적이 아닌 아군, 그것도 바로 직속 고참을 의도적으로 조준하여 살해한, 그러나 두 번씩이나 무공훈장을 받은 전쟁영웅이었다. 살인을 했다는 남모를 죄의식에 사로잡혀 밤마다 끔찍한 악몽에 시달려야 했던 남자, 제대 후 숱한 방황 끝에 그로부터 도피하기 위해 이 지구상에 몇군데밖에 남지 않은 오지로 손꼽히는 사막에서 막노동자가 된 사내.

정글과 사막, 전쟁과 노동…… 소설 『지워진 벽화』는 바로 무공훈장과 수출훈장으로 빛나는 저 70년대 '민족중흥'의 팡파르 뒤편에서 홀로 숨죽여 겪어야 했던 한 이름없는 사내가, 노동의 사막과 전쟁의 정글에서 그린 존재의 자화상이자 시대의 벽화이다. '정글'과 '사막'이란 이국땅을 무대로, 그러나 단순한 이국땅이 아닌 우리 현대사의 총과 포크레인이 굉음을 내뿜던 이념과 자본수출의 현장이란 사실만으로도 우리 소설의 지평을 일거에 확대시킨 장대한 서사성을 담보한다. 그리하여 우리는 여기 특별한 한 인간이 펼치는 운명의 파노라마 앞에서, 우물 안에서 볼 수 없었던 지난 시대의 한 보편적 전형을 만나게 된다.

2

소설 속의 현재공간은 사우디아라비아 남동쪽의 거대한 삼각꼴의 사막, 아라비아인들이 '루브 앨 할리'(텅 빈 지대)라 부르는 죽음의 땅이다. 7,80년대 최대의 수출산업이라 불리던 중동의 건설현장, 그중에서도 당시 건축·토목공사 다음으로 비중이 컸던 플랜트 공사현장이 그 무대이다.

불볕이 내리쬐는 사막 한복판에서, 게다가 가공할 열기를 내뿜는 몰드 사이에서 종일 시달려야 했던 육체노동, '권력의 압제보다 더욱 철저하게 옥죄어드는 금력에 의해 인간으로서의 자신'을 포기하지 않으면 안되었던 사람들, 이른바 낮도 밤도 아닌 제3의 날이라는 가공할 사막의 열풍(모래바람)에 시시로 시달려야 했고, 그 열풍이 한바탕 휘몰아치고 나면 허기와 갈증 속에서 심지어 파리떼에 시달리기도 해야만 했던 노동자들의 삶이 소설 전편을 휘감고 있다.

　신경질적으로 파리를 쫓고 있는 나와는 달리 옆에 있는 란드는 빵을 쥐고 있는 손등에까지 새까맣게 달라붙는 파리떼를 아랑곳하지 않고 태연히 빵을 베어먹고 있었다. 입안으로 들어간 부분을 제외한 나머지 부분의 빵에는 시루떡의 팥고물처럼 빈틈없이 파리들이 달라붙어 있었다. 빵을 베어먹는 그의 모습을 얼핏 보면 빵과 파리떼를 한꺼번에 베어먹고 있는 것처럼 보였다. 대부분의 인도인들 역시 란드와 다름없이 파리들이 새까맣게 달라붙어 있는 빵을 태연히 베어먹고 있었다. (67면)

그 속에서 많은 사람이 죽어가고 사고를 당하고, 그리 되어도 '축전지의 기운이 떨어진 도구쯤'으로 치부되는 삶, 되돌아가고 싶으나 자비부담이라는 거액의 항공료에 주저앉아야 하는 가난한 삶.

그러나 인지훈은 사막이 월남보다 더 지독하다는, 총이 없어서 그렇지 전쟁터보다 더 지독하다는 말을 듣고 스스로 이곳을 찾아들었다. 인도인들로 구성된 잡역부를 통솔하는 조장으로서 인지훈은 '노예감독'의 역할을 충실히 수행할 만큼 주어진 질서에 순응한 채 이 모든 것을 냉정하게 지켜보며 묵묵히 시간이란 무덤을 파고 있다. 월남전을 겪고 나서 스스로 자신의 삶을 옭죄어야만 하는 남모를 죄의식, 바로 전투중 자신의 총으로 아무도 모르게 살해한 직속상관 나필규 중사에 대한 기억 때문이었다. 인지훈이란 인물은 작중에서 자신만의 무덤만을 간직하고 있는 고독한 존재, 그 견고한 존재의 벽 때문에 내적으로 진실을 갈구하지만 외적으로 방관하는 존재의 색채를 띤다. 소설은 바로 이런 내적 의식과 외적 표정이 시시각각으로 교차되는, 그리하여 과거와 현재를 넘나들면서 자기 역사를 들추어내는 인물의 삶을 1인칭 시점으로 전개해나간다. 소설의 외관상 주요테마는 열악한 노동환경과, 노동자와 회사측 간 혹은 한국노동자와 인도노동자 간의 갈등 등 노동현장에서의 여러 사건들, 그리고 특히 능률급제 시행을 전후한 회사측의 숨은 의도와 각자의 이해타산에서 비롯되는 노동자들의 반목과 대립양상들이다. 그러나 소설의 내적인 중심흐름은 인지훈이 이런 상황 속에서 주변 사람들과 교류하면서 비로소 살인행위로부터 야기된 자포자기와 허무의식에서 벗어나, 눈앞의 현실에 발을 딛고 바로 그곳에서 삶의 진정한 의미를 찾아나서는 데 있다.

　무엇보다 작가는 이국땅 정글에서의 '전쟁'과 사막에서의 '노동'이란 극한 상황에서 인간존재의 실상이 어떠한가를 파헤치는 데 초점을 맞춘다. 작가 후기에서 스스로 말하듯 '절망, 분노, 투지, 집념, 욕망 따위의 가장 원초적인 색채로 그려야 했던 벽화'를 통해 진정한 인간의 모습과 인간의 역사를 말하려 한다. 한마디로 그에게 채색된 인간의 모습이란 감동적인 아름다움과 부도덕한 추악함이 공존하고, 인간의 역사란 그러한 것들이 공존한 채 흐르고 있다는 것이다. 소설 속의 흥미로운 인물로 신상용이 있다. 그는 단지 돈을 벌기 위해 혼신의 힘을 다해 살아가는 존재이나, 몽유병 증세로 밤마다 죽음과 같은 작업현장인 몰드를 쇠망치로 부순다. 그가 어느날 인지훈에게 말한, "이 지옥같은 환경보다 나를 더욱 절망케 하는 것은 사람들이에요"라는 말은 그런 의미에서 『지워진 벽화』 전체를 적시고 있는 배경색이라 할 만하다.

3

　앞서 언급한 파리떼 이야기는 도저히 생물이 살 수 없는 열악한 환경 속에서도 어떤 방식으로든 꿈틀거릴 수밖에 없는 원초적인 생명력을 상기시킨다. 그런데 이 작품 속에는 또하나의 인상적인 이야기가 소설 첫머리에 제시된다. 어느날 암놈 여우 한 마리가 덫에 걸렸다. 한국의 한 노동자가 이 여우를 붙들고 인도노동자들을 향해 "원 타임 지기지기 휘브티 리얄 오케?"라고 외친다. 우리 돈으로 만원을 줄 테니까 여우와 한번 성교하지 않겠느냐는 것이다. 거기에 메마르고 수척한 란드란 인도인이 나선다. 그는 많은 사람들이 보는 앞에서 바지를 내리고, 수치심에 얼굴을 일그러뜨리면서도 볼품없는 남근으로 몇번을 시도하다 실패한다. 대신 김태환이 행운을 가져다주는 징표라며 여우의 성기를 칼로 무자비하게 도려낸다.

이 이야기는 작품 전체와 관련하여 중요한 단서들을 제공해준다. 주인공은 란드를 통해 인도인들의 비참한 생활상을 듣게 되고 이후 그들의 삶을 점차로 이해할 수 있게 되며, 다른 한편으로 김태환의 행위를 통해 어떤 인물과 자기의 과거 행적을 떠올리게 된다. 즉 죽음-살육의 무대였던 베트남의 정글, 살육의 주인공이었던 나, 아수라장과도 같았던 야간전투, 하반신이 잘려나간 베트콩의 시체, 생식기가 도려내어진 여자베트콩의 주검, 뇌수가 부풀어 괴어오른 촌가의 남자시체, 허공을 움켜쥐고 쓰러지던 나필규 중사 등 죽음으로 끊임없이 이어지는 기억들이 그것이다. 그중에서도 여우의 생식기를 도려내는 장면에서 과거 월남전에서 나필규 중사가 여자베트콩의 성기를 도려내던 장면을 연상케 되는 것이다.

사실 회고에 의해 비교적 간명하게 서술되는 월남전에 대해서 이 소설은 특별히 어떤 이념적 입장을 취하지 않는다. 다만 철저한 휴머니즘의 입장에 서 있을 뿐이다. 작가는 무엇보다 전쟁이란 극한상황에서 벌어지는 참혹성, 인간이 인간에게 자행하는 비인간성을 주목한다.

총알은 인간의 몸통을 꿰뚫고, 클레이모어가 인간의 사지를 찢어발기고, 수류탄이 인간의 동체를 분해시키고, 박격포탄이 인간을 송두리째 박살내고, 105밀리 포탄이 더욱 완벽하게 인간의 형체를 마멸시켜버린다. 몸통이 구멍나고, 손과 발이 잘려나가고, 팔과 다리가 제멋대로 해체되고, 심장은 몸 밖으로 피를 펌프질해대고, 너절하게 비어져 나온 대장은 꾸물럭꾸물럭 음식의 영양을 빨아들이고, 저녁에 먹은 음식을 소화시키려고 고립된 위장은 필사적으로 활동을 하고, 아직 파열되지 않은 두개골 속의 뇌는 무슨 생각을 하고 있을까? 박격포탄이 날아와 파열되지 않은 두개골 속의 상념을 날려버린다. 갈가리 찢어진 살점과 뼛조각과 흩어지는 뇌수, 생명의 존재들이 철저히 마멸되어 쇳조각과 흙더미에 뒤섞여 사라져버린다. (40~41면)

　더이상의 말이 필요없을 정도로 전쟁의 참상을 짧은 문장에 이토록 짙은 감나게 그린 것도 드물 것이다. 그러므로 인간이 인간을 살상한다는 것 자체를 용인할 수 없는 인지훈에게 월남전이란 애당초 무의미한 것이었고, 따라서 그 자체가 두려움과 공포의 대상이었다. 그런 그가 월남전에서 두 개의 무공훈장을 받는다. 그러나 그에게 무공훈장은 극도의 불안 속에 어쨌든 살아남았다는 이유로 받은 것에 지나지 않는다. 오직 혼자 살아남았기에 받았던 첫 훈장 이후 그가 더욱 심약해진 상태에 빠진 것은 당연하다. 그럼에도 불구하고 주변에선 용맹한 전사로 추앙하며 살인이란 이름의 용맹성을 더욱 부추기는 전지상황과 이를 대변하는 나필규 중사의 잔혹성에 치를 떨다 결국 그를 쏘아죽이고서 다시 훈장을 받는다. 무조건 살아남아야 하고 무조건 죽여야만 되는 인간의 야만적인 모습, 그리하여 인지훈은 귀국선상에서 무공훈장을 살인영수증으로 생각하며 바다에 던져버린다. 그런 점에서 인지훈이 월남전에서 나필규 중사를 죽였던 살인행위는 단순한 죄의식이 아니라 쌓이고 쌓인 악에 대한 분노의 폭발로, 본질 자체에서 한편으로 정당성을 요구한다.

　사막의 노동현장에서도 인지훈은 이와 흡사한 행동양식을 보여준다. 그는 양심적인 인물이지만 행동에서는 철저한 방관자로 자기 잡음을 처명해가는데, 작품 말미에 이르러 동료급체에 비관적이라는 이유만으로 스스위치박스를 부쉈다는 혐의를 받고 동료를 고발할 것을 강요당할 때 스스로 현장간부를 폭행하고 스위치박스를 또 부숴버린다. 그리하여 끝내 수갑을 찬 채 강제귀국당하여 중앙정보부로 끌려가는 것으로 작품은 끝난다. 유사한 행위양식에도 불구하고 월남전 때의 살인은 죄의식을 동반함으로써 행위의 이율배반성에 시달려야 했지만, 사막의 노동현장에서 행했던 폭행과 기물파괴는 명확히 자기각성의 산물로 받아들여지는 데 본질적인 차이가 있다.

4

『지워진 벽화』에는 많은 사람들이 등장한다. 그러나 등장인물들을 눈여겨보면 인지훈의 눈을 통해 두 가지 부류로 확연히 나누어진다. 한마디로 감동적인 아름다움과 부도덕한 추악함을 보여주는 인물유형이다. 란드나 아지즈, 쿠레시, 그리고 보비 등의 인도인과 길관수, 강찬식 등이 전자에 속한다면, 나필규 중사와 형, 그리고 회사간부와 중앙정보부 요원인 노무과직원 등이 후자에 해당한다.

그중에서 주인공과 긴밀한 연관을 가지면서 삶에 대한 새로운 인식의 계기를 부여해주는 인물로 무엇보다 인도인들을 주목하지 않을 수 없다. 인지훈은 처음 인도인에 대해서 다른 노동자들과 마찬가지로 상당한 편견과 경멸의식을 가지고 있었다. 앞서 거론한 여우 이야기나 파리떼 이야기, 무기력하고 게으른 생활태도와 굼뜬 행동거지, 그러나 종교행위에서 보게 되는 놀랄 만한 신성함과 철저함, 기묘한 배설행위에 대한 묘사 등등을 통해 인도인들의 비참하고도 특이한 생활모습들이 다각도로 묘사되어 있다.

그들은 그들 특유의 체취처럼 온 몸에 배어 있는 빈곤의 때와 게을러 보이는 굼뜬 행동거지, 그리고 이데올로기의 대립만큼이나 날카로운 타종교에 대한 배타심을 거의 공통적으로 지니고 있었다. 인도의 국민 대다수가 말할 수 없이 가난하다는 것은 이곳에 오기 전부터 알고 있었지만 복잡한 종교에 얽힌 그들의 강한 배타심은 나로 하여금 그들을 경멸에 찬 시선으로 보게 하였다. 게다가 굼뜬 행동거지 속에 감추어진, 비열함마저 섞인 기회주의적인 행동 때문에 그들이 마치 사악한 인종일지도 모른다는 생각마저 들었다. (7면)

이러한 인식은 사실 너나 할 것 없이 일반적으로 우리들 자신들이 갖고 있는 일반적인 생각이라 할 수 있다. 그러나 가난한 노동자이면서 자신보다 더 가난한 대상에 대해 우월의식을 갖는다는 사실은 우리들 자신이 알게모르게 주변부 국가에 대한 반(半)주변부 국가로서 갖게 되는 천박한 아류제국주의적 입장에 지나지 않는다. 그런데 인지훈은 특히 쿠레시와 친교를 맺으면서 삶에 대해 근원적으로 새로이 인식할 계기를 얻게 된다. 또하나의 중요인물인 길관수를 통해 월남전에서의 행동을 재인식하게 된다면, 쿠레시를 통해서는 좀더 근본적인 삶의 철학을 제공받는다. 쿠레시를 비롯한 란드 등의 인도인과 접하면서 인지훈은 그들의 생활양식이 우열의 차이가 아닌 민족성의 차이이며, 이를테면 게으름도 다시 보면 부드러움과 여유로움의 징표이기도 하다는 것을 깨닫는다. 특히 인지훈은 이들의 삶을 지탱하는 종교성에 상당한 관심을 갖는데, 그 자신도 어느덧 쿠레시의 말과 행동양식에 감화되면서 탄트라의 세계를 받아들인다.

"…그러나 모든 사람의 마음에서 돈이라는 것을 배제해버리고 나면 한국인이든 인도인이든 사람의 마음은 같으리라 생각하네. 돈에 대한 탐욕이 모두의 마음을 가리고 있는 셈이지. 대부분의 사람들이 탐욕이라는 동일한 색깔로 채색되어 있을 뿐이네. 그러나 그 색깔은 언제라도 지울 수 있는 가능성이 있지. 때문에 빛깔에 의해 채색된 마음을 함부로 평가할 수는 없는 것이네. 만약 그 빛깔에 의해 채색된 마음이 잘못된 것이라면 그것을 지울 수 있는 방법을 찾아야 할 테지. 본래의 마음을 되찾을 수 있도록 말이네." (260면)

이러한 점은 인지훈이 길관수를 통해 자신의 과거행위가 순결한 양심의 자연스런 발로였다는 것을 인정받고, 또 노무과장의 비정함에 끝내 폭발하여 그를 폭행하고 스위치박스를 쇠망치로 부숴버린 후 곧바로 중앙정보부 요원에게 끌려가게 될 것을 담담하게 수용하면서도 희망을 꿈꾸는 데서 확인된다. 이를테면 인지훈이 월남전에서 귀국한 이후 외적으로 아무런 제약 없는 자유로운 삶인데도 불구하고 좌절과 번민 속에 오랜 기간 방황했던 것과는 대조된다. 여기에는 그가 쿠레시의 도움으로 보비란 인도여성과의 성적 합일을 통한 영혼치료를 받으면서 문득 깨닫게 된 탄트라의 가르침이 중요한 계기가 된다.

　모든 것을 수용하라는 탄트라의 가르침이 바로 이것인지도 모른다. 아지즈의 그 갈증의 의미가 모든 것을 수용하라는 이유를 말해주고 있다. 그가 극심한 갈증을 해소하기 위해 물을 마시기보다는 오히려 그 갈증을 수용했던 까닭을 이제야 알 수가 있다. 그가 수용했던 갈증은 고통이 아니라 희열이었다는 것을. 그가 갈증에서 벗어나기 위해 물을 마셨다면 오히려 그 순간부터 새롭게 엄습해오는 더욱더 극심한 갈증에 시달려야만 했을 것이다. 나필규 중사를 살해한 죄의식을 떨쳐버리기 위해, 갈증을 해소하려고 물을 마시듯 나는 더욱더 많은 죄를 지을 수밖에 없었다. 왜 애초부터 그 죄를 수용하지 못했을까? (337면)

물론 다소 신비로운 종교적 힘에 의해 작품내적 세계가 구축되는 것 자체가 문제일 수 있고, 실제 추상적이고 너무 일반화된 차원으로 문제가 이월되기도 한다. 그리하여 이 작품이 한편으로 끌어안고자 했던 사회적 모순과 부조리의 문제가 개인적 구원과 각성이라는 형식에 갇히게 된다.

5

이 작품의 무대는 작중에서 가공의 이름('대현건설' 등)으로 설정되어 있지만 실제 있었던 사실에 객관적으로 기초해 있다. 강찬식이 말한 쥬베일 산업항 공사는 바로 현대건설이 70년대 후반에 맡았던, 당시 한 업체가 맡은 단일 공사로는 세계 최대규모의 공사로 널리 알려져 있다. 우리는 오히려 이 작품을 통해 중동 노동현장에서도 스트라이크가 있었고, 회사의 가혹한 처사에 맞서 노동자들의 분규가 있었음을 짐작케 된다. 그러나 여기에까지 중앙정보부 요원들이 파견되어 이를 감시했으며, 때로 위험인자들을 쥐도 새도 모르게 연행하여 사라지게 함으로써 공포분위기를 조성했다는 것, 한편으로 이슬람국가 중에서 가장 엄격하고 보수적인 이슬람생활과 전통관습을 견지한 사우디아라비아가 이러한 분규 자체를 용납하지 않아 특수부대요원까지 파견하여 진압하였다는 사실도 알게 된다.

그리하여 작가는 전쟁과 노동이란 테마를 통해 전쟁은 오직 내가 살아야 한다는 단순논리로 적을 죽이기만 하면 그만이었지만, 살아간다는 것은 전쟁보다 훨씬 더 비정하고 풀기 힘든 매듭과 굴레가 있음을 말하고 있다. 이 소설에서 양적으로 가장 많은 비중을 차지하는 능률급제 시행을 둘러싼 노동자들의 동향은 이 점을 잘 말해준다. 작가는 여기서 자신의 이념이나 생각에 기초하여 성급하게 사건을 만들어내거나 집단적 행동양태를 구성하지 않는다. 오히려 초기에는 입장 차이로 반목을 노골화하던 노동자들이 중요한 문제들이 해결되지 않은 채 능률급제가 시행되는 데도 시간이 지남에 따라 거기에 순응해가는 모습을 담담하게, 그러나 여러 시선으로 차분하게 보여준다. 인지훈이 '살아간다는 것은 어떤 보이지 않는 질서 속에서의 운동'이라고 말한 것도 이와 맥락을 같이한다. 다만 작가는 국민의 빈곤을 해결한다는 미명 아래 초법적으로 희생을 강요하고, 마찬가지로 기업들 또한 그것을 노동자에게 강요하고 있다는 사실을 결코 망각하지 않도록 세심하게 배려하고 있다. 그 속에서 작가는 우리 눈앞의 복잡한 현상세계야말로 각기 자기 방식으로 채색된 빛깔의 사고에 따라 나타나는 다양한 삶의 모습이며, 중요한 것은 본질을 에워싸고 있는 여러 빛깔의 사고의 막을 헤치고 순수한 진실을 찾아가고

자 하는 개별적인 아름다운 삶이라는 데 궁극적으로 시선을 모은다.

그런 점에서 인지훈과 쿠레시 사이에 사소한 파리 한 마리를 두고 나눈 다음과 같은 짧은 대화는 이 작품이 지향하는 바뿐만 아니라 우리 자신을 한번쯤 되돌아보게 하는 화두로서도 유익할 것이다.

"결국 휴머니즘 때문이었군."

"행동에 대해 개념의 빛깔로 채색하지 말게. 그냥 행동의 본질 그 자체를 바라보게."(71면)

지난 시절 이런저런 지식과 이념이란 이름으로 현실을 재단했던 오류에 대한 비판으로서뿐만 아니라, 진정한 리얼리즘이란 세상을 향해 섣부른 개념의 빛깔을 칠하는 것이 아니라 진정한 인간행동의 본질을 진중하게 찾아나서는 데 있음을 다시금 환기시켜준다. 그런 점에서 『지워진 벽화』는 문학이 영원히 인간학(人間學)일 수밖에 없는 운명적 존재임을 다시금 확인케 해주는 소설이다.

후   기

　내 좁은 체험을 바탕으로 작은 삽화 하나를 그렸다. 비록 내가 겪은 체험은 제한적일 수밖에 없지만 내가 서 있던 현장은 피와 땀으로 거대한 역사의 벽화를 그리던 곳이었다.

　베트남의 정글과 사우디아라비아의 사막, 지구의 두 오지에서 벌였던 삶의 투쟁의 이면에는 감동적인 아름다움과 부도덕한 추악함이 공존했었다. 그것은 곧 적나라한 우리 인간의 모습이었다. 나는 삶의 에너지가 그 상반된 삶의 형태에서 똑같이 분출되는 것을 보았다. 그리고 그것이 바로 인간의 역사라고 생각했다.

　나는 정글과 사막, 그 두 역사의 현장에서 두려움과 고통에 짓눌려 끊임없이 전율하고 절규했다. 전쟁은 언제나 공포를 느끼게 했고 노동은 언제나 인내의 한계를 넘어선 고통을 강요했다. 나는 그 두려움과 고통을 발판삼아 시간의 벽을 넘어야만 했다.

　정글과 사막에는 엄격한 규율과 철저한 통제의 울이 쳐져 있었다. 우리 모두는 그 속에서 시간의 벽에다 벽화를 그렸다. 절망, 분노, 투지, 집념, 욕망 따위의 가장 원초적인 색채로 그려야 했던 벽화였다. 그러나 그 벽화는 흐르는 시간과 더불어 지워지고 있다. 민중이 그린 벽화였기 때문이다.

　월남전 파병은 미국의 패권주의의 용병이었다는 점에서 그리 떳떳지 못한 일로 자리매김되고 있다. 중동 진출은 자본을 독점한 기업의 역사로만 기록될 뿐이다. 정글과 사막에서 병사들과 노동자들이 피와 땀으로 그린 벽화가 그 그늘에 가려진 채 지워지고 있음이 안타깝고 분하다.

나는 이제 지워지고 있는 벽화 속에서 내가 그렸던 작은 삽화 하나를 꺼냈을 뿐이다. 누군가 그 벽화를 복원해주었으면 하는 바람 또한 간절하다.

이 작은 삽화를 정글에서 함께 피흘리며 싸웠던 전우들과 사막에서 함께 땀흘리며 일했던 동료들에게 바친다.

이 작은 삽화를 그리는 데 1천만원이라는 거액의 창작지원금으로 후원해 주신 '대산(大山)재단'에 깊은 감사를 드린다.

1994년 7월

배 평 모

배평모 장편소설

지워진 벽화   ⓒ 배평모 1994

────────────────────────────────

1994년 7월 15일 초판 인쇄
1994년 7월 20일 초판 발행

            지은이 배   평   모

            펴낸이 김   윤   수

            펴낸곳 (주) 창 작 과 비 평 사

        121-070 서울 마포구 용강동 50-1
            전화 718-0541 · 0542(영업)
        718-0543 · 0544/714-3666(편집)
            716-7876 · 7877(독자관리)
                    팩스 713-2403
            우편대체 010041-31-0518274
                    지로번호 3002568
            등록 1986.8.5 제10-145호

────────────────────────────────

ISBN 89-364-3322-9 03810   값 6,000원